NORA ROBERTS

Cuando sube la marea

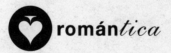

Título: Cuando sube la marea
Título original: *Rising Tides*
© 1998, Nora Roberts
Extracto de *Puerto de abrigo* © 1999, Nora Roberts
Traducción: Carmen Valle Simón
© De esta edición: marzo 2005, Punto de Lectura, S.L.
Juan Bravo, 38. 28006 Madrid (España) www.puntodelectura.com

ISBN: 84-663-1461-X
Depósito legal: B-1.401-2006
Impreso en España – Printed in Spain

Diseño de cubierta: Sdl_b
Imagen de cubierta: © Tips / Contacto
Diseño de colección: Punto de Lectura

Impreso por Litografía Rosés, S.A.

Segunda edición: mayo 2005
Tercera edición: julio 2005
Cuarta edición: diciembre 2005

281 / 08

NORA ROBERTS

Cuando sube la marea

Traducción de Carmen Valle

Para la ingeniosa y encantadora Christine Dorsey.
Sí, Chris, me refiero a ti.

Prólogo

Ethan fue emergiendo del sueño y, dándose una vuelta, salió de la cama. Aún estaba oscuro, pero él normalmente comenzaba su jornada antes de que la noche cediera al alba. Le gustaba el silencio, la rutina sencilla, el trabajo duro que venía después.

Nunca se le olvidaba sentirse agradecido porque se le hubiera concedido la posibilidad de elegir y por poder llevar esa forma de vida. Aunque las personas responsables de haberle concedido tanto la posibilidad de optar como esa vida concreta ya habían muerto, para él, el eco de sus voces permanecía en la bonita casa junto al agua. A menudo alzaba la vista de su solitario desayuno en la cocina, esperando ver entrar a su madre arrastrando los pies, bostezando, con el cabello pelirrojo furiosamente enredado por el sueño, los ojos apenas entreabiertos.

Y aunque hacía casi siete años que ella se había ido, Ethan seguía encontrando consuelo en esa íntima imagen matinal.

Más doloroso le resultaba pensar en el hombre que se había convertido en su padre. Apenas tres meses después, la muerte de Raymond Quinn estaba todavía demasiado fresca para poder sentir ningún sosiego. Y se había producido en circunstancias sospechosas aún sin explicar, en un accidente de tráfico ocurrido a plena luz del día en una carretera seca, en un día de marzo que comenzaba apenas a oler a primavera. El vehículo viajaba rápido y su conductor no pudo, o no quiso, mantener el control en una curva. Las pruebas habían demostrado que no existía razón médica alguna para que Ray se estrellara contra un poste de teléfono.

Pero existían pruebas de un motivo emocional, y eso llenaba a Ethan de pesadumbre.

Esa idea ocupó su mente una vez más, mientras se preparaba para la jornada. Le dio a su pelo, todavía húmedo tras la ducha, una rápida pasada con el peine, que no consiguió en absoluto domar las amplias ondas de cabello castaño aclarado por el sol. Se afeitó ante el espejo empañado; sus serenos ojos estaban serios mientras se quitaba la espuma y la barba de un día de ese rostro huesudo y bronceado que ocultaba secretos, secretos que raramente desvelaba.

A lo largo del lado izquierdo de la mandíbula corría una herida, regalo de su hermano mayor, en la que su madre le había tenido que dar puntos con toda paciencia. Menos mal, pensó Ethan mientras se frotaba distraídamente con el pulgar la cicatriz apenas visible, que su madre era médico. Uno u otro de los tres hijos solía requerir primeros auxilios con bastante frecuencia.

Ray y Stella los habían acogido cuando eran tres muchachos ya medio crecidos, todos salvajes, todos heridos, todos extraños. Y con ellos habían formado una familia.

Y luego, poco antes de su muerte, Ray había acogido a un cuarto.

Ahora Seth DeLauter les pertenecía a ellos. Ethan no lo ponía en duda en ningún momento. Pero sabía que otros sí. En la pequeña ciudad de St. Christopher todo el mundo comentaba que Seth no era simplemente otro de los muchachos sin hogar de Ray Quinn, sino su hijo ilegítimo. Un hijo concebido, cuando su esposa aún vivía, con otra mujer, una mujer más joven.

Ethan podía ignorar el cotilleo, pero le resultaba imposible ignorar el hecho de que el muchacho, de diez años, miraba con los ojos de Ray Quinn.

En aquellos ojos anidaban sombras que Ethan también reconocía. Un herido reconoce a otro. Sabía que la vida de Seth había sido una pesadilla antes de que Ray lo acogiera. Él mismo había vivido una.

Ahora el chico se encontraba a salvo, pensó Ethan mientras se ponía unos holgados pantalones de algodón y una camisa de trabajo descolorida. Ahora el chico era un Quinn, aunque el papeleo legal no estuviera completo todavía. Contaban con Phillip para asegurarse de ello. Ethan sabía que su meticuloso hermano se ocuparía de ese tipo de asuntos con el abogado. Y Cameron, el mayor de los Quinn, había conseguido establecer un tenue vínculo con Seth.

Lo había hecho torpemente, pensó Ethan sonriendo a medias. Había sido como contemplar una pelea de gatos que se arañan y escupen. Ahora que Cam se había casado con una guapa asistente social, las cosas tal vez se calmaran un poco.

Ethan prefería la vida tranquila.

Todavía quedaban batallas por librar, ya que la compañía de seguros se negaba a abonar la póliza de Ray por la sospecha de suicidio. Se le encogió el estómago y se tomó un momento para calmarse. Su padre no podía haberse suicidado. El poderoso Quinn siempre se había enfrentado a los problemas y había enseñado a sus hijos a hacer lo mismo.

Pero esa nube seguía pesando sobre la familia, y no parecía querer alejarse. Tampoco era la única. Estaba también la repentina aparición en la ciudad de la madre de Seth, con sus acusaciones de acoso sexual formuladas ante el decano de la facultad donde Ray daba clases de Literatura Inglesa. Las acusaciones no pudieron mantenerse; contenían demasiadas mentiras, había demasiados cambios en la historia de la mujer, pero era innegable que a su padre le habían afectado. También era innegable que, poco después de que Gloria DeLauter abandonara St. Christopher de nuevo, Ray también se fue.

Y regresó con el chico.

Luego estaba la carta encontrada en el vehículo de Ray tras el accidente: era una obvia amenaza de chantaje de esa DeLauter. Y además estaba el hecho de que Ray le había entregado dinero, una buena cantidad de dinero.

Y ahora Gloria DeLauter había vuelto a desaparecer. Ethan deseaba que siguiera así, pero sabía que el chismorreo no cesaría hasta que todas las respuestas estuvieran claras.

No había nada que él pudiera hacer, se recordó a sí mismo. Salió al rellano y dio un golpe rápido en la puerta de enfrente. El quejido de Seth fue seguido por un murmullo soñoliento y después por una irritada maldición. Ethan continuó hacia la planta baja. Seguro que Seth volvía a quejarse por tener que levantarse tan temprano. Pero mientras Cam y Anna siguieran en Italia de luna de miel y Phillip estuviera en Baltimore trabajando hasta el fin de semana, le correspondía a él levantar al chico y hacer que se fuera a casa de un amigo hasta la hora de ir a la escuela.

Estaban en plena temporada de cangrejo y los mariscadores comenzaban su jornada antes de la salida del sol. Así que, hasta que regresaran Cam y Anna, también Seth tendría que levantarse pronto.

La casa se hallaba oscura y en silencio, pero Ethan se movía por ella con facilidad. Ahora poseía su propia casa, aunque parte del acuerdo para conseguir la tutela de Seth se basaba en que los tres hermanos residieran bajo el mismo techo y compartieran la responsabilidad.

A Ethan no le importaba asumir responsabilidades, pero echaba de menos su casita, su intimidad y lo sencilla que había sido su vida anteriormente.

Encendió las luces de la cocina. La noche pasada le había tocado a Seth recoger después de la cena y Ethan notó que lo había hecho a medias. Ignorando la mesa pegajosa y cubierta de cosas, se dirigió directamente a la cocina.

Su perro *Simon* deshizo el ovillo que formaba dormido y se estiró perezosamente, golpeando el suelo con la cola. Ethan preparó el café y saludó al retriever con una caricia distraída en la cabeza.

Ahora volvía a su mente el sueño, ese que le había atrapado justo antes de despertar. Su padre y él, juntos en el barco de faena inspeccionando jaulas para cangrejo, los dos solos. El sol calentaba bastante y brillaba con una luz cegadora. El agua estaba transparente y en calma. En ese momento pensó que había sido un sueño muy vívido, incluso se olía el agua y el pescado, y el sudor.

La voz de su padre, tan fresca en el recuerdo, se elevaba sobre los ruidos del motor y de las gaviotas.

—Sabía que cuidaríais de Seth entre los tres.

—No tenías que morirte para ponernos a prueba. —El tono de Ethan era de resentimiento, con un enfado de fondo que no se había permitido admitir cuando estaba despierto.

—Tampoco era lo que yo tenía en mente —replicó Ray en tono ligero mientras escogía cangrejos de la jaula situada bajo el flotador que Ethan había enganchado con el garfio. Sus gruesos guantes naranjas de pescador brillaban bajo el sol—, te lo aseguro. Oye, tienes aquí unos buenos cangrejos para hacer al vapor y un montón de hembras.

Ethan observó la jaula llena de crustáceos y tomó nota automáticamente del número y el tamaño. Pero no era la pesca lo que importaba, no allí, no entonces.

—Tú quieres que te crea, pero no te explicas.

Ray lo miró, echándose hacia atrás la gorra rojo vivo que llevaba sobre la melena plateada. El viento jugaba con su pelo y con la caricatura de John Steinbeck que decoraba la parte delantera de su camiseta, haciéndola ondear sobre el amplio pecho. El gran escritor norteamericano sostenía un letrero en el que aseguraba que trabajaría a cambio de comida, pero no parecía muy feliz al respecto.

Por el contrario, Ray Quinn rebosaba de salud y energía, sus sonrosadas mejillas estaban surcadas por profundos pliegues que simplemente parecían celebrar el ánimo satisfecho y feliz de un hombre vigoroso de unos sesenta años al que le quedaba mucha vida por delante.

—Tú tienes que encontrar tu propio camino, tus propias respuestas. —Ray le sonrió con sus brillantes ojos azules y Ethan observó las arrugas que se hacían más profundas en torno a ellos—. De ese modo, adquiere más significado. Me siento orgulloso de ti.

Ethan sintió que le ardía la garganta y que el corazón se le encogía. Distraídamente, repuso el cebo en la jaula, y después miró cómo los flotadores naranjas se movían mecidos por el agua.

—¿Por qué?

—Porque eres tú. Sólo porque eres Ethan.

—Yo debería haber ido a verte más a menudo. No debería haberte dejado solo tanto tiempo.

—Eso es una solemne tontería. —Ahora la voz de Ray sonaba tan irritada como impaciente—. Yo no era un viejo inválido. Me voy a mosquear si piensas así, si te culpas por no haber velado por mí, por el amor de Dios. Igual que querías culpar a Cam por haberse trasladado a vivir a Europa y hasta a Phillip por irse a Baltimore. Pero los pájaros sanos abandonan el nido. Tu madre y yo criamos pájaros sanos. —Antes de que Ethan pudiera replicar, su padre alzó una mano. Era un gesto tan suyo, el del profesor que se niega a ser interrumpido mientras está explicando algo, que Ethan se rió—. Pero tú los echabas de menos. Por eso estabas enfadado con ellos. Ellos se fueron, tú te quedaste y deseabas tenerlos cerca. Bueno, pues ya los tienes de vuelta, ¿no?

—Así parece.

—Y tienes una cuñada estupenda, el comienzo de un negocio de construcción de barcos y esto... —Ray hizo un gesto señalando el agua, las boyas que se mecían, la alta hierba de mar, húmeda y brillante, en la orilla, donde una garceta solitaria se alzaba como un pilar de mármol—. Y en tu interior, Ethan, posees algo que Seth necesita. Paciencia. Quizá incluso demasiada en ciertos aspectos.

—¿Y eso qué se supone que significa?

Ray emitió un breve suspiro.

—Hay algo que no posees, Ethan, algo que necesitas. No has hecho más que esperar y buscarte excusas, sin hacer nada para conseguirlo. Si no mueves ficha pronto, lo vas a perder otra vez.

—¿El qué? —Ethan se encogió de hombros y dirigió el barco hasta la siguiente boya—. Tengo todo lo que necesito y deseo.

—No te preguntes qué, pregúntate quién. —Ray chasqueó la lengua y después le dio a su hijo un rápido meneo en el hombro—. Despierta, Ethan.

Y se había despertado con la extraña sensación de tener esa mano grande y familiar en el hombro.

Pero, pensó meditabundo mientras tomaba su primera taza de café, seguía sin conocer las respuestas.

1

—Hemos cogido unos buenos bichos, capitán.

Jim Bodine sacaba de la jaula cangrejos, de los que están a punto de perder el caparazón, y echaba la valiosa captura en el tanque. No le importaban las sonoras pinzas, como lo probaban las cicatrices de sus gruesas manos. Llevaba los guantes típicos de su profesión, pero, como cualquier mariscador sabía, se estropeaban muy rápido. Y en cuanto tenían un agujero, los cangrejos acababan dando con él.

Trabajaba sin pausa, con las piernas separadas para mantener el equilibrio a pesar del balanceo del barco, con los ojos oscuros entornados en un rostro curtido por la edad, el sol y la vida. Se le podían echar cincuenta u ochenta años, y a él le daba igual una cosa u otra.

Siempre llamaba capitán a Ethan y no solía pronunciar más de una frase enunciativa cada vez que hablaba.

Ethan cambió de rumbo hacia la siguiente jaula, empujando ligeramente con la mano derecha el timón de caña, que casi todos los mariscadores preferían al de rueda. Al mismo tiempo, con la izquierda manejaba el acelerador y la palanca de marchas. Había que ir haciendo pequeños ajustes a medida que se avanzaba por el palangre de nasas.

La bahía de Chesapeake podía ser magnánima cuando le daba la gana, pero también le gustaban las tretas para hacerte sudar por el botín.

Ethan la conocía tan bien como a sí mismo, a menudo pensaba que incluso mejor; conocía perfectamente los inconstantes ánimos y movimientos del estuario más grande del continente, que fluía de norte a sur a lo largo de doscientas millas y sin embargo medía sólo cuatro de ancho cuando se deslizaba junto a Anápolis, y treinta en la desembocadura del río Potomac. St. Christopher, situado al abrigo de la parte baja de la orilla oriental de Maryland, vivía de la generosidad de la bahía y maldecía sus caprichos.

Las aguas de Ethan, su hogar, estaban bordeadas de marismas, enlazadas por serpenteantes canales de drenaje, con abruptos ribazos, que relucían entre bosquetes de tulípero y roble.

Era un mundo de regatos formados por la marea y repentinos bancos de arena donde crecían el apio silvestre y el heno de mar.

Se había convertido en su mundo, con sus estaciones cambiantes, sus tormentas repentinas y siempre, siempre, con los sonidos y los aromas del agua.

Calculando el tiempo, agarró el largo garfio y, en un experto movimiento tan fluido como un paso de baile, enganchó el cabo de las nasas y tiró de él. En pocos segundos, una jaula se alzó del agua, chorreando de algas y restos de cebo, llena de cangrejos. Vio las pinzas rojo brillante de las hembras adultas y los ojos ceñudos de los machos.

—¡Buena cosecha! —fue todo lo que comentó Jim mientras se ponía a la faena, izando la jaula a bordo como si pesara gramos en vez de kilos.

Ese día la mar estaba picada y Ethan olía la tormenta que se avecinaba. Cuando tenía las manos ocupadas, usaba las rodillas para manejar los mandos. Echó una mirada a las nubes que comenzaban a agitarse en el cielo del oeste, a lo lejos.

Les daba tiempo, pensó, a seguir con el resto del palangre en la parte ancha de la bahía y ver cuántos crustáceos más se habían metido en las jaulas. Sabía que Jim andaba escaso de dinero, y él también necesitaba todo lo que pudiera sacar para mantener a flote el negocio de construcción de barcos que acababa de montar con sus hermanos.

Les daba tiempo, pensó otra vez, mientras Jim reponía el cebo en una de las jaulas con despojos de pescado medio descongelados y la lanzaba por la borda. Con un salto, Ethan enganchó el siguiente flotador.

Su lustroso perro *Simon*, un retriever de la bahía de Chesapeake, tenía la lengua fuera y se apoyaba con las piernas delanteras en la regala. Al igual que su dueño, donde más feliz se hallaba era en el agua.

Los dos hombres trabajaban coordinadamente y casi en silencio, comunicándose con gruñidos, encogimientos de hombros y algún taco de vez en cuando. Ahora que había abundancia de cangrejos, daba gusto trabajar. Otros años no era así; años en que parecía que el invierno hubiera terminado con los crustáceos o que el agua no alcanzaría nunca la temperatura suficiente para tentarlos a nadar.

En esos años, los mariscadores sufrían a menos que tuvieran otra fuente de ingresos; Ethan tenía intención de hacerse con una construyendo barcos.

El primer barco Quinn estaba casi terminado. Y qué joya, pensó. Cameron ya tenía otro apalabrado para un tipo rico al que conocía de cuando se dedicaba a las carreras, así que empezarían en breve. Ethan estaba seguro de que su hermano atraería a la gente con dinero.

Lo iban a conseguir, se dijo a sí mismo, por muchas dudas y quejas que tuviera Phillip.

Miró el sol, calculó la hora y contempló las nubes que se acercaban lentamente, avanzando sin pausa hacia el este.

—Nos vamos, Jim.

Llevaban ocho horas en el agua, una jornada corta. Pero Jim no se quejó. Sabía que no era realmente la tormenta que se avecinaba lo que hacía que Ethan enfilara el barco de regreso hacia la parte alta de la Bahía.

—El chaval ya habrá llegado del cole —comentó.

—Sí.

Y aunque Seth podía valerse por sí mismo para quedarse solo en casa por la tarde, a Ethan no le gustaba tentar al destino. Un chico de diez años, y con el carácter de Seth, era un peligro andante.

Cuando su hermano volviera de Europa dentro de un par de semanas, se repartirían el cuidado del chico entre los dos. Pero, por el momento, la responsabilidad recaía en él.

El agua de la bahía estaba encabritada y adoptaba un tono gris metálico como reflejo del cielo, pero ni a los hombres ni al perro les preocupaba el agitado viaje mientras el barco escalaba las empinadas olas tomándolas de frente y luego se deslizaba hacia abajo en los senos. *Simon* se había colocado en la proa; tenía la cabeza alta y las orejas movidas por el viento, y sonreía con una sonrisa perruna. Ethan había construido el barco él mismo y sabía que aguantaría. Tan seguro como el perro, Jim buscó la protección de la toldilla y, ahuecando las manos, encendió un cigarrillo.

El puerto de St. Chris rebosaba de turistas. Los primeros días de junio les impulsaban a salir de los barrios residenciales de Washington y Baltimore, tentándoles a coger el coche para acercarse hasta allí. Ethan imaginaba que la pequeña ciudad les parecía pintoresca, con sus calles estrechas, sus casas de madera y sus tiendecitas. Les gustaba contemplar cómo trabajaban los dedos de los peladores de cangrejos, comer los esponjosos pasteles hechos con ese crustáceo y poder contarles a sus amigos que habían probado la sopa de cangrejo hembra. Se alojaban en los hostales, la ciudad presumía de tener nada menos que cuatro, y se gastaban el dinero en los restaurantes y las tiendas de regalos.

A Ethan no le parecía mal. En las épocas en que la bahía no se mostraba pródiga, el turismo mantenía viva la localidad. Y se le ocurrió que, en algún momento, alguno de esos turistas podía decidir que el deseo más profundo de su alma era poseer un velero construido de forma artesanal en madera.

El viento arreció mientras Ethan atracaba en el muelle. Jim saltó ágilmente para amarrar los cabos. Sus piernas cortas y su cuerpo rechoncho le hacían parecer una rana saltarina vestida con botas de goma blancas y una gorra manchada de grasa.

A una distraída señal de la mano de su amo, *Simon* se sentó y esperó en el barco mientras los hombres descargaban la captura del día y el viento hacía bailar la toldilla, de un verde comido por el sol. Ethan contempló cómo se acercaba Pete Monroe con su pelo gris metálico aplastado bajo una desgastada gorra, y con su cuerpo fornido vestido con unos amplios pantalones caquis y una camisa roja de cuadros.

—Buena captura, Ethan.

Éste sonrió. Le tenía bastante aprecio al señor Monroe, a pesar de que era tacaño hasta la médula. Dirigía la Marisquería Monroe con el puño bien apretado. Pero, por lo que él sabía, no había empresario marisquero que no se quejara de los beneficios.

Se echó hacia atrás la gorra y se rascó el cuello donde el sudor y el cabello húmedo le hacían cosquillas.

—No está mal.

—Muy pronto volvéis hoy.

—Se avecina una tormenta.

Monroe asintió. En ese momento, sus peladores de cangrejos, que habían estado trabajando a la sombra de toldos de rayas, se preparaban para irse adentro. Sabía que la lluvia empujaría también a los turistas a buscar un sitio donde tomarse un café o un helado. Como era uno de los dos socios de la cafetería Bayside Eats, no le importaba.

—¿Que traéis? Unas setenta cajas, ¿no?

Ethan dejó que su sonrisa se hiciera más amplia. Alguien podría decir que tenía un aire de pirata. Ethan no se habría sentido insultado, pero sí sorprendido.

—Más bien noventa, diría yo.

Sabía exactamente a cómo se vendían, pero tenía claro que había que regatear, como de costumbre. Sacó su puro para esas situaciones, lo encendió y se dispuso a la tarea.

Las primeras gotas gordas comenzaron a caer cuando se dirigía a casa. Calculaba que había conseguido un buen precio por los cangrejos; sus ochenta y siete cajas. Si el verano seguía así, tendría que pensarse lo de colocar otras cien jaulas el año próximo, quizá incluso contratar a alguien a tiempo parcial.

Dedicarse a las ostras en la bahía ya no era como antes desde que los parásitos las habían dejado diezmadas. Entonces los inviernos se hicieron duros. Lo que necesitaba eran unas cuantas temporadas buenas de cangrejo para poder invertir la mayor parte de los beneficios en el nuevo negocio y para contribuir a pagar al abogado. Ante esa idea apretó los labios mientras la embarcación cabeceaba de camino a casa.

¿Por qué necesitaban un maldito abogado? ¿Por qué tenían que pagar a un charlatán mañoso vestido de traje para que limpiara el buen nombre de su padre? Eso no iba a acabar con los chismorreos que circulaban por la ciudad. Las habladurías sólo terminarían cuando la gente encontrara algo más jugoso a lo que hincarle el diente que la vida y la muerte de Ray Quinn.

Y la presencia del chico…, meditó, observando el agua que temblaba bajo el golpeteo uniforme de la lluvia. Había gente a la que le gustaba hacer comentarios sobre el chico que les miraba con los ojos azul oscuro de Ray Quinn.

A él, personalmente, no le importaba. Por lo que a él concernía, la gente podía seguir dándole a la lengua hasta que se les cayera de la boca. Pero le dolía en lo más profundo que alguien insinuara algo malo sobre el hombre al que había amado con cada latido de su corazón.

Así que se dejaría los dedos para pagar al abogado y haría lo que hubiera que hacer para proteger al chaval.

En el cielo sonó un trueno que retumbó en el agua como un cañonazo. La luz se redujo como en el crepúsculo por las nubes oscuras que se abrieron para liberar sólidas cortinas de agua. Sin embargo, Ethan atracó con calma en su embarcadero. Total, mojarse un poco más no le haría daño.

Como compartiendo ese sentimiento, *Simon* saltó al agua para nadar hasta la orilla mientras su dueño amarraba los cabos. Luego, éste recogió la tartera y se dirigió a la casa, con sus botas de pescador chapoteando en el muelle.

Se las quitó en el porche trasero. Cuando era pequeño, su madre le había echado un montón de broncas por meter porquería en casa, y Ethan conservaba el hábito adquirido desde entonces. Pero no reparó en que el perro mojado empujaba la puerta con el morro y entraba antes que él. Hasta que vio las encimeras y los suelos relucientes.

Mierda, fue todo lo que se le ocurrió mientras miraba las pisadas y oía el alegre ladrido de saludo de *Simon*. Luego hubo un chillido, más ladridos y risas.

—¡Estás empapado! —La voz femenina era grave, suave y alegre. También era muy firme, y Ethan se sintió un poco culpable—. ¡Fuera, *Simon*! Vamos, fuera. Vete al porche delantero hasta que te seques.

Hubo otro gritito y risas de niño pequeño junto a las de otro más grande. «Está aquí toda la pandilla», pensó Ethan pasándose la mano por el cabello mojado. Cuando oyó pasos que se acercaban, salió disparado al armario de las escobas para sacar la fregona.

No se movía deprisa muy a menudo, pero podía hacerlo cuando se veía obligado.

—¡Ay, Ethan! —Grace Monroe lo contempló con las manos en sus estrechas caderas, alternando su mirada entre él y las huellas de perro en el suelo recién encerado.

—Ya me ocupo yo. Lo siento. —Vio que la fregona aún estaba mojada y decidió que era mejor no mirar a la joven directamente—. No me había dado cuenta —musitó, llenando un cubo con agua en el fregadero—. No sabía que te tocaba venir hoy.

—Vaya, ¿así que dejas que los perros mojados corran por la casa manchando el suelo cuando no me toca venir?

Ethan se encogió de hombros.

—El suelo estaba sucio cuando me he ido esta mañana, así que no creía que se notara algo más de suciedad. —Por fin se relajó un poco. Últimamente siempre le costaba unos minutos conseguirlo cuando estaba con ella—. Pero si hubiera sabido que me ibas a echar una bronca, lo habría dejado en el porche.

Cuando se volvió, sonreía, y ella dejó escapar un suspiro.

—Anda, dame la fregona, ya lo hago yo.

—No, no, lo que mancha mi perro lo limpio yo. He oído a Aubrey.

Con aire distraído, Grace se apoyó en la jamba de la puerta. Se sentía cansada, lo que no era nada fuera de lo normal. Como cada día, llevaba ocho horas trabajando. Y esa noche le quedaban todavía otras cuatro sirviendo copas en el pub de Shiney.

Algunos días, cuando se metía en la cama arrastrándose, casi habría dicho que oía llorar a sus pies.

—Seth me la está cuidando. Me ha tocado cambiar los días. Esta mañana me ha llamado la señora Lynley pidiéndome que la cambiara a mañana porque su suegra la ha llamado desde Washington para

autoinvitarse a cenar. Dice que la suegra mira cada
mota de polvo como si fuera el mayor pecado contra Dios y la humanidad. Creí que no os importaría si venía hoy en lugar de mañana.

—Tú encájanos donde mejor te venga, Grace,
te lo agradecemos igual.

Ethan la observaba mientras fregaba. Siempre
le había parecido guapa. Era como un caballo dorado y de largas piernas. Llevaba el pelo corto como un chico, pero a él le gustaba cómo le sentaba,
igual que un brillante gorro con flecos.

Estaba tan delgada como una de esas supermo-
delos que cobran millones de dólares, pero él sabía
que su silueta alta y esbelta no se debía a la moda.
Según recordaba, de niña era flaca y desmañada.
Cuando él llegó a St. Chris y a la familia Quinn,
ella tendría unos siete u ocho años. Ahora debía de
andar por los veintidós, y «flacucha» ya no era la
palabra más apropiada para describirla.

Era como un sauce joven, pensó, casi ponién-
dose colorado.

Ella le sonrió y sus ojos verdes de sirena se ani-
maron, mientras que en las mejillas aparecieron
pequeños hoyitos traviesos. Por razones que no
podía precisar, a ella le parecía divertido contemplar a un ejemplar macho tan sano con la fregona.

—¿Qué tal te ha ido el día?

—No ha estado mal. —Fregó el suelo a conciencia. Era un hombre meticuloso. Después se dirigió de nuevo al fregadero para enjuagar la fregona y el cubo—. Le he vendido un buen cargamento
de cangrejos a tu padre.

Ante la mención de su padre, la sonrisa de la joven perdió parte de su brillo. Estaban distanciados y llevaban así desde que se quedó embarazada de Aubrey y se casó con Jack Casey, el hombre al que su padre denominaba «esa nulidad de mecánico del norte del estado».

Resultó que su padre llevaba razón sobre Jack. El tipo la había dejado en la estacada un mes antes del nacimiento de su bebé, llevándose consigo los ahorros, el coche y casi toda la autoestima de Grace.

Pero lo había superado, se recordó a sí misma. Y se las arreglaba bastante bien. Y seguiría arreglándoselas bien ella sola, sin un céntimo de su familia, aunque tuviera que matarse a trabajar para conseguirlo.

Oyó a Aubrey reír de nuevo, una sonora carcajada, y su resentimiento se desvaneció. Tenía todo lo que importaba. Todo estaba vinculado al pequeño ángel de ojos vivarachos y pelo rizado que estaba en el cuarto de al lado.

—Antes de irme os prepararé algo de cena.

Ethan se giró y la miró otra vez. Estaba bronceada y le sentaba muy bien, le daba a su piel un tono cálido. Poseía un rostro alargado a juego con su esbelto cuerpo, aunque la barbilla mostraba cierta tendencia a la obstinación. Si la mirara cualquier hombre, vería una rubia esbelta y sosegada y un bello rostro, un rostro que le hacía desear a uno poder contemplarla un poco más.

Y si uno lo hacía, vería las ojeras bajo los grandes ojos verdes y cierto cansancio en torno a la suave boca.

—No tienes por qué hacerlo, Grace. Deberías irte a casa y descansar un poco. Hoy te toca ir al pub, ¿no?

—Me sobra tiempo y le he prometido a Seth hamburguesas desmigadas en salsa. No tardaré mucho. —Se movió mientras Ethan seguía observándola. Hacía mucho que había aceptado que esas miradas de él, largas y pensativas, le calentaban la sangre. Otra de las pequeñas dificultades de la vida, pensó—. ¿Qué pasa? —preguntó mientras se pasaba una mano por la mejilla como esperando encontrar un tiznajo.

—Nada. Bueno, si vas a cocinar, te tienes que quedar para ayudarnos a comer lo que prepares.

—Estupendo. —Se relajó de nuevo y se adelantó a coger el cubo y la fregona de las manos de Ethan para guardarlos ella misma—. A Aubrey le encanta estar aquí con Seth y contigo. ¿Por qué no vas con ellos a la sala? Tengo que terminar una colada y luego me pongo con la cena.

—Te echaré una mano.

—No, de ninguna manera. —Era otra cuestión de orgullo. Le pagaban a ella, y tenía que hacer el trabajo ella. Todo el trabajo—. Anda, vete a la sala, y no dejes de preguntarle a Seth qué tal el examen de matemáticas que les han entregado hoy.

—¿Qué le han puesto?

—Otro sobresaliente.

Le guiñó un ojo y le echó de la cocina. Seth era muy inteligente, pensó mientras se dirigía al cuarto de lavar, situado junto a la cocina. Si a ella se le hubieran dado mejor los números cuando era pequeña, si hubiera tenido una mente más práctica, no se habría pasado la vida en la escuela soñando.

Habría aprendido un oficio, uno de verdad, no sólo poner copas, cuidar de la casa o pelar cangrejos. Habría tenido una profesión a la que volver cuando se encontró embarazada, sola y con todas las esperanzas de escaparse a Nueva York para ser bailarina hechas añicos, como un cristal golpeado con un ladrillo.

¡Bah!, no era más que un sueño absurdo, se dijo a sí misma, vaciando la secadora y cargándola una vez más con la ropa mojada de la lavadora. Castillos en el aire, como decía su madre. Pero lo cierto era que, mientras crecía, sólo había dos cosas que deseaba: bailar y a Ethan Quinn.

No había conseguido ninguna de las dos.

Dejó escapar un leve suspiro, acercando a su mejilla la sábana suave y cálida que acababa de coger de la cesta de la ropa. La sábana de Ethan, la que había quitado de su cama esa misma mañana. En ese momento, había captado su olor en la tela y quizá, durante un minuto o dos, se permitió soñar un poquito sobre cómo podría haber sido si él la hubiera deseado, si ella se hubiera acostado con él en esas sábanas, en su casa.

Pero soñar no hacía las tareas, ni pagaba el alquiler ni compraba las cosas que necesitaba su hijita.

Comenzó a doblar las sábanas con energía, colocándolas ordenadamente sobre la rugiente secadora. No tenía por qué avergonzarse de limpiar casas o servir copas. Además, ambas cosas se le daban bien. Y se sentía una persona de provecho y necesitada por los demás. Con eso bastaba.

Desde luego, el hombre con el que había estado casada brevemente no la había necesitado ni la había considerado una persona de provecho. Si al menos se hubieran amado el uno al otro, si se hubieran querido de verdad, habría sido distinto. Para ella, había sido una necesidad desesperada de pertenecer a alguien, de sentirse querida y deseada como mujer. Para Jack… Grace sacudió la cabeza. Sinceramente, no tenía ni idea de qué había significado para él.

Una atracción sexual, suponía, que se convirtió en la concepción de un nuevo ser. Era consciente de que él creía haber hecho lo más correcto al llevarla al juzgado y ponerse con ella frente a un juez en aquel frío día de otoño para intercambiar los votos matrimoniales.

Nunca la había maltratado. Nunca se había emborrachado y la había pegado, como hacían algunos maridos con sus esposas, a las que no querían. Tampoco se dedicaba a perseguir faldas, al menos no que ella supiera. Pero había visto, a medida que Aubrey crecía dentro de ella y su vientre se iba redondeando, el destello de pánico que se instalaba en la mirada de Jack.

Y luego, un día, él se fue sin decir palabra.

Lo peor de todo, pensó Grace, es que se había sentido aliviada.

Si Jack había hecho algo por ella, era obligarla a crecer, a hacerse cargo de las cosas. Y lo que le había dado valía más que las estrellas.

Puso la ropa doblada en la cesta, que se colocó en la cadera, y se dirigió a la sala.

Allí estaba su tesoro, con un lustroso cabello rubio y rizado y un precioso rostro de mejillas sonrosadas iluminado de alegría mientras parloteaba con Ethan, que la tenía sentada en su regazo.

Con dos años, Aubrey Monroe parecía un ángel de Botticelli, toda rosa y oro, con vivarachos ojos verdes y hoyitos que hendían sus mejillas. Tenía además pequeños dientes de gatito y manos de dedos largos. Aunque apenas podía entender la mitad de lo que decía, Ethan asintió con seriedad.

—¿Y entonces qué ha hecho *Tonto*? —preguntó cuando comprendió que le estaba tratando de contar una historia relacionada con el cachorro de Seth.

—Me ha lamido la cara. —Con la risa en los ojos, se frotó las mejillas con las manos—. Toda la cara. —Sonriendo, le tocó la cara a Ethan y comenzó un juego que le gustaba mucho—. ¡Ay! —Se rió estrepitosamente, frotándole la cara de nuevo—. Barba.

Entrando en el juego, Ethan pasó ligeramente los nudillos por las suaves mejillas de la niña, y luego apartó la mano rápidamente.

—¡Ay! Tú también tienes.

—¡No! Tú.

—No. —La atrajo hacia sí y le dio unos sonoros besos en la mejilla mientras ella se revolvía encantada—. Tú.

Riéndose a carcajadas, la niña se escabulló para acercarse al muchacho que estaba tirado en el suelo.

—Barba Seth. —Le cubrió las mejillas de besos y saliva. La hombría de Seth requería que éste hiciera una mueca de desagrado.

—Jo, Aubrey, déjame en paz. —Para distraerla, agarró uno de los coches de juguete de la niña y lo hizo correr ligeramente por su brazo—. Eres una pista de carreras.

Los ojos de la niña brillaron con la emoción de un juego nuevo. Arrebatándole el coche, lo hizo correr, sin tanta suavidad, por cualquier parte del cuerpo de Seth que podía alcanzar.

Ethan se limitó a sonreír.

—Tú te lo has buscado, colega —le dijo a Seth cuando Aubrey le pisó el muslo para llegar hasta su otro hombro.

—Lo prefiero a que me llene de babas —alegó Seth, pero alzó el brazo para impedir que la niña se cayera al suelo.

Por un momento, Grace simplemente se quedó allí mirando. Ethan, sentado relajadamente en el gran sillón de orejas, sonreía a los niños. Éstos, con sus cabezas juntas, una delicada y cubierta de rizos dorados, la otra con una mata de pelo desgreñado bastante más oscura.

El pequeño muchacho perdido, pensó, y su corazón voló hasta él con la misma compasión que sentía desde el primer día que lo vio. Pero ahora había encontrado el camino a un hogar.

Su preciada hija. Cuando Aubrey era apenas un aleteo en su útero, Grace prometió amarla, protegerla y disfrutar con ella. A Aubrey nunca le faltaría un hogar.

Y el hombre que fue una vez un muchachito perdido, el hombre que se había deslizado en sus sueños de adolescente años atrás para no abandonarlos nunca más... Él se había construido un hogar.

La lluvia golpeaba en el tejado, la televisión era un murmullo bajo sin importancia. Los perros dormían en el porche delantero y el viento húmedo se colaba por la puerta con mosquitera.

Grace anheló lo que no le correspondía anhelar: poder dejar en el suelo la cesta de la ropa, acercarse y sentarse en el regazo de Ethan. Ser bien recibida, incluso esperada. Cerrar los ojos apenas un ratito y ser parte de ese todo.

En lugar de eso, se retiró, sintiéndose incapaz de poner el pie en ese universo tranquilo y relajado. Regresó a la cocina, donde las luces del techo lanzaban un brillo descarnado. Allí, dejó la cesta en la mesa y comenzó a sacar lo que necesitaba para la cena.

Cuando Ethan entró unos minutos más tarde en busca de una cerveza, la carne estaba dorándose, las patatas se freían en aceite de cacahuete y la joven estaba preparando la ensalada.

—Huele muy bien.

Se quedó parado un momento, sintiéndose incómodo. Hacía años que nadie cocinaba para él, y ni siquiera entonces lo había hecho una mujer. Su padre se movía a gusto en la cocina, pero su madre... Siempre bromeaban sobre el hecho de que cuando ella cocinaba, necesitaban todos sus conocimientos médicos para sobrevivir a la comida.

—Estará listo dentro de una media hora. Espero que no te importe cenar pronto. Tengo que llevar a Aubrey a casa, bañarla y vestirme para ir al trabajo.

—Nunca me importa comer, en particular cuando no me toca cocinar a mí. Y la verdad es que hoy quiero ir al astillero durante un par de horas.

—Ah. —Le miró, soplándose el flequillo—. Deberías habérmelo dicho. Me habría dado más prisa.

—No pasa nada. —Bebió un trago de la botella—. ¿Te apetece algo de beber?

—No, gracias. Estaba pensando en usar el aderezo para ensaladas que preparó Phillip. Resulta mucho más sabroso que el comprado.

Estaba dejando de llover, el agua se espaciaba en una llovizna lenta que la acuosa luz del sol intentaba atravesar. Grace miró hacia la ventana, siempre esperando ver un arco iris.

—¡Qué bien están las flores de Anna! —comentó—. Les sienta bien la lluvia.

—Así no tengo que sacar la manguera. Si se secaran cuando ella no está, me mataría.

—No la culpo. Trabajó muy duro para plantarlas antes de la boda. —Grace trabajaba con rapidez y agilidad mientras hablaba. Escurrió una tanda de patatas y echó otra al aceite hirviendo—. ¡Fue una boda tan bonita! —continuó mientras mezclaba la salsa para la carne en un cuenco.

—Todo salió bien. Tuvimos suerte con el tiempo.

—Ah, es que ese día no podía llover. Habría sido un pecado.

Podía verlo de nuevo con toda claridad. El verdor de la hierba en el patio trasero, el brillo del agua. Las flores plantadas por Anna rebosaban de color junto a las compradas, que casi se salían de las macetas, y los cuencos estaban dispuestos a lo largo de la alfombra blanca por la que había desfilado la novia hasta reunirse con el hombre con quien iba a casarse.

Su vestido blanco ondeaba al viento, el fino velo realzaba los ojos oscuros y embriagados de felicidad. Las sillas estaban ocupadas por amigos y familiares. Los abuelos de Anna lloraban. Y Cam, el pendenciero Cameron Quinn, miraba a su prometida como si acabara de recibir las llaves del paraíso.

Una boda casera. Sencilla, romántica, cálida, pensó Grace, perfecta.

—Anna es la mujer más bella que he visto en mi vida —comentó con un suspiro apenas teñido de envidia—. Es tan morena y exótica…

—Le va bien a mi hermano.

—Parecían estrellas de cine, tan elegantes y relucientes… —Se sonrió a sí misma mientras incorporaba la salsa especiada a la carne, dándole vueltas—. Cuando Phillip y tú tocasteis el vals para su primer baile, fue la cosa más romántica que he visto nunca. —Volvió a suspirar mientras acababa la ensalada—. Y ahora están en Roma. No me lo puedo ni imaginar.

—Llamaron ayer por la mañana para pillarme antes de que me fuera a trabajar. Dicen que lo están pasando muy bien.

Grace se rió con un sonido grave y un poco ronco que le corrió a Ethan por la piel como círculos en el agua.

—¿De luna de miel en Roma? Lo raro sería lo contrario. —Al sacar otra tanda de patatas de la sartén, algunas gotas de aceite le saltaron, alcanzándole en un lado de la mano, por lo que maldijo suavemente—: ¡Vaya! Maldita sea. —Cuando levantaba la pequeña quemadura hasta su boca para aliviar el dolor, Ethan se acercó rápidamente y le agarró la mano.

—¿Te has quemado? —Vio que la piel se estaba poniendo roja y llevó a Grace al fregadero—. Échate agua fría encima.

—No pasa nada. Es sólo una pequeña quemadura. Me ocurre siempre.

—No te pasaría si llevaras más cuidado. —Ethan tenía el ceño fruncido y su mano agarraba los dedos de ella con firmeza para mantenerlos bajo el grifo abierto—. ¿Te duele?

—No. —Grace no podía sentir nada más que la mano de él en sus dedos y su propio corazón retumbándole en el pecho. Consciente de que estaba a punto de ponerse en ridículo, trató de liberarse—. No pasa nada, Ethan. No te preocupes.

—Tienes que ponerte un poco de pomada. —Él elevó el brazo hacia el armario para buscarla y alzó la cabeza. Sus miradas se juntaron. Se quedó quieto, con el agua saliendo del grifo, ambas manos atrapadas bajo la fría cascada.

Siempre procuraba no estar demasiado cerca de ella para no poder ver las diminutas motas de polvo dorado en los ojos de ella. Porque si las viera, comenzaría a pensar, a imaginar. Y entonces tendría que recordarse a sí mismo que se trataba de Grace, la niña a la que había visto crecer. La mujer que era la madre de Aubrey. Una vecina que lo consideraba un amigo de confianza.

—Tienes que cuidarte más. —Su voz sonaba ronca, pues las palabras tenían que salir de una garganta que se había quedado seca como el polvo. Ella olía a limón.

—Estoy bien. —Grace se estaba muriendo, a medio camino entre un placer embriagador y una desesperanza total. Ethan le sostenía la mano como si fuera tan frágil como el vidrio soplado. Y la miraba con el ceño fruncido, como si ella tuviera menos sentido que su hija de dos años—. Ethan, se me van a quemar las patatas.

—Ah, bueno. —Mortificado porque había estado pensando, durante apenas un segundo, si la boca de Grace tendría un sabor tan suave como parecía, se apartó bruscamente buscando con torpeza el tubo de pomada. El corazón le saltaba en el pecho, y él odiaba esa sensación. Prefería las cosas calmadas y fáciles—. No dejes de echarte un poco de bálsamo. —Dejó el tubo en la encimera y retrocedió—. Yo… haré que los niños se laven las manos para cenar.

Se volvió, recogió la cesta de la ropa y se fue.

Con movimientos pausados, Grace cerró el grifo, se volvió y salvó las patatas fritas. Satisfecha con cómo iba la cena, cogió el tubo y se puso un poco de pomada, frotando suavemente la piel

40

enrojecida antes de devolverla a su sitio en el armario.

Después se inclinó sobre el fregadero para mirar por la ventana. Pero no pudo encontrar ningún arco iris en el cielo.

2

No había nada mejor que un sábado, a menos
que fuera el anterior a la última semana de colegio
y a las vacaciones estivales. Eso, claro, era como
todos los sábados de tu vida enrollados en una
gran pelota brillante.

El sábado significaba pasar el día en el agua, fae-
nando con Ethan y Jim, en lugar de en la escuela.
Significaba trabajo duro, calor y bebidas frescas.
Cosas de hombres. Con los ojos protegidos por la
visera de su gorra de los Orioles y por las chulísi-
mas gafas de sol que se había comprado en una expedición al centro comercial, Seth lanzó el garfio
para enganchar el siguiente flotador de superficie.
Sus jóvenes músculos se marcaron bajo la camiseta
de *Expediente X*, que le aseguraba que la verdad se
hallaba ahí fuera.

Observó cómo trabajaba Jim, inclinando la jaula y desenganchando la tapa, hecha con la de una
lata de ostras, de la caja del cebo que estaba en el
fondo de la jaula. Seth se dio cuenta de que había
que quitar el cebo viejo agitando la caja, y contem-

pló las gaviotas, que se zambullían y chillaban como locas. Era genial. Ahora había que agarrar bien la jaula, darle la vuelta y agitarla a tope para que los cangrejos de la parte superior cayeran en el tanque de lavado que les aguardaba. Seth pensó que él podía hacer todo aquello si se lo proponía de verdad. No le daban miedo unos cuantos cangrejos de pacotilla sólo porque tuvieran el aspecto de grandes insectos mutantes llegados de Venus o porque tuvieran pinzas que chasqueaban y pellizcaban.

Pero su tarea era reponer el cebo con un par de montones de asquerosos despojos de pescado, cerrar la tapa de la caja y asegurarse de que la cuerda no se hubiera quedado enredada. Luego tenía que calcular la distancia entre los flotadores y, si todo iba bien, lanzar la jaula por la borda. ¡Al agua!

Y después le tocaba lanzar el garfio para enganchar la siguiente boya.

Ya sabía distinguir las hembras de los machos. Jim decía que los cangrejos chica se pintaban las uñas porque sus pinzas son rojas. Es increíble cómo los dibujos de la panza se parecen a los órganos sexuales. Cualquiera puede ver que los cangrejos chico tienen ahí una larga T que parece una pilila.

Jim le había mostrado también una pareja de cangrejos apareándose, él los llamaba «dobladores», y eso sí que era demasiado. El cangrejo chico simplemente trepa sobre la chica, la coloca debajo de sí, y de esa forma nadan durante días.

Seth pensaba que les tenía que gustar.

Ethan había comentado que los cangrejos se casan, y cuando Seth se rió burlón, alzó una ceja. A

Seth le intrigó lo suficiente como para irse a la biblioteca de la escuela y buscar libros sobre cangrejos. Y ahora creía entender, más o menos, lo que Ethan había querido decir. El chico protege a la chica al mantenerla bajo su cuerpo, porque ella sólo puede aparearse cuando está en la última muda y su caparazón es blando, por lo que es vulnerable. Incluso después del apareamiento, él sigue llevándola hasta que su caparazón se endurece de nuevo. Y como ella sólo se aparea una vez, es como estar casados.

Seth pensó en cómo se habían casado Cam y la señorita Spinelli, Anna, se recordó que ahora tenía que llamarla Anna. Ese día, muchas mujeres soltaron la lágrima y los tíos se rieron y bromearon. Todo el mundo hizo muchos aspavientos, y había flores, música y montones de comida. Él no lo pillaba. Para él, casarse sólo significaba que podías tener relaciones sexuales sin que nadie se mosqueara.

Pero fue guay. Nunca se había visto en otra igual. Aunque antes de la boda Cam le había obligado a ir al centro comercial y le había hecho probarse trajes, no le importó demasiado.

A veces le preocupaba un poco que las cosas pudieran cambiar a partir de ahora, cuando apenas se estaba acostumbrando a como eran. Ahora habría una mujer en la casa. En general, Anna le caía bien. Aunque era asistente social, siempre había sido legal con él. Pero no dejaba de ser una mujer.

Como su madre.

Seth atajó ese pensamiento. Si pensaba en su madre, si recordaba la vida que había llevado con ella, los hombres, las drogas, los pequeños cuartos sucios, se le iba a amargar el día.

Y en sus diez años de vida no había vivido tantos días agradables como para arriesgarse a estropear uno.

—¿Qué, echando una cabezadita, Seth?

La suave voz de Ethan le devolvió bruscamente al presente. Parpadeó y vio el sol reflejándose en el agua donde se mecían los flotadores naranjas.

—Sólo estaba pensando —refunfuñó, y rápidamente tiró de una boya.

—Lo que es yo, no pienso mucho. —Jim colocó la jaula en la regala y comenzó a entresacar cangrejos. Su arrugado rostro se plegó en una sonrisa—. Pensar te puede dar meningitis.

—Mierda —comentó Seth, observando la captura—. Ése está empezando a mudar el caparazón.

Jim gruñó, sosteniendo un cangrejo con el caparazón casi colgando por la parte trasera.

—A este elemento, mañana se lo come alguien en bocadillo. —Le guiñó un ojo a Seth mientras echaba el crustáceo en el tanque—. A lo mejor, yo.

Tonto, que era aún un cachorro y se merecía su nombre, olisqueó la nasa, lo que provocó una revuelta brusca y fiera de los crustáceos. Cuando las pinzas chasquearon, el perrillo se apartó de un salto un gañido.

—Ese perro… —Jim se moría de risa—. Ése sí que no se tiene que preocupar por la meningitis.

La jornada no terminó ni cuando llevaron a puerto la captura del día, vaciaron el tanque y dejaron a Jim en su casa. Ethan se apartó de los controles.

—Tenemos que ir al astillero. ¿Quieres llevarlo tú?

Aunque los ojos de Seth se hallaban ocultos por las gafas oscuras, Ethan imaginó que su expresión debía corresponderse con su mandíbula caída. Le hizo gracia que el chico se limitara a encogerse de hombros, como si tales cosas sucedieran a diario.

—Claro, sin problema.

Con las palmas sudorosas, Seth se hizo cargo del timón.

Ethan se mantuvo apartado, con las manos metidas en los bolsillos traseros del pantalón y los ojos atentos. Había mucho tráfico en el agua. Una tarde agradable de fin de semana atraía a los barcos de recreo a la bahía. Pero el trayecto era corto y el chico tenía que aprender en algún momento. No se podía vivir en St. Chris y no saber cómo pilotar un barco de faena.

—Un poco a estribor —le indicó a Seth—. ¿Ves ese esquife de ahí? Es un dominguero, y se te va a colar por la proa si mantienes este rumbo.

Seth entrecerró los ojos, estudió el barco que le señalaba Ethan y la gente que estaba en cubierta. Comentó bufando:

—Eso es porque el tipo le está haciendo más caso a esa chica del biquini que al viento.

—Bueno, la verdad es que a ella le sienta bien el biquini.

—No sé qué les veis a los pechos.

Dicho sea en su honor, Ethan no soltó la carcajada, sino que asintió con seriedad y replicó:

—Imagino que, en parte, se debe a que nosotros no tenemos.

—A mí la verdad es que no me interesan.

—Ya me lo dirás dentro de un par de años —murmuró Ethan, protegido por el ruido del motor. Ante esa idea hizo una mueca. ¿Y qué diablos iban a hacer cuando el chaval llegara a la pubertad? Alguien tendría que hablarle sobre… las cosas. Sabía que Seth poseía ya un conocimiento excesivo sobre el sexo, pero era todo del tipo perverso y pegajoso, el mismo que él adquirió a una edad demasiado temprana.

Uno de ellos tendría que explicarle cómo debían ser las cosas, cómo podían ser, y más pronto que tarde.

Ojalá no le tocara a él.

Avistó el astillero, el viejo edificio de ladrillo, el flamante muelle que acababa de construir con sus hermanos. Le invadió el orgullo. Quizá el edificio no pareciera gran cosa con los ladrillos agujereados y el tejado lleno de parches, pero iban a triunfar. La ventanas estaban sucias pero en buen estado, sin cristales rotos.

—Afloja el acelerador. Llévalo despacio. —Sin darse cuenta, Ethan colocó una mano sobre la que Seth tenía en los controles. Se dio cuenta de que el chico se ponía tenso y luego se relajaba. Aún seguía sin aceptar que le tocaran por sorpresa, pero ya no reaccionaba tan mal como antes—. Así, así, un poco más a estribor. —Cuando el barco chocó suavemente con los pilotes, Ethan saltó al embarcadero para amarrar los cabos—. ¡Buen trabajo! —A una señal suya, *Simon*, prácticamente temblando de emoción, saltó a tierra. Aullando frenéticamente, *Tonto* trepó a la regala, vaciló y luego lo siguió—. Pásame la nevera.

Rezongando sólo un poco, Seth se la alcanzó.

—A lo mejor yo podría pilotar el barco alguna vez cuando salgamos a mariscar.

—A lo mejor. —Ethan esperó a que el chico saltara sin peligro al muelle, antes de dirigirse a las puertas traseras del edificio.

Ya estaban abiertas de par en par y por ellas salía la conmovedora voz de Ray Charles. Ethan dejó la nevera junto a la puerta y se colocó las manos en las caderas.

El casco estaba terminado. Cam había trabajado de lo lindo para hacer lo más posible antes de marcharse de luna de miel. Lo habían entablado, embarbillando los cantos para que se solaparan, pero de modo que las costuras quedaran lisas.

Juntos habían completado el armazón, alabeado al vapor, usando marcas de lápiz como guía y «caminando» cada cuaderna cuidadosamente hasta su posición, por medio de la aplicación de una presión suave y firme. El casco era sólido. No habría grietas en el forro de una embarcación de Barcos Quinn.

El diseño se debía principalmente a Ethan, aunque Cam le había añadido algunos toques aquí y allá. El casco era de fondo en arco, caro de construir pero con las ventajas de la estabilidad y la velocidad. Ethan sabía lo que quería el cliente.

Con esa idea en mente, había diseñado la forma de la proa, optando por una de crucero, atractiva y buena también para la velocidad, capaz de flotar. La popa era un contradiseño de longitud moderada, lo que proporcionaba un lanzamiento que haría que la longitud del barco fuera mayor que su eslora de flotación.

Era un diseño de líneas puras muy atractivo. Ethan comprendía que el cliente buscaba tanto un aspecto estilizado como la navegabilidad básica.

Cuando llegó el momento de revestir el interior con una mezcla al cincuenta por ciento de aceite de linaza caliente y trementina, recurrió a Seth para el trabajo sucio. Era una tarea desagradable, estaba garantizado que uno acababa con quemaduras, a pesar de los guantes y la precaución. Pero el chico había aguantado bien.

Desde donde se hallaba, Ethan podía estudiar el arrufo, el perfil superior del casco. Se había decidido por uno aplanado para conseguir una embarcación más amplia y más seca, con suficiente espacio abajo para la gente. A su cliente le gustaba salir a navegar con amigos y familiares.

El tipo había insistido en que se usara madera de teca, aunque Ethan le había asegurado que el pino o el cedro habrían bastado para la tablazón del casco. Ethan pensó ahora que aquel hombre tenía dinero para gastárselo en su afición y también en el estatus. Y había que reconocer que la teca le daba un aspecto espectacular.

Su hermano Phillip estaba trabajando en la cubierta. Desnudo hasta la cintura por el calor y la humedad, y con el pelo rubio oscuro protegido por una gorra negra, sin nombres ni logotipos, con la visera hacia atrás, estaba atornillando las tablas. Cada pocos segundos, el duro y agudo zumbido del destornillador eléctrico competía con la voz melosa del pianista ciego.

—¿Qué tal va? —preguntó Ethan por encima del ruido.

Phillip alzó la cabeza. Su rostro de ángel mártir estaba húmedo de sudor, los ojos castaño dorado mostraban un aire irritado. En ese mismo instante acababa de recordarse a sí mismo que él era un ejecutivo de publicidad, no un carpintero.

—Hace más calor que en el infierno en verano y sólo estamos en junio. Aquí hay que poner unos ventiladores. ¿Tienes algo fresco, o al menos húmedo, en esa nevera? Hace una hora que se me ha acabado la bebida.

—Gira la llave del grifo y saldrá agua —sugirió Ethan suavemente mientras se inclinaba para coger un refresco frío de la nevera—. Es un nuevo avance tecnológico.

—Sólo Dios sabe lo que hay en el agua del grifo. —Phillip atrapó la lata que le lanzó su hermano y, al ver la etiqueta, hizo una mueca—. Por lo menos aquí te dicen qué productos químicos le echan.

—Perdona, el agua Evian se nos ha acabado. Ya sabes cómo se pone Jim con su agua de diseño. Nunca tiene bastante.

—Vete a la mierda —replicó Phillip, pero sin vehemencia. Se bebió la Pepsi helada a borbotones y después arqueó una ceja cuando Ethan se acercó a inspeccionar su tarea.

—Buen trabajo.

—Ah, pues muchas gracias, jefe. ¿Me da usted un aumento?

—Pues claro, cómo no, el doble de lo que cobras ahora. Seth es el pitagorín. ¿Cuánto es cero por dos, Seth?

—Cero —contestó el chico con una sonrisa rápida. Sus dedos estaban deseando probar el destornillador eléctrico. Hasta entonces nadie le había dejado tocarlo, ni ninguna de las otras herramientas eléctricas.

—Bueno, ahora ya puedo permitirme ese crucero a Tahití.

—¿Por qué no te das una ducha, a menos que también tengas algo en contra de bañarte con agua del grifo? Ya sigo yo aquí.

Era tentador. Phillip se sentía sucio, sudoroso y se estaba muriendo de calor. Con gusto habría matado a alguien por una buena copa de vino Pouilly-Fuisse bien frío. Pero sabía que su hermano llevaba levantado desde antes del alba y había trabajado ya lo que una persona normal consideraría una jornada completa.

—Puedo echarle otro par de horas.

—Vale. —Era exactamente la respuesta que Ethan esperaba. Phillip tendía a quejarse, pero nunca te fallaba—. Creo que podremos acabar con la cubierta antes de irnos para casa.

—¿Puedo…?

—No —contestaron ambos al unísono, adelantándose a la pregunta de Seth.

—¿Por qué diablos no? —preguntó—. No soy tonto. No voy a meterle un tornillo de mierda a nadie en el ojo o algo así.

—Porque a nosotros nos gusta jugar con él. —Phillip sonrió—. Y somos más grandes que tú. Anda, toma. —Metió la mano en el bolsillo trasero, sacó la cartera y extrajo un billete de cinco dólares—. Bájate hasta Crawford y tráeme agua embotellada. Si vas de buena gana, con las vueltas te puedes comprar un helado.

Seth no se quejó, pero, mientras llamaba a su perro y se dirigía a la salida, murmuró por lo bajo que le trataban como a un esclavo.

—Cuando tengamos más tiempo, tendríamos que enseñarle a usar las herramientas —comentó Ethan—. Tiene buenas manos.

—Sí, pero es que quería que se fuera. Anoche no pude contártelo. El detective ha conseguido seguirle la pista a Gloria DeLauter hasta Nags Head.

—Así que se dirige al sur… —Elevó su mirada hasta la de Phillip—. ¿Ha conseguido localizarla?

—No, se mueve mucho y paga en metálico. Tiene un montón de dinero contante y sonante. —Apretó los labios—. Le sobra para despilfarrar desde que papá le soltó un pastón por Seth.

—No parece que esté muy interesada en regresar aquí.

—Yo diría que tiene tanto interés en el chico como una gata callejera rabiosa quiere a un gatito muerto. —Su propia madre era igual, las pocas veces que se dejaba ver, recordó Phillip. Nunca había visto a Gloria DeLauter, pero la conocía. La despreciaba—. Si no la encontramos —añadió, pasándose la lata fría por la frente—, nunca vamos a descubrir la verdad sobre papá y sobre Seth.

Ethan asintió. Sabía que para Phillip eso constituía una misión, y sabía que, con toda probabilidad, su hermano llevaba razón. Pero se preguntaba, demasiado a menudo para mantener la serenidad, qué iban a hacer cuando consiguieran averiguar la verdad.

Los planes de Ethan después de una jornada de catorce horas eran darse una ducha infinita y tomarse una cerveza fría. Hizo las dos cosas a la vez. Habían comprado bocadillos para la cena, y se comió el suyo en el porche trasero, a solas, en la suave calma del atardecer. Dentro de la casa, Seth y Phillip discutían sobre qué vídeo ver primero. Arnold Schwarzenegger se enfrentaba a Kevin Costner. Ethan ya había apostado por Arnold.

Tenían un acuerdo tácito, por el cual los sábados por la noche Phillip se hacía cargo de Seth. De ese modo, Ethan podía elegir cómo pasar la velada. Podía unirse a ellos, como hacía alguna vez, para una sesión de vídeo. Podía subir a instalarse en su cuarto con un libro, lo que solía hacer más a menudo. Podía salir, lo que sucedía raramente.

Antes de que su padre muriera tan de repente y de que la vida cambiara para todos ellos, Ethan vivía en su casita con su propia y sosegada rutina. Seguía echándola de menos, aunque trataba de no sentir rencor hacia la joven pareja a la que se la había alquilado. Les encantaba lo acogedora que era, y no dejaban de comentárselo. Les encantaban las habitaciones pequeñas con altos ventanales, el porche, los árboles que la resguardaban y le proporcionaban sombra e intimidad y la suave caricia del agua contra la orilla.

A él también le encantaba todo eso. Ahora que Cam se había casado y Anna se iba a trasladar allí, él habría podido volver a escabullirse. Pero en ese momento venía bien el dinero del alquiler. Y, lo que era más importante, había dado su palabra. Viviría allí hasta que las batallas legales estuvieran peleadas y ganadas, y Seth fuera suyo para siempre.

Se balanceó en la mecedora, escuchando cómo comenzaba el canto de los pájaros nocturnos. Y debió de quedarse dormido, porque llegó el sueño, y llegó con claridad.

—Tú siempre has sido un solitario, más que tus hermanos —comentó Ray. Estaba sentado en la barandilla del porche y se giró un poco para poder contemplar el agua si quería. Su cabello brillaba como una moneda de plata en la penumbra, y la constante brisa lo hacía ondear libremente—. Siempre te ha gustado quedarte a solas con tus ideas hasta resolver tus problemas.

—Sabía que siempre podía acudir a ti o a mamá. Sólo quería aclararme yo primero.

—¿Y ahora? —Ray se movió para mirar a su hijo directamente.

—No sé. Quizá todavía no he conseguido aclararme. Seth se va adaptando. Ya se siente más a gusto con nosotros. Durante las primeras semanas, parecía siempre a punto de salir huyendo. Perderte le dolió casi tanto como a nosotros, quizá igual, porque había empezado a creer que las cosas le iban a ir bien.

—Fue duro cómo tuvo que vivir antes de que le trajera aquí. Sin embargo, no lo fue tanto como lo que te tocó pasar a ti, Ethan, y sobreviviste.

—Por poco. —Ethan sacó uno de sus puros y se tomó su tiempo encendiéndolo—. A veces todavía me vuelve el recuerdo. El dolor y la vergüenza. Y el sudoroso miedo de saber lo que va a ocurrir. —Se encogió de hombros y añadió—: Seth es algo más pequeño de lo que era yo. Creo que ya se ha librado de una parte… mientras no tenga que enfrentarse a su madre otra vez.

—Al final tendrá que enfrentarse a ella, pero no estará solo. Ésa es la diferencia. Todos vosotros le apoyaréis. Siempre os habéis apoyado los unos a los otros. —Ray sonrió, su rostro grande y amplio se arrugó en todas partes a la vez—. Y tú, ¿qué estás haciendo aquí fuera, sentado solo, un sábado por la noche? Me preocupas, hijo, te lo juro.

—Ha sido un día muy largo.

—Cuando yo tenía tu edad, mis días eran largos, y mis noches más todavía. Pero si acabas de cumplir los treinta, joder. Sentarse en el porche en una cálida noche de sábado en junio es para viejos. Anda, coge el coche y vete a dar una vuelta, a ver dónde acabas. —Le guiñó un ojo—. Me apuesto a que ambos sabemos dónde vas a terminar.

El estrépito repentino de gritos y disparos de arma automática hizo que Ethan se sobresaltara en la mecedora. Pestañeó y miró detenidamente la barandilla del porche. No había nadie. Claro que no había nadie, se dijo con un movimiento rápido. Tan sólo había dado una cabezadita durante un minuto y le había despertado la película de acción que estaban viendo en la sala.

Pero, cuando bajó la mirada, vio el puro encendido en su mano. Confuso, se quedó mirándolo. ¿De verdad lo había sacado del bolsillo y lo había encendido en sueños? Eso era ridículo, absurdo. Debía haberlo hecho justo antes de quedarse dormido; era una costumbre tan arraigada que su mente no había registrado los movimientos.

Sin embargo, ¿cómo había podido quedarse dormido si no se sentía cansado en absoluto? De hecho, se sentía desasosegado, nervioso y completamente alerta.

Se incorporó, masajeándose la nuca, y estiró las piernas mientras paseaba arriba y abajo por el porche. Debería ir adentro y sentarse a ver la película con palomitas y otra cerveza. Mientras se dirigía a la puerta, soltó una maldición.

No estaba de humor para una noche de sábado en el cine. Se iría a dar una vuelta en el coche a ver dónde terminaba.

A Grace se le habían dormido los pies hasta los tobillos. Los malditos tacones altos que eran parte de su uniforme de camarera la estaban matando.

Las noches de entre semana no estaban tan mal porque, de vez en cuando, había tiempo para quitárselos un momento o hasta para sentarse unos minutos. Pero los sábados por la noche el pub de Shiney se animaba y a ella le tocaba hacer otro tanto.

Llevó la bandeja cubierta de vasos vacíos y ceniceros llenos hasta la barra, descargándola con eficacia mientras voceaba el pedido al camarero:

—Dos blancos de la casa, dos cervezas de grifo, un gin-tonic y una lima con sifón.

Tuvo que gritar para hacerse oír por encima del ruido de la clientela y lo que, a duras penas, se podía llamar música de una banda de tres personas que Shiney había contratado. Los músicos eran siempre malísimos porque el dueño no quería soltar la pasta para contratar a unos buenos.

Pero a nadie parecía importarle.

La diminuta pista de baile estaba a rebosar de gente, lo que la banda interpretó como una señal para subir el volumen.

Grace tenía la cabeza como un bombo y la espalda le estaba empezando a vibrar al ritmo del bajo.

Tras completar el pedido, llevó la bandeja por el estrecho espacio que había entre las mesas esperando que el grupo de jóvenes turistas vestidos a la moda le dejaran una buena propina. Les sirvió con una sonrisa, asintió cuando le dijeron que se lo cargara en la cuenta y se dirigió a otra mesa desde donde la habían llamado.

Todavía le quedaban diez minutos para el descanso. Como si fueran diez años.

—Hola, Gracie.

—¿Qué tal, Curtis? Hola, Bobbie. —Había ido a la escuela con ellos en el pasado remoto y confuso. Ahora trabajaban para su padre envasando marisco—. ¿Lo de siempre?

—Sí, dos cervezas de grifo. —Curtis le propinó a Grace lo de siempre, una palmadita en el trasero, en el que llevaba un lazo. Ella se había acostumbrado a no tomárselo en serio. Viniendo de él, era un gesto bastante inofensivo, incluso una muestra de apoyo cariñoso. Algunos de los forasteros que pasaban por el bar tenían manos mucho menos inofensivas—. ¿Cómo está tu preciosa hija?

Grace sonrió, comprendiendo que ésa era una de las razones por las que toleraba las palmaditas. Él siempre le preguntaba por Aubrey.

—Cada día más guapa. —Vio otra mano que se alzaba de una mesa y añadió—: Ahora os traigo las cervezas.

Llevaba una bandeja llena de jarras, cuencos de panchitos y vasos cuando Ethan entró; a punto estuvo de caerse. Él nunca iba los sábados por la noche. A veces se dejaba caer un día entre semana para tomarse una cerveza tranquilamente, pero nunca cuando el local estaba lleno de gente y de ruido.

Debería haber tenido el mismo aspecto que cualquier otro hombre. Los vaqueros estaban desteñidos pero limpios, llevaba una sencilla camiseta blanca metida en ellos, y las botas de trabajo eran viejas y estaban desgastadas. Pero a Grace no le parecía igual que otros hombres, nunca se lo había parecido.

Quizá era su cuerpo alto, delgado, de miembros largos y finos, que se movía tan fácilmente como un bailarín por los espacios angostos. Poseía una gracia natural, del tipo que no se puede aprender, pero abiertamente viril. Parecía que caminara siempre por la cubierta de un barco.

Hubiera podido ser su rostro, tan huesudo y áspero, justo en el borde de la belleza. O los ojos, siempre tan claros y pensativos, tan serios que tardaban unos segundos en unirse a la boca cuando sonreía.

Grace sirvió las bebidas, se guardó el dinero y fue a por más pedidos. Y, por el rabillo del ojo, le observó hacerse un sitio en la barra, justo al lado de la parte de los camareros. El tan ansiado descanso se le olvidó por completo.

—Tres cervezas de grifo, una Mich y un vodka con hielo. —Sin darse cuenta, se pasó la mano por el flequillo y sonrió—. Hola, Ethan.

—Hay mucha gente hoy.

—Sábado de verano. ¿Te busco una mesa?

—No, aquí estoy bien.

El barman estaba ocupado con otro pedido, lo que le dejó a Grace un minuto para relajarse.

—Steve está liado, pero vendrá a esta zona rápido.

—No tengo ninguna prisa.

Por regla general, Ethan procuraba no pensar en el aspecto que tenía Grace con esa minifalda ajustada, las piernas infinitas cubiertas con medias de rejilla y los estrechos pies enfundados en altos tacones. Pero ese día se encontraba en un estado de ánimo propicio, así que se permitió pensar.

En ese momento habría podido explicarle a Seth qué ocurría con los pechos. Los de Grace eran pequeños y altos, y por encima del amplio escote de la blusa se divisaba una suave porción de su curva.

De pronto, Ethan deseó desesperadamente una cerveza.

—¿Has podido sentarte un rato?

Al principio ella no le respondió. Su mente se había quedado en blanco al observar cómo esos ojos tranquilos y pensativos la pasaban rozando.

—Yo, ah, pues…, sí, ya casi me toca hacer el descanso. —Sentía las manos torpes mientras disponía las bebidas en la bandeja—. Suelo irme afuera, me gusta escaparme del ruido.

Esforzándose por actuar con naturalidad, miró a la banda poniendo los ojos en blanco, y se vio recompensada por una lenta sonrisa de Ethan.

—¿Hay algún grupo peor que éste?

—¡Ya te digo! Éste es casi el mejor. —Cuando levantó la bandeja y se dirigió a las mesas, Grace casi había conseguido relajarse de nuevo.

Ethan la miró mientras se tomaba la cerveza que Steve le había servido. Observó cómo se movían sus piernas, cómo ese lazo ridículo y totalmente sexy se balanceaba al mismo tiempo que las caderas. Y cómo doblaba las rodillas, manteniendo la bandeja en equilibrio, mientras dejaba las bebidas en la mesa.

Observó, con los ojos entornados, cómo Curtis le dio otra amistosa palmada.

Sus ojos se cerraron aún más cuando un extraño con una vieja camiseta de Jim Morrison le agarró la mano, atrayéndola hacia sí. Vio cómo Grace le respondía con una sonrisa y un movimiento negativo de cabeza. Ethan ya estaba alejándose de la barra, sin tener muy claro qué era lo que iba a hacer, cuando el extraño la soltó.

Cuando Grace regresó con la bandeja, fue Ethan quien le agarró la mano.

—Tómate el descanso ahora.

—¿Cómo? Yo... —Para su sorpresa, Ethan la empujó firmemente por el local—. Ethan, de veras, tengo que...

—Tómate el descanso ahora —repitió, y abrió la puerta de un empujón.

Fuera, en la noche cálida, el aire era limpio y fresco y soplaba la brisa. En cuanto la puerta se cerró a sus espaldas, el ruido se amortiguó hasta un apagado rugido y el tufo del humo, el sudor y la cerveza se convirtió en un recuerdo.

—No creo que debas trabajar aquí.

Ella le miró boquiabierta. Por sí sola, la afirmación era ya extraña, pero oírle pronunciarla en un tono obviamente irritado la confundió.

—¿Cómo?

—Ya me has oído, Grace. —Se metió las manos en los bolsillos porque no sabía qué hacer con ellas. Si las hubiera dejado libres, quizá la hubieran agarrado de nuevo—. No está bien.

—¿Que no está bien? —repitió sin comprender.

—Tienes una hija, por Dios. ¿Qué haces sirviendo copas, con ese conjunto, para que los clientes te tiren los tejos? Ese tipo prácticamente tenía la cara en tu escote.

—No, no la tenía. —A medio camino entre la gracia que le hacía y la exasperación que le producía, Grace movió la cabeza en sentido negativo—. Por Dios bendito, Ethan, era lo de siempre. Y completamente inofensivo.

—Y Curtis te ha puesto la mano en el culo.

La gracia se estaba convirtiendo en enfado.

—Ya sé dónde ha puesto la mano, y si me hubiera supuesto un problema, se la habría apartado de un golpe.

Ethan tomó aliento. Había comenzado aquella escena, con mejor o peor acierto, y tenía que terminarlo.

—No deberías trabajar medio desnuda en ningún bar, teniendo que apartar a golpes las manos de tu culo. Tendrías que estar en casa con Aubrey.

Los ojos de Grace pasaron de una leve irritación a una furia encendida.

—¿Ah, sí? ¿De veras? ¿Ésa es tu meditada opinión? Bueno, no sabes cómo te agradezco que me la hayas hecho saber. Y, para que lo sepas, si no trabajara, y no trabajo medio desnuda, no tendría una casa en la que vivir.

—Ya tienes un trabajo —insistió él testarudamente—. Limpiando casas.

—Eso es. Limpio casas, sirvo copas y de vez en cuando limpio cangrejos. Para que veas lo asombrosamente habilidosa y versátil que soy. También pago el alquiler, el seguro, las facturas del médico, el gas, el agua y la luz, y una canguro. Compro comida, compro ropa, gasolina. Cuido a mi hija y me cuido a mí. Y no necesito que vengas tú a decirme lo que no está bien.

—Lo único que digo…

—Ya sé lo que dices. —Le palpitaban los pies e iba notando el dolor en su fatigado cuerpo. Peor, mucho peor, era el duro aguijón de vergüenza por esa mirada de desprecio sobre cómo se ganaba la vida—. Sirvo copas y dejo que los hombres me miren las piernas. Si les gustan, a lo mejor me dejan mejores propinas. Y si me las dejan, igual le puedo comprar a mi hija algo que la haga feliz. Así que pueden mirar todo lo que les plazca. Y ojalá tuviera el cuerpo ideal para lucir este estúpido uniforme, porque entonces sacaría más dinero.

Ethan tuvo que hacer una pausa antes de hablar para aclararse las ideas. El rostro de ella estaba rojo de furia, pero tenía los ojos tan fatigados que a Ethan se le rompió el corazón.

—Te vendes por poco, Grace —dijo suavemente.

—Sé exactamente lo que valgo, Ethan. —Giró la barbilla y añadió—: Hasta el último céntimo. Se me ha acabado el descanso.

Se dio la vuelta sobre los tacones que la estaban machacando y, con paso airado, regresó al ruido y a la atmósfera cargada de humo.

3

—Necesito conejito también.

—Sí, cariño, iremos también con tu conejito.

Siempre era una expedición, pensó Grace. Sólo iban hasta el cajón de arena del patio trasero, pero Aubrey no dejaba de pedir que la acompañaran todos sus amigos de peluche.

Grace había resuelto ese problema logístico con una enorme bolsa de la compra en la que había un oso, dos perros, un pez y un vapuleado gato, a los que se unió el conejito. Aunque la joven sentía los ojos como llenos de arena por la falta de sueño, sonrió ampliamente cuando su hija intentó alzar la bolsa ella sola.

—Yo los llevo, mi vida.

—No, yo.

Era la frase preferida de la niña, pensó Grace. A su hija le gustaba hacer las cosas ella misma, incluso cuando habría sido más sencillo dejar que otra persona las hiciera. A saber a quién salía, pensó Grace burlándose de ambas.

—Vale, llevemos a la pandilla afuera.

Abrió la puerta, que chirrió ruidosamente, recordándole que tenía que engrasar las bisagras, y esperó mientras Aubrey cruzaba el umbral y salía al diminuto porche trasero arrastrando la bolsa.

La joven había conseguido animar el porche pintándolo de un color azul suave y colocando macetas de barro con geranios blancos y rosas. No quería que su casa pareciera un cobijo temporal, aunque lo fuera. Quería que fuera un hogar, al menos hasta que hubiera ahorrado lo suficiente para dar la entrada de una casa propia.

En el interior, los cuartos eran más bien pequeños, pero había resuelto ese problema, para alivio de su cuenta bancaria, comprando sólo el mobiliario esencial. Casi todos los muebles que poseía procedían de saldos de segunda mano, pero los había pintado y restaurado, o les había cambiado la tapicería, hasta hacerlos suyos.

Para ella era vital poseer algo propio.

La casa tenía unas cañerías antediluvianas, en el tejado había goteras y por las ventanas se colaba el viento. Pero había dos dormitorios, algo importantísimo para Grace. Quería que su hija tuviera un cuarto propio, un lugar alegre y acogedor. Se había ocupado ella misma, empapelando las paredes, pintando una cenefa y colocando unas cortinas coquetas.

Se le rompía el corazón al pensar que se acercaba el momento de sustituir la cuna de su niña por una camita.

—Cuidado al bajar —advirtió, y Aubrey comenzó a descender, plantando firmemente ambos piececitos, calzados en zapatillas deportivas, en cada peldaño. Cuando llegó abajo, la niña se echó a correr, arrastrando la bolsa tras de sí y chillando ilusionada.

Le encantaba el cajón de arena. Grace se sentía muy orgullosa cuando la veía salir disparada hacia allí. Lo había construido ella misma, reciclando madera vieja que había lijado meticulosamente hasta dejarla suave y que luego había pintado de un color rojo vivo. En él estaban los cubos y las palas y los grandes coches de plástico, pero sabía que Aubrey no tocaría nada hasta haber sacado todas sus mascotas de peluche.

Algún día, Grace se prometió a sí misma, su hija tendría un cachorro de verdad y un cuarto de juego donde podría recibir a los amiguitos que la visitaran para pasar las largas tardes de lluvia.

Grace se agachó mientras Aubrey colocaba sus juguetes cuidadosamente en la arena blanca.

—Tú te sientas aquí y juegas mientras yo corto el césped. ¿Me lo prometes?

—Vale. —Aubrey le lanzó una alegre sonrisa con sus hoyuelos bien marcados—. Tú juegas.

—Dentro de un ratito. —Acarició los rizos de su hija. No se cansaba nunca de acariciar a ese milagro que había surgido de ella. Antes de incorporarse, echó una mirada alrededor, escudriñando con ojos de madre cualquier señal de peligro.

El patio estaba vallado y ella misma había colocado en la puerta un cerrojo a prueba de niños. A Aubrey le daba por curiosear. Sobre la valla que separaba su patio del de los Cutter corría una planta trepadora que para finales de verano estaría cubierta de flores.

Notó que no había movimiento en la casa de al lado. Era domingo por la mañana, y demasiado temprano para que sus vecinos hicieran algo más que remolonear pensando en el desayuno. Julie Cutter, la hija mayor, era su apreciadísima canguro.

Se dio cuenta de que Irene, la madre de Julie, había estado trabajando en el jardín el día anterior. No se veía ni una sola mala hierba en los arriates ni en el huertecito.

Con cierta vergüenza, Grace echó una ojeada a la parte trasera del patio, donde su hija y ella habían plantado tomates, judías y zanahorias. Ahí sí que había malas hierbas, pensó con un suspiro. Tendría que ocuparse de ellas después de cortar el césped. Sólo Dios sabía por qué había pensado que iba a disponer de tiempo para cuidar de un huerto. Pero había sido muy divertido cavar la tierra y plantar las semillas con su niña.

Tan divertido como sería meterse en el cajón con su hija, hacer castillos de arena y jugar a imaginar. Pero no, se dijo mientras se incorporaba. La hierba le llegaba casi a los tobillos. Puede que fuera hierba alquilada, pero ahora era suya y era su responsabilidad. Que nadie pudiera decir que Grace Monroe no era capaz de cuidar lo que era suyo.

Guardaba la vieja cortadora bajo una tela igualmente vieja. Como de costumbre, miró primero el nivel de gasolina, echando otra ojeada a su espalda para asegurarse de que su hija seguía en el cajón. Agarrando el cordón de arranque con las dos manos, le dio un tirón. Y lo único que obtuvo como respuesta fue una tos asmática.

—Venga, no me hagas perder el tiempo esta mañana. —Ya no se acordaba de cuántas veces le había tocado arreglar el viejo aparato, enredando en él o a golpes. Relajando los doloridos hombros, volvió a tirar, y luego otra vez, antes de dejar que el cordón retrocediera y llevarse los dedos a los ojos—. Es que lo sabía.

—¿Problemas?

Volvió la cabeza bruscamente. Tras la discusión de la noche anterior, Ethan era la última persona a la que esperaba ver en su jardín. No le agradaba, en particular porque había decidido que seguiría furiosa con él. Además, era consciente de su aspecto: llevaba unos viejos pantalones cortos grises, una camiseta demasiado lavada, el pelo despeinado y ni una gota de maquillaje.

Maldita sea, se había vestido para trabajar en el jardín, no para recibir visitas.

—Me las puedo arreglar yo sola. —Tiró de nuevo apoyando el pie, calzado en una zapatilla con un agujero en el dedo, a un lado del aparato. Casi consiguió que arrancara, casi.

—Déjalo descansar un momento. Así lo vas a ahogar. —Esa vez el cordón retrocedió con un silbido peligroso.

—Sé cómo arrancar mi cortadora.

—No lo pongo en duda, cuando no estás furiosa. —Ethan se acercó mientras hablaba, delgado y cómodo en su virilidad, vestido con unos vaqueros usados y una camisa de trabajo remangada hasta los codos.

Al no recibir respuesta cuando llamó a la puerta, había dado la vuelta hasta la parte trasera. Y sabía que se había quedado contemplándola un poco más de lo que era estrictamente educado. Grace se movía tan bien...

En algún momento de la inquieta noche, había llegado a la conclusión de que más le valía encontrar una forma de enmendar las cosas con ella. Y había pasado buena parte de la mañana intentando decidir cómo hacerlo. Entonces la vio, con esos miembros largos y esbeltos que el sol había tornado color oro pálido, el cabello claro, las finas manos... Y deseó seguir observando.

—Yo no estoy furiosa —replicó Grace con un siseo impaciente que probaba la mentira de su afirmación. Él se limitó a mirarla a los ojos.

—Escucha, Grace...

—¡Eeee-than! —Con un chillido de puro gozo, Aubrey salió de un salto del cajón de arena y corrió hacia él, a toda velocidad, con los brazos extendidos y la cara iluminada por la alegría.

Él la atrapó y le dio unas vueltas.

—Hola, Aubrey.

—Ven a jugar.

—Bueno, yo...

—Beso. —Frunció su boquita con tal energía que él se rió y le dio un cariñoso beso—. ¡Vale! —Se escurrió de sus brazos y corrió de vuelta a la arena.

—Mira, Grace, lamento si anoche me pasé.

El hecho de que el corazón se le hubiera derretido al verle abrazar a su hija sólo fortaleció su determinación de mantenerse firme.

—¿Si te pasaste?

Ethan movió los pies, claramente incómodo.

—Sólo quería decir que…

La explicación se vio interrumpida por Aubrey, que volvía corriendo con sus queridos perros de peluche.

—Beso —exigió firmemente mientras le tendía los brazos a Ethan. Éste se lo dio, y la niña se fue de nuevo corriendo.

—Lo que quería decir es…

—Creo que dijiste lo que querías decir, Ethan.

Iba a mostrarse obstinada, pensó él con un suspiro interno. Bueno, siempre lo había sido.

—No lo dije muy bien. La mayor parte del tiempo me enredo con las palabras. Odio verte trabajar tan duro. —Hizo una pausa, paciente, cuando Aubrey regresó pidiendo un beso para su oso—. Es que me preocupo por ti, eso es todo.

Grace ladeó la cabeza.

—¿Por qué?

—¿Que por qué? —La pregunta le dejó perplejo. Se agachó a besar el conejito de peluche con el que Aubrey le daba en la pierna—. Bueno, yo…, porque…

—¿Porque soy mujer? —sugirió ella—, ¿porque soy madre soltera?, ¿porque mi padre piensa que he ensuciado la honra del nombre familiar, no sólo por haber tenido que casarme sino por haberme divorciado?

—No. —Se acercó un paso más a ella, besando al gato que Aubrey le tendía—. Porque hace más de media vida que te conozco y eso hace que seas parte de ella. Y porque tal vez seas demasiado orgullosa o testaruda para darte cuenta de cuándo alguien sólo desea que las cosas te resulten un poco más fáciles.

Grace notó que se ablandaba, estaba a punto de decirle que se lo agradecía. Y en ese momento él lo estropeó.

—Y porque no me gustó ver cómo te sobaban esos hombres.

—¿Sobarme? —La espalda se le puso rígida y sacó la barbilla—. Esos hombres no me estaban sobando, Ethan. Y si lo hacen, sé cómo responder.

—No te subas por las paredes otra vez. —Se rascó la barbilla y luchó para no suspirar. No sabía por qué se molestaba en discutir con una mujer, no había forma de ganar—. Sólo he venido a decirte que lo siento y que tal vez yo podría…

—¡Beso! —exigió Aubrey mientras trataba de trepar por su pierna.

De forma instintiva, Ethan la alzó, la cogió en brazos y la besó en la mejilla.

—Lo que iba a decir…

—No, beso mamá. —Saltando en sus brazos, Aubrey le apretó los labios para hacer que se fruncieran—. Beso mamá.

—¡Aubrey! —Humillada, Grace alzó los brazos para coger a su hija, pero ésta se aferró a la camisa de Ethan como un pequeño erizo dorado—. ¡Deja en paz a Ethan!

Cambiando de estrategia, la niña reclinó la cabeza en el hombro de Ethan y sonrió dulcemente, aferrándose con un brazo a su cuello como una planta trepadora mientras su madre tiraba de ella.

—Beso mamá —insistió canturreando mientras miraba a Ethan moviendo las pestañas seductoramente.

Si Grace se lo hubiera tomado a broma en lugar de mostrarse tan avergonzada, además de un poco nerviosa, Ethan hubiera podido simplemente rozarle la frente con los labios y asunto resuelto. Pero se había puesto colorada, resultaba entrañable. No le miraba a los ojos y respiraba entrecortadamente.

Vio cómo ella se mordía el labio inferior y decidió que podía resolver el asunto de un modo totalmente distinto.

Con la niña entre ambos, colocó una mano en uno de los hombros de Grace.

—Es más fácil así —susurró, y rozó los labios de ella con los suyos.

Pero no fue más fácil. A ella el corazón le dio un salto. Apenas se podía considerar un beso, pues había terminado casi antes de empezar. No era más que un suave roce de los labios, apenas un momento para saborear la textura. Y un soplo de una promesa que le hizo anhelar, desesperadamente, lo imposible.

En todo el tiempo desde que la conocía, Ethan nunca había tocado la boca de Grace con la suya. En ese momento, con apenas esa tenue muestra, se preguntó por qué había esperado tanto. Y empezó a preocuparle que esa idea lo cambiara todo.

Aubrey aplaudió encantada, pero él no lo oyó. Los ojos de Grace, de ese verde líquido y un poco brumoso, estaban posados en los suyos. Y sus rostros estaban próximos. Tan próximos que él apenas tenía que inclinarse un poco si quería volver a probar... para quedarse más tiempo esa vez, pensó, mientras ella abría los labios para exhalar un tembloroso suspiro.

—No, ¡yo! —Aubrey le plantó la suave boquita a su madre en la mejilla y luego a Ethan—. Ven a jugar.

Grace retrocedió bruscamente como una marioneta a la que le hubieran tirado de las cuerdas de repente. La sedosa nube rosa que había comenzado a nublarle el cerebro se evaporó.

—Enseguida, cariño. —Moviéndose con rapidez, le arrebató la niña de los brazos a Ethan y la dejó en el suelo—. Ve a hacer un castillo en el que podamos vivir. —Le propinó una suave palmadita en el trasero que la mandó corriendo hacia la arena. Después se aclaró la garganta y dijo—: Eres muy bueno con ella, Ethan. Te lo agradezco.

Él decidió que donde mejor podían estar sus manos, en esas circunstancias, era en los bolsillos. No sabía exactamente qué hacer con el vehemente deseo que sentía en ellas.

—Es una delicia. —Deliberadamente, se volvió a contemplar a la niña en su cajón rojo.

—Y bastante traviesa. —Tenía que recobrar la compostura, se dijo Grace, y a continuación hacer lo que debía—. Ethan, ¿por qué no nos olvidamos de anoche? Estoy segura de que lo dijiste con la mejor intención. La realidad no es siempre lo que elegimos o lo que nos gustaría que fuera.

Él se volvió lentamente y sus ojos tranquilos se centraron en el rostro de ella.

—¿Qué es lo que tú quieres, Grace?

—Lo que quiero es que Aubrey tenga un hogar y una familia. Creo que estoy bastante cerca de lograrlo.

Ethan sacudió la cabeza.

—No. ¿Qué es lo que deseas para Grace?

—¿Aparte de ella? —Echó una mirada a su hija y sonrió—. Ya ni me acuerdo. Ahora mismo lo que quiero es tener el césped cortado y el huerto limpio de malas hierbas. Te agradezco que hayas venido. —Se volvió para darle otro tirón al cordón de arranque—. Mañana me paso por tu casa.

Se quedó muy quieta cuando la mano de él se posó sobre la suya.

—Yo cortaré la hierba.

—Puedo hacerlo yo.

Él pensó que ni siquiera era capaz de arrancar el puñetero aparato, pero tuvo la sensatez suficiente para no mencionarlo.

—No he dicho que no puedas, he dicho que lo haré yo.

Grace no podía volverse, no podía arriesgarse a probar el efecto que tendría encontrarse de nuevo tan cerca, cara a cara.

—Tú tienes cosas que hacer.

—Grace, ¿vamos a estar aquí todo el día discutiendo quién va a cortar el césped? Para cuando terminemos, yo habría podido cortarlo dos veces y tú podrías estar salvando tus judías de la invasión de malas hierbas.

—Iba a ocuparme de ellas. —Grace hablaba con un hilo de voz. Ambos se hallaban inclinados, separados tan sólo por unos centímetros. El impulso de puro deseo animal que sintió hacia él la dejó consternada.

—Hazlo ahora —murmuró él, deseando que se alejara. Si no lo hacía, y rápido, no podría seguir conteniéndose y la tocaría. La tocaría de un modo al que no tenía derecho.

—De acuerdo. —Grace se apartó, moviéndose de lado mientras el corazón le golpeaba en las costillas como un conejo dando patadas—. Te lo agradezco, muchas gracias. —Se mordió el labio con dureza, porque iba a ponerse a balbucear. Empeñada en comportarse con naturalidad, se volvió con una pequeña sonrisa—. Debe de ser el carburador otra vez. Tengo algunas herramientas.

Sin responder, Ethan agarró el cordón con una mano y tiró fuerte de él dos veces. El motor se puso en marcha con un extraño rugido.

—Parece que así vale —comentó suavemente cuando vio que los labios de ella se apretaban de frustración.

—Sí, eso parece. —Tratando de no sentirse irritada, se dirigió rápidamente a su pequeño huerto.

Y se inclinó, pensó Ethan mientras él comenzaba a cortar la primera ringlera. Se inclinó con esos finos pantalones de algodón de un modo que le obligó a respirar lenta y cuidadosamente.

Ella no tenía ni idea, pensó él, de lo que había supuesto para sus hormonas, normalmente tan disciplinadas, tener su lindo trasero apretado contra él. Lo que le hacía a la temperatura de su sangre, normalmente moderada, tener esas largas piernas desnudas rozando las suyas.

Grace podía tener una hija, un hecho que él trataba de recordar siempre para alejar oscuros y peligrosos pensamientos, pero, a su modo de ver, era casi tan inocente y tan ingenua como cuando tenía catorce años; cuando él había comenzado a tener aquellos pensamientos oscuros y peligrosos sobre ella.

Había conseguido no llevarlos a la práctica. Por Dios bendito, si ella no era más que una niña. Y un hombre con su pasado no tenía derecho a tocar a alguien tan puro, así que se había contentado con ser amigo suyo. Creyó que podría seguir siendo su amigo y nada más. Pero, últimamente, esos pensamientos le asaltaban más a menudo y con más fuerza. Se estaban haciendo difíciles de controlar.

Ambos tenían suficientes complicaciones en sus vidas, se recordó a sí mismo. Sólo iba a cortarle el césped, quizá hasta la ayudaría a quitar las malas hierbas. Si quedaba tiempo, se ofrecería a llevarlas al pueblo para tomar un helado. A Aubrey le gustaba el de fresa.

Después tenía que ir al astillero y ponerse a trabajar. Y, como además le tocaba cocinar, tenía que pensar en el pequeño problema del menú.

Pero, tuviera una hija o no, pensó cuando Grace se inclinó para sacar de un tirón un diente de león que se resistía, poseía unas piernas asombrosas.

Grace sabía que no hubiera debido dejarse convencer para ir a la ciudad, ni siquiera para un helado rápido. Sólo eso significaba alterar su programa para la jornada, arreglarse un poco más que para trabajar en el jardín y pasar más tiempo en compañía de Ethan, cuando ella se sentía demasiado consciente de sus necesidades.

Pero a Aubrey le encantaban esas pequeñas expediciones especiales, así que no podía negarse.

Sólo había una milla hasta la ciudad, pero el paisaje cambiaba de un vecindario tranquilo al abigarrado puerto. Ahora las tiendas de regalos y recuerdos permanecerían abiertas siete días a la semana para aprovechar la temporada turística estival. Parejas y familias paseaban con bolsas llenas de recuerdos que llevarse a casa.

El cielo era azul brillante y se reflejaba en la bahía, invitando a los barcos a deslizarse por su superficie. Un par de marineros novatos habían enredado las cuerdas de su pequeño velero Sunfish, dejando que las velas se aflojaran. Pero parecía que se lo estaban pasando de maravilla a pesar del pequeño percance.

Grace olía el pescado frito, los dulces que se derretían, el empalagoso olor a coco de los protectores solares y, siempre, siempre, el aroma húmedo del agua.

Había crecido en ese puerto, contemplando los barcos y navegando en ellos. Había corrido libremente por los muelles, entrando y saliendo de las tiendas. Había aprendido a pelar cangrejos junto a su madre, y adquirido la habilidad y velocidad necesarias para extraer la carne, ese preciado producto que se envasaba para exportarlo a todo el mundo.

El trabajo no le resultaba ajeno, pero siempre se había sentido libre. Su familia vivía bien, aunque sin lujos. Su padre no deseaba echar a perder a sus mujeres mimándolas en exceso, pero siempre había sido amable y cariñoso, a pesar de sus manías. Y nunca había demostrado sentirse decepcionado por haber tenido sólo una hija, en lugar de hijos que perpetuaran su apellido.

Al final, ella le había decepcionado de todas formas.

Grace equilibró a su hija en la cadera y le hizo algunos mimos.

—Hay mucha gente hoy —comentó.

—Parece que cada verano hay más. —Pero Ethan se encogió de hombros. Necesitaban a las muchedumbres veraniegas para sobrevivir en invierno—. Me han dicho que Bingham va a ampliar y poner más elegante el restaurante para atraer a una mayor clientela durante todo el año.

—Bueno, ahora tiene ese cocinero del norte, y ha conseguido que saliera un artículo sobre su local en la revista del *Washington Post*. —Grace movió a Aubrey en su cadera—. El Descanso de la Garceta es el único restaurante fino de por aquí. Darle un toque de elegancia debería ser bueno para la ciudad. Siempre íbamos allí a cenar para celebrar las ocasiones especiales.

Bajó a Aubrey, tratando de no acordarse de que no había visto el interior de un restaurante en los últimos tres años. Tomó a su hija de la mano y se dejó arrastrar implacablemente hacia Crawford.

Era otro de los lugares emblemáticos de la ciudad, el sitio para tomar un helado o un refresco y comprar sándwiches para llevar. Como era la hora de comer, estaba lleno de clientes. Grace se obligó a no estropear las cosas mencionando que deberían tomar un sándwich en lugar de un helado.

—Hola, Grace, Ethan. Hola, Aubrey, preciosa. —Liz Crawford les lanzó una gran sonrisa mientras preparaba diestramente un sándwich de embutido. Había sido compañera de escuela de Ethan y habían salido juntos durante un periodo breve que ambos recordaban con cariño.

Ahora era la robusta y pecosa madre de dos niños, y estaba casada con Junior Crawford, así llamado para distinguirle de su padre, Senior.

Junior, flaco como un espárrago, silbaba entre dientes mientras se ocupaba de cobrar. Les saludó escuetamente.

—Mucho trabajo —comentó Ethan, esquivando el codo de un cliente en el mostrador.

—¡Ya te digo! —Liz puso los ojos en blanco, envolvió con habilidad el sándwich en papel blanco y lo pasó, junto con otros tres, por encima del mostrador—. ¿Queréis un sándwich?

—Helado —contestó Aubrey rotundamente—. Fresa.

—Bueno, pasa y dile a mamá Crawford lo que quieres. Ah, Ethan, Seth ha estado por aquí hace poco con Danny y Will. Esos chicos crecen como la mala hierba, te lo juro. Se han llevado un montón de sándwiches y refrescos. Han dicho que estaban trabajando en vuestro astillero.

Ethan sintió un atisbo de culpa, sabiendo que Phillip no estaba sólo trabajando sino echando un ojo a los tres chavales.

—Yo voy para allá dentro de un rato.

—Ethan, si no tienes tiempo para esto... —comenzó Grace.

—Me da tiempo a tomar un helado con una chica bonita. —Con esas palabras, alzó a Aubrey y dejó que apretara la nariz contra el cristal del congelador en el que estaban las cubetas de los distintos sabores de helado artesano.

Liz tomó el siguiente pedido mientras miraba a su esposo moviendo las cejas de forma muy expresiva como diciendo: «Ethan Quinn y Grace Monroe, bueno, bueno, ¿qué te parece?».

Cogieron su helado y se dirigieron afuera, donde la brisa que salía del agua era cálida, y fueron caminando alejándose del gentío hasta encontrar uno de los bancos de hierro por los que habían hecho campaña los ancianos de la ciudad. Con un puñado de servilletas de papel en la mano, Grace se colocó a Aubrey en el regazo.

—Recuerdo cuando venías aquí y conocías a todas las personas que veías —murmuró Grace—. Mamá Crawford solía estar tras el mostrador leyendo un libro de bolsillo. —Notó que el helado de Aubrey le había manchado la pierna, más abajo del pantalón, y se limpió—. Cariño, come por los bordes antes de que se deshaga.

—Tú también tomabas siempre helado de fresa.

—¿Qué?

—Según recuerdo —comentó Ethan, sorprendido de que la imagen se mantuviera tan nítida en su mente—, preferías el de fresa. Y el refresco de uva.

—Supongo que sí. —Al inclinarse a limpiar más churretes de helado, a Grace se le deslizaron las gafas de sol por la nariz—. Todo parecía sencillo si podías disfrutar de un helado de fresa y un refresco de uva.

—Hay cosas que siguen siendo sencillas. —Como ella tenía las manos ocupadas, Ethan le empujó las gafas hacia arriba, y le pareció apreciar un atisbo de algo en sus ojos tras los oscuros cristales—. Otras, no.

Dirigió su mirada hacia el agua mientras se concentraba en comerse el helado. Una idea mejor, decidió, que contemplar cómo Grace comía el suyo lentamente, con grandes lametones.

—Solíamos venir algún domingo, de vez en cuando —recordó—. Nos metíamos todos en el coche y veníamos a la ciudad para tomar un helado o un sándwich, o simplemente para ver qué pasaba. A mamá y papá les gustaba sentarse en una de las mesas con sombrilla de la cafetería y tomarse un refresco de limón.

—Todavía los echo de menos —comentó Grace suavemente—. Sé que tú también. Aquel invierno que tuve la neumonía, me acuerdo de mi madre y de la tuya. Me daba la impresión de que, cada vez que me despertaba, encontraba a mi lado a la una o a la otra. La doctora Quinn era la persona más bondadosa que he conocido. Mi madre...

Se interrumpió, moviendo la cabeza.

—¿Qué?

—No quiero que te sientas triste.

—No te preocupes, continúa.

—Mi madre va al cementerio cada año en primavera para poner flores en su tumba. Yo la acompaño. Hasta la primera vez que fuimos, no me había dado cuenta de cuánto quería mi madre a la tuya.

—No sabía quién ponía las flores. Me alegro de saberlo. Lo que se comenta..., lo que algunas personas andan diciendo sobre mi padre habría hecho que ella sacara su temperamento irlandés, y ya habría callado alguna boca.

—Ése no es tu estilo, Ethan. Tú tienes que arreglar ese asunto a tu manera.

—Ambos querrían que hiciéramos lo que fuera mejor para Seth. Eso es lo más importante.

—Ya estáis haciendo lo que es mejor para él. Cada vez que lo veo, me parece más relajado. Cuando llegó estaba muy triste. Tu padre estaba tratando de hacer algo al respecto, pero tenía problemas propios. Ya sabes lo preocupado que andaba, Ethan.

—Sí. —Entonces el sentido de culpa le pesó como una losa en lo más profundo de su corazón—. Lo sé.

—Ahora te he puesto triste. —Se volvió hacia él, de modo que sus rodillas chocaron—. Lo que le preocupara no tenía que ver contigo. Tú eras una luz intensa y firme en su vida, eso se veía.

—Si le hubiera hecho más preguntas… —comenzó Ethan.

—No es tu estilo —repitió ella, y, olvidando que tenía la mano pegajosa, le acarició la mejilla—. Sabías que te lo contaría cuando estuviera preparado para hacerlo, cuando pudiera hacerlo.

—Y luego fue demasiado tarde.

—No, nunca lo es. —Sus dedos se deslizaron ligeramente por la mejilla de Ethan—. Siempre hay una oportunidad. Yo creo que no podría vivir, día tras día, si no creyera que siempre hay una oportunidad. No te preocupes —añadió con suavidad.

Ethan sintió que algo se movía en su interior y alzó la mano para cubrir la de ella con la suya. Algo se deslizaba y abría. En ese momento, Aubrey dejó escapar un chillido de alegría salvaje.

—¡Abuelo!

Grace apartó la mano bruscamente y luego la dejó caer como una piedra. Toda la calidez que había fluido de ella se enfrió. Enderezó los hombros y los tensó al tiempo que se volvió hacia delante y vio acercarse a su padre.

—Aquí está mi muñequita. Ven con el abuelo.

Grace dejó ir a su hija y la vio correr hasta que su padre la abrazó. Él no se inmutó ante las manos pegajosas y los labios churretosos. Se rió, la abrazó y correspondió al generoso beso de la niña con uno bien sonoro.

—Mmm, fresa, ¡qué rico! —Hizo ruidos como si se comiera la mejilla de Aubrey hasta que la niña dio un chillido de placer. Después, se la colocó con facilidad en la cadera y salvó la pequeña distancia que había hasta donde se hallaba su hija. Ya no sonreía.

—Grace, Ethan, ¿dando un paseíto de domingo?

La garganta de Grace estaba seca y le ardían los ojos.

—Ethan nos ha invitado a un helado.

—Ah, muy bien.

—Ahora lo llevas puesto tú también —comentó Ethan con la esperanza de relajar parte de la tensión que se mascaba en el ambiente.

Pete se miró la camisa, donde Aubrey había dejado restos de su helado.

—La ropa se lava. Ethan, desde que comenzasteis a trabajar en ese barco, no se te ve a menudo en el puerto un domingo.

—Hoy voy a empezar más tarde. El casco está terminado, y la cubierta, casi.

—Qué bien, eso está muy bien. —Hizo un gesto de sincera satisfacción y después se dirigió a su hija—. Tu madre está en la cafetería. Querrá ver a su nieta.

—Vale, yo…

—Ya me la llevo yo —interrumpió él—. Tú puedes irte a casa cuando quieras y tu madre te la llevará dentro de una hora o dos.

Grace hubiera preferido que la abofeteara a que la hablara con ese tono distante y cortés. Pero asintió, pues Aubrey ya estaba parloteando sobre su abuela.

—¡Adiós! Adiós, mamá. Adiós, Ethan —se despidió la niña, mirando atrás sobre el hombro de su abuelo al tiempo que les lanzaba ruidosos besos.

—Lo siento, Grace. —Consciente de lo inadecuado del comentario, Ethan le tomó la mano y la encontró rígida y fría.

—No importa. No puede importar. Y además él quiere a Aubrey, la adora. Eso es lo único que importa.

—No es justo para ti. Tu padre es un hombre bueno, pero no ha sido justo contigo.

—Le decepcioné. —Se puso en pie, limpiándose las manos rápidamente con las servilletas con las que había hecho una bola—. Ése es el quid de la cuestión.

—No es más que su orgullo, que se da de topetazos contra el tuyo.

—Tal vez. Pero mi orgullo es importante para mí. —Tiró las servilletas en una papelera y decidió que ahí concluía el asunto—. Tengo que volver a casa, Ethan. Me quedan miles de cosas que hacer y, ya que dispongo de un par de horas, más vale que las haga.

Él no insistió, aunque le sorprendió cuánto deseaba hacerlo. Él mismo odiaba que le presionaran y le dieran la lata para que hablara de sus asuntos.

—Te llevo a casa.

—No, prefiero pasear. Me apetece de veras. Gracias por echarme una mano. —Consiguió sonreír casi con naturalidad—. Y por el helado. Mañana paso por tu casa. No olvides recordarle a Seth que la ropa sucia se deja en la cesta, no en el suelo.

Se alejó caminando; sus largas piernas devoraban el terreno. Grace se aseguró de que estaba lejos antes de aflojar el paso, antes de pasarse una mano por ese corazón que le dolía a pesar de que le ordenaba que no le doliese.

Sólo había dos hombres a los que quería de verdad, y parecía que ninguno podía quererla como ella necesitaba que la quisieran.

4

A Ethan no le importaba la música cuando trabajaba. De hecho, sus gustos musicales eran tan amplios como eclécticos, otro regalo de los Quinn. A menudo la casa estaba llena de música. Su madre tocaba muy bien el piano, y le echaba el mismo entusiasmo a las piezas de Chopin que a las de Scott Joplin. El talento musical de su padre se expresaba en el violín, y ése era el instrumento por el que Ethan se había sentido atraído. Disfrutaba con sus variados ánimos y su pequeño tamaño.

Con todo, le parecía un desperdicio tener la música puesta cuando estaba tratando de concentrarse en una tarea concreta, pues normalmente a los diez minutos dejaba de escucharla. En esos momentos, se sentía mucho más a gusto en silencio, pero a Seth le gustaba tener la radio puesta en el astillero, y con el volumen a tope. Así que para mantener la paz, Ethan simplemente desconectaba del enloquecedor rock and roll.

El casco del barco ya había sido calafateado y macizado, una tarea que requería muchas horas de trabajo. Seth le había resultado de gran ayuda, admitió, al proporcionarle dos manos y dos pies más cuando lo necesitaba. Aunque el chico se quejaba por el trabajo tanto como Phillip.

Ethan desconectaba de eso también para mantener la cordura.

Esperaba terminar de cubrir la cubierta antes de que Phillip llegara para el fin de semana, entablando primero en una de las diagonales, y luego en la otra en ángulo recto.

Con un poco de suerte, esa semana y la siguiente podría avanzar bastante con la cabina y el camarote. Seth ponía el grito en el cielo cuando le tocaba el lijado fino, pero lo hacía bastante bien. Ethan sólo tuvo que ordenarle un par de veces que repasara partes de la tablazón del casco. Tampoco le importaban las preguntas del chico, aunque una vez que empezaba, no paraba.

—¿Para qué sirve esa parte?

—Es el mamparo de la cabina.

—¿Por qué la tienes ya cortada?

—Porque queremos que suelte todo el polvo antes de barnizar y sellar.

—¿Y para qué son todas esas otras porquerías?

Ethan hizo una pausa en su tarea, mirando desde donde se encontraba hacia abajo, donde se hallaba el chico, que contemplaba con el ceño fruncido una pila de madera sin cortar.

—Ahí están los laterales y el extremo de la cabina, la batayola y los galones.

—¡Demasiadas piezas para un barco de mierda!

—Pues va a haber muchas más.

—¿Y por qué el tipo no se compra el barco de golpe?

—Mejor para nosotros que no lo haya hecho. —Los bolsillos bien forrados del cliente le estaban proporcionando una base económica a Barcos Quinn—. Es que le gustó el otro barco que le construí y así puede contarles a todos sus influyentes amigos que le han diseñado un barco y se lo han construido a mano y de forma artesanal.

Seth cambió de lija y se aplicó de nuevo a la tarea. La verdad es que no le importaba trabajar. Y le gustaban los aromas de la madera, el barniz y hasta el del aceite de linaza. Pero seguía sin entenderlo.

—Cuesta un montón de tiempo hacerlo.

—Llevamos menos de tres meses. A mucha gente le cuesta un año, y hasta más, construir un barco de madera.

Seth se quedó con la boca abierta.

—¡Un año! Joder, Ethan.

La sonora queja, tan normal, hizo que Ethan casi llegara a sonreír.

—Tranquilo, éste no nos va a costar tanto. Cuando vuelva Cam y pueda trabajar a tiempo completo, avanzaremos más rápido. Y una vez termine el curso, tú puedes ocuparte de gran parte de las tareas menores.

—El curso ya ha terminado.

—¿Cómo?

—Que terminaba hoy. —La sonrisa de Seth era amplia y radiante—. Soy libre. Ya está.

—¿Hoy? —Haciendo una pausa en el trabajo, Ethan frunció el ceño—. Creía que te quedaban un par de días.

—No, no.

En algún momento había perdido la noción del tiempo, pensó Ethan. Y no era propio de Seth, al menos todavía no, facilitar información de forma voluntaria.

—¿Te han dado las notas?

—Sí, he aprobado.

—Veámoslo. —Ethan dejó las herramientas y se limpió las manos en los vaqueros—. ¿Dónde están?

Seth se encogió de hombros y siguió lijando.

—Ahí, en mi mochila. No es para tanto.

—Veámoslo —repitió Ethan.

El chico se embarcó en lo que Ethan llamaba su baile típico. Puso los ojos en blanco, se encogió de hombros y emitió un suspiro de sufrimiento. Extrañamente, no terminó con un taco, como acostumbraba. Se acercó a donde había tirado la mochila y rebuscó en ella.

Ethan se escoró a babor para tomar el documento que Seth le tendía. Al ver la expresión rebelde del rostro del chico, comprendió que las noticias serían sombrías. Su estómago se encogió y dio un salto. El sermón de rigor, pensó suspirando para sí, les iba a resultar terriblemente embarazoso a los dos.

Ethan estudió el pequeño papel, una hoja impresa por ordenador, y se echó hacia atrás la gorra para rascarse la cabeza.

—¿Todo sobresalientes?

Seth volvió a encogerse de hombros y hundió las manos en los bolsillos.

—Sí, ¿y qué?

—Nunca había visto un boletín de notas con todo sobresalientes. Incluso Phillip tenía varios notables y algún bien de vez en cuando.

La vergüenza y el miedo a ser llamado empollón, o algo igualmente horrible, le surgió de pronto.

—No es para tanto.

Alzó una mano para recibir el boletín, pero Ethan negó con la cabeza.

—Y una porra que no —replicó; luego reparó en el ceño fruncido de Seth y creyó entender la razón. Siempre es duro ser distinto a los demás—. Tienes un buen cerebro y deberías sentirte orgulloso de él.

—Es algo que está ahí, sencillamente. No es como saber pilotar un barco o cosas así.

—Si tienes un buen cerebro y sabes cómo usarlo, puedes aprender a hacer lo que sea. —Ethan dobló el papel con cuidado y se lo guardó en el bolsillo. Por supuesto que iba a presumir todo lo posible—. Digo yo que tendríamos que ir a comprar una pizza o algo así.

Confundido, Seth entornó los ojos.

—Pero tú habías preparado unos sándwiches cutres…

—Eso ya no basta. La primera vez que un Quinn saca todo sobresalientes se merece por lo menos una pizza. —Vio cómo la boca del chico se abría y se cerraba y observó el gozo que saltó en sus ojos antes de que bajara la mirada.

—Vale, eso mola.

—¿Puedes esperar otra hora?

—Sin problema.

El chico agarró el papel de lija y se puso a trabajar frenéticamente. Y a ciegas. Sus ojos estaban deslumbrados, tenía el corazón en la garganta. Le sucedía cada vez que uno de ellos le llamaba Quinn. Sabía que su nombre seguía siendo DeLauter. Tenía que ponerlo al comienzo de cada tarea que hacía en la escuela, ¿no? Pero escuchar a Ethan llamarle Quinn hizo que esa pequeña llamita de esperanza que Ray había encendido en él meses antes brillara un poco más alta.

Se iba a quedar. Iba a ser uno de ellos. Nunca más iba a regresar al infierno.

Hacía que valiera la pena que le hubieran llamado al despacho de Moorefield ese día. La subdirectora le había pescado una hora antes de que acabaran las clases. Se le había hecho un nudo de nervios en el estómago, como siempre. Pero ella le había ordenado que se sentara y le había dicho que se sentía orgullosa de cómo había avanzado.

Qué humillante.

Vale, igual no había pegado a nadie en los últimos dos meses. Y había presentado las deberes todos los días porque había alguien que no dejaba de darle la lata para que lo hiciera. Phillip era el peor en ese aspecto. Era como si el tío fuera un policía de los deberes o algo así, pensó Seth. Y sí, había levantado la mano en clase de vez en cuando, simplemente porque le daba la gana.

Pero que la «subdi» le distinguiera de esa forma… le había dado tanta vergüenza… Casi había deseado que le hubiera agarrado por las orejas para ponerle otro castigo.

Sin embargo, si un puñado de estúpidos sobresalientes hacían feliz a un tipo como Ethan, pues estaba bien.

En opinión de Seth, Ethan era un tío totalmente genial. Trabajaba al aire libre todo el día y sus manos tenían cicatrices y callos bien gordos. A Seth le parecía que se le podrían clavar puntas en las manos sin que lo notara, de lo duras y ásperas que las tenía. Poseía dos barcos que se había construido él mismo, y lo sabía todo sobre la bahía y la navegación. Y no se tiraba el pisto.

Dos meses atrás, Seth había visto *Solo ante el peligro* en la tele, aunque era una peli cutre en blanco y negro y no había sangre ni explosiones. En ese momento pensó que Ethan era igual que ese tal Gary Cooper. No hablaba mucho, así que cuando hablaba, uno escuchaba. Y hacía lo que había que hacer sin presumir.

Ethan también podía enfrentarse a los malos y ganarlos. Porque era lo correcto. Seth le había dado vueltas a eso durante un rato y había llegado a la conclusión de que eso es lo que significaba ser un héroe. Alguien que hacía lo correcto.

De haber sido capaz de leer los pensamientos del chico, Ethan se habría asombrado y le habría entrado muchísima vergüenza. Pero a aquél se le daba muy bien guardárselos para sí mismo. En eso, Ethan y él se parecían tanto como si fueran gemelos.

Puede que a Ethan se le pasara por la cabeza que la pizzería apenas distaba una manzana del pub de Shiney, donde Grace estaría comenzando su turno, pero no lo comentó.

De todos modos, no podía llevar al chico a un bar, pensó mientras se dirigían a las luces brillantes y al ruido del Village Pizza. Y seguro que Seth se quejaba, y bastante, si le pedía que esperara en el coche unos minutos mientras echaba un vistazo. Quizá Grace protestara también si notaba que estaba tratando de cuidar de ella.

Más valía dejarlo correr y concentrarse en el asunto principal. Metió las manos en los bolsillos traseros del pantalón y examinó la carta colocada en la pared que había detrás de la barra.

—¿De qué la quieres?

—Champiñones, ni hablar. Son asquerosos.

—En eso estamos de acuerdo —murmuró Ethan.

—De pimiento y salchicha picante —comentó el chico en tono burlón, pero lo estropeó al balancearse un poco en sus zapatillas deportivas—. Si crees que puedes con ello.

—Yo puedo si tú puedes. Eh, Justin —dijo con una sonrisa de saludo para el chico que estaba detrás de la barra—. Ponnos una grande de pimiento y salchicha picante, y dos Pepsis gigantes.

—Vale. ¿Para tomar o para llevar?

Ethan le echó un vistazo a la docena de mesas y reservados y se dio cuenta de que no había sido el único que había tenido la idea de celebrar el último día de clase con una pizza.

—Seth, vete y pilla ese último reservado de ahí atrás. Para tomar aquí, Justin.

—Sentaos. Ahora os llevamos las bebidas.

Seth soltó la mochila en el banco y tamborileó con los dedos en la mesa al ritmo trepidante de Hootie y los Blowfish que surgía de la máquina de discos.

—Voy a echar una partida a los videojuegos —anunció. Cuando Ethan hizo ademán de sacar la cartera, Seth negó con la cabeza—. Tengo dinero.

—No, hoy corre de mi cuenta —replicó Ethan suavemente, y sacó algunos billetes—. Es tu fiesta. Vete por cambio.

—Guay. —El muchacho agarró los billetes y salió corriendo por las monedas.

Mientras Ethan se acomodaba en el reservado, se preguntó cómo podía pensar tanta gente que pasarse un par de horas en una sala ruidosa era una forma estupenda de divertirse. Un corro de chicos estaban tratando de ganar una partida en las tres máquinas colocadas a lo largo de la pared trasera. La máquina de discos había cambiado a Clint Black, con sus lamentos de cantante country. Un niño pequeño que había en el reservado de detrás del suyo tenía una rabieta de cuidado y un grupo de chicas adolescentes se reía a un volumen que habría hecho que a *Simon* le sangraran las orejas.

¡Qué manera de pasar una hermosa noche de verano!

Entonces divisó a Liz Crawford con su esposo y sus dos hijas en un reservado cercano. Una de las niñas, probablemente Stacy, pensó Ethan, hablaba rápidamente haciendo muchos gestos, mientras el resto de la familia reía a mandíbula batiente.

Eran una unidad, pensó, poseían su propia isla en medio del ruido y las luces cambiantes. Imaginó que eso es lo que significa ser una unidad, una familia. Saber que puedes refugiarte allí lo cambia todo.

Sin embargo, le sorprendió el tirón de envidia, e hizo que se moviera incómodo en el duro asiento del reservado mientras miraba ceñudo al vacío. Había tomado una decisión sobre tener una familia hacía años y ese agudo impulso de deseo no le agradaba.

—Pero bueno, Ethan, ¡qué expresión tan feroz!

Alzó la vista mientras dejaban las bebidas sobre la mesa frente a él y se encontró con los ojos pícaros de Linda Brewster.

Era muy atractiva, de eso no le cabía duda. Los ajustados vaqueros negros y la escotada camiseta del mismo color se pegaban a su bien desarrollado cuerpo como una mano de pintura fresca a un Chevrolet clásico. Hacía una semana que habían concluido los trámites de su divorcio, y entonces se había concedido una manicura y un nuevo peinado. Sus uñas de coral rozaron la rubia melena recientemente cortada, al tiempo que sonreía a Ethan.

Le había echado el ojo hacía tiempo. Después de todo, ella llevaba más de un año separada de ese desastre de Tom Brewster y una mujer tenía que mirar por su futuro. Ethan Quinn debía de ser bueno en la cama. Ella intuía esas cosas. Esas grandes manos seguro que trabajaban a conciencia... y seguro que eran atentas.

También le gustaba su aspecto: curtido y con un toque de dureza. Y esa lenta sonrisa, tan sexy... Cuando conseguías arrancarle una, te daban ganas de relamerte por anticipado.

Y poseía una forma tranquila de hacer las cosas. Linda sabía lo que se comentaba sobre las aguas tranquilas. Se moría por saber cuán profundas eran las de Ethan.

Éste era plenamente consciente de adónde se dirigía la mirada de Linda, y mantuvo la suya bien alerta para tener una vía de escape. Las mujeres como Linda le daban más miedo que un nublado.

—Hola, Linda. No sabía que trabajaras aquí.

—De haberlo sabido, habría evitado la pizzería como si fuera la peste.

—Sólo estoy echando una mano a mi padre durante un par de semanas. —Estaba sin blanca, y su padre, el dueño del establecimiento, le había dicho que si se creía que iba a poder vivir a costa de su madre y de él, lo tenía claro. Que pusiera su trasero a currar—. Hacía tiempo que no te veía.

—Pues he estado por aquí. —Ojalá se largara. Su perfume le daba grima.

—Me han contado que tus hermanos y tú habéis alquilado ese viejo granero de Claremont y que os dedicáis a construir barcos. Estaba pensando en acercarme a echar un vistazo.

—No hay mucho que ver. —¿Dónde diablos estaba el chico cuando lo necesitaba?, se preguntó

Ethan un poco desesperado. ¿Cuánto le podían durar esas dichosas monedas?

—Da igual, me encantaría verlo. —Linda deslizó sus brillantes uñas a lo largo del brazo de Ethan, al tiempo que ronroneaba mientras palpaba el músculo—. Puedo escaparme un ratito de aquí. ¿Por qué no me llevas allí y me enseñas lo que haya que ver?

Durante un momento, a Ethan se le quedó la mente en blanco. Al fin y al cabo, no dejaba de ser un hombre, y ella se pasaba la lengua por el labio superior para atraer sus ojos. No es que le interesara, en absoluto, pero hacía mucho que una mujer no gemía bajo su cuerpo. Y le parecía que Linda debía de gemir como nadie.

—He sacado la máxima puntuación —dijo Seth de repente hundiéndose en el reservado, excitado por la victoria, y agarrando su bebida. Sorbió un poco con la pajita y dijo—: Tío, ¿por qué tarda tanto la pizza? Me muero de hambre.

Ethan sintió que la sangre volvía a circular por sus venas y estuvo a punto de suspirar de alivio.

—Enseguida viene.

—Bueno. —A pesar de la irritación que le producía ser interrumpida, Linda le lanzó una radiante sonrisa a Seth—. Éste debe de ser el nuevo. ¿Cómo te llamas, precioso? Se me ha olvidado tu nombre.

—Me llamo Seth. —En un instante, el chico se hizo una idea de cómo era. Una rubia hueca, fue su primer y último pensamiento. Había visto más que suficientes en su corta vida—. Y tú, ¿quién eres?

—Me llamo Linda, soy una vieja amiga de Ethan. Mi padre es el dueño de esto.

—Guay, entonces igual les puedes decir que se den prisa con la pizza, que a este paso nos jubilamos aquí.

—Seth… —La palabra y la mirada tranquila de Ethan fue todo lo que hizo falta para que callara—. Tu padre sigue haciendo las mejores pizzas de la zona, Linda —dijo Ethan con una sonrisa más relajada—. No te olvides de comentárselo.

—No te preocupes. Y tú dame un toque alguna vez. —Movió la mano izquierda y añadió—: Ya soy una mujer libre.

Se alejó contoneando las caderas como un metrónomo bien engrasado.

—Huele como ese sitio del centro comercial donde tienen todas esas cosas para chicas. —Seth arrugó la nariz. No le había caído bien porque le había visto en los ojos una sombra de su madre—. Sólo quiere llevarte al huerto.

—Cállate, Seth.

—¡De veras! —comentó con un encogimiento de hombros, pero alegremente dejó pasar el tema cuando Linda regresó con la pizza.

—¡Que aproveche! —les dijo, inclinándose sobre la mesa un poco más de lo necesario por si Ethan se había perdido la vista la primera vez.

Seth cogió una porción y le dio un mordisco, a sabiendas de que le iba a quemar el paladar. Los sabores estallaron en su boca, haciendo que valiera la pena quemarse.

—Grace hace una pizza genial —comentó mientras masticaba—. Es incluso mejor que ésta.

Ethan se limitó a gruñir. Acordarse de Grace cuando acababa de tener, por muy a su pesar que fuera, una breve y sudorosa fantasía con Linda Brewster, le crispaba los nervios.

—Pues sí. Tendríamos que ver si nos hace una un día que venga a limpiar y eso. Le toca mañana, ¿no?

—Sí. —Ethan tomó una porción, irritado porque había perdido el apetito casi por completo—. Eso creo.

—A lo mejor nos hace una antes de irse.

—Pero si ya estás comiendo pizza hoy…

—¿Y qué? —Seth devoró la primera porción con la velocidad y precisión de un chacal—. Podríamos comparar. Grace tendría que abrir una cafetería o algo así, entonces no tendría que trabajar en todas esas cosas distintas. No hace más que trabajar. Se quiere comprar una casa.

—¿Ah, sí?

—Sí. —Seth se lamió el lado de la mano por donde le goteaba la salsa—. Una pequeña, pero tiene que tener jardín, para que Aubrey pueda jugar y tener un perro y eso.

—¿Te ha contado ella todo eso?

—Claro. Le pregunté por qué se pasaba el tiempo limpiando casas y trabajando en el bar, y me contó que ésa era la razón. Y si no gana lo suficiente, Aubrey y ella no tendrán una casa propia para cuando la niña empiece a ir a la guardería. Supongo que incluso una casa pequeña cuesta un montón de pasta, ¿no?

—Pues sí —respondió Ethan suavemente. Se acordaba de lo satisfecho, de lo orgulloso que se había sentido al comprar su propia casa junto al agua. Lo que había significado para él saber que había conseguido el éxito en lo que hacía—. Ahorrar lleva mucho tiempo.

—Grace quiere tener la casa para cuando Aubrey comience a ir al colegio. Después dice que tiene que empezar a ahorrar para poder enviarla a la universidad. —Se rió burlón y decidió que podía animarse con una tercera porción—. Jo, Aubrey es apenas un bebé, faltan miles de años para que vaya a la universidad. Eso es lo que yo le dije —añadió, porque le gustaba que la gente supiera que Grace y él solían conversar—. Grace se rió y comentó que hacía cinco minutos que a Aubrey le había salido el primer diente. No lo entendí.

—Quiere decir que los niños crecen muy rápido. —Como no parecía que le fuera a volver el apetito, Ethan cerró la caja y sacó algunos billetes para pagar la comida—. Vámonos al astillero y nos llevamos esto. Como no tienes clase mañana, podemos echarle un par de horas más.

Le echó bastante más de dos horas. Una vez se puso a ello, no podía parar. Le aclaraba la mente, le impedía dispersarse, hacerse preguntas, preocuparse.

La construcción del barco era una tarea concreta y tangible con un fin previsible. Allí sabía lo que hacía, como lo sabía cuando salía a la bahía.

No existían las zonas de sombra de los «quizá» y «qué tal si».

Siguió trabajando incluso cuando Seth se hizo un ovillo en una sábana manchada de pintura y se quedó dormido. Parecía no molestarle el ruido de las herramientas, aunque Ethan se preguntaba cómo alguien podía dormir con la mayor parte de una pizza grande de pimiento y salchicha en el estómago.

Comenzó a trabajar en los extremos y los esquineros del camarote y la brazola de la cabina, mientras el viento nocturno soplaba perezoso por las puertas, que estaban abiertas. Había apagado la radio, así que ahora la música era el agua, con sus suaves notas que se deslizaban junto a la orilla.

Trabajaba lenta y cuidadosamente, aunque en su imaginación podía ver el proyecto terminado. Decidió que Cam se ocuparía de la mayor parte del trabajo del interior. Era el más habilidoso de los tres en la ebanistería. Phillip podía ocuparse de las tareas preparatorias, se le daba mejor el trabajo manual de lo que le gustaba admitir.

Si mantenían ese ritmo, calculaba que podían tener el barco listo para navegar dentro de dos meses. El tema de calcular los beneficios y porcentajes se lo dejaba a Phillip. El dinero serviría para alimentar a los abogados, el astillero y sus propias panzas.

¿Por qué no le había dicho Grace que quería comprarse una casa?

Ethan frunció el ceño, pensativo, mientras buscaba un perno galvanizado. ¿No era un paso muy importante como para comentarlo con un niño de diez años? Pero, bueno, la verdad era que Seth se lo había preguntado. Él sólo le había dicho que no debía trabajar tan duro, no le había preguntado por qué insistía en hacerlo.

Lo que tenía que hacer Grace era reconciliarse con su padre, pensó una vez más. Si ambos dejaran a un lado ese terco orgullo de los Monroe durante cinco minutos, podrían llegar a un acuerdo. Ella se había quedado embarazada, y a él no le cabía ninguna duda de que Jack Casey se había aprovechado de una muchacha joven e ingenua y que se merecía la muerte por ello, pero todo eso era agua pasada.

En su familia nunca se habían guardado rencor, ni por cosas pequeñas ni por cosas grandes. Se peleaban, cómo no, y sus hermanos y él a menudo se daban una buena zurra. Pero cuando terminaban, asunto concluido.

Es verdad que él había alimentado cierto resentimiento porque Cam se había ido a Europa y Phillip se había trasladado a Baltimore. Sucedió justo después de la muerte de su madre, y él aún se sentía muy mal. Todo había cambiado en un abrir y cerrar de ojos, y eso le hizo darle vueltas y más vueltas al tema.

Pero, incluso así, nunca les habría vuelto la espalda a sus hermanos si le hubieran necesitado. Y sabía que ellos habrían hecho lo mismo.

Que Grace no pidiera ayuda y que su padre no se la ofreciera le parecía una auténtica estupidez.

Echó una mirada al gran reloj redondo colocado en la pared sobre las puertas delanteras. Idea de

Phillip, recordó, esbozando una sonrisa. Se le había ocurrido que tenían que calcular cuántas horas echaban, pero, por lo que él sabía, su hermano era el único que llevaba la cuenta.

Era casi la una, lo que significaba que Grace terminaba en el bar dentro de una hora. No estaría mal cargar a Seth en la camioneta y pasarse rápidamente por el bar. Sólo para... ver cómo iban las cosas.

Cuando estaba a punto de incorporarse, oyó al chico gemir en sueños.

«Por fin la pizza le está haciendo efecto», pensó sacudiendo la cabeza. Pero imaginó que la niñez no estaba completa sin su dosis de dolores de barriga. Descendió, haciendo girar los hombros para desentumecer los músculos, mientras se acercaba al chico.

Se arrodilló a su lado, le puso una mano en los hombros y le dio una leve sacudida. El chico se alzó pegando golpes.

El puño apretado alcanzó a Ethan en plena boca e hizo que su cabeza retrocediera. La sorpresa, más que el dolor, rápido y agudo, le indujo a decir un taco. Se protegió del siguiente golpe y después agarró firmemente el brazo de Seth.

—¡Vale ya!

—¡Quítame las manos de encima! —Salvaje, desesperado, y atrapado aún en la garra pegajosa del sueño, Seth se debatió en el aire—. ¡Quítame las putas manos de encima!

La comprensión le llegó en ese instante; fue la mirada en los ojos de Seth, un terror desnudo y una ira sañuda. Ambas cosas las había sentido él una vez, junto a un escalofrío de impotencia. Liberó al chico, alzando las manos con las palmas hacia fuera.

—Estabas soñando. —Lo dijo de forma tranquila, sin inflexión, y oyó cómo la respiración entrecortada de Seth reverberaba en el aire—. Te habías quedado dormido.

El muchacho mantuvo los puños apretados. No recordaba haberse quedado dormido. Se acordaba de haberse acurrucado mientras escuchaba trabajar a Ethan. Y lo siguiente que sintió fue que se hallaba de vuelta en uno de aquellos cuartos oscuros, de olores agrios y demasiado humanos, y que los ruidos procedentes del cuarto de al lado eran demasiado fuertes y animales.

Y uno de los hombres sin rostro que acababa de usar la cama de su madre se arrastró hasta él y le puso las manos encima otra vez.

Pero era Ethan quien le observaba, pacientemente, con esos ojos serios que sabían demasiado. Se le retorció el estómago, no sólo por lo que había pasado, sino porque ahora Ethan tendría que saberlo.

Como no se le ocurrían palabras ni excusas, Seth simplemente cerró los ojos.

Eso fue lo que inclinó la balanza para Ethan. El ceder a la impotencia, el deslizarse hacia la vergüenza. Él había abandonado su propia herida, pero ahora resultaba que tendría que curarla después de todo.

—No debes tener miedo de lo que sucedió.

—Yo no tengo miedo de nada. —Los ojos del muchacho se abrieron de golpe. El enfado en ellos era adulto y amargo, pero su voz salía a sacudidas, como el niño que era—. No tengo miedo de un sueño de mierda.

—Tampoco tienes que sentir vergüenza.

Como sí la sentía, y mucho, Seth se incorporó de un salto. Sus puños se apretaron de nuevo.

—Yo no siento vergüenza de nada. Y tú no sabes una mierda.

—Lo sé todo. —Y como lo sabía, odiaba hablar de ello. Pero, a pesar de la postura desafiante, el muchacho temblaba, y Ethan sabía exactamente lo solo que se sentía. Lo único que le quedaba era hablar de ello. Era lo correcto—. Sé lo que los sueños me hicieron a mí, sé que los tuve durante mucho tiempo después de que ese tipo de cosas se hubieran terminado para mí. —Y seguía teniéndolos de vez en cuando, pensó, pero no había necesidad de decirle al chico que quizá se enfrentara a toda una vida de tratar de superar ciertos recuerdos—. Sé lo que te hace por dentro.

—Y una mierda. —Las lágrimas ardían en el fondo de sus ojos, humillándole aún más—. A mí no me pasa nada. Me piré de allí, ¿no? Me libré de ella, ¿no? Y no voy a volver, pase lo que pase.

—No, no vas volver —asintió Ethan. Pasara lo que pasara.

—Me importa un carajo lo que tú o cualquiera penséis sobre lo que sucedió entonces. Y haciendo como que lo sabes no me vas a engañar para que te lo cuente.

—No me tienes que contar nada al respecto —le dijo Ethan—. Y yo no tengo que hacer como que sé. —Recogió la gorra que el puñetazo de Seth había hecho caer y se la pasó sin darse cuenta por las manos antes de volver a ponérsela. Pero el gesto cotidiano no consiguió suavizar la apretada y escurridiza bola de tensión en sus entrañas—. Mi madre era una puta, mi madre biológica. Y una yonqui adicta a la heroína. —Mantuvo sus ojos en los de Seth y un tono de voz natural—. Yo tenía menos edad que tú cuando me vendió por primera vez a un hombre al que le gustaban los niños.

La respiración de Seth se aceleró al tiempo que daba un paso atrás. No, era todo lo que podía pensar. Ethan Quinn era completamente fuerte y sólido y... normal.

—Estás mintiendo.

—La gente normalmente miente para fanfarronear, o para librarse de alguna tontería que ha hecho. No veo el sentido de ninguna de ambas cosas, y mucho menos de qué serviría mentir sobre esto.

Volvió a quitarse la gorra porque, de pronto, le pareció que le apretaba demasiado la cabeza. Una vez, dos, se pasó la mano por el pelo como para aflojar la carga.

—Me vendía a hombres para pagarse el cuelgue. La primera vez, luché. No sirvió para evitarlo, pero luché. La segunda vez, luché, y unas cuantas veces después de ésa. Después, dejé de luchar, porque eso sólo lo hacía peor.

Ethan mantuvo su mirada en la del chico. Los ojos de Seth estaban oscuros y no tan calmados como cuando Ethan había comenzado a hablar. Le dolía el pecho hasta que se acordó de volver a respirar.

—¿Cómo pudiste soportarlo?

—Dejó de importarme. —Ethan se encogió de hombros—. Dejé de «ser», ¿comprendes? No había nadie a quien pudiera acudir en busca de ayuda, o no sabía que la hubiera. Ella se mudaba a menudo para despistar a los servicios sociales.

Seth sentía los labios secos y apretados. Se los frotó con fuerza con el dorso de la mano.

—Nunca sabías dónde te ibas a despertar por la mañana.

—Sí, nunca lo sabías. —Pero todos los sitios tenían el mismo aspecto. Todos poseían el mismo olor.

—Pero te libraste. Conseguiste salir de aquello.

—Sí, conseguí librarme. Una noche, cuando el cliente había terminado con nosotros dos, hubo un incidente. Gritos, sangre, insultos. Dolor. No me acuerdo bien de todo, pero vino la policía. Yo debía de estar bastante mal, porque me llevaron al hospital y enseguida comprendieron lo que había pasado. Terminé en los servicios sociales, y me podría haber quedado estancado en ellos, pero la doctora que me trató era Stella Quinn.

—Ellos te acogieron.

—Sí, me acogieron. —Y decir eso, simplemente decirlo, le calmó la náusea—. No es sólo que me cambiaran la vida, es que me la salvaron. Después seguí soñando con aquello durante mucho tiempo, tenía esos sueños en los que te despiertas sudando y tratando de respirar, convencido de que estás allí de nuevo. Y aunque te das cuenta de que no es verdad, el frío te dura un rato.

Seth se secó las lágrimas con los nudillos, pero ya no le daban vergüenza.

—Yo siempre me libré. A veces me pusieron las manos encima, pero siempre me escapé. Ninguno de ellos pudo…

—Bien hecho.

—Pero de todas formas quería matarles a todos, y a ella también. Quería matarles.

—Lo sé.

—No quería decírselo a nadie. Creo que Ray lo sabía, y Cam como que se lo imagina. Pero no quería que nadie pensara que yo…, que me miraran y pensaran… —No podía expresarlo, sentía vergüenza de que la gente le mirara y viera lo que había sucedido, o lo que podía haber sucedido, en aquellos cuartos hediondos—. ¿Por qué me lo has contado?

—Porque tienes que saber que eso no te hace menos hombre. —Ethan esperó, consciente de que Seth tenía que decidir si aceptaba o no la verdad de su afirmación.

Lo que Seth vio fue un hombre alto, fuerte, dueño de sí, con manos grandes y encallecidas y ojos tranquilos. Uno de los pesos que aplastaba su corazón se elevó.

—Creo que lo sé. —Y sonrió brevemente—. Te sangra la boca.

Ethan se tocó suavemente con el dorso de la mano y supo que acababan de cruzar una fina y delicada línea.

—Tienes un buen gancho de derecha. Me has pillado por sorpresa. —Alzó una mano tentativamente y le revolvió al chico el pelo, despeinado por el sueño—. Venga, lavémonos y vayámonos a casa.

5

Grace tenía por delante una mañana muy ajetreada. A las siete y cuarto, mientras se hacía el café y con ojos que aún no se habían abierto del todo, puso la primera lavadora. Entre enormes bostezos, regó las plantas del porche y los pequeños tiestos de hierbas aromáticas que había en el alféizar de la ventana de la cocina.

Mientras el aroma del café comenzaba a perfumar el aire dándole esperanza, fregó los vasos y cuencos que Julie había usado la noche anterior cuando cuidaba de Aubrey. Cerró la bolsa de patatas fritas y la devolvió a su lugar en el armario, luego limpió las migas de la encimera donde la muchacha se había tomado un piscolabis mientras charlaba por teléfono.

Julie Cutter no era muy ordenada, pero le tenía mucho cariño a Aubrey.

A las siete y media en punto, cuando Grace llevaba media taza de café, Aubrey se despertó.

Tan regular como el alba, pensó Grace, saliendo de la diminuta cocina alargada en dirección al dormitorio, que estaba a un lado de la sala. Con lluvia o sol, fuera día de fiesta o laborable, el despertador interno de su hija sonaba exactamente a las siete y media todas las mañanas.

Grace podía haberla dejado en su cuna mientras se terminaba el café, pero cada día esperaba ese momento con ilusión. Aubrey se hallaba de pie en un lado de la cuna, con los rizos rubios revueltos por el sueño y las mejillas aún rosadas. Grace recordaba todavía la primera vez que entró y vio a su hija de pie, balanceándose sobre sus inseguras piernas, y con la cara radiante de sorpresa por el éxito.

Ahora las piernas de la niña eran más fuertes. Alzaba una, luego la otra, en una especie de marcha juguetona. Se rió alto cuando su madre entró en el cuarto.

—Mamá, mamá, hola, mamita mía.

—Hola, mi niña. —Grace se inclinó por un lado de la cuna para ofrecerle los primeros mimos y suspiró. Era consciente de lo afortunada que era. No podía haber una niña en todo el planeta con un carácter más alegre—. ¿Cómo está mi Aubrey?

—Aúpa, aúpa.

—Claro. ¿Pis?

—Pis. —Aubrey asintió y se rió cuando su madre la alzó y la sacó de la cuna.

Aubrey se estaba acostumbrando a usar el baño, decidió Grace, inspeccionando el pañal de la niña mientras se dirigían al baño. Tenía sus aciertos y errores.

Esa vez fue un acierto, así que Grace se embarcó en las generosas alabanzas sobre funciones corporales que sólo un adulto con un niño pequeño puede comprender. Le lavó los dientes y le cepilló el pelo en el cuarto de baño, no más grande que un armario, que Grace había conseguido animar pintando las paredes de color verde menta y colocando cortinas de rayas como un toldo.

Luego comenzó la rutina del desayuno. Aubrey quería cereales con plátano, pero sin leche. Colocó la mano sobre el cuenco cuando Grace iba a servírselo, sacudiendo la cabeza enérgicamente.

—No, mamá, no. Taza, por favor.

—Vale, la leche en una taza. —Grace llenó una y la colocó en la bandeja, junto al cuenco—. Ahora tómatelo todo. Hoy tenemos mucho que hacer.

—¿Qué hacer?

—Veamos. —Grace se preparó una tostada mientras le recitaba a su hija el programa para el día—. Tenemos que terminar la colada y luego le prometimos a la señora West que hoy le limpiaríamos las ventanas. —Unas tres horas de trabajo, calculó Grace—. Después tenemos que ir al súper.

Aubrey gritó de alegría.

—Lucy.

—Sí, verás a Lucy. —Lucy Wilson era una de las personas más queridas por la niña. La cajera siempre tenía una sonrisa y una piruleta para ella—. Y cuando guardemos la compra, nos vamos a casa de los Quinn.

—¡Seth! —La leche le goteó de la boca sonriente.

—Bueno, cariño, no sabemos seguro si estará en casa hoy. Puede que haya salido con Ethan en el barco o que esté en casa de sus amigos.

—Seth —repitió Aubrey, muy claramente, y su boca se arrugó en un gesto obstinado.

—Ya veremos. —Grace le limpió los churretes.

—Ethan.

—Quizá.

—Perritos.

—*Tonto*, seguro. —Le dio a su hija un beso en la cabeza y se permitió el lujo de tomar una segunda taza de café.

A las ocho y cuarto, Grace se había hecho con un montón de periódicos y un vaporizador con una mezcla de vinagre y amoniaco. Aubrey se entretenía sola, sentada en el césped con un juguete que imitaba sonidos de animales. Cada pocos segundos, una vaca hacía «mu» o un cerdo hacía «oink-oink», y la niña repetía fielmente el sonido.

Para cuando Aubrey se puso a jugar con los bloques de construcción, Grace había terminado de limpiar y abrillantar la parte exterior de las ventanas de la fachada y de un lado de la casa. Iba bien de tiempo. Y habría seguido así de no haber salido la señora West con altos vasos de té helado y ganas de charlar.

—Grace, no sé cómo agradecerte que me limpies las ventanas. —La señora West, que tenía muchos nietos, le había servido a Aubrey su bebida en una taza de plástico de color vivo con patitos.

—Me encanta hacerlo, señora West.

—Con la artritis, yo ya no puedo, y me gusta que las ventanas brillen. —Sonrió y las arrugas de su curtido rostro se hicieron más profundas—. Y tú consigues que brillen. Mi nieta, Layla, dijo que me las limpiaría, pero, si te digo la verdad, esa chica, maldita sea su estampa, es una cabeza loca. Lo mismo se pone a la tarea y acaba durmiéndose en el huerto. No sé lo que va a ser de ella.

Grace se rió y siguió frotando la siguiente ventana.

—Sólo tiene quince años. Tiene la cabeza en los chicos, la ropa y la música.

—Y que lo digas. —La señora West asintió tan vigorosamente que su papada se bamboleó con el gesto—. Mira, yo a su edad era capaz de limpiar un cangrejo en un santiamén. Me ganaba la vida, y sólo pensaba en el trabajo hasta que éste estaba terminado. —Le guiñó un ojo—. Entonces pensaba en los chicos.

Dejó escapar una campechana risa antes de sonreír a Aubrey.

—¡Vaya corderito más lindo que tienes, Gracie!

—Es la luz de mi vida.

—Y más buena que el pan. ¿Conoces al más pequeño de mi Carly, Luke? No para quieto ni dos minutos y se pasa todas las horas del día enredando. La semana pasada me lo encontré escalando las cortinas del salón como un gato. —El recuerdo la hizo reír—. Ese Luke es un terremoto, te lo digo de verdad.

—Aubrey también tiene sus momentos.

—No me lo creo, imposible con esa carita de ángel. Dentro de poco, vas a tener que estar todo el día con un palo para mantener a los chicos apartados de ella. Es preciosa, y ya la he visto de la mano con un chico.

A Grace casi se le cayó la botella de limpiador y se giró rápidamente para asegurarse de que su niña no había crecido mientras ella no miraba.

—¿Aubrey?

La Señora West volvió a reírse.

—La he visto paseando por el puerto con ese chico de los Quinn, el nuevo.

—Ah, Seth. —La sensación de alivio era tan ridícula que Grace dejó el limpiador en el suelo y tomó su vaso para beber—. Aubrey está enamorada de él.

—Es un chico muy guapo. Mi pequeño Matt va a la misma clase que él y me contó que Seth zurró a ese matón de Robert hace algunas semanas. No pude remediarlo, pensé que ya era hora de que alguien le diera su merecido. ¿Qué tal andan los Quinn?

La pregunta era su objetivo principal para salir a charlar, pero la señora West creía que era importante abordar el tema de forma gradual.

—Bastante bien.

La señora West puso los ojos en blanco. Habría que poner más empeño para sacar agua del pozo con esa bomba.

—La chica con la que se casó Cam es guapa de verdad, aunque ella también va a tener que andar con mil ojos para mantenerle a raya. Ese Cam siempre ha sido un poco salvaje.

—Creo que Anna puede con él.

—Se han ido al extranjero de luna de miel, ¿no?

—A Roma. Seth me enseñó una postal que han mandado. Es preciosa.

—Siempre me recuerda esa película con Audrey Hepburn y Gregory Peck, ésa en la que ella es una princesa. Ya no hacen películas así.

—*Vacaciones en Roma.* —Grace sonrió con nostalgia. Las películas clásicas y románticas eran su debilidad.

—Ésa misma. —Grace se parecía un poco a Audrey Hepburn, pensó la señora West. El tono de pelo no era el mismo, claro, porque Grace era rubia como una vikinga, pero tenía los ojos grandes y el rostro bonito y sosegado. Y estaba muy delgada.

—Yo nunca he estado en el extranjero —dijo la señora West, lo que incluía, a su modo de ver, dos tercios de Estados Unidos—. ¿Van a volver pronto?

—Dentro de un par de días.

—Hum. Bueno, esa casa necesita una mujer, eso está claro. No me imagino lo que pueden ser cuatro hombres en una casa. Debe de oler como un calcetín sudado la mayor parte del tiempo. No conozco ningún hombre de este planeta que no se mee fuera de la taza.

Grace se rió y volvió a las ventanas.

—No está tan mal. La verdad es que Cam llevaba la casa bastante bien antes de que me contrataran para que me ocupara yo. Pero el único que se acuerda de vaciarse los bolsillos antes de dejar la ropa en el cesto de lavar es Phillip.

—Si eso es todo, no está mal. Me imagino que la esposa de Cam se ocupará de la casa cuando estén de vuelta.

La mano de Grace apretó más fuerte el puñado de periódicos cuando su corazón dio un rápido salto.

—Yo…, Anna trabaja a tiempo completo en Princess Anne.

—Lo más probable es que ella asuma la responsabilidad de la casa —repitió la señora West—. A cada mujer le gusta llevar la casa a su manera. Me imagino que le va a venir bien al chico tener una mujer en la casa todo el tiempo. No sé en qué estaba pensando Ray esta vez, te lo juro. Tenía un corazón de oro, eso sí, pero cuando murió Stella… perdió el rumbo. Un hombre de su edad…, hacerse cargo de un chico así, a pesar de cómo fueran las cosas. No es que yo crea una palabra de ese chismorreo que se oye de vez en cuando. Nancy Claremont es la peor cotilla, le da a la lengua en cuanto tiene oportunidad.

La señora West se detuvo un segundo, esperando que Grace le siguiera el juego, pero ésta continuaba mirando la ventana con el ceño fruncido.

—¿Sabes si ese inspector de seguros va a volver?

—No —respondió Grace suavemente—. No lo sé. Espero que no.

—No veo qué le puede importar a la empresa de seguros de dónde viene el chico. Incluso si Ray se suicidó, y no digo que fuera así, no pueden demostrarlo, ¿no? Porque… —Hizo una pausa para mayor efecto, como hacía cada vez que exponía esa idea, y añadió— ¡no estaban allí!

Dijo la última parte con un tono triunfal, como cuando se lo había dicho a Nancy.

—El profesor Quinn no se habría suicidado —murmuró Grace.

—Claro que no. —Aunque era un tema que daba mucho juego—. Pero el chico… —se interrumpió, mientras aguzaba el oído—. Está sonando el teléfono. Grace, pasa cuando quieras empezar con el interior —comentó mientras entraba en la casa apresuradamente.

La joven no dijo nada. Siguió trabajando a buen ritmo, pero su mente daba vueltas. Le avergonzaba no poder concentrarse en el profesor Quinn. Sólo podía pensar en sí misma y en lo que iba a ocurrir.

¿Volvería Anna de Roma con intención de llevar la casa ella sola? ¿Iba a perder ella su trabajo allí y el dinero extra que sacaba con él? Y lo que era peor, mucho peor, ¿perdería la oportunidad de ver a Ethan una o dos veces por semana?, ¿perdería la oportunidad de compartir con él una comida de vez en cuando?

Se dio cuenta de que se había acostumbrado, hasta depender de ello, a ser parte de la vida de Ethan, aunque fuera una parte ínfima. Y, por muy lastimoso que sonara, le encantaba doblarle la ropa, estirarle las sábanas en la cama. Hasta se permitía imaginar que él pensaría en ella cuando encontraba una de sus notas por la casa, o cuando se deslizaba entre sábanas limpias por la noche.

¿Iba a perder eso también: el placer de verle acercarse desde el barco y coger a Aubrey en brazos cuando ella exigía un beso, o cuándo él le dirigía una mirada con su sonrisa? ¿Eran todo eso apenas imágenes que tendría que atesorar en su mente a partir de ahora?

Sus días pasarían sin ni siquiera eso para ilusionarse. Y sus noches pasarían una tras otra, siempre sola.

Apretó los ojos, luchando contra la desesperanza. Los volvió a abrir cuando Aubrey le tiró del dobladillo de los pantalones cortos.

—Mamá. ¿Lucy?

—Enseguida, cariño. —Como lo necesitaba, Grace cogió a su hija en brazos para darle un fuerte abrazo.

Era casi la una cuando Grace terminó de colocar la compra y preparar la comida de Aubrey. Sólo llevaba media hora de retraso y pensó que lo podía recuperar sin demasiada dificultad. Únicamente tenía que trabajar un poco más rápido y mantener la cabeza en la tarea. «Deja de hacer planes», se ordenó a sí misma mientras sentaba a Aubrey en la sillita infantil del coche. «Basta de tonterías.»

—Seth, Seth, Seth —repetía Aubrey, saltando en el asiento como una posesa.

—Ya veremos. —Grace se sentó al volante, metió la llave y le dio una vuelta. La respuesta fue un zumbido asmático—. No, no, no lo hagas. No lo hagas. No tengo tiempo para esto. —Un poco asustada, giró de nuevo la llave, apretó el pedal de la gasolina y suspiró aliviada cuando el motor arrancó—. Así está mejor —musitó mientras salía a la calle dando marcha atrás—. Nos vamos, Aubrey.

—¡Nos vamos!

Cinco minutos después, a mitad de camino entre su casa y la de los Quinn, el viejo coche se puso a toser de nuevo, se estremeció y después comenzó a eructar vapor por debajo del capó.

—¡Maldita sea!

—¡Maldita sea! —imitó alegremente la niña.

Grace se limitó a apretarse los ojos con las palmas de las manos. Era el radiador, estaba segura. El mes pasado había sido la correa del ventilador, y antes de eso, las pastillas del freno. Resignada, aparcó a un lado de la carretera y se bajó para levantar el capó.

Salieron nubes de humo que la hicieron toser y retroceder unos pasos. Con aire decidido, se tragó el nudo de desesperanza que tenía en la garganta. A lo mejor no era nada importante. Quizá fuera otra vez alguna correa. Y si no, pensó con un gran suspiro, tendría que decidir si valía la pena gastar más dinero en ese viejo cacharro o apretar su ya de por sí estrecho presupuesto para comprar otro similar. De cualquier manera, ahora no podía hacer nada. Abrió la puerta del otro lado y desabrochó la silla de Aubrey.

—El coche se ha vuelto a poner enfermo, cariño.

—¡Aaayy!

—Sí, lo vamos a tener que dejar aquí.

—¿Solo?

La preocupación de su hija por los objetos inanimados la hizo sonreír una vez más.

—No por mucho tiempo. Voy a llamar al señor del coche para que venga a cuidarlo.

—Y que lo cure.

—Eso espero. Ahora tenemos que ir caminando a casa de Seth.

—¡Vale! —Encantada con el cambio en la rutina, Aubrey se echó a andar voluntariosamente.

Trescientos metros más allá, Grace tuvo que cogerla en brazos, pero hacía un día precioso, y caminar le ofrecía la oportunidad de mirar y ver de verdad. La madreselva colgaba de una valla que bordeaba un limpio campo de soja y despedía un aroma muy agradable. Cortó una flor para su hija.

Cuando rodeaban la marisma que bordeaba el terreno de los Quinn, le dolían los brazos. Se pararon a contemplar una tortuga que tomaba el sol a un lado del camino y Aubrey se rió cuando el animal escondió la cabeza en el caparazón al acercarse a tocarla.

—Cariño, ¿podrías caminar un ratito ahora?

—Cansada. —Con ojos suplicantes, Aubrey alzó los brazos—. Aúpa.

—Bueno, ven aquí. Ya casi hemos llegado.

Ya había pasado la hora de la siesta de Aubrey. A la niña le gustaba echar la siesta justo después de la comida, todos los días. Dormía casi dos horas y después se despertaba otra vez llena de energía.

Cuando Grace subió las escaleras del porche y entró en la casa, la cabecita de la niña era un peso dormido en su hombro.

Una vez que la acomodó en el sofá, subió apresuradamente para deshacer camas, recoger la ropa sucia y clasificarla. Después de meter la primera carga en la lavadora, hizo una rápida llamada al mecánico, que hacía todo lo que podía para mantener su pobre coche con vida.

Volvió de nuevo arriba con rapidez para hacer las camas con sábanas limpias. Para ahorrar esfuerzo, tenía productos de limpieza en cada piso. Se ocupó del baño primero, frotando y aclarando arrebatadamente hasta que el cromo y los azulejos relucieron.

Se dio cuenta de que iba a ser su última sesión completa en la casa antes del regreso de Anna y Cam. Pero ya había decidido, en algún momento del paseo desde su coche averiado, que iba a sacar un par de horas para un rápido repaso el día que les esperaban de vuelta.

Estaba orgullosa de su trabajo. Y, por supuesto, le gustaba pensar que otra mujer notaría el orden, los rincones limpios, los pequeños toques especiales que trataba de añadir. Una profesional como Anna, una mujer con una carrera que le exigía mucho, vería que Grace era necesaria en la casa, ¿no?

Corrió escaleras abajo de nuevo para echarle un vistazo a su hija, sacar la ropa mojada de la lavadora, ponerla en una cesta y meter la segunda carga.

Cuando llegaran los recién casados, se aseguraría de que hubiera flores frescas en el dormitorio principal. Y sacaría las toallas buenas. Le dejaría una nota a Phillip pidiéndole que comprara algo de fruta para decorar el cuenco de la mesa de la cocina.

Sacaría algo de tiempo para encerar a mano los suelos de madera y lavar y planchar las cortinas.

Tendió la ropa en la cuerda con rapidez, sin nada de la alegría que normalmente le proporcionaba esa tarea. Con todo, la sencilla rutina comenzó a calmarla. De alguna manera, todo iba a salir bien.

Entonces le dio un mareo y movió la cabeza para despejarse. La fatiga se le había echado encima de repente, como un puñetazo en la mandíbula. Si se hubiera tomado la molestia de calcular el tiempo que llevaba levantada y sin parar ni un momento, habría contabilizado siete horas, frente a las breves cinco de sueño de la noche pasada. Lo que sí calculaba era que le quedaban otras doce todavía. Y necesitaba un descanso.

Diez minutos, se prometió, como hacía a veces cuando tenía una jornada muy larga, y se tumbó allí mismo, en la hierba, junto a la ropa que ondeaba en el tendedero. Una siesta de diez minutos le devolvería la energía, dejándole tiempo suficiente para limpiar la cocina antes de que despertara su hija.

Ethan se dirigía a casa en coche desde el puerto. Había acortado su jornada habitual en el mar, dejando que Jim y su hijo volvieran a salir con el barco para inspeccionar las jaulas del estrecho del Pocomoke. Seth se había ido con Danny y Will y él planeaba comer rápido y tarde, y después pasar unas cuantas horas en el astillero. Quería terminar la cabina, quizá empezar el techo del camarote. Cuanto más consiguiera hacer, menos tardaría Cam en ponerse con el trabajo fino y los retoques.

Redujo la velocidad al ver el coche de Grace a un lado de la carretera, y luego aparcó rápidamente. Cuando miró bajo el abierto capó, se limitó a sacudir la cabeza. El dichoso trasto se mantenía en pie a base de saliva y oraciones. Grace no debería conducir un coche tan poco fiable. ¿Y qué hubiera pasado, pensó sombríamente, si al puñetero cacharro le daba por averiarse justo cuando ella volvía del pub en mitad de la noche?

Le echó un vistazo más detallado y silbó entre dientes. El radiador estaba echado a perder, y si ella pensaba en cambiarlo, él tendría que convencerla de no hacerlo.

Él le buscaría un coche decente de segunda mano. Se lo pondría a punto, o le pediría a Cam, que sabía de motores como el rey Midas sabía de oro, que lo hiciera. No podía permitir que Grace condujera semejante cacharro, y menos con la niña.

De repente se dio cuenta y retrocedió algunos pasos. No era asunto suyo. Y una mierda, pensó con un arranque de genio poco característico en él. Ella era amiga suya, ¿o no? Tenía derecho a ayudar a una amiga, especialmente a una que necesitaba que la cuidaran.

Y Dios sabía, tanto si Grace era consciente de ello como si no, que ella necesitaba que la cuidaran. Se montó de nuevo en el coche y se dirigió a su casa con el ceño fruncido.

Estuvo a punto de cerrar de un portazo la puerta antes de ver a Aubrey hecha un ovillo en el sofá. El ceño fruncido se desvaneció. Cerró la puerta con suavidad y se acercó a ella sin hacer ruido. Tenía un puño sobre un cojín. Incapaz de resistirse, lo cogió suavemente y se maravilló ante aquellos deditos tan pequeños, tan perfectos. Llevaba un lazo en uno de los rizos, una pequeña cinta azul de encaje que su madre le habría colocado por la mañana. Ahora estaba ladeado, pero eso sólo lo hacía más gracioso.

Ojalá se despertara antes de que él tuviera que irse de nuevo.

Pero ahora tenía que encontrar a la madre y charlar sobre un vehículo fiable.

Irguió la cabeza y pensó que la casa estaba demasiado silenciosa para que Grace estuviera en el piso superior. Fue a la cocina y vio las señales de un apresurado desayuno. Grace todavía no se había ocupado de eso. Pero la lavadora zumbaba y fuera divisó la ropa tendida ondeando al viento.

La vio en cuanto salió por la puerta. Y le entró un pánico de muerte. No supo qué pensar, sólo que ella yacía en la hierba. Horribles imágenes de enfermedad y heridas se le amontonaron en la mente al tiempo que salió corriendo. Se hallaba apenas a un paso de ella cuando se dio cuenta de que no estaba inconsciente. Estaba durmiendo. Acurrucada como su hija dentro de la casa. Con un puño cerca de la mejilla, respiraba despacio, de forma profunda y regular. Ethan cedió a sus debilitadas rodillas, se sentó junto a ella y esperó hasta que su corazón recuperara un ritmo que se acercara al normal.

Se sentó, escuchando cómo la ropa golpeaba el tendedero, cómo el agua lamía la hierba marina, y cómo cotorreaban los pájaros. Mientras, se preguntó qué diablos iba a hacer con ella.

Al final, simplemente suspiró, se incorporó e, inclinándose, la tomó en sus brazos.

Grace se estiró y se apretó contra él, haciendo que su sangre corriera tan rápido que se sintió incómodo.

—Ethan —susurró, girando el rostro hacia la curva de su cuello, lo que incitó en él una brillante fantasía en la que ambos rodaban por la hierba calentada por el sol—. Ethan —repitió, pasándole los dedos por el hombro. Él se puso rígido como el hierro. Luego dijo de nuevo—: ¡Ethan! —Esta vez fue un chillido de sorpresa cuando alzó la cabeza y lo vio.

Los ojos de Grace estaban atontados por el sueño y llenos de asombro. Su boca se curvó en una suave O, que resultaba gloriosamente tentadora. Después se ruborizó hasta las puntas del pelo.

—¿Qué? ¿Qué pasa? —consiguió decir, a pesar de la combinación de excitación y vergüenza que le retorcía el estómago.

—Si quieres echar la siesta, tendrías que ser tan sensata como Aubrey y hacerlo al abrigo del sol.

Sabía que su voz sonaba áspera, pero no podía hacer nada al respecto. El deseo le atenazaba la garganta como unas garras que le arañaban con regocijo.

—Yo sólo estaba…

—Me has quitado diez años de vida al verte ahí tirada. Creía que te habías desmayado o algo así.

—Sólo quería tumbarme un momento. Aubrey estaba dormida, así que… ¡Aubrey! Tengo que ir a ver si está bien.

—Acabo de hacerlo yo. Está bien. Y tú habrías mostrado más sentido común si te hubieras acostado con ella en el sofá.

—No vengo aquí a dormir.

—Estabas dormida.

—Pero sólo un minuto.

—Necesitas más de un minuto.

—No, en absoluto. Es sólo que las cosas se me han complicado hoy y se me ha cansado el cerebro.

Eso casi le hizo gracia. Se detuvo en la cocina, con ella aún en los brazos, y la miró a los ojos.

—¿Que se te ha cansado el cerebro?

—Sí. —En ese momento lo tenía prácticamente desconectado—. Tenía que descansar la mente un segundo, eso es todo. Bájame, Ethan.

Él no estaba preparado para hacerlo, todavía no.

—Acabo de ver tu coche como a una milla de aquí.

—He llamado a Dave y le he avisado. Va a venir en cuanto pueda.

—¿Has venido caminando desde allí con Aubrey en brazos?

—No, nos ha traído el chófer. Bájame ya, Ethan —dijo antes de explotar.

—Bueno, pues puedes darle al chófer el resto del día libre. Yo te llevaré a casa cuando se despierte Aubrey.

—Puedo llegar a casa por mis propios medios. Apenas he comenzado las tareas aquí. Tengo que volver a ponerme con ellas.

—No voy a permitir que camines tres millas.

—Llamaré a Julie. Ella vendrá a recogernos. Seguro que tú tienes trabajo que hacer. Yo… llevo cierto retraso —comentó, ya desesperada—. No puedo ponerme a trabajar si no me sueltas.

Ethan la miró.

—No pesas nada.

El brillo de deseo que había en los ojos de Grace se tornó en irritación.

—Si me vas a decir que estoy flaca…

—Yo no diría flaca. Lo que pasa es que eres de hueso fino. —Y de piel suave y tersa. La depositó en el suelo antes de que se le olvidara el propósito de cuidar de ella—. No te preocupes hoy de la casa.

—Sí, tengo que hacer mi trabajo. —Grace era un manojo de nervios. La forma en que él la miraba hacía que deseara saltar de nuevo a sus brazos, pero también salir corriendo por la puerta trasera como un conejo. Nunca había experimentado tal lucha interior, y sólo podía mantenerse en sus trece—. Lo haré más rápido si no te me pones por medio.

—Me quitaré de en medio en cuanto llames a Julie y veas si puede venir a recogerte.

Alzó una mano para quitarle una pelusa de diente de león del cabello.

—Vale.

Grace se volvió y marcó algunos números en el teléfono de la cocina. Quizá sería mejor, pensó mientras el teléfono comenzaba a sonar, que Anna no quisiese que ella siguiera en la casa una vez volviera. Parecía que ya no podía estar con Ethan más de diez minutos sin ponerse como un flan. Si eso no cambiaba, seguro que acababa haciendo algo que les avergonzaría a ambos.

6

A Ethan no le importaba echarle horas al barco por la noche, en particular cuando podía trabajar solo. No había hecho falta mucha persuasión para que permitiera a Seth acampar con los otros chavales en el patio trasero. Así podía disfrutar de una noche a solas, algo raro últimamente, y con tiempo para trabajar, sin tener que prestar atención a preguntas y comentarios.

No es que el chico no fuera entretenido, se dijo Ethan. De hecho, se sentía muy apegado a él. Aceptarlo en su vida le había resultado natural porque Ray se lo había pedido. Pero el afecto, el aprecio y la lealtad habían ido creciendo y solidificándose hasta que simplemente estaban ahí.

Sin embargo, eso no quería decir que el chico no fuera capaz de agotarle.

Esta noche, Ethan se limitó al trabajo manual. Incluso si uno se sentía despejado y alerta a medianoche, lo más probable es que estuviera un poco aturdido, y no quería arriesgarse a perder un dedo con las herramientas eléctricas. En cualquier caso, le relajaba el trabajo tranquilo, lijar a mano superficies y bordes hasta sentirlos suaves.

Antes de que terminara la semana, estarían listos para sellar el casco y entonces podría poner a Seth a lijar los listones. Si Cam se ponía al tajo bajo cubierta y si el chico no protestaba demasiado por trabajar con la masilla, el calafate y el barniz durante una semana o dos, irían bastante bien.

Miró la hora en su reloj, vio que había perdido la noción del tiempo y comenzó a guardar la herramienta. Como no estaba Seth para tirar de escoba, barrió el suelo.

A la una y cuarto estaba aparcado junto al pub. No tenía intención de entrar, como no tenía intención de dejar que Grace caminara la milla y media que había hasta su casa cuando terminara el turno. Así que se arrellanó en el asiento, encendió la luz superior y pasó el tiempo hojeando su manoseado ejemplar de *Cannery Row*.

Dentro era el momento de la última ronda. Lo único que hubiera hecho más feliz a Grace habría sido que Dave le hubiera dicho que todo lo que hacía falta para que su coche funcionara de nuevo era un poco de chicle usado y una banda de goma.

Pero lo que le había dicho en realidad era que le costaría el equivalente a tres años de comprar chicles y gomas, y que se podría considerar afortunada si el viejo cacharro podía recorrer otras cinco mil millas.

Era algo por lo que tendría que preocuparse más tarde. Por el momento, le tocaba lidiar con un cliente pesado, que estaba de paso por el pueblo en ruta hacia Savannah, y que creía que a Grace le gustaría ser su diversión esa noche.

—Tengo una habitación en un hotel. —Le guiñó un ojo cuando ella se inclinó para servirle la última copa de la noche—. Tiene una cama bien grande y servicio de habitaciones las veinticuatro horas del día. Podríamos hacer una fiesta cojonuda, mi amor.

—No voy a muchas fiestas, pero gracias.

Él le cogió la mano y tiró de ella lo suficientemente fuerte para hacerle perder el equilibrio. Grace tuvo que agarrarle el hombro para no caer en su regazo.

—Entonces ésta es tu oportunidad. —El hombre tenía ojos oscuros y le dirigió una mirada lasciva a los pechos—. Me encantan las rubias de piernas largas. Siempre las trato de un modo especial.

Era un pesado, pensó Grace mientras él le echaba otra vez el aliento de cerveza en la cara. Pero se las había visto con hombres peores.

—Muchas gracias, pero voy a terminar mi turno y me iré a casa.

—Tu casa me va bien.

—Oiga…

—Bob, llámame Bob, nena.

Grace se liberó de un tirón.

—Mire, señor, simplemente no me interesa.

Claro que le interesaba, pensó él lanzándole una sonrisa que sabía que era seductora. Al fin y al cabo había pagado dos de los grandes para que le arreglaran los dientes, ¿no?

—Siempre me pone cuando las mujeres os hacéis las difíciles.

Grace decidió que no valía la pena malgastar ni un suspiro de asco.

—Cerramos dentro de un cuarto de hora. Tiene que abonar su cuenta.

—Vale, vale, no te pongas borde. —Sonrió ampliamente y sacó un fajo de billetes sujetos con un clip. Siempre ponía un par de veinte en la parte de fuera y luego lo rellenaba con billetes de uno—. Dime qué te debo y después... negociaremos la propina.

A veces, decidió Grace, más valía mantener la boca cerrada. Lo que quería salir de ella era lo suficientemente desagradable como para que la despidieran. Así que se alejó para llevar los vasos vacíos a la barra.

—¿Ése te está dando problemas, Grace?

Ella sonrió débilmente a Steve. Ahora estaban trabajando solos los dos. La otra camarera se había ido a las doce, alegando un dolor de cabeza. Como estaba pálida como un fantasma, Grace la había animado a que se fuera, aceptando cubrirla.

—Otro de ésos que se cree un don de Dios para las mujeres. Nada de qué preocuparse.

—Si no se ha ido cuando cerremos, esperaré hasta que estés a salvo en el coche, camino de tu casa.

Grace se limitó a emitir un sonido que no la comprometía. No había mencionado su carencia de vehículo, porque sabía que Steve insistiría en llevarla a casa. Vivía a veinte minutos en dirección contraria, y tenía una esposa embarazada que le esperaba.

Fue limpiando y cobrando a los clientes de las mesas. Notó con alivio que el cliente problemático por fin se levantaba para marcharse. Pagó sus 18,83 dólares en metálico con un billete de veinte que dejó en la mesa. Aunque había conseguido monopolizar la mayor parte de su tiempo y atención durante las últimas tres horas, Grace se sentía demasiado cansada para irritarse por la lastimosa propina.

El bar no tardó en vaciarse. La clientela estaba compuesta en su mayor parte por estudiantes universitarios que habían salido una noche entre semana para tomarse un par de cervezas y charlar. Calculó que habían doblado unas diez mesas desde que empezó su turno a las siete. Sus propinas de la noche no iban a contribuir en mucho al nuevo coche que tenía que comprar.

Estaba tan silencioso que ambos saltaron como conejos cuando sonó el teléfono. Incluso cuando Grace se rió de su reacción, el rostro de Steve perdió el color.

—Mollie —fue todo lo que dijo, lanzándose a por el aparato de un salto. Lo cogió y dijo tartamudeando—: ¿Ha llegado el momento?

Grace dio unos pasos adelante, preguntándose si tendría fuerza suficiente para cogerle si se desmayaba. Cuando su compañero comenzó a asentir rápidamente, ella sintió que su sonrisa se hacía más amplia.

—Vale. Tú…, tú llama al médico, ¿vale? Todo esta listo. ¿Cada cuánto…? ¡Ay, Dios! ¡Ay, Dios mío! Voy para allá. No te muevas. No hagas nada. No te preocupes.

Soltó el teléfono sin devolverlo a su lugar y luego se quedó congelado.

—Ella..., Mollie..., mi esposa.

—Sí, ya sé quién es Mollie, fuimos juntas al cole desde la guardería. —Grace se rió. Después, como él tenía un aspecto tan conmovedor y tan lleno de miedo, le tomó la cara entre las manos y le dio un beso—. Vete. Pero conduce con cuidado. Los bebés se toman su tiempo. Te esperarán.

—Vamos a tener un bebé —comentó Steve lentamente, como si probara cada palabra—. Mollie y yo.

—Lo sé. Y es maravilloso. Le dices que iré a verla, y al bebé. Desde luego, si te quedas aquí parado como si tuvieras los pies pegados al suelo, creo que tendrá que irse ella sola al hospital.

—¡Dios mío! Tengo que irme. —Derribó una silla de camino a la puerta—. Llaves, ¿dónde están las llaves?

—Las del coche las tienes en el bolsillo. Las del bar están detrás de la barra. Yo me ocupo de cerrar, papá.

Se detuvo, miró hacia atrás y le lanzó una enorme y electrificante sonrisa.

—¡Caray! —dijo, y se fue.

Grace siguió riéndose mientras levantaba la silla y la colocaba del revés en la mesa.

Se acordó de la noche en que se puso de parto. Ay, tenía tanto miedo, estaba tan excitada. A ella sí le había tocado ir sola al hospital. No había habido marido con quien compartir el pánico. No había habido nadie que se sentara con ella, que le dijera que respirara, que le cogiera la mano.

Cuando el dolor y la soledad llegaron a su punto máximo, cedió y permitió que la enfermera llamara a su madre. Por supuesto, su madre fue y se quedó con ella, y vio cómo Aubrey venía al mundo. Lloraron juntas, y rieron juntas, y eso hizo que todo volviera a ir bien.

Su padre no acudió. Ni entonces ni después. Su madre se inventó excusas, trató de quitarle hierro, pero Grace comprendió que no podía esperar ser perdonada. Otros la visitaron, Julie y sus padres, amigos y vecinos.

Ethan y el profesor Quinn.

Le llevaron flores, rosas y margaritas blancas y rosas. Colocó una de cada en el libro de fotos de Aubrey.

Recordar le hizo sonreír, así que cuando la puerta se abrió a sus espaldas, se volvió riendo.

—Steve, si no te vas ya, tu esposa… —Grace se interrumpió, sintiendo más irritación que miedo al ver al hombre que entraba—. Está cerrado —anunció con firmeza.

—Lo sé, mi amor. Sabía que encontrarías una forma de quedarte atrás y esperarme.

—No le estaba esperando. —¿Por qué diablos no había cerrado la puerta cuando salió Steve?—. Le he dicho que está cerrado. Tiene que irse.

—Si quieres montártelo así, por mí, vale. —Se acercó caminando relajadamente, se apoyó en la barra. Llevaba meses yendo al gimnasio y sabía que la postura ponía de manifiesto sus músculos bien tonificados—. ¿Por qué no nos pones una copa? Y podemos hablar sobre esa propina.

A Grace se le acabó la paciencia.

—La propina, ya me la ha dado. Ahora déjeme que yo le dé un consejo. Si no sale por esa puerta ahora mismo, llamo a la policía. En lugar de pasar la noche en su enorme cama del hotel, la va a pasar en un calabozo.

—Tengo otros planes. —La agarró, la lanzó contra la barra y se frotó contra ella—. ¿Lo ves? Tú también tenías otros planes. He visto cómo me mirabas. Llevo toda la noche esperando un poco de acción.

Grace no podía levantar la rodilla para darle un buen golpe en esa parte que presionaba contra ella tan orgulloso. No podía liberar las manos para empujar o arañar. El pánico comenzó como un goteo en su garganta, y luego se extendió como una inundación caliente cuando él le metió una mano bajo la falda.

Se estaba preparando para morder, gritar y escupir cuando de pronto el hombre salió por los aires. Lo único que pudo hacer fue quedarse pegada a la barra y mirar a Ethan.

—¿Estás bien?

Lo dijo tan calmadamente que la cabeza de Grace se movió automáticamente arriba y abajo para asentir. Pero los ojos de él no estaban calmados. Había en ellos una ira tan elemental y primaria que ella se estremeció.

—Sal y espérame en la camioneta.

—Yo…, él… —Entonces gritó. Luego le daría vergüenza recordarlo, pero fue todo lo que salió de su tensa garganta cuando el hombre se lanzó contra Ethan como un ariete, con la cabeza hacia abajo y los puños apretados.

Ella miró mareada cómo Ethan simplemente se giró y le dio uno, dos puñetazos y se deshizo del hombre como si fuera una mosca. Luego se agachó, lo agarró por la pechera de la camisa y le hizo sostenerse sobre piernas de goma.

—Más vale que te vayas. —Su voz era acero puro con un filo peligrosamente agudo—. Porque si te veo por aquí en los próximos minutos, te mato. Y a menos que tengas familia o amigos cercanos, a nadie le va a importar un pito.

Lo lanzó, con lo que a Grace le pareció apenas un giro de la muñeca, y el hombre se estrelló contra una mesa. Luego Ethan le volvió la espalda como si el tipo no existiera. Pero la despiadada furia seguía intacta en su rostro cuando miró a Grace.

—Te he dicho que esperaras en la camioneta.

—Tengo que…, he de… —Grace se puso una mano en el pecho y apretó hacia arriba como para empujar las palabras. Ninguno de los dos miró cuando el hombre se incorporó torpemente y salió por la puerta tambaleándose—. Tengo que cerrar. Shiney…

—Shiney se puede ir a la mierda. —Como no parecía que ella fuera a moverse, la cogió de la mano y la arrastró hasta la puerta—. Se merece que lo azoten por permitir que una mujer sola cierre este sitio por la noche.

—Steve… ha tenido que…

—He visto a ese cabrón salir pitando de aquí como si hubiera una bomba de relojería. —Ethan tenía la intención de mantener una larga conversación con él también. Pronto, se prometió sombríamente, mientras empujaba a Grace para que subiera a la camioneta.

—Ha llamado Mollie… Está de parto. Le he dicho que se fuera.

—Sólo a ti se te ocurre. Estúpida mujer.

Esa afirmación, pronunciada con tal furia burbujeante, hizo que se le quitara el temblor que acababa de comenzar, y cortó la gratitud balbuceante que Grace estaba a punto de expresar. Él la había salvado como un caballero en un cuento de hadas, pero la tenue neblina romántica que brillaba en su cerebro aún afectado se evaporó.

—No soy estúpida.

—Sí que lo eres, joder. —Sacó la camioneta del aparcamiento bruscamente, soltando gravilla y haciendo que Grace cayera hacia atrás en su asiento. El genio de Ethan, inusual pero tremendo, seguía inalterado, y no había forma de pararle hasta que se le pasara.

—Ese hombre era el estúpido —repuso enérgicamente—. Yo sólo estaba haciendo mi trabajo.

—Haciendo tu trabajo por poco te violan. Ese hijoputa tenía la mano metida bajo tu falda.

Ella todavía podía sentir cómo la había sobado. La náusea le subió por la garganta pero se la tragó implacable.

—Ya lo sé. Esas cosas no pasan en Shiney.

—Pues acaba de pasar en Shiney.

—No es el tipo de cliente normal. Ése no era de por aquí. Ése era…

—Ése estaba aquí. —Ethan giró para entrar en el aparcamiento de Grace, frenó y apagó el motor con un gesto brusco de la muñeca—. Y tú también, barriendo un bar en mitad de la noche sola, joder. ¿Y qué ibas a hacer cuando terminaras? ¿Caminar las putas tres millas hasta tu casa?

—Podría haber conseguido que me llevara alguien, pero…

—Pero eres demasiado terca para pedirlo —concluyó él—. Preferirías arrastrarte cojeando con esos tacones kilométricos antes de pedir un favor.

Grace llevaba unas deportivas en su bolso, pero decidió que no serviría de nada mencionarlo. Su bolso, recordó, que se había quedado en el bar abierto. Ahora le tocaría volver temprano por la mañana, recoger sus cosas, y cerrar con llave antes de que el jefe se enterara.

—Bueno, pues muchas gracias por tu opinión sobre mis defectos y por el sermón. Y muchísimas gracias por tomarte la molestia de traerme hasta mi casa. —Le dio un empujón a la puerta, pero Ethan le agarró el brazo y le dio la vuelta con brusquedad.

—¿Adónde coño te crees que vas?

—Me voy a casa. Me voy a poner en remojo mi terco cuello y mi estúpido cerebro y después me voy a la cama.

—No he terminado.

—Pero yo sí. —Se liberó bruscamente y se bajó de un salto. De no haber sido por los malditos tacones, lo habría conseguido. Pero antes de que diera tres pasos, Ethan salió por su lado y le bloqueó el camino—. No tengo nada más que decirte. —La voz de Grace era fría y distante, y la barbilla estaba erguida.

—Muy bien. Así puedes escucharme. Si no dejas de trabajar en el pub, que es lo que deberías hacer, vas a adoptar ciertas precauciones básicas. Lo primero, un coche del que puedas fiarte.

—No se te ocurra decirme lo que tengo que hacer.

—¡Cállate!

Grace se calló, pero sólo porque se había quedado muda de asombro. Nunca, en todos los años que lo conocía, había visto así a Ethan. A la luz de la luna, podía ver que la ira de sus ojos no se había apaciguado en lo más mínimo. Su rostro era como una piedra, las sombras que se deslizaban sobre él le daban un aspecto duro, incluso peligroso.

—Me voy a ocupar de que tengas un vehículo fiable —continuó, en el mismo tono cortante—. Y no volverás a cerrar tú sola nunca más. Cuando termines tu turno, quiero que alguien te acompañe al coche y espere hasta que pongas el seguro y te vayas.

—Eso es ridículo.

Ethan avanzó un paso. Aunque no la tocó, ni alzó la mano, Grace retrocedió. Su corazón comenzó a latir demasiado rápido resonando fuerte en la cabeza.

—Lo que es ridículo es que creas que puedes hacerlo todo tú sola. Y ya estoy harto.

Grace replicó llena de rabia, odiándose a sí misma:

—¿Que tú estás harto?

—Sí, y esto va a cambiar. No puedo impedir que te mates a trabajar, pero puedo hacer algo en cuanto al resto. Si tú no tomas medidas en el bar para asegurar tu seguridad, lo haré yo. Vas a dejar de buscarte problemas.

—¿Buscarme problemas? —El ultraje fluyó en su interior como una oleada hirviente, por lo que le sorprendió que no le estallara la cabeza—. Yo no estaba buscando nada. Ese cabrón no ha aceptado un no por respuesta, no le importó cuántas veces se lo he repetido.

—Eso es exactamente lo que te estoy diciendo.

—Tú no sabes lo que estás diciendo —replicó en un airado susurro—. Me las vi con él, y habría seguido haciéndolo si…

—¿Cómo? —La visión de Ethan estaba teñida de rojo en los bordes. Seguía viéndola pegada a la barra, con los ojos muy abiertos y asustados que brillaban cual cristal. Su rostro estaba pálido como un fantasma. Si él no hubiera entrado en ese momento…Y como la idea de lo que había podido suceder seguía arañándole en lo más profundo de su cerebro, su control se hizo añicos—. Dime cómo —exigió, apretándola contra sí en un movimiento rápido—. Adelante, demuéstramelo.

Grace se debatió, le empujó y su pulso se aceleró.

—Déjame.

—¿Crees que diciéndole que te deje, una vez ha olido tu perfume, va a cambiar algo? ¿Una vez que ha sentido el contorno de tu cuerpo? —Curvas sutiles y largas líneas—. Él sabía que no había nadie que le detuviera, que podía hacer lo que le apeteciera.

En el interior de Grace todo era un asalto sin pensamiento; el corazón, la sangre, la cabeza.

—Yo no habría… le habría detenido.

—Detenme a mí.

Lo decía en serio. Una parte de él deseaba desesperadamente que le parara, que hiciera o dijera algo que consiguiera mantener a raya su lado salvaje. Pero su boca estaba en la de Grace, áspera y deseosa, absorbiendo sus jadeos, buscando más y disfrutando de sus temblores, rápidos y violentos.

Cuando ella gimió, cuando sus labios se rindieron, se abrieron y le respondieron, Ethan perdió la cabeza.

La arrastró a la hierba, rodó con ella, sobre ella. El grueso cerrojo con que había mantenido sus deseos bajo llave se abrió con una explosión y lo que salió fluyendo fue una codicia temeraria y un deseo primitivo. Asaltó la boca femenina con el apetito implacable de un lobo hambriento.

Inundada por necesidades tanto tiempo enterradas, Grace se arqueó contra él, buscando unir su centro con el suyo, su núcleo con el suyo. Su organismo sufrió un cortocircuito de sorprendido placer, y después se lanzó a la vida aullando de dicha.

Calor en bocanadas, gemidos estrangulados, temblorosos deleites.

Éste no era el Ethan que ella conocía, o el que había soñado que un día la tocaría. No había delicadeza, no había ternura, pero se entregó a él, encantada por la sensación de arrebato.

Envolvió sus largos miembros en torno a él para acercarle más, dejó que los dedos se hundieran en su cabello, que se aferraran a él. Y tembló con el perverso placer de saber que él era más fuerte.

Ethan se deleitó saboreando su boca, su cuello mientras tiraba del ajustado y escotado corpiño. Necesitaba desesperadamente su piel, el tacto, el sabor. La piel de Grace, su sabor.

Sus pechos eran pequeños y firmes, la piel tan suave como el satén bajo su palma ancha y dura. El corazón de Grace revoloteaba debajo.

Grace gimió, asombrada por la sensación de esa mano ruda acariciándola, rozándola, que revolvía un impulso gemelo entre sus piernas, donde los músculos se le habían vuelto flojos y líquidos. Y pronunció su nombre en un suspiro.

Fue como si le hubiera pegado un tiro. El sonido de la voz de Grace, su aliento quebrado, el temblor de su piel, le propinaron una bofetada fría y dura.

Se apartó rodando hasta tumbarse de espaldas y luchó por recobrar el aliento, la cordura. La decencia. Por Dios bendito, estaban en el patio delantero de Grace. La niña dormía dentro de la casa. Y él había estado a punto, casi a punto, de hacer algo peor que el tipo del bar. Había estado a punto de traicionar su confianza, su amistad y su vulnerabilidad.

La bestia que se ocultaba en su interior era precisamente la razón por la cual se había jurado no tocarla nunca. Ahora, al dejarla suelta, había violado su voto y lo había estropeado todo.

—Lo siento. —Una frase despreciable, pensó, pero no poseía otras palabras—. Dios mío, Grace, lo siento.

La sangre de Grace seguía fluyendo ardiente y esa necesidad aterradora y maravillosa se había elevado hasta hacerla desear gritar de excitación. Se volvió, y alargó la mano para acariciarle el rostro.

—Ethan…

—No hay excusas —le interrumpió él rápidamente, sentándose de modo que ella no le tocara, que no le tentara—. He perdido los estribos, y ya no razonaba.

—¿Que has perdido los estribos? —Grace se quedó donde estaba, tirada en la hierba que ahora le parecía demasiado fría, con la cara alzada hacia la luna, que ahora brillaba con demasiada intensidad—. Así que sólo estabas furioso —comentó en tono apagado.

—Estaba furioso, pero eso no es excusa para hacerte daño.

—No me has hecho daño. —Todavía podía sentir sus manos en la piel, la presión áspera e insistente. Pero la sensación entonces, la sensación ahora, no era de dolor.

Ethan creyó que ahora podía controlarlo, el mirarla, el tocarla. Ella debía necesitarlo. No podría haber soportado que le tuviera miedo.

—Lo último que quiero es hacerte daño. —Tan tierno como un padre cariñoso, le arregló la ropa. Cuando ella no se encogió, le pasó una mano por el desordenado cabello—. Sólo quiero lo mejor para ti.

Grace no se encogió, pero lo que sí hizo fue apartar su mano, brusca y enérgicamente, de un manotazo.

—No me trates como a una niña. Hace unos minutos no te ha costado tanto tratarme como a una mujer.

¿Que no le había costado?, ironizó Ethan sombrío.

—He cometido un error.

—Entonces ambos lo hemos cometido. —Se sentó, limpiándose la ropa con energía—. No ha sido algo sólo de tu parte, Ethan, lo sabes. Yo no he tratado de hacer que parases porque no deseaba que lo hicieras. Eso ha sido idea tuya.

Ethan se sentía confundido y, de repente, muy nervioso.

—Joder, Grace, estábamos dando vueltas en la hierba delante de tu casa.

—No es eso lo que te ha hecho detenerte.

Con un suspiro inaudible, ella alzó las rodillas y las rodeó con los brazos. Ese gesto, tan inocente, contrastaba con la diminuta falda y las medias de rejilla, e hizo que a Ethan se le ataran de nuevo los músculos del estómago en nudos ardientes y resbaladizos.

—Te habrías detenido fuera como fuera, dondequiera que hubiera sucedido. Quizá porque te

147

has acordado de que era yo, pero ahora me resulta más difícil creer que no me deseas. Así que vas a tener que decírmelo claramente si quieres que las cosas vuelvan a ser como eran.

—Así es como deben ser.

—Eso no es una respuesta, Ethan. Siento tener que presionarte en esto, pero creo que merezco que me contestes. —Le resultaba brutalmente duro preguntarle, pero el sabor de él aún permanecía en sus labios—. Si no piensas en mí de ese modo, y ha sido sólo tu genio el que te ha empujado a darme una lección, tienes que decírmelo, sin tonterías.

—Ha sido el genio.

Aceptando una nueva herida en su corazón, Grace asintió.

—Bueno, pues ha funcionado.

—Eso no hace que estuviera bien. Lo que acabo de hacer me acerca bastante a ese hijoputa del bar.

—Yo no deseaba que él me tocara. —Grace inspiró hondo, retuvo el aire y lo dejó escapar lentamente. Pero él no habló. No habló, pensó ella, pero se retiró.

Quizá no se hubiera movido un centímetro, pero se apartó de ella de la forma que más importaba.

—No sabes cómo te agradezco que estuvieras allí esta noche. —Fue a incorporarse, pero Ethan se adelantó y le ofreció una mano. Ella la aceptó para que la situación no resultara todavía más embarazosa a ninguno de los dos—. Me he asustado y no sé si hubiera sido capaz de resolverlo sola. Eres un buen amigo, Ethan, y aprecio mucho tu deseo de ayudar.

Él se metió las manos en los bolsillos, donde estarían a salvo.

—He hablado con Dave sobre un nuevo coche. Sabe de un par de ellos de segunda mano en buenas condiciones.

Puesto que gritar no hubiera servido de nada, Grace se rió.

—No pierdes el tiempo. Está bien, ya le llamo mañana. —Alzó la mirada hacia la casa en la que brillaba la luz del porche delantero—. ¿Quieres entrar? Te podría poner un poco de hielo en los nudillos.

—Bah, están bien. El tipo tenía la mandíbula como una almohada. Y tú tienes que irte a la cama.

—Sí. —Sola, pensó, para dar vueltas y más vueltas. Y desear—. Voy a pasarme el sábado un par de horas, sólo para arreglar un poco las cosas antes de que regresen Anna y Cam.

—Muy bien, te lo agradecemos.

—Bueno, buenas noches. —Se volvió y caminó por la hierba hacia la casa.

Ethan esperó. Se dijo a sí mismo que sólo quería asegurarse de que ella se encontraba a salvo antes de irse. Pero sabía que era mentira, que era una cobardía. Necesitaba la distancia antes de poder concluir la respuesta a la pregunta que ella le había formulado.

—¿Grace?

Ella cerró los ojos brevemente. Todo lo que deseaba en este momento era entrar en casa, arrastrarse hasta la cama y darse el gusto de una buena llorera. Hacía años que no se lo permitía. Pero se dio la vuelta e hizo que sus labios se curvaran.

—¿Sí?

—Sí que pienso en ti de ese modo. —A pesar de la distancia, vio la forma en que sus ojos se abrieron más y se oscurecieron, la forma en que su linda sonrisa desapareció hasta que simplemente se quedó allí mirándole—. No quiero hacerlo. Me repito que no debo. Pero pienso en ti de ese modo. Ahora vete dentro —le ordenó suavemente.

—Ethan…

—Venga, es tarde.

Grace consiguió girar el pomo, entrar en la casa y cerrar la puerta a sus espaldas. Pero rápidamente se volvió a la ventana para verle regresar a su camioneta y alejarse en ella.

Era tarde, reconoció con un temblor que identificó como de esperanza. Pero tal vez no era demasiado tarde.

7

—Te agradezco que me eches una mano, mamá.

—¿Que te eche una mano? —Carol Monroe rechazó la idea chasqueando la lengua mientras se agachaba a atar los cordones de las deportivas rosas de Aubrey—. Llevarme este azucarillo conmigo a casa a pasar la tarde es una pura delicia. —Le dio un golpecito en el mentón—. Nos lo vamos a pasar en grande, ¿a que sí, cariño?

Aubrey sonrió, conociendo el juego.

—¡Juguetes! Tenemos juguetes, abuela. Muñequitas.

—Claro que sí. Y, cuando lleguemos, a lo mejor tengo una sorpresa para ti.

Los ojos de Aubrey se abrieron, enormes y brillantes. Aspiró aire y dio un grito agudo de alegría, mientras bajaba de la silla de un salto, para correr por la casa en su propia versión de una danza de victoria.

—¡Ay, mamá! Otra muñeca, no. Me la estás malcriando.

—Imposible —afirmó Carol con firmeza, al tiempo que se daba un empujón en la rodilla para poder incorporarse—. Además me corresponde como abuela.

Puesto que Aubrey estaba ocupada corriendo y gritando, Carol se tomó un momento para observar a su hija. Seguía sin dormir lo suficiente, como siempre, pensó, notando las ojeras que se esbozaban bajo los ojos de Grace. Y seguía comiendo menos que un pajarito, aunque le había traído sus galletas caseras favoritas de mantequilla de cacahuete, con el fin de que su hija tuviera algo con lo que cubrir sus delicados huesos.

Una muchacha que no llegaba a los veintitrés debería maquillarse un poco, rizarse el pelo y salir con sus tacones una noche o dos en lugar de matarse a trabajar.

Como Carol había hecho comentarios similares una docena de veces o más y su hija no le había hecho ningún caso una docena de veces o más, ahora probó una táctica distinta.

—Tienes que dejar de trabajar por la noche, Gracie. No te sienta bien.

—Estoy bien.

—Trabajar duramente como Dios manda es necesario para vivir y es admirable, pero una persona tiene que compaginarlo con un poco de disfrute y diversión o se secará por completo.

Cansada de escuchar siempre la misma canción, por mucho que variaran las notas, Grace se volvió y frotó la encimera de su cocina, de por sí ya impoluta.

—Me gusta trabajar en el bar. Me proporciona la oportunidad de ver a gente, de charlar con ellos.

—Aunque fuera sólo para preguntarles si querían otra ronda—. La paga es buena.

—Si necesitas dinero…

—Estoy bien. —Grace adoptó una expresión inflexible. Habría sufrido las penas del infierno antes de admitir que había estirado tanto su presupuesto que estaba a punto de romperse. Y que resolver sus problemas de transporte iba a ser tapar un agujero para abrir otro durante los próximos meses—. El dinero extra me viene de perlas y servir copas se me da bien.

—Ya lo sé. Podrías trabajar en la cafetería, tener un horario de día.

Pacientemente, Grace escurrió la bayeta y la colgó en el fregadero para que se secara.

—Mamá, ya sabes que eso es imposible. Papá no quiere que trabaje para él.

—Eso no lo ha dicho nunca. Además, nos ayudas limpiando cangrejos cuando nos falta personal.

—Os echo una mano —especificó Grace, al tiempo que se volvía—. Y estoy encantada de hacerlo cuando puedo. Pero ambas sabemos que no puedo trabajar en la cafetería.

Su hija era tan testaruda como dos mulas que tiraran en direcciones opuestas, pensó Carol. Eso era lo que la hacía hija de su padre.

—Ya sabes que, si lo intentaras, podrías conseguir que cediera.

—No quiero hacerlo. Ha dejado muy claro lo que siente hacia mí. Déjalo, mamá —murmuró cuando vio a su madre a punto de protestar—. No quiero discutir contigo ni quiero colocarte nunca más en la posición de tener que defender al uno frente al otro. No está bien.

Carol alzó las manos. Los amaba a ambos, esposo e hija. Pero, por Dios que no los comprendía.

—Nadie puede hablaros a ninguno de los dos cuando tenéis esa expresión en el rostro. No sé por qué gasto saliva intentándolo.

Grace sonrió.

—Yo tampoco. —Se acercó, se inclinó y besó a su madre en la mejilla. Carol era unos quince centímetros más baja que Grace, que medía un metro setenta—. Gracias, mamá.

Carol se ablandó, como siempre, y se pasó una mano por el corto pelo rizado. Antes lo tenía tan rubio como el de su hija y su nieta. Pero, como la naturaleza era como era, ahora le daba una discreta ayudita con Miss Clairol.

Sus mejillas eran redondas y rosadas, y la piel era sorprendentemente suave. Pero no la descuidaba. No se iba a la cama ni una noche sin haberse aplicado cuidadosamente una capa de Oil of Olay.

Desde su punto de vista, ser mujer no era sólo una cuestión de destino. Era un deber. A pesar de aproximarse peligrosamente a su cuarenta y cinco cumpleaños, se enorgullecía de seguir pareciendo una muñequita de porcelana, como su marido la describió hacía mucho tiempo.

En aquel momento la estaba cortejando y había hecho un esfuerzo para ser poético. Ahora esas cosas normalmente se le olvidaban.

Pero era un buen hombre, pensó. Un buen proveedor, un marido fiel, y un hombre justo en los negocios. Su problema, lo sabía, era un corazón tierno que resultaba herido con demasiada facilidad. Grace le había hecho mucho daño, simplemente por no ser la hija perfecta que él esperaba.

Estos pensamientos le pasaron por la mente mientras ayudaba a su hija a recoger lo que Aubrey iba a necesitar para la visita de la tarde. Le parecía que actualmente los niños necesitaban muchas más cosas. Hubo un tiempo en que se colocaba a Grace en la cadera, metía algunos pañales en una bolsa y ya estaban listas para salir.

Ahora su niña había crecido y tenía una hija propia. Grace era una buena madre, pensó, sonriendo un poco mientras su hija y su nieta seleccionaban los animales que disfrutarían del privilegio de una visita a la casa de la abuelita. El hecho era, Carol tenía que admitirlo, que a Grace se le daba mejor que a ella. La chica escuchaba, sopesaba, consideraba. Y quizá eso era lo mejor. Ella simplemente había actuado, decidido, exigido. Grace era tan dócil cuando era niña que nunca se le había ocurrido pensar en las inexpresadas necesidades que ardían en el espíritu de su hija.

El sentimiento de culpabilidad continuaba porque ella había sido consciente del sueño de su hija de aprender danza. En lugar de considerarlo seriamente, Carol lo tomó por un capricho infantil. No había ayudado a su hija en eso, no la había animado, no había creído en ella.

Las clases de ballet le habían parecido una actividad normal para una niña. Si hubiera tenido un hijo, se hubiera ocupado de que jugara en la Liga

Infantil. Era… como se hacían las cosas, pensó ahora. Las niñas tenían tutús y los niños guantes de béisbol. ¿Por qué no podía ser así de simple?

Pero Grace había sido más compleja, admitió Carol. Y ella no lo había visto. O no lo había querido ver.

Cuando con dieciocho años Grace le dijo que había ahorrado el dinero de sus empleos de verano, que quería ir a Nueva York a estudiar danza y que si podía ayudarla con los gastos, le respondió que se dejara de tonterías.

Las chicas que acababan de salir del instituto no se iban corriendo a Nueva York, nada menos. Se suponía que los sueños de bailarina deberían ir transformándose en sueños de boda y trajes de novia.

Pero Grace se había empeñado en hacer realidad su sueño y habló con su padre y le pidió que el dinero que habían apartado para pagarle la universidad se pudiera usar para pagarle las clases en una escuela de danza en Nueva York.

Pete se había negado, por supuesto. Quizá lo hizo de forma un poco cruel, pero con la mejor intención. Lo único que hacía era ser sensato, preocuparse por su hija. Y Carol estuvo totalmente de acuerdo en aquel momento.

Pero después, ella vio cómo su hija trabajaba sin descanso y ahorraba cada céntimo, mes tras mes. Estaba decidida a irse, al precio que fuera, y al verlo, Carol trató de presionar ligeramente a su esposo para que se lo permitiera.

Pero él no cedió, y tampoco lo hizo Grace.

Acababa de cumplir los diecinueve cuando apareció en escena el pico de oro de Jack Casey. Y ahí se acabó todo.

Tampoco podía lamentarlo, teniendo en cuenta que Aubrey venía de aquello. Pero podía lamentar que el embarazo, el apresurado matrimonio y el divorcio aún más apresurado hubieran abierto una fractura todavía mayor entre padre e hija.

Pero lo que era no se podía cambiar, se dijo, y tomó a su nieta de la mano para llevarla hasta el coche.

—¿Seguro que ese coche que Dave tiene para ti funciona bien?

—Él dice que sí.

—Bueno, quién mejor para saberlo. —Era un buen mecánico, pensó Carol, aunque también él había sido el que contrató a Jack Casey—. Ya sabes que te puedo prestar el mío una temporada. Así tendrías más tiempo para mirar por ahí.

—Éste me irá bien. —Ni siquiera había visto el vehículo de segunda mano que Dave le había buscado—. El lunes firmamos los papeles y entonces tendré movilidad otra vez.

Tras sentar a Aubrey en la sillita, Grace entró en el coche, al tiempo que su madre se sentaba al volante.

—¡Vamos, vamos, vamos! Rápido, abuela, rápido —exigió Aubrey. Carol se ruborizó cuando Grace la miró, arqueando las cejas.

—Has vuelto a darle al acelerador, ¿verdad?

—Me conozco estas carreteras como la palma de la mano, y no me han puesto ni una multa en toda mi vida.

—Porque la policía no puede alcanzarte. —Riendo, Grace se puso el cinturón.

—¿Cuándo vuelven los recién casados? —Carol no sólo quería saberlo, prefería dirigir la conversación lejos de su conocida afición a pisar fuerte el acelerador.

—Creo que llegan hoy sobre las ocho de la tarde. Sólo quiero darle una pasada a la casa, quizá preparar algo de cena por si llegan con hambre.

—Imagino que la esposa de Cam te lo agradecerá. Qué guapa estaba de novia. Nunca he visto una más bella. Lo que no sé es dónde consiguió ese vestido, con el poco tiempo que le dejó el chico para planear la ceremonia.

—Seth me comentó que Anna lo compró en Washington y el velo era de su abuela.

—Eso está bien. Yo también tengo mi velo guardado. He imaginado muchas veces lo bien que te sentaría en tu boda. —Se detuvo y con gusto se habría mordido la lengua.

—Habría resultado un poco fuera de lugar en el juzgado del condado.

Carol suspiró al tiempo que entraba en el sendero de los Quinn.

—Bueno, ya te lo pondrás la próxima vez.

—No me volveré a casar nunca. No se me da bien. —Su madre se quedó con la boca abierta ante esta afirmación. Grace se bajó del coche rápidamente, luego se asomó por la ventanilla y le dio a su hijita un sonoro beso—. Pórtate bien, ¿me oyes? Y no dejes que la abuelita te dé demasiados dulces.

—Abuela tiene chocolate.

—¡Ya lo sé! Adiós, mi niña. Adiós, mamá. Gracias.

—Grace. —¿Qué podía decir?—. Eh, llámame cuando termines y te paso a recoger.

—Ya veremos. No dejes que te agote —añadió y corrió escaleras arriba.

Sabía que había calculado bien el tiempo. Todos estarían trabajando en el astillero. Estaba decidida a no sentirse violenta por lo que había sucedido hacía dos noches. Pero sí, se sentía terriblemente violenta y quería tiempo para calmarse antes de volver a ver a Ethan.

Era una casa que resultaba siempre cálida y acogedora. Le relajaba cuidar de ella. Como sabía que una gran parte de su motivación para trabajar esta tarde era egoísta, se esforzó aún más. El resultado iba a ser el mismo, ¿no?, pensó sintiéndose un poco culpable, mientras pasaba la vieja gamuza extendiendo la cera por los suelos de madera hasta dejarlos brillantes. Anna se encontraría una casa reluciente, con el olor de las flores frescas, de la cera y del popurrí que perfumaban el ambiente.

Una mujer no debía regresar de su luna de miel a una casa desordenada y llena de polvo. Y Dios sabía que los Quinn generaban desorden y polvo en abundancia.

¡Qué narices! Ella era necesaria aquí. Lo único que estaba haciendo era ponerlo de manifiesto.

Le dedicó mucho tiempo al dormitorio principal, colocando las flores que le había pedido a Irene, para luego cambiar el florero de sitio media docena de veces hasta que se maldijo a sí misma. En cualquier caso, Anna las pondría donde quisiera, pensó de nuevo. Probablemente lo cambiaría todo. Casi seguro que lo querría todo nuevo, pensó Grace mientras planchaba los finos visillos de verano recién lavados hasta que no mostrasen ni la más mínima arruga.

Anna era una mujer de ciudad y seguro que no le gustaban el gastado mobiliario y los toques rústicos. En un plis-plas lo pondría todo en cuero y cristal, y los bellos objetos de la doctora Quinn serían guardados en cajas que irían a parar al desván para ser sustituidos por esculturas que nadie comprendería.

Tensó la mandíbula mientras colgaba los visillos. Luego les dio un rápido meneo.

Seguro que cubría los bellos suelos antiguos con una moqueta moderna y además pintaría las paredes de algún color vivo que daría dolor de ojos. Se le acumuló el resentimiento mientras se dirigía enérgicamente hacia el cuarto de baño para colocar un ramo de rosas tempranas en un cuenco poco profundo.

Cualquiera con un poco de sentido común podía ver que la casa sólo necesitaba un poco de atención, y un poco más de color aquí y allá. Si ella pudiera dar su opinión…

Se detuvo, dándose cuenta de que tenía los puños apretados, y de que su rostro, reflejado en el espejo sobre el lavabo, brillaba de ira.

—Oh, Grace, pero ¿qué te pasa? —Sacudió la cabeza y casi se rió de sí misma—. En primer lugar, tu opinión no cuenta y, en segundo, no sabes si Anna va a cambiar algo.

Era sólo que podía cambiar lo que quisiera, admitió. Y en cuanto cambiabas una sola cosa, ya nada volvía a ser lo mismo.

¿No era eso lo que había ocurrido entre Ethan y ella? Algo había cambiado y ahora a ella le daba miedo, a la par que esperanza, que las cosas no volvieran a ser igual.

Él pensaba en ella, pensó y suspiró ante su propio reflejo. ¿Y qué pensaría? Ella no era una belleza y además estaba demasiado delgada para resultar sexy. Sabía que, de vez en cuando, conseguía captar la mirada de algún hombre, pero no duraba mucho.

No era brillante ni particularmente inteligente, no era capaz de mantener una conversación estimulante ni sabía flirtear. Jack le dijo una vez que poseía estabilidad. Y les había convencido a ambos, por un tiempo, de que eso era lo que él buscaba. Pero la estabilidad no era el tipo de rasgo que atraía a un hombre.

Tal vez si sus pómulos fueran más altos o sus hoyuelos más pronunciados. O si sus pestañas fueran más espesas y oscuras. Tal vez si los coquetos rizos no se hubieran saltado una generación, dejándole el cabello liso y lacio.

¿Qué pensaría Ethan cuando la miraba? Deseó poseer la valentía necesaria para preguntarle.

Ella se miraba, y veía lo ordinario.

Cuando bailaba, no se sentía ordinaria. Se sentía especial, bella y llena de gracia. Con aire soñador, realizó un *plié*, colocando la entrepierna sobre los talones, después se elevó de nuevo. Habría jurado que su cuerpo suspiraba de gozo. Dándose gusto, fluyó en un movimiento antiguo pero bien recordado, para concluir con una lenta pirueta.

—¡Ethan! —chilló, mientras el rubor inundaba sus mejillas al verlo parado en la puerta.

—No pretendía darte un susto pero tampoco quería interrumpir.

—Ah, bueno. —Avergonzada, recogió su trapo de limpiar y lo retorció entre las manos—. Estaba… a punto de terminar aquí.

—Siempre fuiste una bailarina muy bonita. —Se había prometido conseguir que las cosas volvieran a ser como siempre entre ellos, así que le sonrió como sonreiría a una amiga— ¿Siempre bailas en el cuarto de baño después de limpiarlo?

—¿No lo hace todo el mundo? —Hizo todo lo que pudo para responder a su sonrisa, pero el calor siguió picándole en las mejillas—. Creía que iba a terminar antes de que llegarais. Supongo que los suelos me han llevado más tiempo del que pensaba.

—Están muy bien. *Tonto* ya se ha resbalado una vez. Me sorprende que no lo hayas oído.

—Estaba soñando despierta. Creía que yo… —Consiguió despejarse el cerebro y echarle una buena mirada. Estaba asqueroso, cubierto de sudor y suciedad y Dios sabe qué más—. Oye, no estarás pensando en darte una ducha aquí, ¿verdad?

Ethan alzó una ceja.

—Se me había pasado por la cabeza.

—No, imposible.

Al avanzar ella, él retrocedió. Era consciente de cómo olía en ese momento. Eso era razón suficiente para mantener la distancia, pero lo peor era que ella estaba tan bonita, tan limpia. Había hecho un voto solemne de no volver a tocarla y tenía intención de respetarlo.

—¿Por qué?

—Porque no tengo tiempo de limpiar de nuevo después, ni tampoco el baño de abajo. Todavía me queda freír el pollo. He pensado haceros eso y una fuente de ensalada de patata, para que no tengáis que preocuparos de calentar algo cuando Anna y Cam lleguen a casa. Después tengo que ocuparme de la cocina, así que no me da tiempo, Ethan.

—Tengo fama de ser capaz de pasar la fregona en el baño después de usarlo.

—No es lo mismo. No puedes usarlo.

Agitado, se quitó la gorra y se pasó una mano por el pelo.

—Bueno, pues vaya problema, porque tenemos tres hombres que necesitan quitarse unas cuantas capas de suciedad.

—Hay una bahía justo ahí fuera.

—Pero...

—Toma. —Grace abrió el armarito bajo el lavabo y sacó una pastilla de jabón sin usar. Estaban listos si creían que les iba a dejar usar los bonitos jabones para invitados que había colocado en un platillo—. Os sacaré toallas y ropa limpia.

—Pero...

—Venga, Ethan, y diles a Phil y Seth lo que he dicho. —Le puso el jabón en la mano y añadió—: Ahora mismo ya estás soltando polvo por todas partes.

Él frunció el ceño mirando la pastilla y luego a ella.

—Ni que viniera la familia real a visitarnos. Joder, Grace, no me voy a quedar en pelotas y a zambullirme desde el embarcadero.

—Ya, como si no lo hubieras hecho antes.

—No con una mujer cerca.

—He visto hombres desnudos alguna vez y voy a estar demasiado liada para sacaros fotos a ti y a tus hermanos. Ethan, me acabo de pasar la mayor parte del día haciendo que esta casa reluzca. No vas a esparcir tu suciedad por todas partes.

Contrariado porque, en su experiencia, discutir con una mujer que había tomado una decisión era tan doloroso y estéril como golpearse la cabeza con una pared de ladrillo, se metió el jabón en el bolsillo.

—Ya cojo yo las puñeteras toallas.

—No, no, no, no. Tú tienes las manos sucias. Yo os las llevo.

Murmurando para sí mismo, bajó las escaleras. Phillip recibió la noticia sobre el baño con un encogimiento de hombros. Seth estaba encantado. Salió corriendo como una flecha, llamó a los perros para que le siguieran y fue esparciendo zapatos, calcetines y camisa mientras corría hacia el embarcadero.

—Éste ya no va a querer bañarse normalmente nunca más —comentó Phillip. Se sentó en el muelle para quitarse los zapatos.

Ethan se quedó de pie. No se iba a quitar ni una dichosa prenda hasta que Grace les trajera las toallas y la ropa y entrara de nuevo en la casa.

—¿Qué haces? —preguntó cuando Phillip se quitó la sudada camiseta sacándosela por la cabeza.

—Me estoy quitando la camiseta.

—Bueno, pues vuelve a ponértela. Va a salir Grace.

Phillip alzó la mirada, vio que su hermano hablaba totalmente en serio y se rió.

—Cálmate, Ethan, incluso la visión de mi torso asombrosamente viril no le va a hacer perder la cabeza.

Para probarlo, se puso de pie y le lanzó una sonrisa a la joven, que se acercaba cruzando el césped.

—He oído algo sobre pollo frito —gritó.

—Estoy en ello. —Cuando Grace llegó al embarcadero, colocó las toallas y la ropa limpia en ordenados montones. Se enderezó y sonrió mirando cómo chapoteaban Seth y los perros. Supuso que habían asustado a todas las aves y peces en un radio de una milla—. Lo de bañarse aquí les encanta.

—¿Por qué no te das un baño con nosotros? —sugirió Phillip, y podría jurar que oyó cómo a Ethan se le desencajaba la mandíbula—. Podrías frotarme la espalda.

Grace se rió y recogió la ropa que ya se habían quitado.

—Hace tiempo que no me baño en cueros y, por mucho que me apetezca, ahora mismo tengo demasiadas cosas que hacer. Si me dais el resto de la ropa, pondré la lavadora antes de irme.

—Muchas gracias. —Pero cuando Phillip buscó la hebilla del pantalón, Ethan le dio un codazo en las costillas.

—Puedes lavarla luego si te empeñas, Grace. Ahora vete a casa.

—Ethan es muy tímido —dijo Phillip meneando las cejas—. Pero yo, no.

La joven se limitó a reírse otra vez, pero se dirigió de vuelta a la casa para que estuvieran cómodos.

—No deberías bromear con ella de ese modo —murmuró Ethan.

—Llevo años haciéndolo. —Phillip se quitó los vaqueros, sucios del trabajo, encantado de librarse de ellos.

—Ahora es distinto.

—¿Por qué? —Phillip comenzó a quitarse los calzoncillos de seda, pero captó la mirada de su hermano—. Ah, vaya, vaya. ¿Por qué no lo habías dicho?

—No tengo nada que decir. —Como Grace ya estaba en la casa y no podía imaginársela con la nariz pegada a la ventana, se quitó la camisa.

—A mí lo que me pone es su voz.

—¿Cómo?

—Ese sonido grave que sale desde la garganta —continuó Phillip, encantado de poder sacar de quicio a su hermano por algo—. Es una voz grave, suave y muy sexy.

Apretando los dientes, Ethan se quitó las botas de trabajo con brusquedad.

—Quizá no deberías escuchar con tanta atención.

—¿Qué puedo hacer? ¿Qué puedo hacer si tengo un oído perfecto? Y una vista bien aguda, también —añadió, calculando la distancia que les separaba—. Y por lo que puedo ver, el resto es igualmente atractivo. Su boca resulta especialmente sugerente. Labios llenos, bien formados, sin carmín. Me parecen de lo más jugosos.

Ethan inspiró lentamente dos veces mientras se quitaba los vaqueros.

—¿Estás tratando de mosquearme?

—Hago todo lo que puedo.

Ethan se incorporó y midió a su contrincante.

—¿Prefieres zambullirte de cabeza o de pie?

Complacido, Phillip sonrió.

—Eso es lo que te iba a preguntar yo.

Ambos esperaron un instante, luego se lanzaron el uno contra el otro y se agarraron. Y, acompañados por los estruendosos gritos de aliento de Seth, se lanzaron al agua luchando el uno con el otro.

«Ay, Dios mío», pensó Grace con la nariz pegada a la ventana. «Ay, Dios mío». Si había visto alguna vez dos ejemplares masculinos más impresionantes, ya no se acordaba. Ella sólo quería echar una rápida ojeada. De veras. Apenas una miradita inocente. Pero entonces Ethan se quitó la camisa y…

Bueno, ¿y qué?, no era una santa. Y echar un vistazo no le hacía daño a nadie.

Era simplemente que él era hermoso, tanto por dentro como por fuera. Dios bendito, si pudiera volver a ponerle las manos encima durante cinco minutos nada más, podría morir feliz. Aunque tal vez pudiera, ya que él no era tan indiferente como ella siempre había asumido.

No había habido nada indiferente en su forma de besarla, o en la forma en que aquellas manos la habían recorrido apresuradas.

Déjalo ya, se ordenó mentalmente, y se apartó de la ventana. De seguir así, lo único que iba a conseguir era excitarse. Sabía cómo canalizar sus necesidades más íntimas, que era trabajando hasta que se le pasaban.

Pero si no estaba totalmente concentrada en el pollo, ¿quién podía culparla?

Cuando Phillip volvió a entrar, Grace tenía las patatas para la ensalada puestas a enfriar y el pollo en la sartén. El joven ya no parecía un jornalero sudoroso. En su lugar aparecía el hombre suave, dorado, de una despreocupada sofisticación. Le guiñó un ojo.

—¡Aquí huele muy bien!

—He hecho más para que tengáis para la comida de mañana. Deja esa ropa en el cuarto de lavar, enseguida me ocupo de ella.

—No sé qué haríamos sin ti en esta casa.

Grace se mordió el labio y esperó que todos pensaran lo mismo.

—¿Ethan está todavía en el agua?

—No, Seth y él están haciéndole algo al barco. —Phillip fue al frigo y sacó una botella de vino—. ¿Y dónde está Aubrey hoy?

—Con mi madre. De hecho, me acaba de llamar y quiere que se quede un rato más. Supongo que uno de estos días tendré que ceder y permitir que se quede a dormir. —Sin comprender, bajó la mirada a la copa de fresco vino dorado que Phillip le ofrecía—. Ah, gracias. —Lo que sabía de vino se podía resumir en menos de dos frases, pero le dio un sorbo, porque era lo que se esperaba de ella. Entonces alzó las cejas—. Anda, esto no se parece en nada a lo que sirven en el bar.

—Menos mal. —Phillip consideraba que lo que llamaban el blanco de la casa en Shiney era apenas levemente superior al pis de caballo—. ¿Cómo van las cosas por el bar?

—Bien. —Grace se concentró en el pollo, preguntándose si Ethan le habría contado el incidente. Era improbable, decidió, cuando Phillip no prosiguió con el tema. Se relajó de nuevo y dejó que él la entretuviera mientras trabajaba.

El joven siempre tenía un montón de historias que contar. Una charla fácil, casi descuidada. Grace sabía que era muy listo, que tenía éxito y que en la ciudad se encontraba como pez en el agua. Pero nunca la hacía sentir tonta o poco capacitada. Y de una forma cariñosa, la hizo sentir un poquito más femenina que antes de que entrara en la cocina.

Por eso es por lo que sus ojos reían y su boca se había plegado en una bella sonrisa cuando Ethan entró. Phillip se sentó, bebiendo su vino mientras Grace le daba los últimos toques a la cena.

—Eso te lo estás inventado.

—Te lo juro. —Phillip alzó una mano para subrayar sus palabras y se rió al ver entrar a su hermano—. El cliente quiere que sea el ganso el que hable, así que le estamos escribiendo el diálogo. «Vaqueros Ganso de Arroyo, un fino plumaje para la vida diaria.»

—Es la cosa más tonta que he oído en mi vida.

—¡Eh! —Phillip le hizo un brindis—. Ya verás cómo se venden. Tengo que hacer algunas llamadas. —Se incorporó y dio una vuelta a la mesa a propósito para darle un beso a la joven, lo que hizo que Ethan se inflamara—. Gracias por darnos de comer, cariño.

Salió silbando tranquilamente.

—¿Te lo imaginas, ganarse la vida escribiendo frases para que las diga un ganso? —Divertida, Grace sacudió la cabeza mientras metía el cuenco con la ensalada de patata en el frigo—. Ya está todo, así que cuando tengáis hambre, podéis cenar. La ropa está en la secadora. No la dejéis ahí cuando haya terminado o se arrugará toda.

Se movió, ordenando la cocina a medida que hablaba.

—Me esperaría para doblárosla, pero ando un poco mal de tiempo.

—Te llevo a casa.

—Te lo agradezco. Voy a hacer los papeles del coche el lunes, pero hasta entonces… —Alzó los hombros y echó una última mirada para asegurarse de que no quedaba nada por hacer. De todos modos, se fue fijando en cada rincón y cada detalle mientras se dirigía hacia la puerta delantera.

—¿Cómo vas a ir al trabajo? —preguntó Ethan cuando estaban en su camioneta.

—Me lleva Julie. Y después me llevará el propio Shiney. —Se aclaró la garganta—. Cuando le expliqué lo sucedido la otra noche, se alteró mucho. No es que estuviera furioso conmigo, sino preocupado por lo que había sucedido. Quería matar a Steve, pero teniendo en cuenta las circunstancias…, por cierto, tuvieron un niño. Cuatro kilos, lo van a llamar Jeremy.

—Ya lo había oído —se limitó a comentar Ethan.

Ahora Grace tomó aire para darse ánimo.

—Sobre lo que sucedió, Ethan, quiero decir…

—Tengo algo que decirte sobre eso. —Lo había pensado con sumo cuidado, palabra por palabra—. No debería haberme puesto furioso contigo. Tú estabas asustada y yo me pasé más tiempo gritándote que asegurándome de que estuvieras bien.

—Ya sabía que, en realidad, no estabas furioso conmigo. Era sólo que…

—Déjame continuar —insistió, pero esperó hasta que giró para entrar en el sendero de la casa. —No tenía por qué tocarte de ese modo. Me había prometido que nunca lo haría.

—Pero yo lo deseaba.

A pesar de que las suaves palabras hicieron que se le atenazara el estómago, movió la cabeza en sentido negativo.

—No volverá a suceder nunca más. Tengo mis razones, Grace, y son razones sólidas. Tú no las conoces, y no las comprenderías.

171

—No puedo comprenderlas si no me dices cuáles son.

Él no iba a contarle lo que había hecho, o lo que le habían hecho. Y lo que temía que siguiera acechando en su interior, preparado para salir de un salto si no mantenía cerrada la jaula.

—Son mis razones. —Se volvió hacia ella para decírselo mirándola de frente—. Podría haberte hecho daño, estuve a punto. Eso no volverá a suceder.

—No tengo miedo de ti. —Alzó la mano para acariciarle la mejilla, pero él se la agarró para apartarla.

—Y nunca tendrás que tenerlo. Tú me importas. —Le apretó la mano brevemente, luego la soltó—. Siempre me has importado.

—Ya no soy una niña y no voy a romperme si me tocas. Yo deseo que me toques.

Labios llenos, bien formados, sin carmín. Las palabras de Phillip resonaron en su cabeza. Y ahora Ethan sabía, que Dios le ayudara, exactamente lo jugosos que podían ser.

—Sé que tú crees que lo deseas, y por eso es por lo que vamos a tratar de olvidar lo que sucedió la otra noche.

—Yo no voy a olvidarlo —susurró la joven, y la forma en que le miró, con los ojos suaves y llenos de necesidad, hizo que la cabeza le diera vueltas.

—No volverá a suceder nunca más. Así que más vale que te mantengas apartada de mí durante un tiempo. —Su voz estaba teñida de desesperación cuando se inclinó para abrirle la puerta—. Lo digo en serio, Grace, mantente apartada de mí durante un tiempo. Ya tengo bastantes preocupaciones.

—Está bien, Ethan. —No le iba a suplicar—. Si eso es lo que quieres.

—Eso es exactamente lo que quiero.

Esa vez no esperó hasta que Grace entrara en la casa, sino que dio marcha atrás para salir a la calzada en cuanto ella cerró la puerta de la camioneta.

Por primera vez en más años de los que podía contar, consideró seriamente la posibilidad de cogerse una buena borrachera.

8

Seth los esperaba vigilante. Su excusa para hallarse en el patio delantero a medida que se alargaban las sombras eran los perros. No es que fuera exactamente una excusa, pensó. Estaba tratando de enseñarle a *Tonto* no sólo a atrapar la gastada y mordida pelota de tenis, sino a traerla de vuelta como lo hacía *Simon*. El problema era que *Tonto* volvía corriendo hasta ti y luego esperaba que jugaras al tira y afloja para arrebatársela.

No es que a él le importara. Tenía unas cuantas pelotas, palos y un viejo trozo de cuerda que le había dado Ethan. Podía jugar y jugar mientras los perros tuvieran ganas de correr, que era, por lo que había visto, hasta el infinito.

Pero, mientras jugaba con los perros, mantuvo el oído atento por si se acercaba un coche.

Sabía que estaban de camino porque Cam había llamado desde el avión, algo muy guay. Apenas podía esperar para contarles a Danny y Will que había hablado con Cam mientras éste se hallaba volando en un avión sobre el océano Atlántico.

Ya había buscado Italia en el atlas y había encontrado Roma. Había recorrido el camino con el dedo, una y otra vez, a través de ese ancho océano, desde Roma hasta la bahía de Chesapeake, hasta ese punto diminuto en la orilla oriental de Maryland que era St. Christopher.

Durante unos días le dio miedo que no fueran a regresar. Se imaginó a Cam llamando y diciendo que habían decidido quedarse allí para que él pudiera volver a participar en las carreras.

Sabía que Cam había vivido en un montón de sitios, participando en carreras de motos, coches y barcos. Ray se lo había contado todo y había un cuaderno gordo lleno de todo tipo de artículos y fotos de periódicos y revistas sobre todas las carreras que Cam había ganado. Y sobre todas las mujeres con las que había tonteado.

Y sabía que, justo antes de que Ray se estrellara contra el poste de teléfono y muriera, Cam había ganado una importante carrera en su aerodeslizador, que Seth anhelaba poder pilotar aunque fuera sólo una vez.

Phillip había conseguido localizarle por fin en Montecarlo y Seth había encontrado también ese punto en el atlas y no parecía mucho mayor que St. Chris. Pero allí tenían un palacio, casinos elegantes y hasta un príncipe.

Cam había regresado a casa a tiempo de ver morir a Ray. Seth sabía que no planeaba quedarse mucho tiempo. Pero se había quedado. Después de una especie de pelea, le había dicho a Seth que no se iba a marchar, que estaban unidos el uno al otro y que se quedaba.

Pero eso era antes de que se casara, antes de que volviera a Italia. Antes de que Seth empezara a preocuparse porque Anna y Cam se olvidaran de él y de las promesas que habían hecho.

Pero no se habían olvidado. Iban a volver.

No quería que supieran que les estaba esperando, o lo nervioso que estaba porque iban a llegar a casa en cualquier momento. Pero lo estaba. No podía comprender por qué estaba tan excitado. Sólo llevaban fuera un par de semanas y, en cualquier caso, Cam era un tostón la mayor parte del tiempo.

Y cuando Anna viviera allí, todos empezarían a decir que tenía que cuidar su forma de hablar porque había una mujer en la casa.

A una parte de él le preocupaba que Anna fuera a cambiar las cosas. Aunque ella era la asistente social encargada de su caso, a lo mejor se cansaba de tener a un chico siempre allí. Ella tenía el poder de hacer que se fuera. Ahora tenía incluso más poder, pensó, porque se lo hacía con Cam todo el tiempo.

Se recordó a sí mismo que ella había jugado limpio, desde la primera vez que le hizo salir de clase y se sentó con él en la cafetería de la escuela para hablar.

Pero no era igual ocuparse de un caso y vivir con él en la misma casa, ¿verdad?

Y quizá, sólo quizá había jugado limpio con él, se había mostrado simpática porque le gustaba que Cam se la trabajara. Porque quería que se casase con ella. Ahora que ya lo había conseguido, ya no tenía que mostrarse simpática. Hasta podía escribir en uno de sus informes que a él le vendría mejor vivir en otro sitio.

Bueno, él estaría atento y vería cómo iban las cosas. Siempre podía huir si se ponían mal. Aunque la idea de huir hizo que le doliera el estómago de una forma que no le había dolido nunca.

Quería estar aquí. Quería correr por el patio lanzándoles un palo a los perros. Quería levantarse de la cama cuando todavía estaba oscuro y desayunar con Ethan y salir a coger cangrejos en el barco. Trabajar en el astillero y visitar a Danny y Will.

Comer comida de verdad siempre que le diera el hambre y dormir en una cama que no oliera a sudor ajeno.

Ray le había prometido todo eso, y aunque Seth nunca se había fiado de nadie, sí se fió de él. Tal vez Ray era su padre, tal vez no. Pero Seth sabía que le había pagado a Gloria un montón de dinero. Pensaba en ella como Gloria y no como su madre. Le ayudaba a poner más distancia.

Ahora Ray estaba muerto, pero les había hecho prometer a cada uno de sus hijos que mantendrían a Seth en la casa junto al agua. Suponía que la idea no les había gustado, pero igualmente lo habían prometido. Había descubierto que los Quinn mantenían su palabra. Para él, mantener una promesa era un concepto nuevo y maravilloso.

Si la rompían ahora, sabía que le iba a doler más que cualquier otra cosa en el mundo.

Así que esperó y cuando oyó el coche, el indomable rugido del Corvette, su estómago saltó de nervios y excitación.

Simon ladró dos veces como saludo, pero *Tonto* se lanzó a un bullicio de ladridos medio asustados. Cuando el estilizado coche blanco entró en el sendero, ambos perros se lanzaron corriendo hacia él, saludando con la cola como una bandera. Seth se metió en los bolsillos las manos que se le habían puesto sudorosas y se acercó caminando con aire relajado.

—¡Hola! —Ana le saludó lanzándole una sonrisa radiante.

Seth podía ver por qué Cam se había enamorado de ella, claro. Él mismo había hecho bocetos de su rostro varias veces en secreto. Le gustaba dibujar más que nada en el mundo. Su mirada de artista incipiente apreciaba la pura belleza de ese rostro, los almendrados ojos oscuros, la tez oro pálido, la boca generosa y el toque exótico de los pómulos. Su cabello, despeinado por el viento, era una masa oscura y rizada. Su alianza de boda, oro y diamantes, relucía cuando se bajó del coche.

Y le pilló de improviso en un estrecho abrazo lleno de alegría.

—¡Qué maravillosa fiesta de bienvenida!

Aunque el abrazo le había sorprendido haciéndole desear que durara más, se debatió para liberarse.

—Sólo estaba jugando con los perros. —Miró a Cam y se encogió de hombros—. Hola.

—Hola, chaval. —Moreno, delgado y de aspecto un poco peligroso, Cam fue estirando sus miembros al salir del bajo vehículo. Su sonrisa era más rápida que la de Ethan, más viva que la de

Phillip—. Justo a tiempo para ayudarme a bajar el equipaje.

—Claro, claro. —Seth alzó la vista y contempló la montaña de maletas atadas a la baca del coche—. Pero no os llevasteis toda esa mierda con vosotros.

—Recogimos más mierda en Italia cuando estábamos allí.

—No pude contenerme —comentó Anna riendo—. Tuvimos que comprar otra maleta.

—Dos —le corrigió Cam.

—Una es sólo una bolsa, no cuenta.

—Vale. —Cam abrió el maletero y sacó una generosa maleta verde oscuro—. Tú llevas la que no cuenta.

—¿Ya estás poniendo a trabajar a tu flamante esposa? —Phillip se acercó al coche, caminando entre los perros—. Ya la cojo yo, Anna —comentó, y le dio un beso con tal entusiasmo que Seth miró a Cam poniendo los ojos en blanco.

—Déjala, Phil —advirtió Ethan con suavidad—. No me gustaría nada que Cam tuviera que matarte antes incluso de entrar en casa. Bienvenidos —añadió y sonrió cuando Anna se volvió a él para darle un beso tan entusiasta como el que Phillip le había dado a ella.

—Da gusto estar en casa.

Resultó que la bolsa contenía regalos que Anna comenzó a distribuir al momento, junto con anécdotas de cada uno. Seth se quedó mirando la camiseta de fútbol blanca y azul claro que le había dado. Jamás nadie había hecho un viaje y le había traído un regalo. La verdad era que podía contar los regalos que había recibido con los dedos de la mano.

—En Europa el fútbol es muy importante —le dijo Anna—. Sólo que allí lo llaman simplemente fútbol y a lo nuestro fútbol americano. —Siguió rebuscando y sacó un libro de gran tamaño con la portada en papel couché—. Y creí que esto te iba a gustar. No es como ver los cuadros. Contemplarlos en persona resulta arrebatador, pero te puedes hacer una idea.

El libro estaba lleno de cuadros, colores gloriosos y formas que deslumbraron sus ojos. Un libro de arte. Anna se había acordado de que le gustaba dibujar y había pensado en él.

—Es genial —se limitó a murmurar porque no se fiaba de su voz.

—Anna quería comprarle zapatos a todo el mundo —comentó Cam—. Tuve que detenerla.

—Así que sólo me compré media docena de pares para mí.

—Creía que sólo eran cuatro.

Anna sonrió.

—Seis. Compré dos sin que te enteraras. Ah, Phillip, vi unos Maglis, podría haber llorado.

—¿Y Armani?

Suspiró con deseo.

—Claro, también.

—Ahora voy a llorar yo.

—Podéis llorar por cosas de moda más tarde —les dijo Cam—. Yo me muero de hambre.

—Ha estado Grace. —Seth ardía en deseos de probarse la camiseta al momento, pero pensó que iba a parecer un pelele—. Lo ha limpiado todo. Nos ha hecho bañarnos en la bahía. Y ha preparado pollo frito.

—¿Que Grace ha hecho pollo frito?

—Y ensalada de patata.

—No hay nada como el hogar —murmuró Cam mientras se dirigía a la cocina. Seth esperó unos segundos y luego lo siguió.

—Supongo que podría comerme otra tajada —comentó como por casualidad.

—Ponte a la cola. —Cam sacó del frigo la fuente y el cuenco.

—¿No te han dado de comer en el avión?

—Eso ha sido antes, esto es ahora. —Cam se llenó un plato con comida, luego se apoyó en la encimera. El chaval tenía un aspecto bronceado y saludable. Los ojos seguían teniendo un aire cauteloso, pero había perdido esa expresión de conejo a punto de salir corriendo. Se preguntó si le sorprendería tanto como le había sorprendido a él saber que había echado de menos a ese crío pico de oro—. Bueno, ¿y qué tal ha ido todo?

—Bien. Ya ha terminado el curso y he estado ayudando mucho a Ethan con el barco. Me paga una miseria allí y en el astillero.

—Anna querrá saber qué notas has sacado.

—Sobresalientes —murmuró Seth mientras masticaba un bocado de pollo. Cam se atragantó.

—¿En todo?

—Sí, ¿y qué?

—Le va a encantar. ¿Quieres conseguir más puntos con ella?

Seth se encogió de hombros otra vez, entornando los ojos mientras pensaba en qué le tocaría hacer para complacer a la mujer de la casa.

—Tal vez.

—Ponte la camiseta. Se pasó casi media hora para elegir la mejor. Le encantará si te la pones la misma noche que te la ha dado.

—¿Ah, sí? —¿Sólo se trataba de eso?, pensó Seth, y se relajó hasta sonreír—. Bueno, supongo que puedo darle un gustazo.

—De veras le ha gustado la camiseta —comentó Anna mientras colocaba concienzudamente el contenido de una maleta—. Y el libro. Me alegro tanto de que se nos ocurriera lo del libro.

—Sí, le han encantado. —A Cam le parecía que el día siguiente, o incluso el año siguiente, estarían bien para deshacer el equipaje. Además le gustaba estirarse en la cama y contemplarla, contemplar a su esposa, pensó con una extraña sensación de alegría, enredar por la habitación.

—Y no se ha quedado bloqueado al darle un abrazo. Es una buena señal. Su interacción con Ethan y Phillip es más relajada, más natural, mucho más de lo que era hace un par de semanas. Estaba ansioso por volver a verte. Ahora mismo se siente un poco amenazado por mí. Yo cambio la dinámica en la casa, justo cuando se estaba acostumbrando a cómo funcionaban las cosas. Así que está esperando y observando a ver qué pasa. Pero eso es bueno. Significa que considera que esto es su hogar. Yo soy la intrusa.

—¿Señorita Spinelli?

Anna volvió la cabeza y arqueó una ceja.

—Para ti, señora Quinn.

—¿Por qué no desconectas a la asistente social hasta el lunes?

—No puedo. —Sacó uno de sus zapatos nuevos de la bolsa y lo miró extasiada—. La asistente social está muy satisfecha con la evolución de este caso concreto. Y la señora Quinn, la recién estrenada cuñada, está decidida a ganarse la confianza de Seth, quizá incluso hasta su cariño.

Volvió a meter el zapato en la bolsa y se preguntó cuánto tendría que esperar para poder pedirle a Cam que le vistiera el armario del dormitorio. Sabía exactamente lo que quería y él era muy bueno con las manos. Pensándolo, se le quedó mirando. Sí, muy bueno con las manos.

—En fin, supongo que puedo terminar con las maletas mañana.

Cam sonrió lentamente.

—Eso supongo yo también.

—Me siento muy culpable. Grace ha dejado la casa impoluta.

—¿Por qué no vienes aquí? Trabajaremos con ese sentido de culpa.

—¿Por qué no? —Tiró el zapato por encima del hombro y, riendo, se lanzó sobre él.

—No está nada mal. —Cam estudió el barco. Eran apenas las siete de la mañana, pero su reloj interno seguía puesto en la hora de Roma. Como se había despertado temprano, no vio razón alguna para dejar que sus hermanos remolonearan en la cama.

Así que ahí estaban los Quinn, de pie bajo las brillantes luces del astillero, contemplando el trabajo en marcha. Seth imitó su postura, las manos en los bolsillos, las piernas abiertas apoyadas firmemente, la cara seria.

Iba a ser la primera vez que trabajaban los cuatro juntos en el barco. No cabía en sí de alegría.

—Yo había pensado que tú empezaras a trabajar bajo cubierta —comenzó Ethan—. Phillip calcula que hacen falta cuatrocientas horas para completar el camarote.

Cam se burló.

—Yo lo puedo hacer en menos.

—Hacerlo bien —intervino Phillip—, es más importante que hacerlo rápido.

—Yo puedo hacerlo rápido además de bien. El cliente va a tener este bebé listo para navegar y con la cocina llena de champán y caviar en menos de cuatrocientas horas.

Ethan asintió. Puesto que Cam había conseguido otro cliente, que quería un barco de pesca deportiva, esperaba sinceramente que eso fuera verdad.

—Entonces, pongámonos a trabajar.

Y el trabajo le mantenía la mente apartada de temas en los que no tenía por qué entrar. El cerebro tenía que estar concentrado para poder usar el torno, al menos si uno apreciaba sus manos. Ethan hizo girar la madera lenta, cuidadosamente, moldeando el mástil. Los protectores auditivos convertían el zumbido del motor y el furioso rock que aullaba desde la radio en un eco amortiguado.

Supuso que también había conversación detrás de él. Y, ocasionalmente, algún que otro taco. Le llegaba el dulce perfume de la madera, el olor fuerte de la resina y del alquitrán usado para recubrir los pernos.

Años antes, entre los tres habían construido su barco de faena. No era una embarcación elegante y no podía decir que fuera bella, pero era sólida y navegaba bien. También habían construido su goleta, porque estaba decidido a dragar ostras en una embarcación tradicional. Ahora las ostras casi se habían acabado, y su barco se unía a otros cuantos en la bahía que hacían recorridos turísticos en verano para sacar dinero.

Durante la temporada turística, se lo alquilaba al hermano de Jim porque les venía bien a ambos y porque era una solución práctica. Pero le molestaba bastante ver la fina nave usada para eso. Como le molestaba saber que otras personas vivían y dormían en la casa que era suya.

Con todo, a la hora de la verdad, el dinero importaba. La risa de Seth se coló por los protectores y le recordó por qué ahora importaba más que nunca.

Cuando se le acalambraron las manos de trabajar, apagó el torno para darles un descanso. Al quitarse los protectores, el ruido inundó sus oídos.

Oía a Cam golpetear con el martillo bajo la cubierta. Seth estaba dándole una capa de anti-corrosivo a la orza de quilla, así que la chapa de acero tenía un brillo húmedo. A Phillip le había tocado el trabajo más desagradable, empapar el interior del pozo de la orza con creosota. Era cedro rojo viejo de buena calidad, lo que debería desanimar a cualquier molusco, pero habían decidido no dejar nada al azar.

Un barco Quinn estaba construido para durar.

Sintió un brote de orgullo al verlos trabajar. Casi podía ver a su padre de pie junto a él, con sus grandes puños en la cadera y una amplia sonrisa en el rostro.

—¡Qué bella imagen! —comentó Ray—. Es como las fotos que a tu madre y a mí nos encantaba mirar. Teníamos un montón guardadas, para sacarlas y volver a verlas cuando crecierais y hubierais seguido vuestro camino. La verdad es que nunca tuvimos oportunidad porque ella se fue antes.

—Sigo echándola de menos.

—Lo sé. Ella era el pegamento que nos mantenía juntos a todos. Pero lo hizo muy bien, Ethan. Seguís pegados.

—Creo que sin ella me hubiera muerto. Sin ti. Sin ellos.

—No. —Ray colocó una mano sobre el hombro de su hijo y negó con la cabeza—. Tú siempre has sido fuerte, de corazón y de mente. Fuiste capaz de atravesar el infierno y salir vivo al otro extremo, tanto por lo que hay en tu interior como por lo que hicimos. Eso tendrías que tenerlo más presente. Simplemente mira a Seth. Él se enfrenta a las cosas de un modo distinto al tuyo, pero posee muchas de las mismas cualidades. Se implica más de lo que desea. Piensa más profundamente de lo que hace creer. Y quiere ir más allá de lo que admite incluso ante sí mismo.

—Te veo a ti en él. —Nunca se había permitido expresar eso, ni siquiera a solas—. No estoy seguro de lo que siento a ese respecto.

—Es curioso, yo os veo a los tres en él. El ojo de quien mira, ya sabes. —Entonces le dio una leve palmada en la espalda—. Estáis construyendo un barco estupendo. A tu madre le habría encantado verlo.

—Los Quinn construyen embarcaciones duraderas —murmuró Ethan.

—¿Con quién hablas? —preguntó Seth.

Ethan parpadeó, sintió que se le iba la cabeza, llena de pensamientos tan deshilachados como hebras de algodón.

—¿Qué? —Se pasó la mano por la frente hasta el pelo, echándose la gorra hacia atrás—. ¿Qué?

—Tío, qué raro estás. —Seth irguió la cabeza, fascinado—. ¿Cómo es que estás aquí hablando solo?

—Estaba... —¿Dormido de pie?, se preguntó—. Pensando —respondió—. Sólo pensando en alto. —De pronto el ruido y los olores eran como un aullido en su cerebro mareado—. Necesito aire —musitó, y salió a toda prisa por las puertas.

—¡Qué raro! —repitió Seth. Iba a comentarle algo a Phillip, cuando se distrajo al ver que Anna entraba por la puerta delantera con una gran cesta de picnic.

—¿Alguien quiere comer?

—¡Claro! —Siempre interesado en la comida, Seth se acercó corriendo—. ¿Has traído el pollo?

—Lo que quedaba —le respondió ella—. Y sándwiches de jamón de York gruesos como ladrillos. Hay un termo de té helado en el coche. ¿Por qué no lo traes?

—Eres mi heroína —comentó Phillip, limpiándose las manos en los vaqueros antes de liberarla de la cesta—. ¡Eh, Cam! Hay aquí una mujer preciosa que ha traído comida.

El ruido del martillo cesó al momento. Unos segundos después, la cabeza de Cam emergía por el techo del camarote.

—Es mi mujer. Yo tengo preferencia con la comida.

—Hay más que suficiente para todos. Grace no es la única que puede cocinar para un puñado de hombres hambrientos. Aunque su pollo frito es una maravilla.

—Le sale muy bien, sí —coincidió Phillip. Colocó la cesta en una improvisada tabla hecha con una plancha de aglomerado situada sobre un par de caballetes—. Cuando vosotros estabais fuera, cocinaba regularmente para Ethan. —Sacó un sándwich de jamón cocido y añadió—: Me da que ahí está sucediendo algo.

—¿Sucediendo, dónde? —inquirió Cam mientras daba un salto para explorar la cesta.

—Entre Ethan y Grace.

—¿En serio?

—Mmm. —El primer mordisco hizo que Phillip cerrara los ojos de placer. Hubiera preferido cocina francesa servida en platos de porcelana fina, pero también era capaz de apreciar un sándwich bien hecho servido en un plato de papel—. Mis certeras habilidades de observación han captado ciertas señales. Él la mira cuando ella no se da cuenta. Ella le mira cuando él no se da cuenta. Y Marsha Tuttle me contó un cotilleo muy interesante. Marsha trabaja con Grace en el bar —le explicó a Anna—. Shiney va a instalar un nuevo sistema de seguridad y ha introducido una nueva medida, por la cual ninguna camarera debe cerrar el local sola.

—¿Ha sucedido algo? —preguntó Anna.

—Sí. —Phillip echó un vistazo para comprobar que Seth no había vuelto a entrar—. Hace algunas noches, un hijoputa entró después de cerrar. Grace estaba sola. Le puso las manos encima y, según Marsha, habría llegado a más. Pero resulta que Ethan estaba fuera. A mí me da que es una interesante casualidad, teniendo en cuenta que estamos hablando de nuestro hermano, el que se acuesta y se levanta como las gallinas. Bueno, el caso es que Ethan le hizo un poco de pupa al tipo —dijo, y le dio otro buen mordisco al bocadillo.

Cam se acordó de la esbelta Grace de hueso fino y luego se acordó de Anna.

—Espero que le diera una buena.

—Creo que podemos suponer que no se fue de rositas. Por supuesto, siendo Ethan como es, no lo

189

ha mencionado, así que me he tenido que enterar por Marsha en la sección de verdura fresca del súper el viernes por la noche.

—¿Sufrió daño Grace? —Anna sabía demasiado bien lo que era sentirse atrapada, sentirse impotente, tener que enfrentarse con lo que un cierto tipo de hombre era capaz de hacerle a una mujer. O a una niña.

—No. Le tiene que haber afectado bastante, pero en eso es como Ethan. No lo ha comentado. Sin embargo, ayer se intercambiaron largas miradas silenciosas. Y cuando Ethan volvió de llevarla a su casa, estaba bastante crispado. —Al recordarlo, Phillip echó una risita—. Y para ser Ethan, eso es decir bastante. Se tomó un par de cervezas y se fue a navegar en el balandro durante una hora.

—Grace y Ethan. —Cam consideró la posibilidad—. Encajan muy bien. —Vio que regresaba Seth y decidió dejar correr el tema—. A propósito, ¿dónde está Ethan?

—Está fuera. —Con un gruñido, Seth dejó el termo e hizo un gesto indicando las puertas—. Ha dicho que necesitaba tomar el aire y supongo que así era. Estaba ahí, de pie, hablando solo. —Encantado con el botín, Seth rebuscó en la cesta—. Parecía mantener una conversación con alguien que no estaba ahí. Estaba rarísimo.

Cam sintió un cosquilleo en la nuca. Sin embargo, se movió de forma relajada, sirviendo comida en un plato.

—A mí tampoco me vendría mal un poco de aire. Voy a llevarle un sándwich.

Vio a Ethan de pie al extremo del embarcadero, mirando el agua. A ambos lados, se divisaba el puerto de St. Chris con sus casitas y sus patios, pero él miraba ante sí, sobre la ligera marejada hasta el horizonte.

—Anna ha traído algo de comida.

Ethan encerró sus pensamientos y bajó la mirada hasta el plato.

—¡Qué buen detalle! Eres muy afortunado, Cam.

—Dímelo a mí. —Lo que iba a hacer le ponía un poco nervioso. Pero, después de todo, era un hombre que vivía para el riesgo—. Todavía me acuerdo de la primera vez que la vi. Yo estaba enfadado con el mundo. Acabábamos de enterrar a papá y lo único que yo deseaba parecía hallarse en otro lugar. El chaval me había dado muchísimo la tabarra esa mañana y se me ocurrió que la siguiente etapa de mi vida no iban a ser las carreras, no iba a ser Europa. Iba a ser transcurrir justo aquí.

—Tú has sido el que ha renunciado a más cosas al volver aquí.

—Eso parecía entonces. Pero en ese momento se acercó Anna Spinelli cruzando el patio mientras yo reparaba los peldaños de atrás y me dio el segundo susto del día.

Puesto que la comida estaba allí y puesto que Cam parecía con ganas de hablar, Ethan cogió el plato y se sentó en el borde del muelle. Pasó una garceta volando silenciosa como un fantasma.

—Un rostro como el suyo es capaz de sobresaltar a un hombre.

—Sí. Y yo ya me sentía un poco nervioso. Menos de una hora antes, había mantenido una conversación con papá. Él estaba sentado en la mecedora del porche trasero.

Ethan asintió.

—Siempre le gustó sentarse ahí.

—No estoy diciendo que recordaba verle sentado ahí. Quiero decir que le vi ahí. Exactamente como ahora te estoy viendo a ti.

Lentamente Ethan volvió la cabeza y miró a su hermano a los ojos.

—Lo viste sentado en la mecedora del porche.

—Y también le hablé. Y él me habló. —Cam se encogió de hombros y miró el agua—. Así que yo creía que estaba alucinando. Es el estrés, la preocupación, quizá el enfado. Tengo cosas que decirle, preguntas que quiero que responda, así que mi mente lo pone ahí. Sólo que no era eso.

Ethan avanzó con cuidado por terreno movedizo.

—¿Tú qué crees que era?

—Él estaba ahí, esa primera vez y las otras.

—¿Otras veces?

—Sí, la última fue la mañana anterior a la boda. Dijo que sería la última, porque yo ya había resuelto lo que tenía que resolver por el momento. —Cam se pasó las manos por la cara—. Tuve que dejarle marchar de nuevo. Me resultó un poco más fácil. No conseguí que respondiera todas mis preguntas, pero supongo que sí a las que más importaban.

Suspiró, sintiéndose mejor, y cogió una patata del plato de Ethan.

—Ahora tú dime que estoy loco o que sabes de qué estoy hablando.

Con aire pensativo, Ethan partió uno de los sándwiches por la mitad y le dio una a su hermano.

—Cuando sigues el agua, aprendes que hay más cosas de las que puedes ver o tocar. Sirenas y serpientes. —Sonrió levemente—. Los marinos saben de esas criaturas, tanto si las han visto como si no. No creo que estés loco.

—¿Me vas a contar el resto?

—He tenido algunos sueños. Yo creía que eran sueños —se corrigió—, pero últimamente he tenido un par de ellos estando despierto. Supongo que yo también tengo preguntas, pero me cuesta mucho presionar a alguien hasta conseguir respuestas. Me gusta escuchar su voz, ver su rostro. No tuvimos tiempo suficiente para decirle adiós de verdad antes de que muriera.

—Quizá eso es parte del asunto. Pero no lo es todo.

—No. Pero no sé qué quiere que haga que yo no esté haciendo ya.

—Supongo que se quedará hasta que lo sepas. —Cam le dio un mordisco al bocadillo y se sintió asombrosamente contento—. ¿Y qué le parece el barco?

—Cree que es cojonudo.

—Tiene razón.

Ethan contempló su sándwich.

—¿Se lo vamos a contar a Phillip?

—Para nada. Pero estoy impaciente por que le suceda a él. ¿Qué te apuestas a que sale corriendo en busca de algún psiquiatra de postín? Querrá uno con un montón de títulos y una consulta en la zona apropiada de la ciudad.

—Una psiquiatra —le corrigió Ethan, y esbozó una sonrisa—. Si se tiene que tumbar en un diván, querrá que sea mujer y guapa. ¡Qué buen día hace! —añadió, apreciando de pronto la cálida brisa y el resplandor del sol.

—Te quedan diez minutos para disfrutarlo —le advirtió su hermano—. Luego te quiero otra vez moviendo el culo.

—Vale. Tu mujer hace unos sándwiches buenísimos. —Inclinó la cabeza a un lado—. ¿Qué tal se le dará lijar madera?

Cam lo pensó y le gustó la imagen.

—Vamos a convencerla para que nos deje averiguarlo.

9

Anna estaba encantada de tener la tarde libre. Disfrutaba mucho con su trabajo y sentía tanto cariño como respeto por la gente con la que trabajaba. Creía firmemente en la función y los objetivos del trabajo social. Y sentía la satisfacción de saber que estaba contribuyendo a cambiar las cosas.

Ayudaba a la gente: la joven madre soltera sin nadie a quien recurrir, el niño no deseado, la persona mayor sin hogar. En su interior ardía el deseo profundo y brillante de ayudarlos a encontrar su camino. Sabía lo que era sentirse perdida y desesperada, y sabía lo que podía cambiar una persona que ofrecía una mano y se negaba a retirarla, incluso cuando esa mano era rechazada con un mal gesto o una mala palabra.

Y como estaba decidida a ayudar a Seth De-Lauter, había conocido a Cam. Una nueva vida, un nuevo hogar. Nuevos comienzos.

A veces, pensó, la recompensa regresaba a ti multiplicada por cien.

Todo lo que había deseado, todo lo que no sabía que deseaba estaba ligado a esa encantadora casa junto al agua. Una casa blanca con un ribete azul. Mecedoras en el porche, flores en el patio. Recordaba la primera vez que la vio. Iba por esta misma carretera con la radio a todo volumen. Por supuesto, la capota estaba puesta aquella vez para que el viento no le arrancara las horquillas del pelo.

Había sido una visita profesional, y Anna estaba empeñada en que todo fuera muy serio.

La casa la había seducido, su simplicidad, su estabilidad. Luego dio la vuelta a la hermosa construcción de dos pisos junto al agua y vio a un hombre enfadado, poco amable y muy sexy dedicado a reparar los escalones del porche trasero.

Desde entonces nada había sido igual para ella.

Gracias a Dios.

Ahora era su casa, pensó con una sonrisa de satisfacción mientras conducía el coche por la carretera flanqueada por amplios campos llanos. Su casa en el campo, con el jardín que había soñado... ¿Y el hombre enfadado, poco amable y sexy? También era suyo, y tantas cosas más que nunca hubiera imaginado.

Continuó por la misma carretera recta mientras escuchaba un programa en la radio sobre hombres-lobo en Londres. Pero esta vez no le importaba si el viento le desordenaba el pelo, que antes había estado cuidadosamente recogido con horquillas. Volvía a casa, así que la capota estaba bajada y ella se sentía muy alegre.

Tenía trabajo que hacer, pero podía concluir los informes que le quedaban en el portátil, en casa. Decidió que lo haría mientras la salsa de tomate se cocinaba al fuego. Iba a preparar unos lingüinis para recordarle a Cam el viaje de bodas.

No es que la luna de miel hubiera terminado, aunque estuvieran de vuelta en la orilla oriental y ya no en Roma. Se preguntó si esta pasión indomable y traviesa que sentían el uno por el otro cesaría alguna vez.

Esperaba que no.

Riéndose de sí misma, entró en el sendero como una centella. Y estuvo a punto de estrellar el pequeño descapotable con la parte de atrás de un sedán gris apagado con el parachoques oxidado. Cuando el corazón volvió a su lugar, se preguntó de quién sería.

No era el tipo de coche que atraía a Cam, decidió. Puede que a él le gustara jugar con los motores, pero prefería que fueran de vehículos estilizados y veloces. Esta carrocería pesada y vieja no tenía aspecto de ser un coche rápido.

¿Phillip? Dejó escapar una risa burlona. El impecable Phillip Quinn no pondría el pie, calzado en un zapato italiano, en el gastado suelo de tal vehículo en la vida.

Entonces, Ethan. Pero Anna frunció el ceño. A Ethan le iban las camionetas y los jeeps, no un vehículo familiar que tenía las aletas aún pintadas con antioxidante gris.

Les estaban robando, pensó con un sobresalto que tornó el latido de su corazón en un martillo percutor. A plena luz del día. Por aquí nadie pensaba en cerrar las puertas y la casa estaba protegida de los vecinos sólo por los árboles y la marisma.

En ese mismo momento había alguien dentro, tocando sus cosas. Entornando los ojos, salió del coche a toda prisa. No iban a salirse con la suya. Ahora ésta era su casa, maldita sea, y eran sus cosas, y si cualquier ladrón de medio pelo creía que iba a poder…

Se interrumpió al mirar dentro del coche y ver un gran conejo rosa. Y la sillita infantil. ¿Un ladrón de casas con un niño a cuestas?

Grace, cayó en la cuenta con un suspiro. Era uno de los días de limpieza de Grace Monroe.

Chica de ciudad, se burló, deja a un lado tus instintos urbanos. Ahora estás en otro mundo. Sintiéndose totalmente ridícula, volvió a su propio coche y sacó su maletín y la bolsa de verdura y fruta que había comprado de camino a casa.

Al poner el pie en el porche, oyó el monótono zumbido del aspirador, acompañado de la bulliciosa melodía de un anuncio de televisión. Buenos sonidos domésticos. Y estaba más que encantada de que no fuese ella a quien le tocaba pasar el aspirador.

Cuando Anna entró por la puerta, a Grace estuvo a punto de caérsele el mango del aspirador. Claramente agitada, retrocedió, dándole con el pie al botón para apagar el aparato.

—Perdona. Creía que iba a terminar antes de que nadie regresara a casa.

—Hoy llego pronto. —Aunque llevaba las manos llenas, Anna se puso en cuclillas ante la silla en la que estaba sentada Aubrey, pintando furiosamente con un color morado el dibujo de un elefante en su cuaderno de colorear—. ¡Qué bonito!

—Es un fante.

—Es un fante estupendo. El fante más bonito que he visto en todo el día.

Como la nariz de Aubrey parecía pedirlo, Anna le dio un besito.

—Casi he terminado. —A Grace los nervios le bailaron por la espina dorsal. Anna tenía un aspecto muy profesional vestida de traje. El hecho de que el pelo se le derramara libre de las horquillas sólo la hacía parecer... profesional y sexy, decidió Grace—. Ya he terminado arriba y en la cocina. No sabía... No estaba segura de lo que querías, pero he preparado un guiso, patatas con bechamel, queso y jamón cocido. Lo he metido en el congelador.

—Maravilloso. Esta noche cocino yo. —Anna se incorporó y equilibró las bolsas risueñamente. Estuvo a punto de quitarse los zapatos, pero se detuvo. No le parecía bien empezar a dejar cosas tiradas cuando Grace todavía estaba terminando de limpiar.

Esperaría hasta más tarde.

—Pero mañana no saldré pronto —continuó—. Así que nos vendrá de perlas.

—Bueno, yo... —Grace sabía que estaba un poco sucia y sudorosa y se sintió totalmente superada por la tersa blusa de Anna y su traje sastre. Ah, y esos zapatos, pensó, haciendo todo lo posible para que no se notara que estaba mirando. Eran tan bellos, tan clásicos, y el cuero parecía tan suave que casi se podría dormir con ellos puestos. Los dedos de los pies se le curvaron de vergüenza en sus raídas deportivas blancas—. La colada está casi terminada. Hay una carga de toallas en la secadora. No sabía dónde querías que dejara tus cosas, así que lo he doblado todo y lo he dejado sobre la cama, en tu dormitorio.

—Te lo agradezco. Cuesta ponerse al día después de dos semanas fuera. —Anna consiguió no sentirse violenta. Nunca antes había tenido señora de la limpieza, y no estaba segura de cuál era el protocolo para estas situaciones—. Tengo que guardar esto. ¿Quieres tomar algo fresco?

—No, gracias. Más vale que termine y me quite de en medio.

Curioso, pensó Anna. Grace nunca le había parecido fría o nerviosa anteriormente. Aunque no se conocían bien, había sentido que la relación era cordial. De una forma u otra, tendrían que llegar a un entendimiento.

—Me encantaría hablar contigo si dispones de tiempo.

—Ah. —Grace pasó la mano arriba y abajo por el mango metálico del aspirador—. Cómo no. Aubrey, voy a la cocina con la señora Quinn.

—¡Yo también! —Aubrey saltó de la silla y corrió hacia la cocina. Cuando su madre la alcanzó, ya estaba tirada en el suelo, dibujando una jirafa morada con toda dedicación.

—Éste es su color esta semana —comentó Grace. Sin darse cuenta, se dirigió al frigo y sacó una jarra de agua de limón que había preparado—. Tiende a centrarse en uno hasta que lo deja reducido a nada, entonces elige otro. —Su mano se detuvo sobre el vaso que estaba a punto de sacar del armario—. Lo siento —dijo con rigidez—. No me había dado cuenta.

Anna dejó el bolso.

—¿De qué?

—De que me estaba moviendo en tu cocina como si fuera la mía.

Vaya, pensó Anna, ahí estaba el problema. Dos mujeres, una casa. Ambas se sentían un poco incómodas en esa situación. Sacó un tomate grande de la bolsa, lo miró y lo dejó en la encimera. El año próximo trataría de cultivarlos ella misma.

—¿Sabes lo que me gustó de esta casa la primera vez que entré en la cocina? Es el tipo de sitio en que resulta fácil sentirse como en casa. Yo no querría que eso cambiara.

Siguió sacando cosas de la bolsa y fue colocando la verdura, cuidadosamente elegida, en la encimera.

Grace tuvo que morderse la lengua para no mencionar que a Ethan no le gustaban los champiñones cuando Anna colocó una bolsa de ellos junto a los pimientos.

—Ahora es tu casa —dijo con lentitud—. Querrás llevarla a tu manera.

—Eso es verdad. Y estoy pensando en hacer algunos cambios. ¿Te importaría ponerme un poco de ese agua? Tiene un aspecto maravilloso.

Aquí viene, pensó Grace. Cambios. Sirvió dos vasos y luego cogió la taza de plástico de la encimera para ponerle un poco a Aubrey.

—Toma, cariño, con cuidado, no se vaya a derramar.

—¿No me vas a preguntar qué cambios quiero hacer? —preguntó Anna.

—No me corresponde.

—¿Desde cuándo nos corresponden unas cosas y otras no? —insistió Anna con la suficiente irritación como para contrariar a Grace.

—Yo trabajo para ti, al menos por el momento.

—Si me vas a decir que lo dejas, de veras me vas a dar el día. No me importa cuánto hayan avanzado las mujeres, si yo me quedo sola en esta casa con cuatro hombres, terminaré haciendo el noventa por ciento de las tareas. Quizá no al principio —continuó, ahora dando vueltas por la cocina—, pero así es como vamos a terminar. Dará igual que yo tenga un trabajo a tiempo completo. Cam odia las tareas de la casa y hará lo que pueda para escaquearse. Ethan es bastante ordenado, pero tiene la costumbre de escurrir el bulto. Y Seth, bueno, tiene diez años, así que con eso te lo digo todo. Phillip sólo está aquí los fines de semana, y alegará que él no ha sido quien ha ensuciado. —Se giró rápidamente y dijo—: ¿Vas a decirme que lo dejas?

Era la primera vez que Grace veía exaltarse a Anna, y se sintió confusa e impresionada.

—Creía que habías dicho que ibas a hacer algunos cambios y que me ibas a despedir.

—Estoy pensando en comprar algunos cojines nuevos y en cambiar la tapicería del sofá —dijo Anna con impaciencia—, no en perder a la persona de la que ya sé que voy a depender para mantener la cordura en esta casa. ¿Te crees que no sé quién se aseguró de que al llegar no me encontrara una casa llena de polvo y cacharros sucios y ropa por lavar? ¿Te parezco gilipollas o qué?

—No, yo… —El comienzo de una sonrisa se insinuó en los labios de Grace—. Me lo curré para que lo notaras.

—Vale. —Anna soltó aire—. ¿Por qué no nos sentamos y empezamos de nuevo?

—Eso estaría bien. Perdóname.

—¿Por qué?

—Por todas las cosas desagradables que me he permitido pensar de ti en los últimos días. —Sonrió plenamente mientras se sentaba—. Me había olvidado de lo bien que me caías.

—Grace, aquí estoy en minoría. La compañía de otra mujer me puede venir muy bien. No sé exactamente cómo se hacen estas cosas y puesto que yo soy la extraña…

—No eres una extraña. —Grace casi se quedó boquiabierta por la sorpresa—. Eres la esposa de Cam.

—Y tú has sido parte de su vida, de las vidas de todos, durante mucho más tiempo. —Volvió las manos con las palmas hacia arriba y sonrió—. Vamos a aclarar esto, para que luego podamos olvidarnos de ello. Lo que quiera que hayas estado haciendo aquí, a mí me va de maravilla. Agradezco el saber que tú te ocupas de ello, para que yo pueda concentrarme en mi matrimonio, mi trabajo y Seth. ¿Nos entendemos?

—Sí.

—Y puesto que mi instinto me dice que eres una mujer bondadosa y comprensiva, te voy a confesar que te necesito mucho más de lo que me necesitas tú a mí. Y voy a encomendarme a tu misericordia.

La risa rápida y fácil hizo aparecer hoyitos poco profundos en las mejillas de Grace.

—No creo que haya nada que tú no puedas hacer.

—Puede que no, pero te juro por Dios que no quiero ser una superwoman. No me dejes sola con todos estos hombres.

Grace se mordió el labio un momento.

—Si vas a cambiar la tapicería del sofá del salón, vas a necesitar cortinas nuevas.

—Estaba pensando en unas con volantes.

En total acuerdo, intercambiaron una sonrisa deslumbrante.

—¡Mamá, quiero pis!

—¡Vaya! —Grace se levantó de un salto y cogió en brazos a Aubrey, que bailaba como una posesa—. Ahora volvemos.

Anna se echó una risita, luego se incorporó, se quitó la chaqueta y se preparó para comenzar con la salsa. Ese tipo de cocina, la familiar, la cotidiana, la relajaba. Y, dado que no le cabía ninguna duda de que le conseguiría puntos extra con los Quinn cuando volvieran a casa, tenía intención de disfrutar.

También le complacía haber forjado la base de una amistad con Grace. Deseaba ese beneficio que conceden las ciudades pequeñas o la vida en el campo: los vecinos. Una de las razones por las que no se había encontrado a gusto en Washington era la falta de conexión con la gente que vivía y trabajaba a su alrededor. Cuando se trasladó a Princess Anne, encontró parte de esa comodidad de vecindario de toda la vida con la que había crecido en el barrio tradicional donde residían sus abuelos, en Pittsburgh.

Y ahora, pensó, se le ofrecía la oportunidad de hacerse amiga de una mujer a la que admiraba y de cuya compañía podría disfrutar.

Cuando Grace y Aubrey volvieron a la cocina, sonrió.

—He oído que acostumbrar a los niños a usar el baño puede ser una pesadilla para todos los implicados.

—Hay aciertos y errores. —Grace le dio a Aubrey un rápido abrazo antes de dejarla en el suelo—. Aubrey es una niña muy buena, ¿a que sí, cariño mío?

—No me he mojado las braguitas. Así que recibo un centavo para la hucha.

Cuando Anna se rió a carcajadas, Grace hizo una mueca simpática.

—Y el chantaje funciona.

—Cuentas con todo mi apoyo.

—Tendría que terminar por aquí.

—¿Tienes prisa?

—La verdad es que no. —Con cautela, Grace le echó una mirada al reloj de la cocina. Según sus cálculos, Ethan aún tardaría una hora al menos en regresar.

—Quizá podrías hacerme compañía mientras preparo la salsa.

—Supongo que sí. —Hacía…, ya no se acordaba de cuánto hacía que no se sentaba en la cocina con otra mujer. La sencillez del acto casi la hizo suspirar—. Hay un programa de la tele que le gusta a Aubrey y está a punto de empezar. ¿Qué tal si la siento en el salón para que lo vea? Cuando acabe, terminaré de pasar el aspirador.

—Estupendo. —Anna dejó caer los tomates en la cazuela para que se hicieran a fuego lento y se ablandaran.

—Nunca he hecho salsa de espagueti desde cero —comentó Grace cuando regresó—. Quiero decir, usando tomates frescos.

—Lleva más tiempo pero vale la pena. Grace, espero que no te moleste, pero me han contado lo que sucedió la otra noche en el bar donde trabajas.

La sorpresa le hizo parpadear y se olvidó de tomar nota de los ingredientes que Anna había dispuesto en la encimera.

—¿Te lo ha contado Ethan?

—No. A Ethan hay que sacarle las palabras con gancho para que te cuente algo. —Anna se limpió las manos en el delantal que se había puesto—. No quiero entrometerme, pero tengo cierta experiencia sobre acoso sexual. Quiero que sepas que puedes hablar conmigo si lo necesitas.

—No fue tan malo como pudiera haber sido. Si Ethan no llega a estar allí… —Se interrumpió, descubrió que recordarlo aún le dejaba una sensación helada en su interior—. Bueno, pero estaba. Yo habría tenido que tener más cuidado.

Anna volvió por un instante a una carretera oscura, el mordisco de la grava en su espalda después de que la tiraran al suelo.

—Es un error echarse la culpa.

—No, no, yo no…, no de esa forma. Yo no me merecía lo que trató de hacerme. No le animé. De hecho, le dejé muy claro que no me interesaba ni él ni su cama de hotel. Pero tendría que haber echado el cerrojo cuando se fue Steve. No lo pensé y eso fue un descuido.

—Me alegro de que no salieras herida.

—Podría haber sido así. No puedo permitirme esos descuidos. —Miró hacia la puerta de donde llegaba la música chillona y la risa cristalina de Aubrey—. Hay demasiado en juego para mí.

—Ser madre soltera no es nada fácil. A menudo veo los problemas que pueden surgir en esas circunstancias. A ti se te da de maravilla.

Ahora no era sorpresa, era impresión. Nadie le había dicho nunca algo parecido.

—Pues…, no sé. Simplemente lo hago.

—Sí. —Anna sonrió—. Mi madre murió cuando yo tenía once años, me tuvo sin estar casada. Cuando miro hacia atrás y lo recuerdo, me doy cuenta de que a ella también se le daba muy bien. Como tú, simplemente lo hacía. Espero que cuando yo tenga hijos, se me dé la mitad de bien el «simplemente hacerlo» que a vosotras dos.

—¿Estáis planeando Cam y tú tener un hijo?

—A mí se me da bien lo de planear —comentó Anna riéndose—. De momento, quiero esperar un poco, pero sí, deseo tener hijos. —Miró por la ventana al lugar donde brotaban las flores que había plantado—. Éste es un sitio maravilloso para criar hijos. ¿Conociste a Ray y Stella Quinn?

—Sí, cómo no. Eran unas personas maravillosas. Aún los echo de menos.

—Me habría gustado conocerlos.

—Les habrías caído bien.

—¿Tú crees?

—Les habrías caído bien por ti misma —le dijo Grace—. Y te habrían querido por lo que has hecho por la familia. Has contribuido a unirlos. Creo que, durante cierto tiempo, se sintieron un poco perdidos cuando murió la doctora Quinn. Quizá cada uno tenía que seguir su camino, del mismo modo que todos tenían que regresar.

—Ethan se quedó.

—Él ha echado raíces aquí, en el agua, como la hierba de mar. Pero también anduvo a la deriva. Su casa está en la curva que describe el río más allá del puerto.

—No la he visto nunca.

—Está escondida —murmuró Grace—. A él le gusta la intimidad. A veces, en una noche tranquila, si iba a dar un paseo cuando estaba embarazada de Aubrey, le oía tocar el violín. Si el aire soplaba en la dirección adecuada, alcanzaba a oír la melodía. Era muy solitaria. Bella y solitaria.

Los ojos deslumbrados por el amor eran capaces de ver ciertas cosas con total claridad.

—¿Desde cuándo estás enamorada de él?

—Parece que toda mi vida —susurró Grace, luego se dio cuenta—. No quería decir eso.

—Demasiado tarde. ¿No se lo has dicho?

—No. —Ante la sola idea, el corazón de Grace se le agarrotó de pánico—. No debería hablar de esto. A él no le gustaría. Le daría mucha vergüenza.

—Bueno, pero él no está aquí, ¿no? —Divertida y encantada, Anna sonrió ampliamente—. A mí me parece maravilloso.

—No, no lo es. Es horrible. Es sencillamente horrible. —Horrorizada, se puso una mano en la boca para detener un repentino e inesperado torrente de lágrimas—. Lo he estropeado. Lo he estropeado todo y ahora él no quiere ni estar cerca de mí.

—Ay, Grace. —Inundada de compasión, Anna dejó de cortar verduras para acoger en un estrecho abrazo a Grace, que se había puesto tensa, y luego la empujó suavemente hacia una silla—. No puedo creerlo.

—Es cierto. Me dijo que me mantuviera apartada de él. —Se le quebró la voz y se sintió humillada—. Lo siento. No sé lo que me ha pasado. Yo nunca lloro.

—Bueno, entonces ya era hora de que cambiaras la tradición. —Anna cogió un par de servilletas de papel de cocina y se las ofreció—. Venga, te sentirás mejor.

—Me siento tan tonta… —Una vez rota la presa, Grace sollozó en la servilleta.

—No hay nada por lo que sentirse tonta.

—Sí lo hay, lo hay. Yo he hecho que ya no podamos seguir siendo amigos.

—¿Cómo? ¿Qué has hecho? —preguntó Anna con suavidad.

—Me ofrecí a él. Supongo que creí, después de la noche que me besó…

—¿Que te besó? —repitió Anna y al momento comenzó a sentirse mejor.

—Estaba furioso. —Grace apretó el rostro contra la servilleta, respirando hondo hasta que pudo recobrar cierto control—. Fue después de lo que pasó en el bar. Nunca le había visto así. Le conozco prácticamente de toda la vida y no sabía que pudiera ponerse así. Si no le conociera, me habría asustado la forma en que apartó al tipo aquel de un golpe, como si fuera una bolsa de plumas. Y tenía una mirada en los ojos que los hacía duros y extraños y… —Suspiró y admitió lo peor—. Excitantes. Ay, es horrible pensar eso.

—¿Estás bromeando? —Anna alargó una mano y apretó la de Grace—. Si yo ni siquiera estaba y también me siento excitada.

Con una sonrisa llorosa, Grace se secó el rostro.

—No sé lo que me pasó, pero él me gritó. Yo me enfadé y discutimos cuando me llevó a casa. Me dijo que debería dejar mi trabajo, hablándome como si yo no tuviera ni una neurona en el cerebro.

—La típica reacción masculina.

—Eso es. —De pronto se volvió a enfadar y asintió—. Era totalmente típico, y eso nunca me lo hubiera esperado de él. Y de repente estábamos dando vueltas en la hierba.

—¿De verdad? —Encantada, Anna sonrió.

—Me besó y yo le besé también y fue maravilloso. Toda mi vida me había preguntado cómo sería y de repente ahí estaba y era mejor que todo lo que me pudiera haber imaginado. Después se detuvo y dijo que lo sentía.

Anna cerró los ojos.

—Ay, Ethan, qué idiota eres...

—Me dijo que me metiera dentro, pero justo antes de que lo hiciera me dijo que pensaba en mí. Que no quería hacerlo, pero que lo hacía. Así que yo esperaba que las cosas comenzaran a cambiar.

—Yo diría que ya han cambiado.

—Sí, pero no del modo que yo esperaba. El día que Cam y tú volvisteis, yo estaba aquí cuando él regresó a casa. Y parecía que, tal vez..., pero me llevó de vuelta a casa. Me dijo que lo había pensado mucho y que no me iba a tocar más, y que me mantuviera apartada de su camino durante un tiempo. —Soltó aire y añadió—: Y eso es lo que estoy haciendo.

Anna esperó durante un minuto, después sacudió la cabeza.

—Ay, Grace, eres una idiota. —Cuando ésta frunció el ceño, Anna se inclinó sobre la mesa—. Está claro que Ethan te desea y eso le da miedo. Tú tienes el poder. ¿Por qué no lo usas?

—¿El poder? ¿Qué poder?

—El poder de conseguir lo que deseas, si lo que deseas es a Ethan Quinn. Sólo tienes que conseguir estar a solas con él y seducirle.

Grace emitió una sonrisa burlona.

—¿Seducirle? ¿Yo, seducir a Ethan? Yo no podría hacer eso.

—¿Por qué no podrías hacerlo?

—Porque yo… —Tenía que existir una razón simple y lógica—. No sé. No creo que se me diera bien.

—Apuesto a que se te daría de maravilla. Y yo te voy a ayudar.

—¿Ah, sí?

—Claro. —Anna se incorporó para darle una vuelta a la salsa y para reflexionar—. ¿Cuándo es tu próxima noche libre?

—Mañana.

—Estupendo, eso nos deja el tiempo suficiente. Me quedaría con Aubrey para que durmiera aquí, pero eso podría hacerlo demasiado obvio y es mejor que seamos sutiles. ¿Tienes a alguien a quien puedas confiársela?

—Mi madre está deseando que se la deje, a dormir, pero no podría…

—Perfecto. Con la niña en la casa podrías sentirte un poco cohibida. Ya pensaré cómo conseguir que Ethan vaya para allá.

Se volvió y estudió a Grace. Una belleza clásica, sosegada. Ojos grandes, tristes. Ethan estaba perdido.

—Tienes que ponerte algo sencillo pero femenino. —Pensando, se golpeó los dientes con la yema de un dedo—. Lo mejor sería un tono pastel, un color frágil, verde suave o rosa.

Como la cabeza comenzaba a darle vueltas, Grace se puso una mano en ella.

—Vas demasiado rápido.

—Bueno, alguien tiene que hacerlo. A este paso, Ethan y tú seguiréis rondándoos cuando tengáis sesenta años. No te pongas joyas —añadió—. Y el mínimo de maquillaje. Ponte tu perfume de siempre. Ethan está acostumbrado a él, le transmitirá algo.

—Anna, no importa lo que yo me ponga si él no quiere estar allí.

—Por supuesto que importa. —Como mujer que mantenía una larga historia de amor con la ropa, esa idea la escandalizó—. Los hombres creen que no notan lo que lleva una mujer, a menos que no lleve nada. Pero lo hacen inconscientemente. Y consigue desencadenar un cierto estado de ánimo o una cierta imagen.

Frunciendo los labios, le añadió albahaca fresca a la salsa y sacó una sartén para saltear cebolla y ajo.

—Trataré de mandarle a tu casa en torno a la puesta de sol. Deberías encender algunas velas, poner algo de música. A los Quinn les gusta la música.

—¿Qué le voy a decir?

—Ahí sí que ya no te puedo ayudar, Grace —dijo Anna secamente—. Y me apuesto a que lo sabrás cuando llegue el momento.

Grace no estaba muy convencida. A medida que nuevos aromas perfumaban el aire, se mordió el labio.

—Me parece que le estoy engañando.

—¿Y qué me quieres decir con eso?

Grace se rió. Y se dio por vencida.

—Tengo un vestido rosa. Me lo compré para la boda de Steve hace un par de años.

Anna la miró girando la cabeza.

—¿Qué tal te queda?

—Bueno… —Los labios de Grace se curvaron lentamente—. El testigo de boda de Steve me tiró los tejos antes de que cortaran la tarta.

—Ése será perfecto.

—Sigo sin… —Grace se interrumpió cuando su oído de madre captó la música de campanillas que llegaba del salón—. Está terminando el programa de Aubrey. Tengo que acabar por aquí.

Se levantó rápidamente, asustada ante la idea de que Ethan volviera a casa antes de que ella se fuera. Seguro que todo lo que sentía se le podía ver en la cara.

—Anna, te agradezco todo lo que estás tratando de hacer, pero no creo que funcione. Ethan sabe lo que piensa.

—Entonces no le hará daño ir a tu casa y verte con un vestido rosa, ¿no?

Grace dejó escapar un poco de aire.

—¿Llega a ganar Cam alguna discusión contigo?

—Muy de vez en cuando, pero nunca cuando me encuentro en plena forma.

Grace se acercó a la puerta, consciente de que a Aubrey le quedaba muy poco tiempo de estar sentada formalita.

—Me alegro de que hoy hayas vuelto pronto del trabajo.

Anna golpeó la tapa de la cazuela con la cuchara de madera.

—Yo también.

10

El día siguiente, a medida que se acercaba el crepúsculo, Grace no estaba segura de alegrarse en absoluto. Sus nervios estaban tan tensos que podía sentirlos estirarse y burbujear bajo la piel. Su estómago se agitaba continuamente y la cabeza le empezaba a palpitar con un ritmo agudo e insistente.

Sería estupendo, pensó asqueada, que Anna consiguiera que Ethan viniera y ella se arrojara a sus pies enferma y balbuceante.

Eso resultaría seductor.

Nunca debería haber accedido a esa tontería, se dijo de nuevo caminando arriba y abajo por su pequeña casa. Anna lo había pensado todo tan rápidamente, había conseguido convencerla en tan poco tiempo y lo había puesto todo en marcha de una forma tan hábil, que ella se había dejado arrastrar sin calcular los posibles escollos.

Por Dios bendito, ¿qué le podía decir si aparecía? Aunque probablemente no aparecería, pensó, atrapada entre el alivio y la desesperanza. Probablemente él ni siquiera iría y ella habría dejado que su hija pasara la noche fuera para nada.

Todo estaba demasiado silencioso. Como única compañía se oía el sonido de la brisa del anochecer entre los árboles. Si Aubrey hubiera estado allí, donde le correspondía, ahora mismo le estaría leyendo su cuento de irse a dormir. Estaría toda lavadita, con sus polvos de talco, y hecha un ovillo en sus brazos en la mecedora. Cómoda y adormecida.

Cuando escuchó su propio suspiro, Grace apretó los labios fuerte y se dirigió al pequeño equipo estéreo que tenía en la estantería amarilla de pino del salón. Eligió unos CDs de su colección, un capricho por el que se negaba a sentirse culpable, y dejó que la casa se llenara con las notas románticas y conmovedoras de Mozart.

Caminó hasta la ventana para contemplar el sol, que descendía por el cielo. La luz se iba suavizando, diluyéndose tono a tono. En el ciruelo ornamental que decoraba el patio delantero de los Cutter, un chotacabras solitario comenzó a cantarle al ocaso. Ojalá pudiera reírse de sí misma, la tonta de Grace Monroe con su vestido rosa, de pie junto a una ventana esperando una estrella a la que pedirle un deseo.

Pero bajó la frente hasta el cristal, cerró los ojos y se recordó a sí misma que no tenía edad para pedir deseos.

Anna pensó que se le habría dado muy bien el juego del espionaje. Había mantenido sus planes

en secreto, a pesar de que deseaba desesperadamente soltárselo todo a Cam.

Pero tuvo que recordarse que él era un hombre, después de todo. Y además, hermano de
Ethan, lo que era otro punto en su contra. Eso era
cosa de mujeres. Pensó también que había sido
muy sutil al vigilar a Ethan. No se le iba a escapar
justo después de cenar, como era su costumbre. Ni
se le pasaría por la cabeza el que su cuñada le estaba manteniendo estrictamente controlado.

La idea del helado había sido una inspiración
repentina. Había comprado una tarrina grande por
el camino de vuelta a casa y ahora sus tres hombres,
como le gustaba llamarlos, estaban sentados en el
porche trasero con sus cuencos de Rocky Road.

Oportunidad y ejecución, se dijo, y se frotó las
manos antes de salir al porche.

—Va a hacer calor esta noche. Parece mentira
que ya casi estemos en julio.

Se dirigió hasta la barandilla del porche para
apoyarse en ella y echar un vistazo a sus arriates de
flor. Va estupendamente, pensó con virtuosa satisfacción.

—Se me ha ocurrido que podríamos hacer una
barbacoa en el patio trasero el día cuatro.

—En el puerto hay fuegos artificiales —intervino Ethan—. Cada año, media hora después de la
puesta de sol. Se pueden ver desde aquí, desde el
porche.

—¿De veras? Eso sería perfecto. ¿No sería divertido, Seth? Podrías invitar a tus amigos y pre-
pararíamos hamburguesas y perritos calientes.

—Eso mola. —Seth ya estaba rebañando su cuenco y pensando cómo pedir más.

—Tenemos que buscar las herraduras —decidió Cam—. ¿Las tenemos todavía, Ethan?

—Sí, por ahí andan.

—Y música. —Anna se giró lo suficiente para rozar la rodilla de su esposo—. Podríais tocar los tres juntos. No tocáis lo suficientemente a menudo para mi gusto. Tendré que hacer una lista. Tendréis que decirme a quién deberíamos invitar. Y la comida. Ay, la comida. —Fingió muy bien una aturdida irritación mientras se alejaba de la barandilla—. ¿Cómo he podido olvidarme? Le prometí a Grace cambiarle mi receta de tortellini por la suya de pollo frito.

Corrió adentro a coger el cuaderno de anillas donde había escrito claramente la receta, algo que no había hecho nunca, y luego volvió corriendo con sonrisas de disculpa.

—Ethan, ¿podrías llevársela?

Él se quedó mirando la pequeña tarjeta blanca. Si no hubiera estado sentado, se habría metido las manos en los bolsillos.

—¿Qué?

—Le prometí llevársela hoy y se me había pasado por completo. Se la llevaría yo, pero todavía tengo que terminar un informe. Estoy deseando probar ese pollo frito que hace ella —continuó rápidamente, poniéndole la receta en la mano y luego casi tirando de él para que se pusiera de pie.

—Es un poco tarde.

—Pero si no son ni las nueve. —«Que no le dé tiempo a pensar. Que no le dé tiempo a encontrar los fallos.» Le metió en la casa usando sonrisas y aleteos de pestañas para hacer que avanzara—. Te lo agradezco de veras. Últimamente estoy muy despistada. La mayor parte del tiempo ando de cabeza. Dile cuánto siento no habérsela llevado antes y que no deje de contarme qué tal le queda cuando la pruebe. Muchísimas gracias, Ethan —añadió alzándose para hacerle una leve caricia cariñosa en la mejilla—. Me encanta tener hermanos.

—Bueno… —Se sentía confuso, casi desolado, pero la forma en que ella lo dijo, la forma en que sonreía al hacerlo, le dejó indefenso—. Ahora vuelvo.

«No creo», pensó Anna con una risita sabiamente controlada, mientras le despedía alegremente. En el momento en que la camioneta desapareció de su vista, se limpió las manos frotándolas una contra la otra. Misión cumplida.

—¿Qué coño ha sido eso? —exigió Cam, haciendo que ella diera un salto de sorpresa.

—No sé a qué te refieres. —Habría pasado de largo y se habría metido en casa, pero él dio un paso y le bloqueó el camino.

—Venga ya, sí que lo sabes. —Intrigado, inclinó la cabeza a un lado. Anna trataba de parecer inocente, pero no le salía del todo. Demasiado regocijo en sus ojos—. Así que intercambiando recetas, ¿eh, Anna?

—¿Qué pasa? —Ella alzó un hombro—. Soy muy buena cocinera.

—No te lo discuto, pero no eres de las que tienen que intercambiar recetas con toda urgencia, y si hubieras estado tan empeñada en pasarle una a Grace, habrías tirado del teléfono, que es algo que no has dejado que Ethan notara, pues estabas demasiado ocupada pestañeando y hablando en seductores susurros como una imbécil sin cerebro.

—¿Una imbécil?

—Que no eres —continuó, mientras la hacía retroceder lentamente hasta acorralarla contra la barandilla del porche—. En absoluto. Astuta, inteligente, sagaz. —Le colocó las manos a ambos lados de las caderas para sujetarla—. Eso es lo que eres.

Era un gran cumplido, suponía.

—Muchas gracias, Cameron. Ahora la verdad es que tengo que ponerme con el informe.

—Ya. ¿Por qué has engañado a Ethan para que fuera a casa de Grace?

Anna se apartó el pelo y le dirigió una mirada inexpresiva directamente a los ojos.

—Yo diría que un tío astuto, inteligente y sagaz como tú tendría que ser capaz de deducirlo por sí mismo.

Cam frunció las cejas.

—Tú estás tratando de iniciar algo entre ellos.

—Ya hay algo entre ellos, pero tu hermano es más lento que una tortuga coja.

—Es más lento que una tortuga coja con gafas bifocales, pero así es Ethan. ¿No crees que deberían montárselo a su manera?

—Lo que necesitan es pasar cinco minutos a solas, y eso es lo que yo he hecho, conseguir que

221

pasaran unos minutos a solas. Además —deslizó los brazos en torno al cuello de Cam—, nosotras, las mujeres inmensamente felices, queremos que todo el mundo sea también inmensamente feliz.

Cam arqueó una ceja.

—¿Te crees que con eso me vas a convencer?

Anna sonrió, luego se inclinó para mordisquearle el labio inferior.

—Sí.

—Tienes razón —murmuró, y dejó que ella le convenciera.

Ethan llevaba más de cinco minutos sentado en su camioneta. ¿Recetas? Era la cosa más tonta que había oído en su vida. Siempre había pensado que Anna era una mujer sensata, pero allí estaba, mandándole a llevar una receta, por Dios bendito.

Y él aún no estaba preparado para ver a Grace. No es que no hubiera llegado a una decisión al respecto, pero… incluso un hombre racional tiene sus debilidades.

Con todo, no veía cómo iba a salir de ésa, estando ya allí. Se daría prisa. Probablemente ella estaría acostando a la niña, así que le daría la receta y se marcharía.

Como un condenado a muerte, salió del vehículo y se dirigió a la puerta. A través de la mosquitera, podía ver la luz parpadeante de las velas. Movió los pies y notó que sonaba cierta música, algo con llorosas cuerdas y un resonante piano.

Nunca se había sentido más ridículo que ahí plantado, en el porche de Grace con una receta de pasta en la mano, mientras la música se deslizaba por la cálida noche estival.

Llamó golpeando el marco de madera, no demasiado fuerte, para no despertar a Aubrey. Se pensó seriamente lo de meter la tarjeta por debajo de la puerta y salir corriendo de allí, pero sabía que eso sería una cobardía, lisa y llanamente.

Y Anna querría saber por qué no le llevaba la receta de pollo frito de Grace.

Cuando la vio, deseó por Dios todopoderoso haber optado por la salida cobarde.

Grace salió de la cocina, situada en la parte trasera de la casa. Era un sitio diminuto que a Ethan siempre le recordaba a una casita de muñecas, así que no tenía que caminar mucho. A él le pareció que tardaba horas en acercarse a través de esa música, de esa luz.

Llevaba algo rosa pálido que le llegaba a los tobillos, con una línea de menudos botones desde el hueco del cuello hasta el dobladillo que bailaba alrededor de sus pies. Casi nunca la había visto con un vestido, pero en ese momento se sintió tan deslumbrado por la visión que no se cuestionó por qué lo llevaba.

Todo lo que podía pensar es que parecía una rosa, larga, esbelta y a punto de abrirse. Y la lengua se le enredó en la boca.

—Ethan. —A Grace le temblaba la mano ligeramente cuando la alzó para abrir la puerta. Quizá no hubiera hecho falta una estrella a la que pedirle un deseo, después de todo. Porque aquí estaba, de pie, cerca, y la miraba.

—Yo venía… —El perfume de Grace, que le resultaba tan familiar como el suyo propio, pareció enredarse en torno a su cabeza—. Anna te manda… Me ha pedido que te traiga esto.

Confusa, Grace tomó la tarjeta que él le tendía. Al ver la receta, tuvo que morderse la parte interna de la mejilla para no reírse. Sus nervios retrocedieron lo suficiente como para que los ojos sonrieran cuando los alzó hacia él.

—¡Qué amable de su parte!

—¿Tienes la suya?

—¿La suya?

—La que ella quiere. La del pollo.

—Ah, sí. La tengo en la cocina. Entra mientras la busco. —¿Qué del pollo?, se preguntó, casi mareada por la risa contenida que, de escapársele, sonaría más bien histérica—. El guiso, ¿no?

—No. —Ella poseía una cintura tan estrecha, pensó él, unos pies tan finos…—. Frito.

—Ah, sí, ya sé. Es que ando tan despistada últimamente…

—Debe de ser una epidemia —musitó él. Decidió que era más seguro mirar a cualquier otra cosa que no fuera ella. Notó un par de gruesas velas blancas que ardían en la encimera—. ¿Se te han fundido los plomos?

—¿Cómo?

—¿Qué le pasa a la electricidad?

—Nada. —Notó que se ponía colorada. No tenía la receta de pollo frito escrita en ninguna parte.

¿Por qué habría de hacerlo? Cuando había que prepararlo, simplemente se hacía lo mismo que se había hecho la vez anterior—. A veces me gusta encender las velas. Van bien con la música.

Ethan se limitó a gruñir, deseando que se diera prisa para poder salir pitando de allí.

—¿Ya has acostado a Aubrey?

—Se ha quedado a dormir en casa de mi madre.

Sus ojos, que habían estado estudiando el techo con toda meticulosidad, descendieron como un rayo hasta encontrarse con los de Grace.

—¿Que no está aquí?

—No. Es la primera vez que duerme fuera de casa. Ya he llamado dos veces. —Sonrió levemente y sus dedos comenzaron a juguetear con el botón superior de un modo que a Ethan se le hizo la boca agua—. Ya sé que sólo está a unas pocas millas y tan segura como en su propia cuna, pero no he podido evitarlo. La casa me parece tan distinta sin ella aquí…

«Peligrosa» habría sido la palabra que él habría usado. La casita de muñecas era de repente tan letal como un campo minado. No había ninguna niña inocente durmiendo en el cuarto de al lado. Estaban solos, con música y velas que parpadeaban.

Y Grace llevaba un vestido rosa pálido que estaba pidiendo que le desabrochara todos esos pequeños botones blancos, uno tras otro tras otro…

Las yemas de sus dedos comenzaron a experimentar un deseo vehemente.

—Me alegro de que hayas pasado por aquí. —Aferrándose a su valentía, Grace avanzó un paso y trató de recordar que el poder era suyo—. Me sentía un poco triste.

Ethan retrocedió un paso. Ahora el deseo vehemente se extendió más allá de las yemas de los dedos.

—He dicho que volvería enseguida.

—Podrías quedarte para… tomar un café o lo que sea.

¿Café? Si su organismo se excitaba más de lo que ya estaba en ese momento, se le saldrían las entrañas por la piel para bailar una danza salvaje.

—No creo que…

—Ethan, no puedo mantenerme alejada de ti del modo que tú me pediste. St. Chris es demasiado pequeño y nuestras vidas están demasiado entrelazadas. —Sentía en su garganta el pulso, que palpitaba contra la piel en golpes duros e insistentes—. Y además no quiero hacerlo. No quiero mantenerme apartada de ti, Ethan.

—Ya te dije que tenía mis razones. —Y se acordaría de cuáles eran en cuanto ella dejara de mirarle con esos enormes ojos verdes—. Sólo lo hago por tu bien, Grace.

—No necesito que lo hagas por mi bien, Ethan. Somos adultos, tanto tú como yo. Estamos solos, tanto tú como yo. —Se acercó. Le llegó el aroma del jabón con el que se había duchado tras el trabajo, pero por debajo, como siempre, se apreciaba el olor de la bahía—. Esta noche no quiero estar sola.

Ethan retrocedió. Si no la conociera, diría que le estaba acosando.

—Estoy decidido, Grace. —Pero maldita sea, no era lo que estaba dentro de su cabeza lo que trabajaba de más, era lo que estaba dentro de sus pantalones—. Simplemente mantente alejada.

—Tengo la sensación de que no he hecho otra cosa durante toda mi vida. Quiero avanzar, Ethan, sea lo que sea lo que eso signifique. Estoy cansada de mantenerme alejada, o de quedarme quieta. Si tú no me deseas, tendré que asumirlo. Pero si me deseas… —Se movió aún más cerca y alzó una mano que le colocó sobre el corazón. Entonces descubrió que latía desenfrenado—. Si me deseas, Ethan, ¿por qué no me tomas?

Él retrocedió hasta chocarse con la encimera.

—Detente. No sabes lo que estás haciendo.

—Claro que sé lo que estoy haciendo —estalló ella, furiosa con él y consigo misma—. Sólo que no lo debo de estar haciendo muy bien, ya que parece que tú preferirías escalar la pared de mi cocina antes que ponerme un solo dedo encima. ¿Qué crees que me va a pasar, que me voy a romper en mil pedazos? Soy una mujer adulta, Ethan. He estado casada. He tenido una hija. Sé lo que te estoy pidiendo y sé lo que quiero.

—Sé que eres una mujer adulta, Grace. Tengo ojos.

—Entonces úsalos y mírame.

¿Cómo podía hacer otra cosa? ¿Cómo había podido creer que sería capaz de hacerlo? Allí, de pie entre la luz y la sombra, estaba todo lo que anhelaba.

—Te estoy mirando, Grace. —Con la espalda contra la pared, pensó. Con el corazón en la garganta.

—Aquí tienes a una mujer que te desea, Ethan. Una mujer que te necesita. —Grace vio que sus ojos cambiaban al oír esto, que su mirada se volvía más aguda, más oscura, más concentrada. Respirando entrecortadamente, retrocedió—. Tal vez yo soy lo que tú deseas. Lo que tú necesitas.

Ethan se temía que ella era todo eso, y que repetirse que podía prescindir de ella había sido un ejercicio inútil. Tenía un aspecto tan adorable, toda dorada y rosa a la luz de las velas, con los ojos tan claros y sinceros.

—Sé que lo eres —dijo por fin—. Pero se suponía que eso no tenía por qué cambiar nada.

—¿Tienes que pensar todo el tiempo?

—Se me está haciendo cada vez más duro —murmuró—. En este preciso momento.

—Entonces, déjalo. Dejemos de pensar. —Aunque la sangre seguía palpitando en su cerebro, mantuvo la mirada enlazada con la de Ethan. Y alzó las manos, unas manos temblorosas, hasta el botón superior del vestido.

Ethan la vio desabrocharlo, y se mareó ante el modo en que ese único gesto, un gesto tan sencillo, esos pocos centímetros de piel que descubría, le hacían sentirse cargado de electricidad. Los pulmones se le bloquearon, la sangre le ardió, y sus necesidades, todas sus necesidades enterradas durante tanto tiempo, rogaron ser liberadas.

—Detente, Grace. —Lo dijo con suavidad—. No hagas eso.

Las manos de la joven cayeron a ambos lados, derrotadas, y cerró los ojos.

—Déjame que lo haga yo.

Sus ojos se abrieron con un parpadeo, luego contemplaron asombrados la seria mirada de él mientras se acercaba a ella. Grace tomó aliento entrecortadamente y lo contuvo.

—Siempre he querido hacerlo —susurró, y dejó libre el siguiente botón.

—¡Oh! —El aliento que había contenido salió de forma entre abrupta y sollozante—. Ethan.

—Eres tan bonita… —Ella ya estaba temblando. Él bajó la cabeza para rozar sus labios en un beso suave y reconfortante—. Eres tan suave, y mis manos son tan ásperas… —Mirándola, le acarició la mejilla y el cuello con los nudillos—. Pero no voy a hacerte daño.

—Lo sé. Sé que no vas a hacerme daño.

—Estás temblando. —Abrió otro botón, luego otro.

—No puedo remediarlo.

—No me importa. —Con paciencia, fue desabrochando los botones hasta la cintura—. Creo que en mi interior sabía que, si entraba aquí esta noche, no sería capaz de alejarme de nuevo.

—Yo deseaba que entraras. Llevo mucho tiempo deseándolo.

—Yo también. —Los botones eran tan pequeños, y sus dedos tan grandes… La piel de ella, donde se abría el vestido, donde rozaba el borde de su pulgar, era tan suave y estaba tan cálida…—. Dime si hago algo que no te guste. O si no hago algo que te gustaría.

El sonido que ella emitió era en parte gemido, en parte risa.

—Dentro de un minuto no voy a ser capaz de hablar. Tengo que recobrar el aliento. Pero me gustaría que me besaras.

—Iba a hacerlo.

La mordisqueó suave, seductoramente, porque no se había tomado su tiempo la primera vez que la besó. Ahora se entretendría, saborearía, encontraría un ritmo apropiado para los dos. Cuando el suspiro de ella llenó su boca, estaba cargado de dulzura. Abrió más botones y dejó que el beso se alargara y se hiciera más profundo.

No la tocó en ningún sitio más, todavía no. Sólo boca contra boca con sabores mezclados. Cuando ella se balanceó, alzó la cabeza y la miró a los ojos. Empañados ya, cargados y alerta.

—Quiero contemplarte.

Lentamente, centímetro a centímetro, dejó que el vestido se le deslizara de los hombros. Eran morenos, fuertes, con una forma grácil. Siempre había creído que ella tenía los hombros más bellos y ahora se concedió el placer de saborearlos.

El sonido que salió de su garganta le dijo que se sentía sorprendida y complacida por ese detalle. Él tenía mucho más que darle.

Nadie la había tocado de ese modo, como si fuera algo especial y muy preciado. Lo que ese contacto despertó en ella era algo tan nuevo y tan cálido… Su piel se volvió más suave y se hizo más sensible bajo la caricia de sus labios, al tiempo que la sangre por debajo comenzaba a espesarse y a fluir más despacio. Cuando el vestido cayó deslizándose en torno a sus pies, se limitó a suspirar.

Cuando él retrocedió, ella se le quedó mirando embelesada. Sus pestañas aletearon, el pulso saltó cuando él le acarició levemente el pecho por encima del sencillo sujetador de algodón. Tuvo que morderse el labio para contener un gemido cuando le abrió la prenda y le sostuvo el pecho entre las manos.

—¿Quieres que pare?

—¡Dios mío! —Su cabeza cayó hacia atrás, y esa vez se le escapó el gemido. Los pulgares de trabajador le rozaron los pezones lentamente, una y otra vez—. ¡No!

—Abrázame, Grace. —Habló suavemente, y cuando las manos de ella se alzaron hasta sus hombros y le aferraron, bajó de nuevo su boca hasta la de ella, buscando más esta vez, pidiendo más, hasta que ella se quedó sin fuerzas.

Entonces la alzó entre sus brazos y esperó hasta que ella abriera los ojos de nuevo.

—Voy a tomarte, Grace.

—Gracias a Dios, Ethan.

Él se rió cuando ella escondió el rostro en la curva de su hombro.

—Yo te protegeré.

Por un momento, mientras él la llevaba en brazos, ella pensó en dragones y caballeros. Después se abrió paso el significado más práctico.

—Yo… tomo la píldora. No pasa nada. No he estado con nadie desde Jack.

En su corazón ya lo sabía, pero escucharlo sólo sirvió para acrecentar su necesidad, que iba firmemente en aumento.

Grace tenía también velas encendidas en el dormitorio. Esbeltas velas que surgían de pequeñas conchas blancas. El blanco del cabecero metálico relucía en la suave luz. Margaritas blancas salían de un jarrón de cristal transparente situado en la mesilla.

Ella pensó que la depositaría en la cama, pero él se sentó acunándola, abrazándola, embriagándola con esos besos lentos, interminables, hasta que su pulso latió pesadamente, haciéndose más denso. Entonces las manos comenzaron a moverse.

En cada punto que él tocaba, un pequeño fuego se convertía en ardiente llama. Sus manos encallecidas se deslizaban, le resbalaban por la piel. Largos dedos de yemas ásperas la acariciaban, la apretaban. Ahí, sí, justo ahí.

La barba de un día le rozaba la sensible curva de los pechos mientras su lengua jugueteaba describiendo círculos. Y siempre, siempre, su boca regresaba a la de ella para otro beso interminable que le vaciaba la mente.

Ella tiró de la camisa de él, esperando devolver parte del placer, parte de la magia. Encontró las cicatrices, el músculo y el hombre. El torso era esbelto, los hombros anchos, la piel cálida bajo sus dedos inquisitivos. La brisa suspiraba por la ventana abierta, la llamada del chotacabras intentaba alcanzarla, pero el sonido ya no parecía tan solitario.

Ethan la echó suavemente, acomodó su cabeza en la almohada, después se inclinó para quitarse las botas. La luz dorada pálida de las velas se balanceaba contra las sombras color humo. Las persianas brillaban por encima de ella. Él la miró mientras la mano de ella se alzaba para cubrirse el pecho e hizo una pausa para tomarla y besarle los nudillos.

—No lo hagas —susurró—. Contemplarte es una delicia.

Grace no había pensado que le daría vergüenza, sabía que era ridículo, pero tuvo que ordenarle a su mano que se posara sobre la cama. Cuando Ethan se quitó los vaqueros, ella tuvo que luchar de nuevo con la respiración. Ningún caballero de cuento de hadas poseyó nunca una constitución tan magnífica o soportó sus cicatrices de forma más heroica.

Desesperada de amor, alzó los brazos para recibirle. Ethan se deslizó entre ellos, con cuidado de no apoyarse sobre ella con todo el peso. Era frágil, se recordó, tan esbelta y mucho más inocente de lo que creía.

Cuando la luna se alzó asomando con su luz oblicua por la ventana, comenzó a mostrarle lo que sentía.

Suspiros y murmullos, largas caricias lentas, silenciosos traguitos y bocados. Las manos de Ethan excitaban, asolaban, pero nunca apresuradamente. Las de ella exploraban, admiraban, y se olvidaron de dudar. Él encontró sus puntos más sensibles, la parte inferior del pecho, la rodilla por detrás, el suave y seductor valle poco profundo que había entre los muslos y su centro.

Tan concentrado estaba en ella que su propia y creciente necesidad le tomó por sorpresa con un destello intenso y duro, que arrastró un gemido cuando tomó el pecho en su boca. Grace se arqueó, estremeciéndose ante esa exigencia más cercana al extremo.

Y el ritmo cambió.

Respirando de forma cada vez más irregular, él alzó la cabeza con los ojos fijos en el rostro de ella. Su mano se deslizó entre los muslos y apretó allí, contra el calor. La encontró ya húmeda.

—Quiero verte alcanzar la cumbre.

Jugó con los dedos sobre su piel, dentro de ella, a medida que la respiración se le aceleraba. Placer, pánico, excitación, todas estas emociones le pasaron por el rostro. La miró ascender, cada vez más cerca, más cerca, hasta que su respiración se quebró y luego se liberó en un grito estrangulado cuando alcanzó la cima.

Grace trató de sacudir la cabeza para aclarar la mente, pero seguía deliciosamente mareada. El cuarto, tan familiar, daba vueltas en una nube, de forma que sólo el rostro de él aparecía clara, realmente. Se sintió embriagada, aturdida y excitada más allá de lo expresable.

Eso, por fin, era el amor como ella lo había soñado.

Su piel tembló mientras él se deslizaba lentamente por su cuerpo, dejando con su boca un rastro de calor y humedad.

—Por favor. —No bastaba. Incluso esto no bastaba. Grace anhelaba el apareamiento, la unión, la intimidad última—. Ethan. —Se abrió a él y se arqueó—. Ahora.

Las manos de él le acariciaron el rostro, los labios cubrieron los suyos.

—Ahora —susurró junto a su boca, y la llenó.

Los largos suspiros, como gemidos, se fundieron. Ese primer estremecimiento interminable de placer, mientras él se enterraba en ella, los sacudió a los dos. Cuando comenzaron a moverse, lo hicieron al unísono, suave, sedosamente, como si sólo hubieran estado esperando.

El deseo fluía con un caudal firme. Cabalgaron gozando del ritmo, gozando del placer resonante y profundo de cada embestida lenta y profunda. Grace gravitaba cerca del borde, sentía aproximarse el orgasmo, lo sentía deslizarse por su organismo como una cinta de terciopelo, así que ascendió, cada vez más alto, se sumió en el resplandor y luego descendió flotando en una maravilla ingrávida.

Ethan apretó su rostro contra el cabello de Grace y se permitió seguirla.

Él estaba tan silencioso que ella se preocupó. La tenía abrazada, tal vez sabía que ella necesitaba ese contacto. Pero seguía sin hablar y, a medida que el silencio se alargaba, aumentaba el temor de Grace por lo que él podría decir cuando por fin hablara.

Así que habló ella primero.

—No me digas que lo sientes. No creo que pudiera soportar que me dijeras que lo sientes.

—No iba a hacerlo. Me prometí a mí mismo que nunca te tocaría de este modo, pero no lamento haberlo hecho.

Ella apoyó su cabeza en el hombro de Ethan, justo bajo la barbilla.

—¿Volverás a tocarme de ese modo?

—¿En este mismo instante?

Como captó el humor perezoso en su voz, ella se relajó y sonrió.

—Ya sé que no puedo meterte prisa para nada. —Alzó la cabeza porque era esencial para ella conocer la respuesta—. ¿Me tocarás, Ethan? ¿Estarás conmigo otra vez?

Él le pasó un dedo por el cabello.

—Después de esta noche no veo que haya forma de convencernos a ninguno de no hacerlo.

—Si tú lo intentaras, tendría que tratar de seducirte de nuevo.

—¿Ah, sí? —Por el rostro de Ethan se extendió una sonrisa—. Entonces quizá debería empezar a hablar.

Encantada, ella rodó sobre él y le abrazó fuerte.

—Además, la segunda vez se me daría mejor, porque no me sentiría tan nerviosa.

—No parece que los nervios te hayan afectado en absoluto. Por poco me trago la lengua cuando te acercaste a la puerta vestida de rosa. —Comenzó a acariciarle el pelo, se detuvo y entornó los ojos—. ¿Y cómo es que te has puesto un vestido así para estar en casa?

—No sé… Simplemente se me ha ocurrido la idea. —Grace volvió la cabeza, y fue depositando besos en el cuello de él.

—Espera un momento. —Consciente de lo rápido que ella podía distraerle, la tomó por los hombros y la alzó—. Un vestido bonito, la luz de las velas…, era casi como si me estuvieras esperando.

—Yo siempre te estoy esperando —dijo ella y trató de besarle de nuevo.

—Y me ha mandado a traer una receta, joder. —En un movimiento suave y fluido, la hizo sentar junto a él y luego se incorporó—. Anna y tú estabais compinchadas, ¿no? He sido víctima de una conspiración.

—¡Qué cosas más ridículas se te ocurren! —Trató de parecer indignada, pero sólo consiguió parecer culpable—. No sé de dónde sacas esas ideas.

—Nunca has sabido mentir. —Con firmeza, la tomó por la barbilla y se mantuvo así hasta que los ojos de ella se volvieron hacia los suyos—. Me ha costado darme cuenta, pero os he calado, ¿no?

—Ella sólo estaba tratando de ayudar. Sabía que yo estaba dolida por cómo iban las cosas entre nosotros. Tienes derecho a estar furioso, pero no la tomes con ella. Sólo estaba…

—¿He dicho yo que estuviera furioso? —la interrumpió él.

—No, pero… —Se detuvo, luego tomó aire cautelosamente y dijo—: ¿No lo estás?

—Estoy agradecido. —Su sonrisa era lenta y traviesa—. Pero tal vez deberías tratar de seducirme otra vez. Por si acaso.

11

En la oscuridad, mientras el búho seguía ulu-
lando, Ethan se movió, desprendiéndose del brazo
que Grace le había pasado en torno al pecho. Ella
reaccionó arrimándose más a él. Ese gesto le hizo
sonreír.

—¿Ya te levantas? —le preguntó con la voz
amortiguada por su hombro.

—Tengo que hacerlo. Ya son más de las cinco.
—Podía oler la lluvia en el aire, la oía llegar con el
viento—. Voy a darme una ducha. Vuelve a dormirte.

Grace hizo un ruido que él tomó por asentimiento y se refugió en la almohada.

Ethan se movió en la penumbra con paso ligero, aunque tuvo que detenerse un par de veces de
camino al baño. No conocía la casa de Grace tan
bien como la suya. Esperó hasta estar dentro para
dar la luz, de modo que el resplandor no saliera al
pasillo y la molestara.

La escala del cuarto de baño estaba en propor-
ción con el resto de la casa. Era tan pequeño que él

habría podido colocarse en el centro y tocar las paredes con la mano. Los azulejos eran blancos, la pared sobre ellos estaba empapelada en finas rayas multicolores. Sabía que Grace había colocado el papel ella misma. Le alquilaba la casa a Stuart Claremont, un hombre que no era conocido por su generosidad o su gusto en la decoración.

Se sonrió al ver el pato de plástico con pico naranja que anidaba a un lado de la bañera. Al oler el jabón, se dio cuenta de por qué Grace siempre olía vagamente a limones. Aunque le gustaba ese aroma en ella, esperaba sinceramente que Jim no pudiera notárselo a él.

Agachó la cabeza bajo el fino chorro de agua. Grace necesitaba una alcachofa nueva, decidió, y al pasarse la mano por la cara, se dio cuenta de que tenía que afeitarse. Ambas cosas tendrían que esperar.

Pero ahora que las cosas habían cambiado entre ellos, probablemente ella le permitiera ocuparse de algunos arreglos en la casa. Siempre había sido muy testaruda en cuanto a aceptar ayuda. Le parecía que una mujer orgullosa como ella se mostraría menos terca al recibir ayuda de un amante que de un amigo.

Eso es lo que eran ahora, reflexionó. No importaba cuántas promesas se hubiera hecho a sí mismo. No iba a terminar con una noche. Ni él ni ella estaban hechos así, y tenía tanto que ver con el corazón como con las glándulas. Habían dado el paso y ese paso implicaba un compromiso.

Eso era lo que más le preocupaba.

Nunca podría casarse con ella, tener hijos con ella. Ella querría tener más hijos. Era demasiado buena madre, poseía demasiado amor que dar como para no quererlos. Aubrey se merecía tener hermanos o hermanas.

No tenía sentido darle vueltas, se recordó. Las cosas eran como eran. Y ahora mismo él tenía derecho, y sentía la necesidad, de vivir el momento. Se amarían el uno al otro cuanto y mientras pudieran. Eso tendría que bastar.

En menos de cinco minutos descubrió que el calentador de agua de Grace era tan pequeño como el resto de la casa. Hasta el chorrito miserable se fue poniendo tibio y luego frío antes de que consiguiera aclararse toda la espuma.

—¡Tacaño cabrón! —murmuró, pensando en el casero. Cerró el grifo y se envolvió en una de las toallas rosa. Quería regresar a vestirse a oscuras, pero al abrir la puerta vio la luz que procedía de la cocina y escuchó la voz de Grace, aún enronquecida por el sueño, cantando algo sobre encontrar el amor justo a tiempo.

Mientras las primeras gotas de lluvia tamborileaban en los cristales de las ventanas, se dirigió hacia el aroma de beicon que se freía y el café a punto de hervir. Y se encontró a Grace, vestida con una bata corta de algodón del color de las hojas en primavera. Su corazón pegó tal bote de gozo que le sorprendió que no se le saliera por la garganta y aterrizara tembloroso en las manos de ella.

Se movió rápida y silenciosamente, así que cuando la envolvió en sus brazos desde atrás y

apretó los labios sobre su cabeza, ella se sobresaltó.

—Te he dicho que volvieras a dormirte.

Ella se inclinó contra él, cerrando los ojos y
absorbiendo el encantador goce de un abrazo en la
cocina.

—Quería prepararte el desayuno.

—No tienes por qué hacer esas cosas. —Le dio
la vuelta y añadió—: No espero ese tipo de cosas.
Tú necesitas descansar.

—Quería hacerlo. —El cabello de él goteaba,
su pecho brillaba con la humedad. El borbotón
centelleante de deseo la agradó y conmocionó—.
Hoy es especial.

—Te lo agradezco. —Se inclinó con la intención de darle un suave beso mañanero. Pero se hizo más profundo y se alargó hasta que ella se estrechó contra él de puntillas.

Ethan se contuvo, bloqueó la acelerada necesidad de tirar de la bata y poseerla.

—Se te está quemando el beicon —susurró, y
esta vez apretó sus labios sobre la frente de Grace—. Más vale que me vista.

Ella le dio la vuelta al beicon para que él pudiera
cruzar el cuarto. Anna tenía razón en lo de tener poder.

—¿Ethan?

—¿Sí?

—Tengo una tremenda necesidad de ti. —Le
dirigió una mirada sobre el hombro y sonrió con
satisfacción—. Espero que no te importe.

La sangre abandonó su cabeza bailando al-
borozada. Ella no estaba simplemente flirteando,

le estaba retando. A él le daba que ella ya había ganado. La única respuesta segura que se le ocurrió fue un gruñido antes de retirarse al dormitorio.

Él la deseaba. Grace describió un rápido paso de baile con un giro. Habían hecho el amor tres veces, tres veces a lo largo de la noche llenas de belleza y de gloria y luego habían dormido abrazados el uno al otro. Y él seguía deseándola.

Era la mañana más bella de su vida.

Llovió todo el día. El agua estaba áspera como la lengua de una arpía e igual de proclive al latigazo. Ethan forcejeó para mantener el curso de la embarcación y se alegró de no haber permitido que el muchacho les acompañara. Jim y él habían trabajado en peores condiciones, pero imaginaba que Seth se habría pasado buena parte de la jornada doblado sobre la borda.

Pero el asqueroso tiempo no podía estropearle el ánimo. Silbó incluso mientras la lluvia le golpeaba el rostro y el barco se revolvía bajo sus pies como un potro salvaje.

Jim le miró de soslayo unas cuantas veces. Llevaba trabajando con Ethan el tiempo suficiente para saber que el chico era una persona cordial y de buen corazón. Pero no era un idiota que silbara a todas horas. Sonrió para sí mientras izaba otra jaula. Le daba que anoche el chico había hecho algo más enérgico que leer en la cama.

Además ya era hora, a su modo de ver. Según sus cálculos, Ethan Quinn debía de andar por los treinta. A esas alturas de la vida, un hombre debería haber sentado la cabeza y tener esposa e hijos. Un mariscador vivía mejor si al volver a casa le esperaba una comida caliente y una cama con compañía. Una mujer buena te ayudaba a superar las dificultades, te daba un sentido, te animaba cuando la bahía se volvía tacaña, como Dios sabía que solía suceder.

Se preguntó quién sería esa mujer concreta. No es que él metiera las narices en los asuntos ajenos. Él se cuidaba de lo suyo y esperaba que sus vecinos hicieran otro tanto. Pero un hombre tenía derecho a un poco de curiosidad sobre ciertas cosas.

Estaba dándole vueltas a cómo abordar el tema cuando un cangrejo hembra, por debajo del tamaño legal, encontró un pequeño agujero en su guante y le mordió antes de que pudiera lanzarlo de vuelta al agua.

—¡Pequeña cabrona! —comentó con un gesto de dolor, pero sin demasiada vehemencia.

—¿Te ha pillado?

—Sí. —Jim la vio caer en el agua levantando espuma—. Volveré a por ti antes de que termine la temporada.

—Parece que necesitas guantes nuevos, Jim.

—La parienta me va a comprar unos hoy. —Echó en la nasa los arenques medio congelados que servían como cebo—. La verdad es que ayuda mucho saber que tienes una mujer que te cuida.

—Mmm. —Ethan empujó el timón con una mano, mientras con la otra empuñaba el garfio, y calculó la ola y la distancia.

—A un hombre que se pasa el día trabajando en el agua le reconforta saber que su mujer le espera.

Un poco sorprendido de que estuvieran manteniendo una conversación, Ethan asintió.

—Supongo. Terminamos con este cabo y nos volvemos.

Jim entresacó los crustáceos de la siguiente jaula y dejó que el silencio se instalara entre ellos. Por encima, unas cuantas gaviotas mantenían lo que Jim consideraba una furiosa competición, chillando, zambulléndose y amenazándose unas a otras por los despojos de pescado.

—¿Sabes? La primavera que viene, Bess y yo haremos treinta años de casados.

—¿De veras?

—Eso reafirma a un hombre, tener una mujer. Esperas demasiado para casarte y te vuelves un maniático.

—Supongo.

—Tú andarás por los treinta, ¿no, capitán?

—Eso es.

—No te vuelvas un maniático.

—Lo tendré en mente —le contestó Ethan mientras lanzaba el garfio.

Jim se limitó a suspirar y se dio por vencido.

Cuando Ethan entró caminando hasta el astillero, Cam se encontraba trabajando con la sierra de precisión y tres muchachos lijaban el casco. O fingían hacerlo.

—¿Has contratado a una cuadrilla nueva? —le preguntó a su hermano mientras *Simon* se acercaba a investigar.

Cam alzó la mirada hacia el lugar donde Seth charlaba con Danny y Will Miller.

—Así me los quito de en medio. ¿Ya has terminado con los cangrejos por hoy?

—Ya hemos cogido bastantes. —Sacó un puro y lo encendió mientras miraba pensativamente por las puertas—. Está lloviendo a base de bien.

—Dímelo a mí. —Cam dirigió una mirada acusadora con el ceño fruncido hacia los ventanales por los que se deslizaba el agua—. Por eso he tenido a esos tres encima todo el rato. El pequeño, es que no se calla ni debajo del agua. Y a los otros, si no les das algo que hacer, se pasan el rato haciendo diabluras.

—Bueno. —Ethan expulsó el humo y miró cómo los chicos le daban una alegría a *Simon* con ásperas caricias y abrazos—. Al paso que van, acabarán de lijar el casco dentro de diez o veinte años.

—Eso es algo de lo que tenemos que hablar.

—¿Contratar a esos chicos para las próximas dos décadas?

—No, trabajo. —Era un momento tan bueno como cualquier otro para tomarse un respiro. Cam se inclinó para servir té helado del termo—. Esta mañana he recibido una llamada de Tom Bardette.

—¿Ese amigo tuyo que quiere un barco de pesca deportiva?

—Eso es. Ya sabes que Bardette y yo nos conocemos desde hace tiempo. Sabe lo que soy capaz de hacer.

—¿Te ha ofrecido otra carrera?

Pues sí, se dijo Cam, aclarándose el polvo de la garganta con el té dulce. Rechazarla le había resultado doloroso, pero esta vez el dolor no había durado tanto.

—He hecho una promesa. No la voy a romper.

Ethan se metió una mano en el bolsillo trasero y dirigió la mirada al barco. Este lugar, este negocio, habían sido su sueño, no el de Cam, ni el de Phillip.

—No lo decía en ese sentido. Soy consciente de que has sacrificado muchas cosas para que esto saliera.

—Había que hacerlo.

—Sí, pero tú eres el único que ha tenido que renunciar a algo para hacer que sucediera. No me había preocupado de darte las gracias por ello y lo siento.

Tan incómodo como su hermano, Cam contempló el barco.

—Aquí tampoco me encuentro a disgusto. El negocio nos va a ayudar a obtener la custodia permanente de Seth y el trabajo es agradable por sí mismo. Claro que Phil no hace más que dar la lata con nuestra situación financiera en cuanto tiene oportunidad.

—Ése es su punto fuerte.

—¿Dar la murga?

Ethan sonrió sin quitarse el puro que sujetaba entre los dientes.

—Sí, eso y la contabilidad. Tú y yo no conseguiríamos sacar esto adelante si él no nos aburriera con los detalles.

—Puede que haya más cosas con las que nos va a aburrir. Eso es lo que estaba a punto de contarte. Bardette tiene un amigo que está interesado en encargarnos un bote con aparejo de gata. Lo quiere rápido y lo quiere atractivo, aparejado y listo para navegar en marzo.

Ethan frunció el ceño mientras calculaba mentalmente días y semanas.

—Vamos a tardar otras siete u ocho semanas en terminar éste y con eso llegamos a fines de agosto o principios de septiembre. —Sumando, se apoyó en el banco de trabajo, con los ojos entornados para protegerse del humo—. Después tenemos el de pesca deportiva. No creo que podamos terminarlo antes de enero, y eso ya haciendo un enorme esfuerzo. No podremos entregarlo a tiempo.

—No, tal como estamos ahora, no. Yo puedo trabajar a tiempo completo, y cuando termine la temporada del cangrejo, me imagino que tú podrás echar más horas aquí.

—Salir a por ostras ya no es lo que era, pero…

—Tú tendrás que ver si puedes quitarle horas al marisqueo, Ethan, y echarlas aquí. —Era consciente de lo que le estaba pidiendo. No era sólo que Ethan viviera en el agua, era que vivía para el agua—. Phil también va a tener que tomar algunas decisiones difíciles en breve. De momento, no disponemos de dinero para contratar empleados.

—Soltó aire—. A menos que contemos con un par de críos. Ese amigo de Bardette todavía no se ha comprometido. Va a venir a echarle un vistazo al sitio, a nosotros y a las instalaciones. Yo creo que tenemos que asegurarnos de que Phillip esté aquí para venderle la moto y que firme un contrato y nos deje un depósito.

Ethan no esperaba que sucediera tan rápido, que un sueño creciera y tuviera que robarle tiempo al otro. Se acordó de los fríos meses invernales de marisqueo, el cabeceo de la goleta sobre la mar picada, la larga y a menudo frustrante búsqueda de ostras, de pescado de roca, de un salario.

Para algunos, una pesadilla, suponía. Para él, la esperanza y la gloria.

Se tomó un rato para recorrer el lugar con la vista. El barco, casi terminado, esperaba unas manos hábiles y disponibles. Los dibujos de Seth colgaban enmarcados en la pared y hablaban de sueños y sudor. Las herramientas, aún resplandecientes bajo una capa de polvo, se mantenían silenciosas a la espera.

Barcos Quinn, pensó. Si querías conseguir una cosa, tenías que soltar otra.

—Yo no soy el único que puede patronear el barco de faena o la goleta. —Vio la pregunta y la comprensión en los ojos de su hermano y se encogió de hombros—. Se trata simplemente de dedicarle tiempo a lo que más importa.

—Ya.

—Supongo que podría sacar un diseño para un bote.

—Y que Seth hiciera el dibujo —añadió Cam y se rió al ver la mueca de su hermano—. Todos tenemos nuestros puntos fuertes, colega. El arte no es lo tuyo.

—Lo pensaré —decidió Ethan—. Y ya veremos qué pasa.

—Vale. Entonces... —Cam apuró su taza—. ¿Qué tal fue el intercambio de recetas?

Ethan se pasó la lengua por el interior de la mejilla.

—Voy a tener que charlar con tu esposa al respecto.

—Cuando quieras. —Sonriendo, Cam le arrebató a su hermano el puro de entre los dedos y le dio unas cuantas caladas con descuido—. La verdad es... que tienes un aspecto de lo más relajado, Ethan.

—Lo suficiente —replicó tranquilamente—. Y me parece que hubieras podido tener el detalle de comentarme que Anna estaba conspirando para mejorar mi vida sexual.

—Hubiera podido, de haberlo sabido. Por otro lado, ya que tu vida sexual necesitaba ciertas mejoras, también hubiera podido pasar de decírtelo. —Siguiendo el impulso, Cam agarró a su hermano por el cuello—. Porque te quiero, tío. —Cuando el codo se le hundió en el estómago, se limitó a reírse—. ¿Te das cuenta? Hasta te han mejorado los reflejos.

Ethan se desplazó ligeramente, trasladó su peso y cambió sus posiciones.

—Tienes razón —dijo y le golpeó a su hermano con los nudillos en la cabeza para que se enterara.

Como le tocaba preparar la cena, Ethan añadió un huevo a un cuenco de carne de ternera picada. No le importaba cocinar. Simplemente era una de esas cosas que había que hacer para sobrevivir. Había albergado una pequeña, egoísta y puramente machista esperanza de que Anna se ocupara de la cocina, como mujer de la casa.

Ella había aplastado esa esperanza como si fuera un insecto.

Claro que, al contar con ella, la tarea se repartía entre más personas. Pero lo peor para él era pensar qué hacer. No era como cocinar para uno mismo. Enseguida se había dado cuenta de que cuando se cocinaba para una familia, todos se ponían a criticar.

—¿Qué es eso? —preguntó Seth mientras Ethan le añadía harina de avena a la mezcla.

—Rollo de carne.

—A mí me parece mierda. ¿Por qué no podemos cenar pizza?

—Porque vamos a cenar rollo de carne.

Seth emitió un sonido como si se ahogara mientras Ethan le añadía un poco de sopa de tomate a la mezcla.

—¡Qué asco! Prefiero comer basura.

—Pues ahí fuera hay bastante.

Seth cambió el peso de un pie a otro, y se alzó sobre la punta de los pies para echar un vistazo al cuenco más de cerca. La lluvia le estaba volviendo loco. No había nada que hacer. Estaba muerto de hambre, le habían picado miles de mosquitos y en la tele no había más que rollos infantiles y noticias.

Cuando enumeró esta letanía de quejas, Ethan se limitó a encogerse de hombros.

—Ve a darle la lata a Cam.

Cam le había dicho que le diera la lata a Ethan. Seth sabía por experiencia que Ethan tardaba mucho más en mosquearse que Cam.

—¿Cómo es que le echas todas esas mierdas si se llama rollo de carne?

—Para que no sepa a mierda al comerlo.

—Seguro que sí sabe.

Para ser un chico que apenas unos meses antes no sabía cuándo iba a ser su siguiente comida, pensó Ethan sombríamente, se había vuelto un sibarita. En lugar de referirse a esto, apuntó con un único dardo certero.

—Pues mañana le toca cocinar a Cam.

—Jo, tío, veneno. —Seth puso los ojos en blanco de un modo muy dramático, se agarró la garganta y fue dando vueltas por la habitación, como mareado. A Ethan le habría hecho cierta gracia si los perros no se hubieran unido al numerito, dando vueltas y ladrando furiosamente.

Cuando entró Anna, el rollo de carne estaba en el horno y Ethan tenía una aspirina en la mano.

—Hola, vaya día de perros. El tráfico estaba fatal. —Alzó una ceja al verle tomar la medicina—. Dolor de cabeza, ¿eh? La lluvia todo el día sin parar puede tener ese efecto.

—En este caso, se trata de Seth.

—¡Vaya! —Preocupada, se sirvió una copa de vino y se preparó para escuchar—. Es inevitable que haya periodos de tensión y de dificultades.

Seth tiene que superar muchas cosas y su hostilidad es un mecanismo de defensa.

—No ha hecho más que quejarse en la última hora. Aún me duelen los oídos. No le gusta el rollo de carne —murmuró Ethan y se sacó una cerveza del frigo—. Que por qué no cenamos pizza. Debería estar agradecido porque alguien le está llenando la panza. En lugar de eso, no hace más que decir que parece mierda y que a eso sabrá. Después se pone a alborotar a los perros y yo no puedo ni trabajar en paz durante cinco minutos. Y… —Se interrumpió, con la mirada fiera, cuando vio que ella sonreía—. A mí no me hace ninguna gracia.

—Lo sé, lo siento. Pero me encanta, Ethan. Resulta tan maravillosamente normal. Seth se comporta como cualquier irritante chico de diez años tras un día de lluvia. Hace un par de meses habría pasado el tiempo en su cuarto, de mal humor, en lugar de darte un dolor de cabeza. Supone un avance tremendo.

—Su avance le lleva a ser más pesado que el plomo.

—Sí. —Anna notó lágrimas de alegría en sus ojos—. ¿No es maravilloso? Debe haber sido realmente molesto si ha sido capaz de acabar con tu imperturbable paciencia. A este paso, para Navidades será un auténtico horror.

—¿Y eso es bueno?

—Sí, Ethan. He trabajado con niños que no habían tenido que pasar por las miserias que ha pasado él y puede llevarles mucho más tiempo adaptarse, incluso con asistencia psicológica. Cam, Phillip y tú habéis conseguido maravillas con él.

Calmándose, Ethan le dio un trago a su cerveza.

—Tú también has tenido parte en ello.

—Sí, yo también, lo que me hace tan feliz en el plano profesional como en el personal. Y, para probarlo, te voy a echar una mano con la cena. —Con estas palabras, se quitó la chaqueta y comenzó a remangarse—. ¿Qué habías pensado para acompañar el rollo de carne?

Ethan había planeado meter unas patatas en el microondas porque no había que hacerles nada, y tal vez sacar unos guisantes del congelador, pero…

—Había pensado que quizá esos fideos con salsa de queso que haces tú irían bien como guarnición.

—¿Los Alfredo? Con el rollo de carne, eso tiene muchísimo colesterol, pero qué más da. Ya los preparo yo. ¿Por qué no te sientas hasta que se te pase el dolor de cabeza?

Ya se le había pasado, pero le pareció más inteligente no mencionarlo. Se sentó, listo para disfrutar de la cerveza y para pararle los pies a su cuñada.

—Ah, Grace me dijo que te diera las gracias por la receta. Que ya te comentará cómo le sale.

—¿Ah, sí? —Volviéndose para ocultar una sonrisa de satisfacción, Anna buscó un delantal.

—Sí, y me dio la del pollo frito. La metí en el libro de cocina. —Ethan ocultó su propia sonrisa con la cerveza cuando ella giró la cabeza.

—Tú…, ah, bueno…

—Te la habría dado anoche, pero era ya tarde cuando volví y estabas en la cama. Cuando salí de casa de Grace, me encontré con Jim.

—¿Jim? —Su rostro expresaba claramente confusa irritación.

—Me acerqué hasta su casa para ayudarle a poner a punto un fueraborda que le ha dado problemas.

—¿Estuviste en casa de Jim anoche?

—Me quedé más tarde de lo que quería, pero había un partido de béisbol en la tele. Los Orioles jugaban en California.

Anna con gusto le habría abierto la cabeza con su propia cerveza.

—¿Te pasaste la noche trabajando en un motor y viendo un partido de béisbol?

—Pues sí. —Le lanzó una mirada inocente—. Como te he dicho, llegué algo tarde, pero fue un partido cojonudo.

Anna soltó un bufido y abrió la puerta del frigo de un tirón para sacar queso y leche.

—Los hombres —musitó— son todos gilipollas.

—¿Cómo dices?

—Nada. Bueno, espero que lo pasaras bien viendo el partido. —Mientras la pobre Grace estaba sola en casa, y triste.

—No puedo recordar habérmelo pasado mejor. Hasta hubo turnos de bateo especiales. —Ahora sonreía, no podía remediarlo. Anna parecía aturdida y furiosa, y además trataba desesperadamente de ocultarlo.

—Bueno, maldita sea. —Furiosa, se volvió para sacar la pasta del armario y vio la cara de Ethan. Se giró lentamente, sujetando el paquete de pasta—. Tú no fuiste anoche a casa de Jim a ver un partido de béisbol.

—¿Ah, no? —Ethan arqueó una ceja, miró pensativo a su cerveza y le dio un trago—. ¿Sabes? Ahora que lo pienso, tienes razón. Eso fue otra vez.

—Estuviste con Grace.

—¿Ah, sí?

—Venga, Ethan. —Con los dientes apretados, golpeó la encimera con el bote—. ¡Me estás volviendo loca! ¿Dónde estuviste anoche?

—¿Sabes? Creo que nadie me ha hecho esa pregunta desde que murió mi madre.

—No es que quiera fisgonear…

—¿Seguro?

—Vale, vale, estoy tratando de fisgonear, pero es que contigo resulta imposible hacerlo de forma sutil.

Ethan se echó hacia atrás en su silla, observándola. Le había caído bien, casi desde el principio, incluso cuando le hacía sentirse incómodo. ¿No era gracioso, se dijo, darse cuenta de que en las últimas semanas había llegado a quererla? Lo que significaba que tomarle el pelo era, bueno, obligado.

—No me estarás preguntando si pasé la noche en la cama de Grace, ¿verdad?

—No, no, claro que no. —Cogió la pasta y luego la volvió a dejar—. No exactamente.

—Las velas, ¿fueron idea suya o tuya?

Anna decidió que era un buen momento para sacar una sartén. Podía necesitar un arma.

—¿Funcionaron?

—Tuya, me imagino; probablemente el vestido también. La mente de Grace no funciona así. No tiene lo que se podría llamar… doblez.

Anna canturreó y se puso a preparar la salsa de queso.

—Porque fue un entrometimiento solapado el mandarme allí de esa manera.

—Lo sé. Pero volvería a hacerlo. —Con más habilidad la próxima vez, se prometió a sí misma—. Mira, Ethan, puedes mosquearte conmigo todo lo que quieras, pero nunca había visto a nadie tan necesitado de un entrometimiento.

—Tú eres una profesional. Quiero decir, que siendo asistente social, te pagan por entrometerte en la vida de la gente.

—Ayudo a las personas que lo necesitan —afirmó ella, encendiendo el fuego bajo la sartén—. Y Dios sabe que tú lo necesitabas. —Dio un salto cuando la mano de Ethan se posó en su hombro. Casi esperaba que él le diera una leve sacudida, por eso, cuando la besó en la mejilla, lo único que pudo hacer fue mirarle parpadeando.

—Te lo agradezco.

—¿De veras?

—No es que quiera que lo vuelvas a hacer, pero por esta vez, te lo agradezco.

—Ella te hace feliz. —Todo en su interior se suavizó—. Puedo verlo.

—Veremos durante cuánto tiempo puedo hacerla feliz yo a ella.

—Ethan…

—Dejémoslo así. —La besó de nuevo, como advertencia además de como muestra de cariño—. Durante un tiempo, nos tomaremos cada día según venga.

—Vale. —Pero su sonrisa se agrandó—. Grace trabaja en el bar esta noche, ¿no?

—Sí. Y sólo para que no tengas que morderte la lengua para no preguntármelo, estoy pensando en pasarme por allí un rato después de cenar.

—Estupendo. —Más que satisfecha, Anna se puso a trabajar—. En ese caso, cenaremos enseguida.

12

Era como entrar caminando totalmente despierta en un sueño, pensó Grace, donde no estabas segura de lo que iba a suceder, sólo sabías que sería maravilloso. Era vivir en un mundo familiar que había sido pulido hasta alcanzar un estado constante de excitada ilusión.

Los días y las noches seguían llenos de trabajo, responsabilidades, pequeñas alegrías y pequeñas irritaciones. Pero, de momento, con ese torrente colmado de amor, las alegrías parecían enormes, y las irritaciones, diminutas.

Todo lo que había leído sobre el amor era cierto, descubrió Grace. El sol brillaba con más intensidad, el aire olía más fresco. Las flores poseían un color más vivo, el canto de los pájaros sonaba más melodioso. Para ella, cada tópico se convirtió en una realidad.

También estaban esos momentos robados: un abrazo fuera del bar durante su descanso que la dejó embelesada y temblorosa, e incapaz de dormir durante largo tiempo después de llegar a casa; una larga e intensa mirada llena de conocimiento si conseguía esperar en la casa de los Quinn hasta que él llegara. Le parecía hallarse en un constante estado de anhelo, incluso más agudo ahora que sabía lo que podía ser.

Lo que iba a ser.

Quería tocar y ser tocada, embarcarse de nuevo en esa cabalgada larga y lenta hacia el placer y la pasión. Junto al anhelo vivía la interminable frustración de que la vida interfiriera constantemente con los sueños.

Nunca disponían del tiempo suficiente para estar solos, para simplemente estar.

A menudo se preguntaba si Ethan también se sentía acosado durante el día por la misma necesidad nerviosa. Pensó que debía ser algo en su interior, una especie de codicia sexual largo tiempo escondida, y no sabía si deleitarse en ella o si sentirse humillada.

Sólo sabía que le deseaba continuamente, y que cada día que pasaba y se tornaba en una noche más en soledad, ese deseo se multiplicaba. Se preguntaba si Ethan se escandalizaría al saberlo, le preocupaba que tal vez sí.

No tenía por qué.

Ethan sólo esperaba haber calculado bien el tiempo, y que las excusas que le había dado a Jim para volver con la pesca antes de revisar todas las jaulas no fueran tan ridículamente transparentes como a él le parecían. Tampoco iba a dejar que la culpa le acuciara, se prometió mientras amarraba el barco en el embarcadero de su casa.

Trabajaría un par de horas extra esa noche en el astillero para compensar el haber dejado a Cam solo esa tarde. Si no podía disponer de una hora a solas con Grace, si no conseguía liberar parte de la presión que se le iba acumulando, se volvería loco. Entonces ya no serviría para nada.

Y si ella ya había terminado en la casa y se había ido, bueno, pues entonces tendría que perseguirla hasta dar con ella, simplemente. Le quedaba el suficiente control como para no asustarla, o escandalizarla, pero no podía pasar un día más sin ella.

La sonrisa comenzó a extenderse por su rostro cuando entró por la puerta trasera y comprobó que aún permanecía el desorden mañanero. La lavadora zumbaba en el cuarto de lavar. Grace no había terminado aún. Comenzó por la sala, buscando señales de ella.

Los cojines estaban todos ordenados y mullidos, los muebles limpios de polvo y relucientes. Cuando crujió el techo por encima de su cabeza, miró hacia arriba.

En ese momento, pensó que el destino era la mujer más hermosa que había conocido. Grace estaba en su dormitorio, ¿qué podría ser más perfecto? Sería mucho más sencillo atraerla a una cama en mitad del día sin sobresaltar su sensibilidad si ella ya se hallaba cerca de una.

Comenzó a subir las escaleras, encantado cuando la oyó tararear.

Su organismo fue atravesado por un rayo fulminante de deseo cuando vio que no sólo estaba cerca de su cama, sino prácticamente en ella. Grace se hallaba inclinada, extendiendo y ajustando las sábanas limpias, y exponiendo sus largas piernas en unos desgastados pantalones cortados.

Su sangre se aceleró en un estallido de velocidad que le dejó sin aliento, que tornó el dolor sordo con el que había aprendido a vivir en un dolor agudo y punzante. Podía verse a sí mismo avanzando de un salto, arrastrándola hasta la cama, tirando de su ropa y rasgándola para poder enterrarse dentro de ella.

Y como se sentía capaz, como lo deseaba, se obligó a permanecer donde estaba hasta estar firmemente seguro de que podía mantener el control sobre sí mismo.

—¿Grace?

Ella se enderezó, se volvió y posó una mano sobre el corazón.

—Ay, yo…, ay. —No podía hablar, apenas podía pensar coherentemente. ¿Qué pensaría Ethan, se preguntó mareada, si supiera que había estado fantaseando, viéndose rodar desnuda y sudorosa con él en esas sábanas tersas y limpias?

Sus mejillas se arrebolaron, lo que a él le encantó.

—No quería sorprenderte.

—No importa. —Dejó escapar un largo suspiro, pero no sirvió para calmar su frenético corazón—. No esperaba a nadie… ¿Qué estás haciendo en casa tan pronto? —Rápidamente juntó las manos porque estaban deseando agarrarse a él—. ¿Estás mal?

—No.

—No son ni las tres.

—Lo sé. —Avanzó dentro del cuarto, vio que ella apretaba los labios, que se los humedecía. Tómatelo con calma, se dijo, no la asustes—. ¿Aubrey no está contigo?

—No, Julie me la está cuidando. Tiene un gatito nuevo y Aubrey quería quedarse, por lo que…

—Ethan olía a mar, a sal y a sol. Se le subió a la cabeza.

—Entonces disponemos de algún tiempo. —Se acercó un poco más y añadió—: Quería verte a solas.

—¿Ah, sí?

—Llevo deseando verte a solas desde que hicimos el amor aquella noche. —Alzó la mano y le recorrió la nuca con ternura—. Te deseo —dijo suavemente y bajó su boca hasta la de ella.

Tan suave, tan tierno, el corazón de ella describió un gran salto mortal, largo y amplio, en su pecho. Las rodillas no la sostenían. Le temblaban mientras alzaba los brazos hacia él, mientras respondía a ese beso indeciso con una ráfaga de calor. Los dedos se clavaron en su piel, su boca magulló la de Grace. Por un instante salvaje y travieso, ella pensó que la poseería donde estaban, libremente y con frenesí.

Entonces las manos de Ethan se hicieron más tiernas y se suavizaron al recorrer su cuerpo. Los labios se hicieron más dulces, navegando sobre los de Grace.

—Ven a la cama conmigo —susurró—. Ven a la cama conmigo —repitió mientras la apoyaba y la cubría.

Ella se arqueó contra él, deseosa y anhelante, impaciente con la ropa que separaba su piel de la de él. Le parecían años desde que le había tocado por última vez, desde que sintió esos músculos de acero. Gimiendo su nombre, le tiró de la camisa, dejó que sus manos poseyeran, y al poseer, se excitaron.

El aliento de él surgía entrecortado, quemándole la garganta. Los movimientos de ella bajo su cuerpo le urgían a darse prisa, pero le daba miedo magullarla si no se tomaba su tiempo, si no tenía cuidado. Por eso se esforzó por reducir el ritmo, por saborear más que devorar, por acariciar más que exigir.

Pero al igual que una vez ella le había seducido, ahora le destrozó.

Le quitó la blusa y la encontró desnuda debajo. Ella vio un destello en sus ojos, que se volvieron de un azul ardiente y que casi le quemaban la piel. Él fue con cuidado, con sumo cuidado para no hacerle daño, para no asustarla. Iba despacio para demorarse incluso cuando el deseo de tomarla, de tomarla ya, le aguijoneó como un enjambre.

Entonces su boca se posó sobre la de Grace, succionando con un hambre desesperada que amenazaba consumirlos a los dos. Ella alzó un brazo, pero no había nada a lo que aferrarse excepto el aire. Él la arrastró hacia arriba, su boca descendió por el torso de ella, con los dientes rozándole la piel, hasta que, luchando por respirar, ella se envolvió en torno a él.

Ethan sabía que no podía esperar, sabía que si esperaba se moriría. La única idea en su mente era ahora, tenía que ser ahora, e incluso ésa estaba envuelta en los oxidados bordes de la necesidad primaria. Le tiró de los pantalones, maldiciendo, después hundió sus dedos dentro de ella.

Ella se encorvó, gritó, se corrió. Él vio cómo sus ojos se volvían opacos, la cabeza cayó hacia atrás, de forma que la larga línea de su cuello quedó expuesta para que él la consumiera. Batallando con la violenta necesidad de clavarse en ella, siguió saboreándola hasta llenar el acuciante vacío.

Entonces, se liberó de sus vaqueros y se deslizó dentro de ella, que volvió a gritar. Los músculos de ella se contrajeron con fuerza en torno a él.

Y perdió la cabeza.

Velocidad, calor y fuerza. Más. Le alzó las rodillas y embistió más profundo, más fuerte, perversamente complacido cuando las uñas de ella se clavaron en sus hombros. Se hundió en ella, temblando con una avaricia ciega, desnuda.

Las sensaciones la inundaron, la arañaron, la dejaron reducida a una masa estremecida de necesidad. Ella creyó que moriría. Cuando el siguiente orgasmo la golpeó, un puño duro y caliente, creyó haber muerto.

Y se quedó desmadejada. Las manos resbalaron de los hombros húmedos de Ethan, el destello plateado de energía se agotó hasta dejarla exhausta. Escuchó el largo y lento gemido de él, sintió que su cuerpo la embestía y después se tensó. Cuando él se derrumbó sobre el cuerpo de ella, jadeando, los labios se curvaron en una sonrisa de pura satisfacción femenina.

La luz del sol la deslumbró mientras le pasaba las manos por las caderas.

—Ethan. —Se volvió a besarle el pelo—. No, todavía no —susurró cuando él inició un movimiento—. Todavía no.

Ethan había sido tosco con ella y se maldijo por haber permitido que el nudo del control se le escapara.

—¿Estás bien?

—Mmmm. Podría seguir así todo el día. Justo así.

—No me he tomado el tiempo que quería.

—Nosotros no disponemos de tanto tiempo como la mayor parte de la gente.

—No. —Alzó la cabeza y dijo—: Tú ni siquiera me dirías si te he hecho daño. —Así que buscó por sí mismo, observándole el rostro con atención. Y vio en él la soñadora satisfacción de una mujer bien amada, por apresurado que hubiera sido—. No parece que te haya hecho daño.

—Ha sido excitante. Ha sido maravilloso saber que me deseabas tanto. —Perezosamente, enrolló un mechón de su pelo quemado por el sol en torno a un dedo y abrazó la deliciosamente traviesa sensación de hallarse desnuda con él en una cama en mitad el día—. Me preocupaba pensar que yo te deseaba más de lo que tú pudieras desearme.

—Eso es imposible. —Para probarlo, le dio un beso largo, lento y profundo—. Ésta no es la forma en que deseo estar contigo. Juntando unos pocos minutos entre tarea y tarea. Y usando esos minutos para lanzarnos a la cama porque es el único tiempo del que disponemos.

—Nunca me habían hecho el amor en mitad del día. —Sonrió—. Me ha gustado.

Con un largo suspiro, tocó su frente con la suya. Si fuera posible, se pasaría el resto del día justo ahí, dentro de ella.

—Vamos a tener que encontrar el modo de hallar más tiempo de vez en cuando.

—Mañana tengo la noche libre. Podrías venir a cenar y… quedarte.

—Tendría que llevarte a algún sitio.

—No hay ningún sitio al que quiera ir. Me gustaría que cenáramos en casa. —Su sonrisa se hizo más amplia—. Te haré unos tortellini. Me acaban de dar una receta nueva.

Cuando él rió, ella le lanzó los brazos alrededor y lo reseñó como uno de los momentos más felices de su vida.

—Ay, te amo, Ethan. —Sentía tal vértigo que tardó un momento en darse cuenta de que él había dejado de sonreír, que se había quedado muy quieto. Los saltos descontrolados de su corazón se hicieron más lentos y le invadió una sensación helada—. Tal vez no desees que te lo diga, pero no puedo evitar sentirlo. No espero que tú me lo digas a tu vez, o que te sientas obligado a…

Los dedos de él le apretaron levemente los labios para hacerla callar.

—Espera un momento, Grace —dijo suavemente. Su organismo se había inundado de mareas crecientes de alegrías, esperanzas, temores. No podía pensar más allá de ellos, no de forma clara. Pero la conocía, sabía que lo que dijera ahora, y cómo lo dijera, poseería una importancia vital.

—Hace tanto tiempo que siento algo por ti —comenzó—, que no puedo recordar un momento en que no lo sintiera. Y no he hecho más que repetirme que no debería tener esos sentimientos, así que me va a costar un poco acostumbrarme a esto.

Cuando él se movió esta vez, ella no trató de detenerlo. Hizo un gesto de asentimiento, evitó sus ojos y buscó su ropa.

—Me basta con que me desees, quizá incluso con que me necesites un poco. Por el momento me basta, Ethan. Esto es demasiado nuevo para los dos.

—Mis sentimientos son intensos, Grace. Tú me importas más de lo que ninguna mujer me ha importado jamás.

Ahora ella le miró. Si él lo decía, ella sabía que era en serio. La esperanza comenzó a latir de nuevo en su corazón.

—Si sentías algo por mí, algo intenso, ¿por qué no me lo habías dicho?

—Primero, no tenías edad suficiente. —Ethan se pasó la mano por el pelo sabiendo que era una táctica evasiva, una excusa, que no era el nudo. El nudo no podía contárselo a ella—. Y no me sentía cómodo al albergar esos sentimientos y pensamientos hacia ti cuando tú estabas todavía en el instituto.

Ella podría haber saltado fuera de la cama y danzado.

—¿Desde que estaba en el instituto? ¿Todo este tiempo?

—Sí, todo este tiempo. Después te enamoraste de otra persona, y no creí tener derecho a sentir nada más que amistad.

Ella dejó escapar el aliento con cautela porque iba a hacer una confesión que la avergonzaba.

—Nunca he estado enamorada de nadie más. Siempre has sido tú.

—Jack…

—Nunca le quise, y todo lo que sucedió entre nosotros fue más por mi culpa que por la suya. Le permití ser el primer hombre que me tocara porque nunca pensé que tú lo harías. Y cuando me di cuenta de lo estúpida que había sido, estaba embarazada.

—No puedes decir que fuera culpa tuya.

—Sí, sí puedo. —Para mantener las manos ocupadas, se puso a hacer la cama—. Yo sabía que él no estaba enamorado de mí, pero me casé con él porque me daba miedo no hacerlo. Y durante un tiempo, me sentí avergonzada, enfadada y avergonzada. —Alzó una almohada y la metió en una funda—. Hasta una noche en que estaba tumbada en la cama, pensando que mi vida había terminado y sentí un aleteo dentro de mí.

Grace cerró los ojos y apretó la almohada contra sí.

—Sentí a Aubrey y fue tan…, tan enorme ese leve aleteo que ya no me sentía avergonzada o enfadada. Jack me dio eso. —Volvió a abrir los ojos y colocó la almohada en la cama con cuidado—. Le estoy agradecida y no le culpo por abandonarme. Él nunca sintió aquel aleteo. Aubrey nunca fue real para él.

—Era un cobarde, y cosas peores, por dejarte semanas antes de que naciera la niña.

—Quizá, pero yo fui una cobarde, y cosas peores, por estar con él, por casarme con él cuando no sentía por él ni una mínima parte de lo que sentía por ti.

—Tú eres la mujer más valiente que conozco, Grace.

—Es fácil ser valiente cuando tienes un niño que depende de ti. Supongo que lo que trato de decir es que si cometí un error, fue al dejar pasar tanto tiempo sin decirte que te amaba. Lo que sientas por mí, Ethan, es más de lo que nunca creí que llegaras a sentir. Y con eso es suficiente.

—Llevo casi diez años enamorado de ti, y aún no es suficiente.

Ella había cogido la segunda almohada, y ahora se le deslizó de entre las manos. Cuando las lágrimas le inundaron los ojos, los apretó fuerte.

—Creí que podría vivir sin oírte decir eso. Ahora necesito volvértelo a oír una vez más para recobrar el aliento.

—Te amo, Grace.

Sus labios se curvaron y los ojos se abrieron.

—Lo dices de un modo tan serio, casi triste. —Deseando verle sonreír de nuevo, le tendió una mano—. Tal vez deberías practicar.

Sus dedos acababan de tocar los de ella cuando se oyó el portazo de la puerta de abajo. Unos pies resonaron en las escaleras. En el instante en que se separaban bruscamente, Seth pasó corriendo por el pasillo. Derrapó hasta detenerse en la puerta del cuarto y después se quedó mirándoles.

Miró la cama, las sábanas aún arrugadas, la almohada en el suelo. Entonces su mirada cambió y se llenó de una furia amarga que resultaba demasiado adulta en su rostro de niño.

—¡Hijoputa! —le espetó a Ethan con odio. Luego sus ojos se centraron en Grace con asco—. Pensé que tú eras distinta.

—Seth. —Grace dio un paso adelante, después el chico giró sobre sus talones y salió corriendo—. ¡Ay, Dios mío, Ethan! —Cuando hizo ademán de salir tras él, Ethan la cogió el brazo.

—No, yo iré tras él. Sé lo que siente. No te preocupes. —Le dio un apretón en el brazo antes de salir del cuarto, pero ella le siguió hasta la escalera, profundamente preocupada. Nunca había visto un odio tan intenso en los ojos de un niño.

—Maldita sea, Seth, te he dicho que te des prisa. —Cam pegó un portazo en la puerta delantera cuando Ethan llegaba al final de la escalera. Miró hacia arriba, vio a Grace y sintió que una sonrisa se esbozaba en sus labios—. ¡Uy!

—No tengo tiempo para bromas tontas —dijo Ethan apresuradamente—. Seth acaba de irse.

—¿Cómo? ¿Por qué? —Cayó en la cuenta antes de terminar de decirlo—. ¡Mierda! Debe de haber salido por atrás.

—Voy tras él. —Movió la cabeza antes de que su hermano pudiera protestar—. Es conmigo con quien está mosqueado en este momento. Soy yo quien cree que le ha decepcionado. Tengo que arreglarlo. —Miró hacia arriba, hacia donde Grace estaba sentada en los peldaños—. Cuida de ella —murmuró mientras se dirigía a la puerta trasera.

Ethan sabía que Seth se dirigiría al bosque, y tenía que confiar en que no se adentraría demasiado en la marisma. El chico era un superviviente, pensó. Pero el alivio le recorrió cuando oyó el susurro de los arbustos y de las hojas viejas.

Le resultó fácil identificar el punto donde el chico había dejado el sendero. Se abrió paso entre intrincadas matas, con las espinas de las zarzas, y le siguió. Las hojas de los árboles que se arqueaban sobre su cabeza impedían que le alcanzara la luz del sol y lo peor del calor. Pero la humedad era inmensa.

El sudor le corría por la espalda y le caía por los ojos mientras caminaba pacientemente y esperaba. Sabía perfectamente que el chico le estaba evitando, manteniéndose unos metros por delante. Al final, se sentó en un tronco caído, decidiendo que sería más fácil dejar que el chico viniera a él.

Pasaron diez largos minutos, con los insectos revoloteando como en una nube y los mosquitos buscando sangre, pero por fin Seth salió de la espesura y se enfrentó a él.

—No voy a volver contigo —dijo, casi escupiendo las palabras—. Si tratas de obligarme, volveré a huir.

—No te voy a obligar a hacer nada. —Desde donde estaba sentado en el tronco, Ethan observó al chico. Su rostro estaba manchado, veteado de suciedad y sudor, arrebolado de calor y de ira. Las piernas y brazos estaban cubiertos de arañazos por abrirse paso entre las zarzas.

Le iban a picar como un demonio cuando Seth se calmara lo suficiente para darse cuenta.

—¿Quieres sentarte y resolver esto hablando? —preguntó suavemente.

—No me creo nada de lo que vayas a decir. Eres un mentiroso. Los dos sois unos putos mentirosos. ¿Me vas a decir que no estabais follando?

—No, no es eso lo que estábamos haciendo.

Seth se lanzó contra él a tal velocidad que pilló a Ethan desprevenido y le dio un puñetazo de lleno en la mandíbula. Luego se le ocurrió que el chico tenía buenos puños, pero eso fue mucho más tarde. En ese momento, tuvo que usar toda su concentración para luchar con el chico hasta derribarlo.

—¡Te mataré! Te voy a matar en cuanto tenga oportunidad, cabrón. —Se revolvió, forcejeó, luchó y esperó la lluvia de golpes.

—¡Espera, joder! —Frustrado porque los escurridizos brazos sudorosos del chico se le escapaban todo el rato, Ethan le sacudió levemente—. Así no vas a ningún sitio. Soy más grande que tú y te puedo mantener sujeto hasta que te quedes sin fuerzas.

—¡Quítame las manos de encima! —Seth mostró los dientes y masculló—: ¡Eres un hijo de puta!

Era un golpe más potente y más certero que el puñetazo. Ethan contuvo el aliento y asintió con lentitud.

—Sí, eso es lo que soy. Por eso es por lo que tú y yo nos conocemos. Puedes escapar cuando te suelte, Seth. Puedes echarme toda la mierda que quieras. Eso es lo que la gente espera de los hijos de puta. Pero me imagino que tú deseas algo mejor para ti mismo. —Ethan se echó hacia atrás, se sentó sobre los tobillos y se limpió la sangre de la boca—. Es la segunda vez que me das un puñetazo en la cara. Si vuelves a intentarlo, te voy a dar tal zurra en el culo que no te vas a poder sentar en un mes.

—¡Te odio, jodido cabrón!

—Vale. Pero tendrás que odiarme por las razones apropiadas.

—Lo único que querías era tirártela y ella se ha abierto de piernas para ti.

—¡Cuidado! —Rápido como el rayo, Ethan agarró a Seth por la camisa y le hizo ponerse de rodillas—. Ni se te ocurra hablar así de ella. Tuviste la suficiente sensatez para darte cuenta desde el principio del tipo de persona que es Grace. Por eso confiaste en ella, por eso le tomaste cariño.

—Ella me importa una mierda —proclamó, y tuvo que tragar para evitar que las lágrimas que le quemaban comenzaran a brotar.

—Si Grace no te importara, no estarías tan furioso con ella y conmigo. Y no sentirías que te hemos decepcionado.

Ethan soltó a Seth y se pasó las manos por la cara. Sabía lo tremendamente mal que se le daba hablar de emociones, en particular de las suyas.

—Te voy a hablar claro. —Bajó las manos y dijo—: Tienes razón sobre lo que ha sucedido antes de que llegaras a casa, sólo te equivocas sobre lo que significa.

Los labios de Seth temblaron en una mueca burlona.

—Ya sé lo que significa joder.

—Sí, lo que tú conoces son sonidos feos en la habitación de al lado, un sobeteo apresurado en la oscuridad, olores acres, dinero que cambia de manos.

—Sólo porque no la hayas pagado no...

—Cállate —ordenó Ethan pacientemente—. Yo también creía que eso era todo lo que había, o la única forma que existía. Duro, sin corazón, a veces sórdido. Lo único que quieres del otro es lo que puedes conseguir para ti. Así que es egoísta, también. Obtienes cierto alivio, te subes los pantalones y te vas. No siempre está mal. Si no le importa a ninguno de los implicados, si te ayuda a sobrellevar la noche, no siempre está mal. Pero no es la única forma, y desde luego no es la mejor.

Recordó cuando había pensado que esperaba que le tocara a otro explicarle esas cosas al chico cuando llegara el momento. Pero parecía que el momento era ése y que le tocaba a él.

No podía hacerlo con una sonrisa y un guiño como lo habría hecho Cam, ni de forma suave y con palabras bonitas, como seguramente lo haría Phillip. Él sólo podía hablar desde el corazón y esperar que con eso bastara.

—El sexo puede ser como comer, sólo saciar el hambre. A veces pagas por una comida, o haces trueque, y si es justo, tú das el equivalente de lo que recibes.

—El sexo no es más que sexo. Sólo lo pintan bonito para vender libros y películas.

—¿Tú crees que eso es lo único que existe entre Anna y Cam?

Seth se encogió de hombros, pero estaba pensando.

—Ellos poseen algo que importa, algo que dura, algo sobre lo que se construyen vidas. No es con lo que tú creciste ni con lo que yo pasé la primera parte de mi vida, por eso te lo puedo decir claramente. —Ethan se apretó los ojos con los dedos, sin hacer caso del sudor y de las nubes de insectos—. Es distinto cuando te importa, cuando la otra persona no es sólo una cara o un cuerpo que está a mano y dispuesto. Yo he vivido eso. Casi todo el mundo lo hace en un momento u otro. Pero es distinto cuando es sólo esa persona la que te importa, la que le da sentido. Cuando no es sólo el ansia lo que te empuja. Cuando deseas, por encima de todo, dar más de lo que recibes. Nunca había tenido con nadie lo que tengo con Grace.

Seth se encogió de hombros y apartó la mirada, pero no antes de que Ethan viera la desdicha en su rostro.

—Sé que sientes algo por ella, y que esos sentimientos son reales, fuertes e importantes. Quizá una parte de ti deseaba que ella fuera perfecta, que no sintiera las necesidades que otras mujeres poseen. Creo que una parte más importante de ti deseaba protegerla, asegurarte de que nadie le hiciera daño. Por eso voy a decirte lo que acabo de decirle a ella. La amo. Nunca he amado a nadie más.

Seth fijó los ojos en la marisma. Todo en él era dolor, pero lo peor era la vergüenza.

—¿Ella te ama?

—Sí, me ama. No tengo ni idea de por qué.

Seth pensó que él sabía por qué. Ethan era fuerte y no se daba importancia. Hacía lo que había que hacer. Hacía lo correcto.

—Yo iba a cuidar de ella cuando fuera mayor. Supongo que eso te parece absurdo.

—No. —De repente, deseaba intensamente darle un abrazo al chico, pero sabía que no era el momento oportuno—. No, creo que es algo grande. Me siento orgulloso de ti.

La mirada de Seth se alzó hasta él por un instante y después huyó de nuevo rápidamente.

—Es como que yo…, ya sabes, la quiero. No es que me apetezca verla desnuda o algo así —añadió rápidamente—. Es sólo…

—Comprendo. —Ethan se apretó fuerte la punta de la lengua para sofocar la risa. La veloz oleada de risueño alivio le supo mejor que una cerveza helada en un día abrasador—. Es como si fuera una hermana, como que deseas lo mejor para ella.

—Eso. —Y Seth suspiró—. Sí, creo que es eso.

Pensativamente, Ethan aspiró aire por entre los dientes.

—Tiene que ser duro para un hombre entrar y encontrarse a su hermana con alguien.

—Le he hecho daño. Quería hacérselo.

—Sí, lo has hecho. Tendrás que pedirle perdón si quieres aclarar las cosas con ella.

—Va a pensar que soy un estúpido. No querrá hablar conmigo.

—Quería venir ella misma a buscarte. Seguro que ahora mismo está dando vueltas arriba y abajo por el patio, preocupadísima por ti.

Seth tomó aliento de un modo que se parecía demasiado a un sollozo.

—Le he estado dando la tabarra a Cam hasta que me ha traído para recoger mi guante de béisbol. Y cuando yo…, al veros allí, me ha recordado cuando volvía al sitio donde vivía con Gloria y ella se lo estaba haciendo con cualquier tipo.

Donde el sexo era un negocio, pensó Seth, feo y sórdido.

—Es difícil dejar esas cosas de lado, o permitirte pensar que existe una forma distinta. —Como él mismo seguía trabajando en ello, Ethan habló con cuidado—. Que hacer el amor, cuando te implicas, cuando te importa, cuando las cosas son correctas, es algo limpio.

Seth sorbió y se limpió los ojos.

—Bichos —murmuró.

—Sí, aquí son una peste.

—Me tendrías que haber pegado por decir todas esas porquerías.

—Tienes razón —decidió Ethan tras pensarlo un momento—. Te pegaré la próxima vez. ¡Ala, vámonos a casa!

Se puso de pie, se limpió los pantalones y después le tendió una mano al muchacho. Éste se le quedó mirando y vio amabilidad, paciencia, compasión. Las cualidades de un hombre del que se habría burlado antes, porque había encontrado muy poco de esas cualidades en las personas que habían tocado su vida.

Puso su mano en la de Ethan y, sin darse cuenta, la dejó allí mientras descendían por el sendero.

—¿Cómo es que no me has devuelto el golpe ni una sola vez?

«Pobre muchacho —pensó Ethan—, demasiadas manos se han alzado ya contra ti en tu corta vida.»

—A lo mejor me daba miedo que pudieras conmigo.

Seth emitió una especie de risa burlona, parpadeando con furia para contener las lágrimas que insistían en derramarse.

—Y una mierda.

—Bueno, eres pequeño —dijo Ethan sacando la gorra del bolsillo trasero del chico y colocándosela en la cabeza—. Pero eres un tipo fibroso.

Seth inspiró profundamente varias veces a medida que se acercaban a donde los rayos del sol alcanzaban el borde del bosque, proyectando una luz blanca oblicua.

Vio a Grace, como Ethan había dicho, en el patio, abrazándose como si tuviera frío. Dejó caer los brazos, dio un rápido paso hacia delante y luego se detuvo.

Ethan sintió que la mano de Seth se movía en la suya y le dio un leve apretón de ánimo.

—Sería bastante bueno para conseguir que te perdone —murmuró— que fueras corriendo y le dieras un abrazo. A Grace le encantan los abrazos.

Era lo que quería hacer, pero le daba miedo arriesgarse. Miró a Ethan, sacudió un hombro y se aclaró la garganta.

—Supongo que podría hacerlo, si eso consigue que se sienta mejor.

Ethan se detuvo, observó cómo el chaval corría por el césped y vio el rostro de Grace iluminarse con una sonrisa mientras abría los brazos de par en par para recibirle.

13

Si uno tenía que trabajar en un largo puente vacacional, pensó Phillip, más valía que fuera en algo divertido. Le encantaba su trabajo. Porque, después de todo, ¿qué era la publicidad, más que conocer a la gente y saber qué botones había que tocar para lograr que soltaran la pasta?

A menudo pensaba que era una forma aceptada y creativa, incluso esperada, de levantarle la cartera a la gente. Para un hombre que había pasado la primera mitad de su vida siendo un ladrón, era la profesión perfecta.

En esta víspera del día de la Independencia, puso en juego sus habilidades para trabajarse a un cliente en potencia. Lo prefería con mucho al trabajo manual.

—Nos tienes que perdonar cómo está todo esto. —Phillip movió su mano, de uñas bien cuidadas, para mostrar el amplio espacio, las vigas vistas del techo, las luces que colgaban de él, las paredes aún por pintar y el dañado suelo—. Mis hermanos y yo creemos que lo que vale la pena es centrar nuestros esfuerzos en el producto y mantener nuestros gastos fijos en el mínimo. Esos beneficios se transmiten a nuestros clientes.

En ese preciso momento, pensó Phillip, tenían exactamente un cliente, otro esperando y ése mordisqueando el anzuelo.

—Humm. —Jonathan Kraft se frotó la barbilla. Era un hombre de unos treinta y tantos años, y lo suficientemente afortunado como para pertenecer a la cuarta generación del imperio farmacéutico Kraft. Desde los humildes comienzos de su tatarabuelo como boticario en Boston, su familia había construido y expandido un imperio basado en los analgésicos y la aspirina. Eso le permitía ejercer su gran afición a la vela.

Era alto y estaba bronceado y en forma. Su cabello castaño estaba perfectamente cortado para resaltar la mandíbula recta y el atractivo rostro. Llevaba unos pantalones color ante, una camisa marinera de algodón y unos náuticos usados. El reloj era un Rolex y su cinturón estaba hecho de cuero italiano trabajado a mano.

Parecía exactamente lo que era: un hombre rico y privilegiado a quien le gustaban las actividades al aire libre.

—Sólo lleváis unos meses trabajando.

—Oficialmente —replicó Phillip con una radiante sonrisa. Su pelo era de un color castaño claro, cortado y peinado para sacar el máximo partido a un rostro que los ángeles habían favorecido con un beso extra de pura belleza masculina. Llevaba unos Levi´s gastados, como era la moda, una camisa verde de algodón y unas deportivas Supergas color gris verdoso. Sus ojos poseían un brillo astuto y la sonrisa era seductora.

Parecía exactamente lo que él había deseado ser: un sofisticado hombre de ciudad a quien le gustaba la moda y el mar.

—A lo largo de los años, mis hermanos y yo hemos trabajado en cuadrillas que han construido unos cuantos barcos. —Suavemente, dirigió a Jonathan hacia los bocetos enmarcados que colgaban de las paredes. Los trabajos de Seth se exhibían de un modo rústico, pues Phillip pensaba que eso armonizaba con el ambiente de una carpintería de ribera tradicional—. La goleta de mi hermano Ethan. Una de las pocas que aún navegan cada invierno para buscar ostras en la bahía de Chesapeake. La tiene desde hace más de diez años.

—Es una belleza. —El rostro de Jonathan se tornó soñador, como Phillip preveía. Cuando un hombre se dedicaba a aligerar bolsillos, tenía que hacer bien sus cálculos—. Me gustaría verla.

—Estoy seguro de que podemos organizar una visita. —Dejó que Jonathan siguiera contemplándolo, antes de urgirlo suavemente a que avanzara—. Ahora, éste posiblemente te suene. —Le indicó el dibujo de un estilizado esquife de carreras—. El *Circe*. Mi hermano Cameron participó tanto en el diseño como en la construcción.

—Y ganó a mi *Lorilee* dos años seguidos. —Jonathan hizo una mueca de resignación—. Claro que Cam capitaneaba el equipo.

—Sabe de barcos. —Phillip oyó el zumbido de un taladro procedente de donde su hermano estaba trabajando bajo cubierta. Tenía intención de hacer intervenir a Cam enseguida.

—El balandro que estamos construyendo en este momento se basa fundamentalmente en un diseño de Ethan, aunque Cam le ha añadido algunos toques. Estamos plenamente dedicados a satisfacer las necesidades y deseos del cliente. —Condujo a Jonathan hasta el punto donde Seth continuaba lijando el casco. Ethan estaba en la cubierta, fijando los verduguillos—. Quería velocidad, estabilidad y ciertos lujos. —Phillip sabía que el casco era un modelo espectacular de construcción de solape liso, él mismo le había echado un montón de sudorosas horas—. Está construido buscando la belleza, no sólo la funcionalidad. Teca de proa a popa, como pidió el cliente —añadió risueñamente, golpeando el casco con los nudillos.

Phillip movió las cejas mirando a Ethan. Reconociendo el gesto, éste reprimió un suspiro. Sabía que iba a odiar esa parte, pero Phillip había apuntado que era una buena idea para camelarse al posible cliente.

—Las juntas están endentadas y machihembradas, sin cola. —Ethan movió los hombros hacia atrás, sintiéndose como en un examen oral de la escuela. Siempre los odió—. Pensamos que si los constructores de barcos de toda la vida podían hacer que las costuras duraran un siglo o más sin usar cola, nosotros también. Y he visto fallar demasiadas unidas con cola.

—Humm —repitió Jonathan, y Ethan tomó aliento.

—El casco está calafateado al modo tradicional, con hebras de algodón. El forro es completamente estanco, y está hecho todo de madera en su parte interior. En casi todas las costuras enrollamos dos hebras. Casi no necesitamos el mazo. Después las embreamos con los materiales normales.

Jonathan no hizo ningún comentario. Tan sólo tenía una vaga idea de lo que decía Ethan. Él pilotaba barcos, barcos que había comprado nuevos, limpios y terminados. Pero le gustaba cómo sonaba la historia.

—Parece un barco fino y estanco. Una bonita embarcación de recreo. Yo busco velocidad y eficacia, además de estética.

—Nos ocuparemos de que lo obtengas. —Phillip le dirigió una amplia sonrisa, al tiempo que le hacía un gesto con el dedo a Ethan por detrás de la cabeza de Jonathan. Era el momento de comenzar el siguiente asalto.

Ethan se dirigió a la parte interior del barco, donde Cam estaba colocando la estructura del armario situado debajo de la litera.

—Te toca ahí arriba —murmuró.

—¿Phil ha conseguido que pique el anzuelo?

—No podría decirlo. Yo he hecho mi pequeño discurso y el tipo se ha limitado a asentir y a emitir sonidos. A mí me da que no tiene ni idea de lo que le estaba contando.

—Por supuesto que no. Jonathan contrata a gente para que le haga el mantenimiento de sus embarcaciones. No ha rascado un casco ni cambiado una cubierta en su vida. —Cam se incorporó de su posición agachada e hizo ejercicios para desentumecer las rodillas—. Es el tipo de persona que conduce un Maserati sin saber una mierda de motores. Pero seguro que se ha quedado impresionado con tu deje de hombre de mar y tu atractivo de rasgos duros.

Mientras Ethan soltaba una risita burlona, Cam le dio un codazo para abrirse paso.

—Voy a darle un empujoncito. —Subió a cubierta y consiguió parecer plausiblemente sorprendido de ver a Jonathan a bordo, estudiando las regalas—. Eh, Kraft, ¿qué pasa?

—Pues mucho y muy rápido. —Con sincero gusto, Jonathan le estrechó la mano—. Me sorprendió que no aparecieras en la regata de San Diego este verano.

—Me casé.

—Eso me han dicho. Enhorabuena. Y ahora te dedicas a la construcción de barcos en lugar de participar en regatas con ellos.

—Yo no contaría con mi retiro definitivo de las regatas. Estoy jugando con la idea de construirme un bote con aparejo de gata este invierno, siempre que el negocio afloje un poco.

—¿Estáis muy ocupados?

—Bueno, se corre la voz —comentó Cam, como sin darle importancia—. Un barco Quinn implica calidad. La gente inteligente quiere lo mejor, cuando puede permitírselo. —Sonrió, rápido y seductor, y preguntó—: ¿Te lo puedes permitir tú?

—Yo también estaba pensando en un bote. Tu hermano te lo debe de haber dicho.

—Sí, me lo comentó. Lo quieres ligero, rápido y estanco. Ethan y yo hemos estado modificando un diseño de lo que yo tenía pensado para mí.

—¡Qué bola! —murmuró Seth, lo suficientemente alto para que sólo lo oyera Phillip.

—Claro. —Éste le guiñó un ojo—. Pero es una bola de primera calidad. —Se inclinó un poco más hacia Seth, mientras Cam y Jonathan se enfrascaban en una conversación sobre el atractivo de participar en una carrera con un bote—. Cam sabe que aunque le cae bien al tipo, es muy competitivo. Nunca ha ganado a Cam cuando ambos tomaban parte. Así que…

—Así que pagará montones de pasta para que Cam le construya una embarcación que ni siquiera él podría mejorar.

—Eso es. —Orgulloso, Phillip le dio a Seth un leve puñetazo en el hombro—. Posees un buen cerebro. No dejes de usarlo y no te pasarás todo el tiempo lijando cascos. Ahora, chaval, observa al maestro.

Se enderezó, y sonrió de forma deslumbrante.

—Estaré encantado de mostrarte los planos, Jonathan. ¿Por qué no subimos a mi oficina? Enseguida te los busco.

—No me importaría echarles un vistazo. —Jonathan bajó del barco—. El problema es que necesito el barco listo para el uno de marzo. Tengo que probarlo, pillarle el aire y rodarlo antes de las regatas de verano.

—El uno de marzo. —Phillip frunció los labios y después sacudió la cabeza—. Eso podría ser un problema. Aquí la calidad es lo primero. Construir un campeón lleva tiempo. Le echaré un vistazo a nuestro calendario —añadió, pasando el brazo sobre el hombro de Jonathan mientras caminaban—. Veremos qué podemos hacer, pero el contrato ya está firmado y nuestras hojas de trabajo me dicen que mayo es lo antes que podemos entregar el producto de primera calidad que tú esperas y mereces.

—Eso no me deja mucho tiempo para pillarle los tinos —se quejó Jonathan.

—Créeme, Jonathan, a un barco construido por Quinn se le pilla el tino rápidamente, rápidamente —añadió, echando una mirada a sus hermanos con una sonrisa de depredador antes de llevarse a Jonathan a su oficina.

—Nos va a conseguir hasta mayo —decidió Cam y Ethan asintió.

—O le dirá que para abril y le sacará un extra al pobre idiota.

—Una cosa u otra. —Cam plantó una mano en el hombro de su hermano—. Cuando termine el día tendremos otro contrato.

Abajo, Seth se burló.

—Jo, va a acabar con él para mediodía. El tipo está perdido.

Cam fingió seriedad.

—A las dos de la tarde, como pronto.

—Las doce —insistió Seth, mirándole fijamente.

—¿Te juegas un par de pavos?

—Claro. Me viene bien el dinero.

—¿Sabes? —comentó Cam mientras sacaba su cartera—. Antes de que vinieras tú para echarme a perder la vida, yo acababa de ganar una fortuna en Montecarlo.

Seth se burló risueño.

—Esto no es Montecarlo.

—Y que lo digas. —Le pasó los billetes y después hizo una mueca al ver entrar a su esposa—. Contrólate. Se acerca la asistente social. No le va a parecer bien que los menores apuesten dinero…

—Oye, pero si he ganado yo —puntualizó Seth, pero se guardó los billetes en el bolsillo—. ¿Has traído comida? —le preguntó a Anna.

—Ay, no, no he traído nada. Lo siento. —Alterada, se pasó una mano por el pelo.

Sentía en el estómago una bola oscura que trató de ignorar con todas sus fuerzas. Sonrió, sus labios se curvaron, pero la sonrisa no le llegó a los ojos.

—¿No os habíais traído comida?

—Sí, pero tú normalmente traes algo mejor.

—Hoy he estado bastante liada preparando comida para la barbacoa de mañana. —Le pasó una mano por la cabeza y después la dejó posada en su hombro. Necesitaba sentir el contacto—. Se me ha ocurrido tomarme un descanso y ver cómo iban las cosas por aquí.

—Phil acaba de camelar a un tipo rico para que nos suelte un montón de pasta.

—Qué bien, eso está muy bien —comentó con aire ausente—. Entonces tenemos que celebrarlo. ¿Por qué no os invito a helado? ¿Puedes acercarte a Crawford y pillar helado de caramelo?

—¡Cómo no! —Su rostro se partió en una gran sonrisa—. Claro que puedo.

Anna sacó dinero de su monedero, esperando que Seth no notara que le temblaban las manos.

—El mío, sin frutos secos, ¿vale?

—Vale, sin problema. Me voy. —Salió corriendo, y ella lo miró con el corazón dolorido.

—¿Qué pasa, Anna? —Cam le puso las manos en los hombros, y le dio la vuelta para mirarle la cara—. ¿Qué ha pasado?

—Espera un momento. He venido a toda velocidad y necesito un minuto para tranquilizarme. —Soltó aire, tomó aliento y se sintió un poquito más serena—. Cam, ve a buscar a tus hermanos.

—Vale. —Pero se quedó allí, frotándole los hombros con las manos. Era raro verla tan afectada—. Sea lo que sea, lo resolveremos. —Se dirigió hacia las puertas. Ethan y Phil se encontraban fuera discutiendo de béisbol—. Ha sucedido algo —dijo brevemente—. Ha venido Anna. Ha mandado a Seth fuera. Está preocupada.

Cuando se acercaron, Anna estaba junto a un banco de trabajo mirando uno de los cuadernos de dibujo de Seth. Le picaron los ojos al ver su propio rostro, esbozado con cuidado y habilidad por la mano del muchachito.

Él siempre había sido algo más que un caso que le habían asignado, casi desde el comienzo. Y ahora era suyo, tanto como Ethan y Phillip eran suyos. Eran su familia. No podía soportar la idea de que nada ni nadie le hiciera daño a su familia.

Se sintió más tranquila al volverse y observar los rostros silenciosos y preocupados de los hombres que se habían hecho esenciales para su vida.

—Esto ha llegado en el correo de hoy. —Ya no le temblaba la mano cuando la metió en el bolso y sacó una carta.

—Está dirigida a los Quinn. Los Quinn, así, sin más —repitió—. De Gloria DeLauter. La he abierto. He pensado que era lo mejor y, bueno, ahora yo también me llamo Quinn.

Se la tendió a Cam. Sin decir nada, éste sacó la hoja de papel rayado y le pasó el sobre a Phillip.

—Está franqueada en Virginia Beach —murmuró éste—. La perdimos en Carolina del Norte. Sigue por las playas, pero viene hacia el norte.

—¿Qué quiere? —Ethan se metió las manos, con los puños apretados, en los bolsillos. Una rabia sorda a punto de estallar le palpitaba ya en la sangre.

—Lo que sería de esperar —contestó Cam brevemente—. Dinero. «Estimados Quinn. He oído que Ray murió. Qué pena. Tal vez no supierais que él y yo habíamos llegado a un acuerdo. Creo que querréis mantenerlo, puesto que tenéis a Seth con vosotros. Supongo que está muy asentado ahí, en esa bonita casa. Le echo de menos. No sabéis qué sacrificio supuso para mí cedérselo a Ray, pero quería lo mejor para mi único hijo.»

—Tendrías que sacar el violín —le susurró Phillip a Ethan.

—«Sabía que Ray sería bueno con él» —continuó Cam—. «Se portó bien con vosotros tres y Seth lleva su sangre.»

Dejó de leer por un momento. Ahí estaba, en blanco y negro.

—¿Verdadero o falso? —Alzó la mirada a sus hermanos.

—Ya nos ocuparemos de eso más tarde. —Ethan sintió que el dolor atenazaba su corazón, pero movió la cabeza—. Sigue leyendo.

—Vale. «Ray sabía cuánto me dolió separarme del chico, así que me echó una mano. Pero ahora que él ya no está, comienza a preocuparme que el sitio más apropiado para Seth no sea ahí con vosotros. Pero podríais convencerme. Si estáis decididos a quedaros con él, mantendréis la promesa de Ray de ayudarme. Voy a necesitar algo de dinero, como un signo de vuestras buenas intenciones. Cinco mil. Podéis enviármelo a mi nombre, a Lista de Correos, aquí, en Virginia Beach. Os doy dos semanas, dado que no se puede una fiar del servicio de correos. Si no tengo noticias vuestras, sabré que en realidad no queréis al chico, así que iré a buscarle. Él me debe de echar de muchísimo menos. No dejéis de decirle que su mamá le quiere mucho y que tal vez nos veamos muy pronto.»

—¡Cabrona! —fue el primer comentario de Phillip—. Está poniéndonos a prueba, intentando otro pequeño chantaje a ver si picamos como hizo papá.

—No podéis hacerlo. —Anna puso una mano en el brazo de Cam y sintió el temblor de rabia—. Tenéis que dejar que las instituciones hagan su trabajo. Tenéis que confiar en mí, no permitiré que ella haga esto. En el juicio…

—Anna. —Cam puso la carta en la mano que Ethan le tendía—. No vamos a hacer que el chico pase por un proceso judicial. No a menos que no haya otra forma.

—No podéis darle dinero. Cam…

—Yo no quiero que reciba ni un puto centavo. —Se puso a dar vueltas, tratando de controlar su ira—. Se cree que nos tiene cogidos por las pelotas, pero se equivoca. No somos un hombre viejo y solo. —Se volvió con los ojos ardientes—. Veremos cómo intenta pasar por encima de nosotros para echarle el guante a Seth.

—Ha tenido mucho cuidado en la forma de decir las cosas —comentó Ethan mientras estudiaba la carta otra vez—. No deja de ser una amenaza, pero no es tonta.

—Es avariciosa —intervino Phillip—. Si ya está pidiendo más, después de todo lo que le dio papá, lo que está haciendo es poner a prueba la profundidad del pozo.

—Ahora os ve como su vaca lechera —coincidió Anna—. Y resulta imposible predecir qué hará cuando se dé cuenta de que ésta no se deja ordeñar. —Haciendo una pausa, se apretó una sien con los dedos, forzándose a pensar—. Si vuelve de nuevo al condado y trata de ponerse en contacto con Seth, puedo hacer que le impidan el contacto directo con él con una orden de alejamiento, al menos de forma temporal. Vosotros tenéis la custodia del chico. Y Seth es lo suficientemente mayor como para hablar por sí mismo. La pregunta es: ¿lo hará? —Alzó las manos, frustrada y luego las dejó caer—. Me ha contado muy poco sobre su vida antes de que viniera aquí. Necesitaré detalles para poder bloquear cualquier intento de reclamar la custodia por parte de ella.

—Él no la quiere. Y ella no le quiere a él. —Ethan a duras penas pudo resistirse a hacer una bola con la carta y lanzarla lejos—. A menos que él valga el precio de otra dosis. Ella dejó que los clientes se le acercaran.

Anna se volvió a mirarle, mantuvo los ojos serenos y directos en su rostro.

—¿Te lo ha contado Seth? ¿Te dijo que había habido abuso sexual y que ella lo había permitido?

—Me contó lo suficiente. —El gesto de Ethan se endureció y se tornó sombrío—. Depende de él si quiere contárselo a alguien más y verlo reflejado en un puto informe oficial.

—Ethan. —Anna posó una mano sobre su rígido brazo—. Yo también le quiero. Sólo deseo ayudarle.

—Lo sé. —Dio un paso atrás porque su enfado era demasiado intenso y podía salpicar a los demás—. Lo siento, pero hay veces en que las instituciones sólo empeoran las cosas. Te hacen sentir como que se te tragan. —Intentó bloquear el eco de dolor—. Él tiene que saber que cuenta con nosotros para mantenernos firmes a su lado, al margen de cualquier institución.

—Hay que decirle al abogado que ella se ha puesto en contacto con nosotros. —Phillip le cogió la carta a Ethan, la dobló y la metió de nuevo en el sobre—. Y tenemos que decidir cómo vamos a llevar este tema. Mi primer impulso es bajar a Virginia Beach, sacarla de su agujero y decirle de forma que no le quepa ninguna duda lo que le va a pasar si se acerca a menos de cincuenta millas de Seth.

—Las amenazas no van a servir de nada… —comenzó Anna.

—Pero nos haría sentir de maravilla. —Cam enseñó los dientes—. Dejadme hacerlo a mí.

—Por otro lado —continuó Phillip—, creo que podría ser muy efectivo, y contaría mucho si llegamos a una batalla legal, el que nuestra colega Gloria recibiera una carta de la asistente social asignada al caso de Seth. Una carta que resumiera la situación, las opciones y las conclusiones a las que se ha llegado. Contactar o tratar de contactar con una madre biológica que está pensando en volver a reclamar la custodia de su hijo, un hijo que figura en tus archivos, entraría dentro de tus competencias, ¿no, Anna?

Anna lo pensó, consciente de que se trataba de una línea muy fina y haría falta un gran sentido del equilibrio para caminar por ella.

—Yo no puedo amenazarla. Pero… tal vez pueda hacer que se pare a pensar. Con todo, la pregunta esencial sigue siendo: ¿se lo vamos a decir a Seth?

—Él le tiene miedo —murmuró Cam—. Maldita sea, el chico está comenzando a relajarse, está empezando a creer que se encuentra a salvo. ¿Por qué tenemos que decirle que ella ha vuelto a meter la zarpa en su vida otra vez?

—Porque tiene derecho a saberlo —dijo Ethan con suavidad. Ya se había calmado y podía pensar con claridad—. Tiene derecho a saber qué es a lo que quizá tenga que enfrentarse. Si sabes qué es lo que te persigue, tienes más oportunidades. Y porque —añadió— la carta venía dirigida a los Quinn. Él es uno de nosotros.

—Yo preferiría quemarla —musitó Phillip—. Pero tienes razón.

—Se lo diremos entre todos —coincidió Cam.

—Preferiría decírselo yo.

Tanto Cam como Phillip se quedaron mirando a Ethan.

—¿De veras?

—Puede que se lo tome mejor viniendo de mí. —Se volvió a ver cómo Seth entraba por la puerta—. Ahora lo veremos.

—Mamá Crawford nos ha puesto un montón de caramelo extra. Tío, le ha echado un chorro enorme. Había como miles de turistas en el puerto y… —Su charla excitada se detuvo. Los ojos pasaron de alegres a recelosos. El corazón comenzó a tamborilearle en el pecho. Podía reconocer los problemas, los problemas serios. Tenían su propio olor—. ¿Qué pasa?

Anna le quitó la bolsa y se volvió para sacar las tarrinas con tapas de plástico.

—¿Por qué no te sientas, Seth?

—No quiero sentarme. —Era más fácil sacar ventaja al correr si uno ya estaba de pie.

—Hoy ha llegado una carta. —Ethan sabía que lo mejor era dar las malas noticias de forma rápida y clara—. De tu madre.

—¿Está aquí? —El miedo regresó, afilado como un bisturí. Seth retrocedió un paso y se quedó tieso como una tabla cuando Cam le puso una mano en el hombro.

—No, no está aquí. Pero nosotros sí. No te olvides de eso.

Seth se estremeció, luego plantó los pies en el suelo con firmeza.

—¿Qué demonios quiere? ¿Por qué manda una carta? No quiero leerla.

—Entonces no tienes por qué hacerlo —le aseguró Anna—. ¿Por qué no dejas que Ethan te explique, y luego hablaremos de lo que vamos a hacer?

—Ella sabe que Ray ha muerto —comenzó Ethan—. A mí me da que lo ha sabido desde el principio, pero que se ha tomado su tiempo.

—Él le dio dinero. —Seth tragó para que la saliva arrastrara el temor. Los Quinn no tenían miedo, se dijo a sí mismo. No le tenían miedo a nada—. Ella se fue. A ella no le importa que esté muerto.

—Sí, no creo que le importe, pero está buscando más dinero. De eso trata la carta.

—¿Quiere que yo le pague? —Un miedo inédito y acerado le explotó en el cerebro—. Yo no tengo dinero. ¿Por qué me pide dinero a mí?

—No te ha escrito a ti.

Seth respiró entrecortadamente y centró la mirada en el rostro de Ethan. Los ojos eran claros y pacientes, la boca firme y seria. Ethan lo sabía, no podía pensar otra cosa. Ethan sabía cómo era. Conocía los cuartos, los olores, las manos gruesas en la oscuridad.

—Quiere que le paguéis vosotros. —Una parte de sí quería implorarles que lo hicieran. Que le pagaran lo que ella quisiera. Él juraría con su sangre que haría lo que le pidieran durante el resto de su vida para honrar la deuda. Pero no podía. No con Ethan observándole y esperando. Y sabiendo—. Si lo hacéis, no hará más que volver por más. Seguirá volviendo una y otra vez. —Seth se pasó el dorso de la mano sudorosa por la boca—. Mientras sepa dónde estoy, volverá. Tengo que irme a otro sitio, a algún sitio donde no pueda encontrarme.

—Tú no te vas a ir a ninguna parte. —Ethan se acuclilló para que sus ojos quedaran a la misma altura—. Y ella no va a conseguir más dinero. No va a ganar.

Lentamente, de forma mecánica, Seth sacudió la cabeza hacia los lados.

—Tú no la conoces.

—Conozco partes de ella. Es lo suficientemente lista para saber que estamos decididos a mantenerte aquí con nosotros. Que te queremos lo suficiente como para pagarle. —Vio el destello de emoción en los ojos del chico antes de que bajara la mirada—. Y que le pagaríamos si ésa fuera la forma de terminar con esto, si eso facilitara las cosas. Pero no va a terminar con ellas ni las va a facilitar. Es lo que tú has dicho. Ella volvería una y otra vez.

—¿Qué vais a hacer?

—Es lo que vamos a hacer. Entre todos nosotros —dijo, y esperó a que la mirada de Seth se detuviera de nuevo en su rostro—. En general, vamos a continuar como hasta ahora. Phil hablará con el abogado para tener ese ángulo cubierto.

—Dile que no quiero volver con ella —dijo Seth colérico, lanzándole a Phillip una mirada de desesperación—. Pase lo que pase, yo no voy a volver.

—Se lo diré.

—Anna le va a escribir una carta —continuó Ethan.

—¿Qué clase de carta?

—Una buena —comentó Ethan esbozando una sonrisa—. Con todas esas palabras caras y todo ese rollo oficial. Lo hará como asistente social asignada a tu caso, para decirle a Gloria que contamos con el apoyo de la ley y de las instituciones. Puede que le haga pensar.

—Ella odia a los asistentes sociales —intervino Seth.

—Bien. —Por primera vez en más de una hora, Anna sonrió, y esta vez sintiéndolo—. La gente que odia algo normalmente le tiene miedo también.

—Una cosa que sería de gran ayuda, si pudieras hacerlo, Seth…

Se volvió a Ethan.

—¿Qué tengo que hacer?

—Si pudieras hablar con Anna y contarle cómo eran las cosas antes, describiéndolas de forma tan precisa como puedas.

—No quiero hablar de ello. Aquello se acabó. No voy a volver.

—Lo sé. —Con ternura, Ethan puso las manos en los hombros temblorosos de Seth—. Y sé que hablar de ello puede ser casi como estar de vuelta allí. A mí me llevó mucho tiempo poder contárselo a mi madre, a Stella. Decirlo en voz alta, aunque ella ya sabía la mayor parte. Después de eso, empezó a mejorar. Y les ayudó a ella y a Ray a arreglar toda la mierda legal.

Seth pensó en *Solo ante el peligro* y en héroes. Pensó en Ethan.

—¿Es lo que hay que hacer?

—Sí, es lo que hay que hacer.

—¿Estarás tú conmigo?

—Claro. —Ethan se puso de pie y le tendió una mano—. Vamos a casa y lo comentaremos a fondo.

14

—¿Lista, mamá? ¿Nos vamos?

—Casi, Aubrey. —Grace le dio los últimos toques a la ensalada de patata, espolvoreando pimentón dulce para darle un toque de color y de sabor.

La niña no había dejado de preguntarle lo mismo desde las siete y media de la mañana. Grace decidió que la única razón por la que no había perdido la paciencia con su hija era porque ella misma se sentía tan ansiosa e ilusionada como una niña de dos años.

—¡Maaamá!

Ante la profunda frustración en la voz de la niña, Grace se tragó una risita.

—Veamos. —La joven cubrió el cuenco con un plástico transparente antes de darse la vuelta para observar a su hija—. Estás muy guapa.

—Tengo un lazo. —Con un gesto totalmente femenino, la niña alzó una mano y se tocó la cinta que su madre le había puesto en los rizos.

—Un lazo rosa.

—Rosa. —Aubrey miró a Grace con una sonrisa deslumbrante—. Mamá guapa.

—Gracias, cariño. —Esperaba que Ethan estuviera de acuerdo. ¿Cómo la miraría? ¿Cómo deberían comportarse? Habría mucha gente, y nadie, bueno, aparte de los Quinn, nadie sabía que estaban enamorados.

Enamorados, pensó con un largo suspiro soñador. Era un lugar tan maravilloso en el que encontrarse. Parpadeó mientras unos bracitos se aferraron a sus piernas y se las apretaron.

—Mamá, ¿lista?

Riéndose, Grace alzó a su hija para darle un beso y un gran abrazo.

—¡Vale! Vámonos.

Ningún general en las horas anteriores a una batalla decisiva había dirigido sus tropas con mayor autoridad y determinación que Anna Spinelli Quinn.

—Seth, coloca esas sillas plegables a la sombra de esos árboles de allá. ¿Todavía no ha vuelto Phillip con el hielo extra? Ya hace veinte minutos que se ha ido. ¡Cam! Ethan y tú estáis poniendo esas mesas de picnic demasiado juntas.

—Hace un momento —comentó Cam por lo bajo— estaban demasiado separadas. —Pero volvió atrás y desplazó la mesa unos treinta centímetros.

—Vale. Así está bien. —Cargada con manteles de rayas en vivos tonos de rojo, azul y blanco, Anna atravesó el césped apresuradamente—. Ahora podéis poner las mesas con sombrilla más cerca del agua, creo.

Cam entornó los ojos.

—Has dicho que las querías junto a los árboles.

—He cambiado de opinión. —Dirigió una mirada al patio mientras extendía los manteles.

Cam abrió la boca para protestar, pero captó a tiempo el gesto negativo de advertencia que le hizo su hermano. Ethan tenía razón, decidió. Discutir no iba a cambiar nada.

Anna llevaba toda la mañana como una moto, y cuando se lo comentó a Ethan una vez estaban donde ella no pudiera oírles, lo hizo con la irritación de alguien completamente perplejo.

—Estamos hablando de una mujer práctica, organizada —añadió Cam—. No sé qué cuernos le pasa. No es más que una comida al aire libre, joder.

—Supongo que las mujeres se ponen así por cosas como ésta —opinó Ethan. Se acordaba de cómo Grace no le había permitido darse una ducha en su propio cuarto de baño, sólo porque Anna y Cam volvían a casa ese día. ¿Quién sabía lo que pasaba en una mente femenina?

—No se puso así cuando lo del banquete de boda.

—Será que entonces tenía la cabeza en otras cosas.

—Sí. —Cam refunfuñó mientras cogía una de las mesas con sombrilla, otra vez, y se la llevaba hacia el agua bañada por el resplandor del sol—. Phil sí que es listo. Ha salido de casa como alma que lleva el diablo.

—Siempre ha sido muy hábil —coincidió Ethan.

A él no le importaba mover mesas, o colocar sillas, o cualquiera de las docenas de tareas, grandes y pequeñas, que se le ocurrían a Anna. Le ayudaba a mantener la mente apartada de temas más serios.

Si se permitía pensar demasiado, comenzaba a ver en su mente una imagen de Gloria DeLauter. Como nunca la había visto en persona, la imagen creada por su imaginación era la de una mujer alta y corpulenta con el pelo pajizo en desorden, los ojos duros maquillados de negro, la boca floja por los muchos viajes a la botella y los excesivos apareamientos con la aguja.

Los ojos eran azules, como los suyos. La boca, a pesar de la capa de carmín brillante, estaba formada como la suya. Y sabía que no era la madre de Seth a quien estaba viendo. Era la suya.

No se trataba de una imagen confusa y borrosa, como se había ido volviendo con el tiempo. Ahora estaba tan nítida y bien definida como si fuera ayer.

Todavía poseía el poder de helarle la sangre, de agitar en su estómago un malsano temor animal que se parecía a la vergüenza. Todavía le daban ganas de ponerse a dar golpes con los puños magullados y cubiertos de sangre.

Volvió lentamente la cabeza al oír un chillido de alegría. Y vio a Aubrey que se acercaba corriendo por el césped con los ojos brillantes como rayos de sol. Y vio a Grace, de pie en las escaleras del porche, con la sonrisa cálida y un poco tímida.

«No tienes derecho —siseó una vocecita desagradable dentro de su cabeza—. No tienes derecho a tocar algo tan brillante y tan bueno.»

Pero sentía la necesidad, una necesidad que le inundó como una tormenta y le dejó sin saber qué hacer. Cuando Aubrey se lanzó contra él, sus brazos la alzaron y le dieron unas vueltas mientras ella chillaba de alegría. Quería que fuese suya. Con un profundo anhelo, deseó que esa niña perfecta, inocente y risueña le perteneciera.

Las rodillas de Grace flojearon mientras caminaba hacia ellos. La imagen que componían destelló en su mente, en su corazón, donde ella sabía que quedaría grabada. El hombre desmañado con manos grandes y una sonrisa seria y la niña de un dorado brillante con un lazo rosa en el pelo.

El sol se vertía sobre ellos de un modo tan abundante y completo como el amor que brotaba de su corazón.

—Lleva lista para venir desde que ha abierto los ojos esta mañana —comenzó Grace—. He pensado que podíamos venir un poco más pronto para echarle una mano a Anna. —Él la miraba tan atenta, tan calmadamente, que los nervios le bailaron bajo la piel—. No queda mucho por hacer, pero...

Se interrumpió porque el brazo de él se deslizó hasta envolverse con rapidez en torno a ella y apretarla estrechamente junto a sí. Apenas le dio tiempo a tomar aliento, sorprendida, antes de que la boca de él se posara en la suya. Áspero y ansioso, el abrazo envió rayos de calor por la sangre, haciendo girar su aturdido cerebro hasta marearlo. De forma amortiguada, oyó el grito feliz de su hija.

—¡Beso, mamá!

«Ay, sí —pensó Grace, apresurándose para alcanzarle en la frenética carrera que él había iniciado—. Por favor, bésame, bésame, bésame.»

Le pareció oír algún sonido que él emitía, tal vez un suspiro, que procedía de un lugar demasiado hondo como para ser un verdadero sonido. Los labios de él se suavizaron. La mano que se había aferrado a la espalda de la blusa como un hombre que se aferrara a su propia vida se abrió y la acarició. Esta emoción más tierna, más dulce, que fluía de él no era más serena que ese primer latigazo de avaricia, y sólo doraba los bordes del deseo que él había incitado.

Podía olerle, calor y hombre. Podía oler a su hija, talco y niña. Sus brazos estrecharon a ambos, instintivamente convirtiéndolos en una unidad, manteniéndolos allí cuando el beso terminó y ella pudo posar la cabeza sobre el hombro de él.

Nunca la había besado delante de otras personas. Ella sabía que Cam se hallaba a unos pocos metros cuando Ethan la agarró. Y Seth lo habría visto..., y Anna.

¿Qué significaba?

—¡Bésame! —exigió Aubrey, dándole golpecitos a Ethan en la mejilla y frunciendo los labios.

Él le dio gusto y luego jugueteó, haciéndole cosquillas en el cuello, lo que la hizo reír. Después volvió la cabeza y rozó con los labios el cabello de Grace.

—No quería agarrarte de esa forma.

—Estaba esperando que lo hicieras —susurró—. Me ha hecho sentir que pensabas en mí. Que me deseabas.

—Pensaba en ti, Grace. Te deseaba. —Como Aubrey se revolvía, la puso en el suelo y la dejó correr hacia Seth y los perros—. Lo que quiero decir es que no quería ser brusco contigo.

—No lo has sido. No soy frágil, Ethan.

—Sí, lo eres. —Cuando vio a Aubrey caer sobre *Tonto* para luchar en la hierba, volvió la mirada hacia Grace, hacia sus ojos—. Delicada —dijo suavemente— como la porcelana blanca con flores rosas que sólo usábamos el día de Acción de Gracias.

Que él pensara eso hizo que su corazón aleteara alegremente, aunque ella sabía que no era así.

—Ethan…

—Siempre me daba miedo cogerla mal y romperla por una torpeza. Nunca me acostumbré a ella.

Le pasó el pulgar levemente por el pómulo, donde la piel estaba caliente y era de una suavidad sedosa. Luego dejó caer la mano a un lado.

—Más vale que arrimemos el hombro, antes de que Anna vuelva loco a Cam.

El estómago de Grace siguió aleteando con una nerviosa alegría, incluso cuando se puso a sacar comida desde la cocina hasta una de las mesas de picnic. A veces se detenía, con una fuente o un cuenco en la mano, a contemplar cómo Ethan clavaba en la tierra las estacas para jugar a las herraduras.

«Mira cómo se le tensan los músculos bajo la camisa. Es tan fuerte… Mira cómo le muestra a Seth la forma de coger el martillo. Tiene tanta paciencia.

Lleva los vaqueros que lavé el otro día. Las vueltas se han quedado blancas y están empezando a deshilacharse. En el bolsillo delantero derecho había sesenta y tres céntimos. Mira cómo Aubrey se le sube por la espalda. Sabe que será bienvenida. Sí, la agarra, la alza un poco para que no se caiga y sigue trabajando. No le importa que ella le quite la gorra y trate de ponérsela en su cabecita. Le ha crecido el pelo y las puntas brillan al sol mientras se lo aparta de los ojos de un meneo. Espero que siga olvidándose de ir al barbero durante un tiempo. Ojalá pudiera tocar ese cabello en este mismo momento. Enrollar esas espesas puntas quemadas por el sol en torno a mi dedo.»

—Es una bella imagen —murmuró Anna por detrás, haciendo que Grace se sobresaltara. Con una suave risa, Anna colocó en la mesa un enorme cuenco de ensalada de pasta—. Yo a veces hago lo mismo con Cam. Simplemente me quedo mirándole. A los Quinn da gusto mirarlos.

—A veces pienso que sólo voy a echarle una miradita rápida y luego no puedo dejar de contemplarle. —Sonrió cuando Ethan se incorporó, con Aubrey aún subida en su espalda, y dio vueltas lentamente, como tratando de encontrarla.

—Se le dan muy bien los niños —comentó Anna—. Va a ser un padre maravilloso.

Grace sintió que le subía el calor a las mejillas. Ella estaba pensando exactamente lo mismo. Le costaba creer que apenas unas semanas antes le había dicho a su madre que no pensaba casarse nunca más. Y ahora estaba dándole vueltas a esa posibilidad. Y esperando.

Le había resultado fácil apartar toda idea de matrimonio cuando no creía que pudiera compartir alguna vez su vida con Ethan. En su primer matrimonio le fue mal porque su corazón pertenecía a otro hombre que no era su esposo. Fue culpa suya, y asumía la responsabilidad de aquel fracaso.

Pero el matrimonio con Ethan sacaría lo mejor de ella, ¿no? Podrían fundar una familia, construir un hogar y un futuro basados en el amor, la confianza y la sinceridad.

Ella sabía que él no iba a apresurarse. Eso no le iba. Pero la amaba. Ella le comprendía lo suficiente para saber que, para él, el matrimonio sería el siguiente paso.

Ella estaba ya lista para darlo.

El olor de las hamburguesas humeando en la parrilla, el aroma a levadura de la cerveza que salía de un barril frío. Las voces de los niños que reían y las de los adultos que se alzaban en chispeantes conversaciones o descendían para intercambiar un buen cotilleo. El ruido apagado de una embarcación que surcaba veloz las aguas, con los gritos entusiasmados de sus tripulantes, todos adolescentes; el sonido metálico de la herradura cuando daba en el blanco...

Había perfumes, sonidos e imágenes. Y los vivos colores rojo, blanco y azul de los manteles que cubrían las mesas llenas de cuencos, platos, fuentes y cazuelas.

La tarta de cereza de la señora Cutter. El cóctel de gambas de los Wilson. Lo que quedaba del saco de maíz que habían llevado los Crawford. Moldes de gelatina y ensalada de fruta, pollo frito y tomates en rama tempraneros. La gente estaba por todas partes, en sillas, en la hierba, en el embarcadero y en el porche.

Algunos hombres contemplaban de pie, con las manos en las caderas, el juego de herraduras, con la expresión trascendental que suelen adoptar cuando presencian un espectáculo deportivo. Los bebés dormían en sillitas o en brazos complacientes mientras otros lloraban para que les hicieran caso. Los más jóvenes nadaban y chapoteaban en el agua fresca y los mayores se abanicaban a la sombra.

El cielo estaba claro, el calor era inmenso.

Grace contempló cómo *Tonto* rebuscaba por el suelo comida que se hubiera caído. Había encontrado un montón y ella pensó que se sentiría enfermo como…, bueno, como un perro, antes de que terminara el día.

Ella tenía la esperanza de que no terminara nunca.

Vadeando, se metió en el agua, sosteniendo firmemente a Aubrey a pesar de los coloridos manguitos que llevaba en los brazos. Zambulló a su hija, riendo cuando la niña se puso a patalear de gusto.

—¡Dentro, dentro, dentro! —exigió Aubrey.

—Cariño, no me he traído el traje de baño. —Pero se metió un poco más, hasta que el agua le llegó a la rodilla, para que la niña pudiera chapotear.

—¡Grace!, ¡Grace! Mira, mira.

Para darle gusto, Grace entornó los ojos para protegerse del sol y vio cómo Seth corría para luego lanzarse desde el embarcadero, doblando las rodillas y sujetándolas con los brazos. Cayó en el agua como una bomba, levantando una fuente resplandeciente, y la mojó entera.

—Es estilo bomba —anunció orgulloso cuando salió a la superficie. Luego sonrió—. Anda, os habéis mojado todas.

—Seth, llévame. —Estirándose, Aubrey le tendió los brazos—. Llévame.

—No puedo, Aub. Tengo que hacer la bomba. —Cuando se alejó nadando para reunirse con los otros chicos, Aubrey se puso a sollozar.

—Luego vuelve y juega contigo —le aseguró Grace.

—¡Ahora!

—Enseguida. —Para evitar lo que podría convertirse en una buena rabieta, lanzó a Aubrey hacia arriba para cogerla en cuanto golpeaba el agua. Dejó que jugara y chapoteara y luego la dejó suelta. Se mordió el labio mientras su hijita disfrutaba libremente.

—Nado, mamá.

—Ya lo veo, cariño. Nadas muy bien. Pero no te vayas lejos.

Como Grace esperaba, el agua, el sol y la excitación se combinaron para agotar a la niña. Cuando ésta empezó a parpadear y a abrir mucho los ojos, como hacía cuando necesitaba dormir, Grace la atrajo hacia sí.

—Aubrey, vamos a beber algo.

—Nado.

—Luego nadamos más. Tengo sed. —Grace la levantó y se preparó para la pequeña batalla que se avecinaba.

—¿Qué tienes ahí, Grace, una sirena?

Madre e hija alzaron la vista a la húmeda ribera y vieron a Ethan.

—La verdad es que es bonita —dijo, sonriendo al rostro mohíno de Aubrey—. ¿Me la dejas?

—No sé. Tal vez. —Se acercó al oído de Aubrey y dijo—: Ethan cree que eres una sirena.

Los labios de la niña temblaron, pero ya casi se había olvidado de por qué quería llorar.

—¿Como Ariel?

—Sí, como Ariel en la película. —Comenzó a subir por la orilla y se encontró con la mano de Ethan, que agarraba la suya con firmeza. Cuando recuperó el equilibrio, le quitó a Aubrey de los brazos.

—Nado —le dijo la niña con un tono lastimero y luego enterró el rostro en la curva de su cuello.

—Ya te he visto nadar. —Estaba mojada y fresquita, acurrucada en sus brazos. Tendió una mano, agarró la de Grace de nuevo y tiró de ella hasta que subió la cuesta de la ribera. Esta vez sus dedos se entrelazaron con los de ella y se quedaron así—. Ahora tengo dos sirenas.

—Está cansada —comentó Grace en voz baja—. A veces eso la vuelve irritable. Está mojada

—añadió, e hizo ademán de tomarla de los brazos de él.

—No importa. —Dejó ir la mano de Grace, sólo porque quería pasarle la suya por el pelo húmedo y reluciente—. Tú también estás mojada. —Luego le pasó un brazo por los hombros y añadió—: Paseemos al sol un ratito.

—Vale.

—Tal vez al otro lado, por delante de la casa —sugirió él, sonriendo levemente cuando el aliento de Aubrey aleteó contra su piel, haciéndose más regular al dormirse—. Donde no hay tanta gente.

Con sorpresa y una leve descarga de placer, Carol Monroe contempló cómo Ethan paseaba con su hija y su nieta. Con ojos de mujer, vio algo más que a un vecino y amigo paseando con una vecina y amiga. Impulsivamente, tiró a su esposo del brazo, apartándole de la ronda de herraduras que estaba jugando absorto.

—Espera, Carol. A Junior y a mí nos toca jugar con los ganadores de esta ronda.

—Mira, Pete. Mira eso. Grace está con Ethan.

Vagamente irritado, echó un vistazo alrededor y se encogió de hombros.

—¿Y qué?

—Con él, tonto. —Lo dijo con cariño y exasperación—. Como novios.

—¿Novios?

Se rió burlonamente, dispuesto a rechazar la idea. Dios sabía que de vez en cuando Carol tenía unas ideas de lo más chifladas. Como cuando se

empeñó en que hicieran un crucero por las Baha-
mas. Como si él no pudiera salir a navegar, en
cualquier momento del día o de la noche, al lado
mismo de su casa. Pero en ese momento captó algo en la forma en que Ethan se inclinaba hacia
Grace, en la forma en que ella alzaba la cabeza.

Le hizo mover los pies, fruncir el ceño y apartar la vista.

—Novios —murmuró, y no supo qué diablos
se suponía que sentía al respecto. Tuvo que recordarse que él no metía las narices en la vida de su
hija. Ella ya había elegido su propio camino.

Mirando hacia el sol, frunció el ceño intensamente al recordar lo que había sentido cuando su
hija recostaba la cabeza en su hombro, como hacía Aubrey en ese mismo momento con Ethan
Quinn.

Cuando eran así de pequeñas, pensó, confia-
ban en ti, te respetaban y creían lo que les decías,
hasta si les decías que el trueno eran ángeles que
aplaudían.

Cuando se hacían mayores, comenzaban a
apartarse. Y a desear cosas que no tenían ni una
pizca de sentido. Como dinero para vivir en Nueva York, y tu bendición para casarse con un capullo
que no valía ni la mitad que ellas.

Dejaban de pensar que eras el hombre de las
respuestas y te rompían el corazón. Así que tenías
que volver a reunir las piezas como podías y ponerle un candado para que no volviera a suceder.

—Ethan es justo lo que Grace necesita —decía
Carol en voz baja, por si algún vejestorio, de los

que creían que lanzar herraduras a una estaca de hierro era una forma divertida de pasar el día, tuviera buen oído—. Es un hombre cabal y tierno. Es un hombre en el que ella podría apoyarse.

—Pero no lo hará.

—¿El qué?

—Ella no se apoyará en nadie. Es demasiado orgullosa para saber lo que le conviene, y siempre lo ha sido.

Carol se limitó a suspirar. Si eso era verdad, Grace había heredado cada partícula de testarudo orgullo de su padre.

—Tampoco tú has puesto nunca nada de tu parte.

—No empieces, Carol. No tengo nada que decir. —Se apartó de ella, ignorando el sentimiento de culpa, porque sabía que ese gesto hería los sentimientos de ella—. Quiero una cerveza —musitó, y se alejó.

Phillip Quinn y algunos más se hallaban reunidos en torno al barril de cerveza. Pete notó con una risita divertida que Phillip estaba flirteando con la chica de los Barrow, Celia. No podía culpar al chico, ella tenía un cuerpo como el de un póster del *Playboy* y no le daba vergüenza mostrarlo. No era algo que un hombre dejara de notar, aunque tuviera edad suficiente para ser su padre.

—¿Quiere que le sirva una, señor Monroe?

—Sí, gracias. —Pete asintió haciendo un gesto hacia los asistentes a la fiesta que estaban en el patio trasero—. ¡Qué montón de gente, Phillip! Y una buena comilona, también. Me acuerdo de que tus padres hacían una barbacoa casi todos los veranos. Me alegra saber que estáis manteniendo la tradición.

—Se le ocurrió a Anna —contestó Phillip, tendiéndole un vaso alto de plástico con espumosa cerveza.

—Esas cosas se les ocurren a las mujeres más que a los hombres, supongo. Si no tengo oportunidad, dale las gracias por invitarnos. Tengo que volver al puerto dentro de una hora más o menos para preparar los fuegos.

—Siempre son muy buenos. Los mejores fuegos artificiales de la orilla oriental.

—Tradición —repitió Pete. Era una palabra importante.

Carol Monroe no había sido la única en notar la forma en que Ethan y Grace daban un paseo juntos. La especulación y las risitas disimuladas comenzaron a extenderse sobre las ensaladas de patata y los cangrejos al vapor.

Mamá Crawford movió el tenedor ante su buena amiga Lucy Wilson.

—Me da que Grace va a tener que mostrarse firme si quiere que Ethan Quinn llegue a algo antes de que la niña tenga edad para ir a la universidad. Nunca he visto a un hombre que se mueva más despacio.

—Él se piensa mucho las cosas —comentó Lucy lealmente.

—No te digo que no. Sólo digo que es lento. Les he visto mirarse con ojos tiernos desde antes de que él tuviera su propio barco de faena. Tiene que hacer casi diez años. Stella, que en paz descanse, y yo lo hablamos una o dos veces.

Lucy suspiró por encima de su macedonia, y no sólo porque trataba de controlar las calorías.

—Stella conocía a sus hijos de arriba abajo.

—Y tanto. Un día le dije: «Stella, tu hijo Ethan mira a la hija de los Monroe con ojos de cordero degollado». Y ella se rió, y comentó que era un caso serio de amor adolescente, pero que eso a veces era el mejor modo de comenzar algo serio. Nunca he comprendido por qué Ethan no dio un paso al frente antes de que Grace se enredara con aquel Jack Casey. Nunca me gustó ni un pelo.

—No era malo, sólo débil. Mira ahí, Mamá —dijo Lucy, bajando la voz como una conspiradora. Con la cabeza indicó a Ethan y Grace, que paseaban por un lado de la casa, cogidos de la mano y con la niña dormida en el hombro de él.

—Ése sí que no tiene nada de débil. —Mamá movió las cejas y le dirigió una mirada maliciosa a su amiga—. Y la lentitud puede ser una cosa buena en la cama, ¿no, Lucy?

Lucy soltó una risotada.

—Eso es cierto. Eso es bien cierto.

Por fortuna, ignorantes de la especulación que había por un tranquilo paseo en torno a la casa en una cálida tarde de verano, Grace se detuvo a servirse té helado. Antes de que hubiera llenado el primer vaso, se acercó su madre apresuradamente, toda sonrisas.

—Ay, déjame a esa preciosa niña. No hay nada tan relajante como sentarse con una niña dormida en los brazos. —Mientras hablaba, en tono bajo y rápido, tomó a Aubrey de los brazos de Ethan—. Eso me da una buena excusa para sentarme a la sombra un rato y descansar. Te lo juro, Nancy Claremont me ha puesto la cabeza como un bombo. Vosotros los jóvenes tendríais que estar divirtiéndoos.

—La iba a acostar —empezó Grace, pero su madre rechazó la idea con un gesto.

—No hace falta, no hace falta. No tengo la oportunidad de tenerla en brazos a menudo cuando está quieta. Vosotros, seguid paseando. Tendríais que quitaros del sol, eso sí. Pega fuerte.

—Es una buena idea —musitó Ethan mientras Carol se alejaba deprisa, arrullando a la dormida Aubrey—. Un poco de sombra y de tranquilidad no nos vendrían mal.

—Bueno…, vale, pero sólo me queda otra hora o así. Luego tengo que irme.

Mientras hablaba, él tiró de ella con gentileza hacia los árboles, pensando que podría encontrar un rincón resguardado, un lugar íntimo, donde volver a besarla. Se detuvo en el borde de los árboles y la miró frunciendo el ceño.

—¿Irte adónde?

—A trabajar. Me toca en el bar esta noche.

—Pero si es tu noche libre.

—Lo era, o sea, normalmente lo es, pero estoy haciendo algunas horas de más.

—Ya trabajas demasiadas.

Ella sonrió distraída y luego aliviada cuando se adentraron en la sombra que reducía el calor a la mitad.

—Sólo unas pocas más. Shiney ha sido muy bueno y me ha echado una mano para que pueda pagar lo que debo del coche. ¡Ay, qué bien se está aquí! —Cerró los ojos e inhaló profundamente el aire fresco y húmedo—. Anna me ha dicho que tus hermanos y tú vais a tocar más tarde. Siento perdérmelo.

—Grace, ya te he dicho que si el dinero es un problema, yo te ayudo.

Ella volvió a abrir los ojos.

—No necesito que me ayudes, Ethan. Sé trabajar.

—Sí, claro que sabes trabajar. Eso es todo lo que haces. —Caminó alejándose de ella y luego se acercó, como tratando de librarse de lo que le reconcomía por dentro—. Odio que trabajes en el bar.

Grace se puso rígida, podía sentir la columna que se le tensaba vértebra a vértebra.

—No quiero volver a pelearme contigo por eso. Es un buen trabajo, un trabajo honrado.

—No me estoy peleando, sólo te lo estoy diciendo. —Se acercó a ella, el torbellino de genio en sus ojos la sorprendió tanto que retrocedió hasta chocar con un árbol.

—Ya te lo he oído decir antes —replicó apaciblemente—. Pero eso no cambia las cosas. Trabajo en el bar y voy a seguir trabajando allí.

—Necesitas que alguien te cuide. —Le enfermaba pensar que él no sería esa persona.

—No, no lo necesito.

Y un cuerno. Ya se veían sombras de cansancio bajo esos cambiantes ojos verdes y ahora le estaba diciendo que se iba a pasar hasta la dos de la mañana trajinando bandejas.

—¿Ya le has pagado el coche a Dave?

—La mitad. —Era humillante—. Ha sido muy bueno y me ha dado hasta el mes que viene para pagarle el resto.

—No le vas a pagar tú. —Eso, al menos, era algo que podía hacer. Y lo haría, joder—. Lo haré yo.

A ella se le olvidó la humillación e irguió la barbilla, aguda y rápida como una bala.

—No, no lo harás.

En otro momento, él hubiera recurrido a la persuasión o a la zalamería. O simplemente hubiera pagado el coche sin decirle nada. Pero algo borboteaba en su interior, algo que llevaba ahí, hirviendo lentamente, desde que se había dado la vuelta esa mañana y la había visto. No le dejaba pensar, sólo sentir y actuar. Con los ojos en los de ella, le deslizó una mano hasta el cuello.

—Calla.

—Ethan, no soy una niña. No puedes…

—No te veo como una niña. —Los ojos de ella brillaban de forma penetrante. Contribuían a calentar lo que se hallaba dentro de él hasta la ebullición—. He dejado de ser capaz de verte como una niña y ya no puedo volver a hacerlo. Por una vez, haz lo que yo quiero.

Inconscientemente, el aliento de ella se quebró y su piel comenzó a temblar. De forma confusa, sintió que la áspera corteza del árbol le arañaba las manos al apretarlas contra ella. No creía que él se estuviera refiriendo en ese momento a aceptar unos cuantos cientos de dólares por un coche.

—Ethan...

La otra mano de él se hallaba en el pecho de Grace. No había tenido intención de ponerla allí, pero la cubrió y los dedos comenzaron a acariciar y moldear. La camisa de ella estaba húmeda, apenas un poco. Él sentía que la piel se calentaba bajo la humedad.

—Por una vez, haz lo que yo quiero —repitió.

Los ojos de ella se abrieron aún más. Él se hundía en ellos, se ahogaba en ellos. El corazón de Grace palpitaba bajo su mano, como si lo sostuviera en ella, latiendo. Sus bocas se aplastaron con una violenta avaricia que, por una vez, él se sentía incapaz de controlar. El grito de sorpresa de ella se escuchó amortiguado por los labios rapaces de Ethan. Y eso sólo le produjo un oscuro placer.

El calor fluyó de él, asombrándola. Los dientes de él le mordisquearon los labios sin piedad, haciéndola jadear y abrirse a la brusca y diestra invasión de su lengua.

Las sensaciones se sucedieron demasiado rápido para separarlas, pero todas eran turbias, intensas, penetrantes. Las manos de él estaban en todas partes, le tiraban de la camisa, se apoderaban de sus pechos, le rascaban por todas partes con esas palmas exquisitamente ásperas. Ella le sintió temblar y se aferró a sus hombros para mantener el equilibrio de los dos.

Después él le bajó los pantalones de un tirón.

¡No! Una parte de su mente se detuvo escandalizada hasta casi gritar. Él no podía querer tomarla, allí, de esa forma, a pocos metros de donde estaba sentada la gente y los niños jugaban. Pero otra parte simplemente gimió de asombrada excitación y susurró un sí.

«Aquí. Ahora. Así. Exactamente así.»

Cuando él se clavó en ella, el grito los hubiera arrastrado a ambos, pero él lo absorbió con su boca y se perdió en la entrecortada respiración.

Él embistió fuerte, rápida y profundamente, su cuerpo se fundía con el de ella, las manos apretaban el prieto y rotundo trasero mientras se hundía en ella. Su mente se hallaba vacía de todo lo que no fuera esa acuciante necesidad. Cuando ella se corrió, estallando a su alrededor, dentro de él, sintió una emoción perversa y primitiva que le cubrió la piel de sudor.

Ethan, por su parte, alcanzó el clímax entre una nube roja de pasión cegadora.

Incluso cuando la niebla se despejó, él siguió estremeciéndose y jadeando. Poco a poco fue dándose cuenta de lo que sucedía. Escuchó el sonido salvaje de un pájaro carpintero en la profundidad del bosque, el tintineo de risas más allá de los árboles. Y los gemidos de Grace como sollozos.

Sintió la brisa que le refrescaba la piel. Y los temblores de ella.

—¡Dios mío! Joder —exclamó violentamente, en voz baja.

—¿Ethan? —Ella no sabía, no habría creído jamás que alguien pudiera sentir tal necesidad dentro de sí… por ella—. Ethan —repitió, y habría alzado sus débiles brazos para abrazarle si él no se hubiera apartado.

—Lo siento. Yo… —No había palabras. Nada que pudiera decir servía, nada sería suficiente. Se inclinó y le subió los pantalones, se los abrochó, y con el mismo cuidado deliberado, le estiró la camisa—. No puedo ofrecerte una excusa por lo que ha sucedido. No hay excusas.

—No quiero una excusa. No las necesito para lo que hacemos juntos, Ethan.

Él se quedó mirando al suelo mientras en su cabeza comenzaba un martilleo malsano.

—No te he dado opción. —Él sabía lo que era no tener opciones.

—Yo ya he optado. Te amo.

Entonces la miró, con todo lo que vivía en su interior como un torbellino en los ojos. La boca de Grace estaba hinchada porque él la había forzado y tenía los ojos muy abiertos. Su cuerpo tendría magulladuras producidas por sus manos.

—Tú te mereces algo mejor.

—Me gusta pensar que te merezco a ti. Me haces sentir… deseada. Ésa no es la palabra siquiera. —Posó una mano sobre su corazón todavía desatado—. Anhelada —cayó en la cuenta—. Anhelada. Y ahora me da pena… —Su mirada se apartó de él y añadió—: Me dan pena todas las mujeres que no saben lo que es ser anhelada.

—Te he dado miedo.

—Sólo durante un minuto. —Humillada, dejó escapar un poco de aire—. Por Dios, Ethan, ¿cómo tengo que decirte que me ha gustado? Me he sentido vulnerable y subyugada y ha sido muy excitante. Has perdido el control, a pesar de que eres capaz de mantenerlo de forma imperturbable la mayor parte del tiempo. Me alegra saber que algo de lo que he hecho, o de lo que soy, ha conseguido acabar con eso.

Ethan se pasó las manos por el pelo.

—Me confundes, Grace.

—No lo hago a propósito. Pero no creo que sea tan malo, tampoco.

Él dejó escapar un suspiro y luego avanzó lo suficiente para ordenarle el revuelto cabello.

—Tal vez el problema es que creemos que nos conocemos muy bien, pero no poseemos todas las piezas. —Le tomó la mano y la observó con ese ceño fruncido pensativamente que ella adoraba. Luego le besó los dedos de un modo que la estremeció.

—No quiero hacerte daño nunca. En modo alguno. —Pero ya se lo había hecho, y le haría más.

Mantuvo la mano de Grace en la suya mientras caminaban de vuelta hacia la luz. Tendría que hablarle sobre esas otras cosas suyas muy pronto para que ella comprendiera por qué no podía darle más.

15

—Así que no sé si voy a seguir saliendo con él, porque se está volviendo muy posesivo, ¿sabes? No quiero herir sus sentimientos, pero una tiene que vivir, ¿o no?

Julie Cutter le dio un mordisco a la manzana verde brillante que había tomado del frutero en la cocina de Grace. Se sentía tan a gusto allí como en su propia casa. Con soltura, se alzó hasta sentarse en la encimera mientras Grace doblaba ropa limpia en la mesa.

—Además —continuó, haciendo un gesto con la manzana—, acabo de conocer a un chico monísimo. Trabaja en la tienda de ordenadores del centro comercial, ¿sabes? Lleva unas gafitas de montura metálica y tiene una sonrisa de lo más dulce. —Sonrió y la sonrisa iluminó su bonito rostro redondeado—. Al pedirle su número de teléfono, se puso colorado.

—¿Que le pediste su número de teléfono? —Grace la escuchaba sólo a medias. Le encantaba que Julie fuera a visitarla. Era tan alegre y parlanchina y estaba siempre tan llena de energía… Pero ese día le costaba concentrarse. Su mente no hacía más que pensar en lo sucedido entre Ethan y ella en el sombrío bosque. ¿Qué sería lo que había salido de él de un salto para devorarla? ¿Y por qué habría adoptado una actitud tan distante después?

—¡Claro! —Julie arqueó la cabeza, con los ojos castaños llenos de picardía—. ¿Nunca le has pedido a un chico que saliera contigo? Venga, Grace, que ya estamos al comienzo de un nuevo milenio. A casi todos les gusta que la mujer tome la iniciativa. Bueno, al menos —dijo agitando su larga melena de lacio cabello castaño— a Jeff le gustó. Jeff es el chico de los ordenadores. Primero parecía todo confundido, pero luego me lo dio, y, cuando le llamé, me di cuenta de que se alegraba. Así que vamos a salir el sábado, pero antes tengo que romper con Don.

—Pobre Don —murmuró Grace y alzó la mirada con aire ausente hacia donde Aubrey acababa de tirar la torre de bloques que había construido, y luego se deleitaba con su destrucción.

—Bueno, ya lo superará. —Julie se encogió de hombros—. No es como si estuviera enamorado de mí o algo así. Es simplemente que está acostumbrado a tener una chica.

Grace sonrió. Unos meses antes, Julie estaba loca por Don y no hacía más que ir a contarle a ella cada detalle de sus citas. O al menos, sospechaba, una versión resumida.

—Pero me dijiste que Don era el único.

—Lo era. —Julie se rió—. Durante un tiempo. Pero no estoy lista para el único único todavía.

Grace fue al frigo para sacar una bebida para las tres. A la edad de Julie, diecinueve años, ella estaba embarazada, casada y preocupada por las facturas. Sólo tenía tres años más que la muchacha, pero igual podrían haber sido trescientos.

—Está bien que busques por ahí para que estés segura. —Le pasó un vaso a su amiga, manteniéndole la mirada un momento—. Debes tener cuidado.

—Ya tengo cuidado, Grace —le aseguró Julie, conmovida—. Me gustaría casarme en algún momento. En especial, si eso significa tener una niña tan preciosa como Aubrey. Pero quiero terminar la carrera y luego ver un poco de mundo. Hacer… cosas —añadió, haciendo un amplio gesto—. No quiero encontrarme atada, cambiando pañales y trabajando en un sitio de mala muerte porque dejé que alguien me convenciera de que…

Se interrumpió de repente, sinceramente horrorizada por lo que había dicho. Con los ojos muy abiertos y llenos de disculpa, se bajó de la encimera.

—Dios mío, lo siento, Grace. A veces soy más bruta… No quería decir que tú…

—No importa. —Le dio un leve apretón en el brazo—. Eso es exactamente lo que yo hice, exactamente lo que dejé que me sucediera. Me alegro de que tú tengas más cabeza.

—Soy una gilipollas —murmuró Julie, a punto de llorar—. Una bruta sin sensibilidad. Soy odiosa.

—No, en absoluto. —Grace se rió brevemente y cogió del cesto un peto de Aubrey—. No has herido mis sentimientos. No me gustaría pensar que no tenemos la confianza suficiente para que puedas decirme lo que piensas.

—Tú eres una de mis mejores amigas. Y yo tengo una boca enorme.

—Bueno, eso es verdad. —Grace se rió al ver la mueca que hizo Julie—. Pero me gusta.

—Yo os tengo mucho cariño a ti y a Aubrey, Grace.

—Lo sé. Ahora deja de preocuparte y cuéntame dónde vas a ir con Jeff, el guapo de los ordenadores.

—Es una cita sin riesgo. Una peli y luego pizza. —Julie dejó escapar un suave suspiro de alivio. Se habría… afeitado la cabeza y se la habría teñido de morado, pensó, antes de hacer nada que pudiera herir a Grace. Con la esperanza de compensar, siquiera un poco, su falta de sensibilidad, le lanzó una sonrisa radiante—. Ya sabes que estaré encantada de quedarme con Aubrey la próxima noche que libres si Ethan y tú queréis salir.

Grace acababa de doblar el peto y había empezado con los calcetines. Se detuvo, mirándola con un diminuto calcetín blanco con el borde amarillo en cada mano.

—¿Cómo?

—Ya sabes, ir a ver una peli, cenar en un restaurante, lo que sea. —Movió las cejas en el «lo que sea» y luego trató de no reírse al ver la expresión de

Grace—. No vas a quedarte ahí y decirme que no estás saliendo con Ethan Quinn.

—Bueno, él…, yo… —Miró a Aubrey sin saber qué hacer.

—Si se suponía que era un secreto, él no debería aparcar la camioneta delante de tu casa las noches que se queda a dormir.

—Vaya, Dios mío.

—Pero ¿qué pasa? No es como si estuvieras manteniendo una aventura ilícita, como el señor Wiggins con la señora Lowen, que se ven los lunes por la tarde en el motel de la carretera trece. —Ante el sonido estrangulado de Grace, Julie se limitó a encogerse de hombros—. Mi amiga Robin trabaja allí y asiste a clases nocturnas, y dice que él alquila una habitación todos los jueves por la mañana, a las diez y media, mientras ella espera en el coche.

—Dios mío, ¿qué pensará tu madre? —susurró Grace.

—¿Mamá? ¿Sobre el señor Wiggins? Bueno…

—No, no. —Grace no quería ni pensar en el revolcón semanal del gordito señor Wiggins—. Sobre…

—Ah, sobre Ethan y tú. Creo que dijo algo como «Ya era hora». Mamá no es tonta. Y es que él está tan bueno… —dijo Julie con vehemencia—. Cómo le quedan las camisetas… Y esa sonrisa… Tarda como diez minutos en cubrirle todo el rostro, y para entonces es que se te cae la baba. Robin y yo bajamos al puerto cada día durante un mes el verano pasado sólo para verle cuando descargaba el barco.

—¿Ah, sí? —consiguió decir Grace a duras penas.

—Las dos estábamos totalmente colgadas por él. —Alcanzó el tarro de gres de las galletas y sacó dos de avena y pasas—. Yo coqueteaba con él a saco en cuanto tenía oportunidad.

—Que tú… coqueteabas con Ethan…

—Mmm. —Asintió, tragándose la galleta—. La verdad es que me lo curré bastante, no creas. Yo creo que a él sobre todo le daba vergüenza, pero conseguí sacarle un par de sonrisas estupendas. —Sonrió alegremente mientras Grace seguía mirándola—. Bueno, ya se me ha pasado, así que no te preocupes.

—Bien. —Grace cogió la bebida que había olvidado y bebió un gran trago—. Eso está bien.

—Pero sigue teniendo un culo maravilloso.

—¡Ay, Julie! —Grace se mordió el labio para no echarse a reír y le echó una mirada a su hija cargada de intención.

—Bah, no está escuchando. Así que, bueno, ¿cómo había empezado a hablar de esto? Ah, sí. Que me puedo quedar con Aubrey cuando quieras salir.

—Yo…, bueno, gracias. —Estaba aún tratando de decidir si quería dejar el tema de Ethan Quinn o seguir con él, cuando oyó un golpe y lo vio en la puerta.

—Es magia —murmuró Julie, y un sentimiento romántico floreció en su corazón—. Oye, ¿por qué no me llevo a Aubrey a ver a mi madre un ratito? La cuidaré y le daré de cenar.

—Pero yo no tengo que irme a trabajar hasta dentro de una hora, casi.

Julie puso los ojos en blanco.

—Pues aprovecha bien el tiempo, colega. —Cogió a Aubrey en brazos y le dijo—: ¿Quieres venir a mi casa, Aubrey? ¿Quieres ver a mi gatito?

—Ah, gatito. Adiós, mami.

—Eh, pero… —Ya salían por la puerta de atrás, y Aubrey llamaba al gatito haciendo gestos frenéticamente. Grace se volvió a mirar a Ethan, escudriñando su rostro a través de la puerta, y luego alzó las manos.

Él decidió tomarlo como una invitación y entró.

—¿Era Julie la que se acaba de ir con Aubrey?

—Sí. Le va a dejar jugar con su gatito y luego le dará la cena.

—Es agradable que tengas a alguien como Julie para que cuide de la niña.

—Sin ella estaría perdida. —Confusa, Grace ladeó la cabeza. Él se hallaba de pie, obviamente incómodo, con una mano a la espalda—. ¿Qué pasa? ¿Te has hecho daño en la mano?

—No. —Qué idiota era, pensó Ethan, ofreciéndole las flores que había sostenido a su espalda—. He pensado que te gustarían. —Deseaba desesperadamente encontrar formas de compensarla por la forma en que la había tratado en el bosque.

—Me has traído flores.

—Las he robado de aquí y de allá. Tal vez no debas mencionárselo a Anna. Los lirios los he cogido al lado de la carretera. Hay muchísimos este año.

Le había regalado flores. No flores compradas, sino las que se había parado a buscar y cortar con sus propias manos. Con un largo suspiro trémulo, enterró el rostro en ellas.

—Son preciosas.

—Me han hecho pensar en ti. Casi todo me hace pensar en ti. —Y cuando ella alzó la cabeza, al ver sus ojos suaves y asombrados, él deseó poseer más palabras, palabras mejores, más dulces—. Ya sé que ahora sólo tienes una noche libre. Me gustaría llevarte a cenar si no tienes otros planes.

—¿A cenar?

—Hay un sitio en Princess Anne que les gusta a Anna y Cam. Es un sitio de traje y corbata, pero dicen que la comida merece la pena. ¿Te gustaría ir?

Ella se dio cuenta de que estaba asintiendo con la cabeza como si fuera tonta y se forzó a detenerse.

—Me encantaría.

—Pasaré a recogerte. ¿Sobre las seis y media?

Ahí iba su cabeza, otra vez arriba y abajo como un petirrojo que hubiera comido demasiados gusanos.

—Muy bien. Eso me va perfecto.

—Ahora no puedo quedarme porque me esperan en el astillero.

—No importa. —Ella se preguntó si sus ojos estaban tan abiertos como creía. Le podría devorar con ellos—. Muchas gracias por las flores. Son preciosas.

—De nada. —Y con los ojos abiertos, se inclinó y posó sus labios sobre los de ella con mucha ternura, con mucha suavidad. Vio cómo las pestañas de ella aleteaban, y observó cómo el verde del iris se empañaba bajo las pequeñas pecas doradas—. Entonces, hasta mañana.

Los músculos se le habían vuelto masilla.

—Mañana —consiguió decir, y dejó escapar un suspiro muy largo mientras él se alejaba y salía por la puerta delantera.

Le había regalado flores. Aferró los tallos con ambas manos, los abrazó y bailó un vals con ellas por toda la casa. Flores bellas, fragantes, de pétalos suaves. Y que algunos de esos pétalos cayeran al suelo al bailar sólo contribuyó a que la escena fuera más romántica.

Le hacían sentirse como una princesa, como una mujer. Las olió ávidamente mientras daba vueltas por la cocina buscando un florero. Como una novia.

Se detuvo de pronto, mirando las flores… como una novia.

Se sintió levemente mareada, su piel subió de temperatura y sus manos temblaron. Cuando se dio cuenta de que estaba conteniendo el aliento, lo dejó escapar con un sonido, pero se quedó atrapado y tropezó mientras ella trataba de tomar más aire.

Le había regalado flores, pensó de nuevo. La había invitado a cenar. Despacio, se llevó una mano al corazón y se dio cuenta de que latía ligero y veloz, muy veloz.

Él le iba a pedir que se casara con él. Que se casara con él.

—¡Ay, ay, ay, Dios mío!

Las piernas casi no la sostenían, así que se sentó, ahí, en el suelo de la cocina, acunando las flores en los brazos como si fueran un niño. Flores, tiernos besos, una cena romántica para dos. La estaba cortejando.

No, no. Se estaba precipitando en sus conclusiones. Él nunca avanzaría tan rápidamente para dar el siguiente paso. Agitó la cabeza, se incorporó y encontró una botella de cuello ancho para usar como florero. Él sólo trataba de ser dulce, sólo trataba de ser considerado. Él sólo era Ethan.

Abrió el grifo y llenó la botella. Sólo era Ethan, pensó otra vez, y se quedó sin aliento de nuevo.

Al tratarse de Ethan, pensaría y haría las cosas de un modo determinado. Tratando de calmarse y de pensar con lógica, se puso a arreglar las flores en el jarrón de una en una.

Se conocían desde… Casi no recordaba desde cuándo. Ahora eran amantes. Estaban enamorados. Siendo Ethan, él consideraría que el siguiente paso era el matrimonio. Honorable, tradicional, correcto. Él pensaría que era lo correcto.

Eso lo comprendía, pero esperaba que pasaran meses antes de que él se definiera en esa dirección. Sin embargo, ¿por qué iba a esperar, se preguntó a sí misma, cuando ya llevaban años esperando?

Pero… se había prometido a sí misma que nunca volvería a casarse. Hizo un voto en el momento mismo de firmar los papeles del divorcio. No podía fallar de forma tan estrepitosa otra vez, o arriesgarse a que Aubrey tuviera que pasar por esa desdicha y ese trauma. Había tomado la decisión de criar a su hija ella sola, de criarla bien, de criarla con amor. Ella sería quien sacara a su hija adelante, quien construiría un hogar y lo cuidaría, un hogar donde su hija pudiera crecer feliz y segura.

Pero eso fue antes de que se permitiera creer que Ethan podía quererlas, que podía amarla como ella le amaba a él. Porque siempre había sido Ethan. Siempre Ethan, pensó cerrando los ojos. En su corazón, en sus sueños. ¿Se atrevía a romper esa promesa, la que había hecho tan solemnemente? ¿Iba a arriesgarse a convertirse en esposa otra vez, confiando sus esperanzas y su corazón a otro hombre?

Claro que sí. Sí, lo arriesgaría todo si ese hombre era Ethan. Era tan apropiado, tan perfecto, pensó, riéndose de sí misma mientras el corazón y la mente se llenaban de alegría. Era el final feliz que había dejado de permitirse anhelar.

¿Cómo se lo pediría él? Se apretó los labios con los dedos y notó que aquéllos temblaban y se curvaban. Con serenidad, pensó, con esos ojos tan serios, fijos en los suyos. Le tomaría la mano con esa suavidad suya. Estarían fuera, a la luz de la luna, y soplaría una suave brisa. Los aromas de la noche les rodearían y la música del agua sonaría cercana.

Con sencillez, pensó, sin poesía ni mucho aspaviento. Él la miraría, sin decir nada durante un rato, y luego hablaría sin apresurarse.

«Te amo, Grace. Siempre te amaré. ¿Quieres casarte conmigo?»

¡Sí!, ¡sí!, ¡sí! Giró sobre sí misma hasta marearse. Sería su novia, su esposa, su compañera, su amante. Ahora. Para siempre. Le daría hijos, sabiendo, sin ningún género de duda, que él los amaría y los cuidaría, que los protegería y atendería. Tendría más hijos con él.

Ay, Dios mío, un hijo de Ethan que creciera dentro de ella. Emocionada con la imagen, se apretó el estómago con las manos. Y esa vez, esa vez, la vida que aletearía en su interior sería deseada y bienvenida por las dos personas que la habían concebido.

Construirían una vida juntos, una vida maravillosamente simple y plácida.

Estaba deseando iniciarla.

Al día siguiente por la noche, recordó, y en un repentino ataque de pánico, se miró el pelo. Bajó las manos para contemplarlas con total desesperanza. Ay, estaba hecha un desastre. Tenía que estar guapa.

¿Qué se iba poner?

Se sorprendió riendo a carcajadas, una risa llena de gozo y de nervios. Por una vez se olvidó del trabajo, los horarios y la responsabilidad, y corrió al armario.

Anna no notó las flores robadas hasta el día siguiente. Al darse cuenta, soltó un grito.

—¡Seth! Seth, ven aquí ahora mismo.

Tenía las manos en las caderas, un pícaro sombrero de paja ladeado y los ojos peligrosos y a punto de estallar.

—¿Sí? —Salió comiendo un puñado de galletitas, aunque la cena se estaba cocinando en el fuego.

—¿Has estado enredando con mis flores? —exigió.

Él echó una mirada al arriate mixto de plantas anuales y perennes y soltó una risa burlona.

—¿Y para qué iba a enredar yo con unas flores de mierda?

Ella golpeó la tierra con el pie.

—Eso es lo que te estoy preguntando.

—No las he tocado. Además, si tú ni siquiera quieres que quitemos las malas hierbas…

—Eso es porque no sabes distinguir entre una mala hierba y una margarita —estalló—. Bueno, alguien ha estado en mis arriates.

—Pues yo no he sido. —Se encogió de hombros y puso los ojos en blanco alegremente cuando ella pasó a su lado para entrar en la casa hecha un basilisco. A alguien, pensó, le iba a caer una buena.

—¡Cameron! —Anna se apresuró escaleras arriba hasta el baño donde él se estaba lavando después del trabajo. La miró, alzando una ceja mientras el agua caía de su rostro al lavabo. Ella le contempló un momento con el ceño fruncido y luego negó con la cabeza—. No importa— musitó, y cerró de un portazo.

Imposible que Cam o Seth enredaran en su jardín, decidió. Y si Cam se dedicaba a coger flores para alguien, más valía que fuera para su amante esposa o tendría que matarlo y asunto arreglado.

Sus ojos se entornaron al fijarse en la puerta del cuarto de Ethan. Y emitió un sonido grave y amenazador.

Se detuvo a llamar, pero fueron sólo tres brevísimos golpes antes de abrir la puerta de un empujón.

—¡Joder, Anna! —Humillado, Ethan agarró los pantalones que estaban sobre su cama y se los colocó delante. No llevaba más que unos calzoncillos y una expresión dolida.

—Ahórrate el pudor, no me interesa. ¿Has tocado mis flores?

—¿Tus flores?

Ay, Ethan sabía que eso tenía que suceder. Anna tenía ojos de gato cuando se trataba de su jardín. Pero no suponía que ocurriría cuando él estaba medio desnudo. Medio, y una mierda, pensó mientras apretaba los pantalones con más fuerza.

—Alguien ha cortado más de una docena de flores. Las ha cortado así, sin más.

Ella avanzó sobre él, mientras sus ojos recorrían la estancia buscando pruebas.

—Eh, bueno…

—¿Algún problema? —Cam se apoyó en la jamba, fingiendo seriedad. Esto tenía muchísima gracia después de una dura jornada de trabajo. Su mujer, mosqueada a tope, acosando a su hermano, totalmente en bolas menos el culo.

—Alguien ha estado en mi jardín y me ha robado las flores.

—¿En serio? ¿Quieres que llame a la policía?

—¡Anda, cállate! —Se volvió a Ethan, que prudente y cobardemente retrocedió un paso. Ella parecía dispuesta a matar—. ¿Y bien?

—Bueno, yo… —Inicialmente tenía la intención de confesar y pedir clemencia. Pero la mujer que lo contemplaba con oscuros ojos llenos de cólera no parecía andar muy sobrada de esta virtud—. Conejos —dijo con lentitud—. Probablemente.

—¿Conejos?

—Sí. —Se revolvió incómodo, deseando haber tenido los pantalones puestos cuando ella irrumpió en el cuarto—. Los conejos pueden ser un problema en los jardines. Simplemente vienen dando saltitos y se lo comen todo.

—Conejos —repitió ella.

—También podrían ser ciervos —añadió, ya un poco a la desesperada—. Se ponen a pastar y se comen todo lo que encuentran hasta dejarlo reducido a nada. —Rogando compasión, le echó una mirada a Cam—. ¿Verdad?

Éste sopesó la situación. Sabía que Anna era lo suficientemente urbana como para creérselo. Pero Ethan..., su hermano le iba a deber una, y una grande, decidió, y sonrió.

—Ah, sí, los ciervos y los conejos, un gran problema. —Que se evitaba simplemente teniendo dos perros en la casa, pensó.

—¿Por qué no me lo había dicho nadie? —Se quitó el sombrero bruscamente y lo golpeó contra el muslo—. ¿Qué podemos hacer? ¿Cómo conseguimos detenerlos?

—Dos formas. —La culpa le aguijoneó, al menos un poco, pero Ethan racionalizó que los ciervos y los conejos podían ser un problema, así que más valía que ella tomara precauciones—. Sangre seca.

—¿Sangre seca? ¿De quién?

—La puedes comprar en el vivero y sólo hay que esparcirla. Eso los mantendrá alejados.

—Sangre seca. —Sus labios se fruncieron mientras tomaba nota mentalmente para comprarla.

—También la orina.

—¿Orina seca?

—No. —Ethan se aclaró la garganta—. Sólo sales y…, ya sabes, orinas por ahí para que la huelan y sepan que hay carnívoros cerca.

—Ya veo. —Asintió, satisfecha, y luego se volvió a su esposo—. Bueno, pues sal y mea en mis caléndulas.

—Tendría que beberme una cerveza primero —comentó Cam, y le guiñó el ojo a su hermano—. No te preocupes, cariño, nos ocuparemos de eso.

—Vale. —Un poco más tranquila, soltó aire malhumorada—. Perdona, Ethan.

—Ya, bueno, humm. —Esperó hasta que ella salió a toda prisa, luego se sentó en la cama. Miró de soslayo a su hermano, que seguía apoyado en la puerta y dijo—: Esa mujer tuya tiene un punto ruin.

—Sí, me encanta. ¿Por qué le has robado las flores?

—Sólo quería unas pocas —refunfuñó y se puso los pantalones—. ¿Para qué demonios están ahí fuera si te van a retorcer el pescuezo por coger unas cuantas?

—¿Conejos? ¿Y ciervos? —Cam se echó a reír a carcajadas.

—Bueno, no dejan de ser una plaga para los jardines.

—Muy valientes tendrían que ser los conejos para aventurarse con dos perros y llegar hasta la casa para seleccionar algunas flores. Si llegaran tan lejos, habrían asolado el jardín entero hasta dejarlo seco.

—Ella no tiene por qué saberlo. De momento. Te agradezco tu apoyo. Creía que me iba a dar un puñetazo.

—Podría haberlo hecho. Puesto que te he salvado ese precioso pellejo, me parece que me debes una.

—Es que no hay nada gratis —refunfuñó mientras buscaba una camisa en el armario.

—Y que lo digas. Seth necesita un corte de pelo y el último par de zapatos ya se le ha quedado pequeño.

Ethan se volvió con una camisa colgando entre los dedos.

—¿Quieres que yo le lleve al centro comercial?

—Exactamente.

—Casi hubiera preferido el puñetazo en la cara.

—Demasiado tarde. —Cam se metió un pulgar en el bolsillo delantero y sonrió—. ¿Y para qué querías las flores?

—Pensé que a Grace le gustarían. —Gruñendo, se puso la camisa.

—Ethan Quinn robando flores y saliendo a cenar, de motu propio, a un restaurante elegante. —La sonrisa de Cam se hizo más amplia y movió las cejas—. Cosa seria.

—Es normal que un hombre salga con una mujer a cenar, y que le lleve flores de vez en cuando.

—No, para ti no lo es. —Cam se enderezó y se golpeó el vientre plano—. Bueno, supongo que iré a engullir esa cerveza para poder portarme como un héroe.

—Uno no tiene intimidad en esta casa —se quejó Ethan cuando se hermano se fue—. Las mujeres se meten en tu habitación sin tener siquiera la cortesía de marcharse cuando ven que no tienes los pantalones puestos. —Frunciendo el ceño, sacó una de sus dos corbatas del armario—. Y hay gente que te desollaría vivo por unas cuantas flores. Y antes de que te des cuenta, te toca ir al puñetero centro comercial a luchar contra la muchedumbre y a comprar zapatos.

Consiguió colocarse la corbata bajo el cuello de la camisa y se puso a hacer el nudo.

—Cuando vivía en mi propia casa, nunca tenía que preocuparme. Hasta podía pasearme con el culo al aire si me apetecía. —Dirigió un siseo a la corbata que se negaba a cooperar—. Es que odio estas mierdas.

—Eso es porque te encuentras más a gusto haciendo un nudo de margarita.

—¿Y quién no?

Entonces se detuvo, los dedos se le quedaron como congelados sobre la corbata. La mirada permaneció en el espejo, donde podía ver a su padre tras él.

—Sólo estás un poco nervioso, eso es todo —comentó Ray con una sonrisa y un guiño—. Una cita importante.

Tomando aire con cuidado, Ethan se volvió. Ray se encontraba al pie de la cama. Sus ojos, de un azul brillante, chispeaban alborozados, como Ethan recordaba que sucedía cuando algo le hacía mucha gracia.

Llevaba una camiseta color amarillo fuerte con la imagen de un barco con las velas desplegadas, vaqueros viejos y sandalias muy usadas. Tenía el pelo largo hasta el hombro, y era de un brillante color plateado que reflejaba el sol.

Parecía exactamente lo que era, o lo que había sido. Un hombre atractivo y robusto al que le gustaba la ropa cómoda y la risa sana.

—No estoy soñando —musitó Ethan.

—Al principio te resultaba más fácil creerlo. Hola, Ethan.

—Hola, papá.

—Recuerdo la primera vez que me llamaste así. Te costó un tiempo. Llevabas con nosotros casi un año. Dios, eras un chico tan misterioso, Ethan... Silencioso como una sombra, profundo como un lago. Una noche, cuando estaba corrigiendo exámenes, llamaste a la puerta. Te quedaste ahí pensando un minuto. Dios, era una maravilla verte pensar. Entonces dijiste: «Papá, te llaman al teléfono». —La sonrisa de Ray era tan deslumbrante como la luz del sol—. Te fuiste enseguida o habrías visto cómo me ponía en ridículo. Me eché a llorar como un niño y tuve que decirle a quien fuera que llamaba que me había dado la alergia.

—Nunca supe por qué me queríais.

—Tú nos necesitabas. Y nosotros te necesitábamos a ti. Eras nuestro, Ethan, incluso antes de que nos encontráramos. El destino se toma su tiempo, pero siempre encuentra una forma. Eras tan... frágil... —dijo Ray tras un momento, y Ethan parpadeó sorprendido—. A Stella y a mí nos preocupaba hacer algo mal y que te rompieras.

341

—Yo no era frágil.

—Ah, sí, Ethan, sí lo eras. Tu corazón era tan delicado como el cristal y parecía a punto de hacerse añicos. Tu cuerpo era duro. Nunca nos preocupó que Cam y tú os zurrarais de lo lindo esos primeros meses. Pensábamos que os iba bien a los dos.

Los labios de Ethan se crisparon.

—Normalmente empezaba él.

—Pero tú nunca te echabas atrás, una vez se te calentaba la sangre. Te llevaba un rato —añadió—. Todavía te pasa. Te veíamos observar y pensar, considerar y reflexionar.

—Vosotros me disteis... tiempo. Tiempo para observar y para pensar, para considerar y reflexionar. Todo lo decente que poseo procede de vosotros dos.

—No, Ethan, nosotros sólo te dimos amor. Y ese tiempo, y un lugar. —Se acercó a la ventana para contemplar el agua y los barcos que se mecían suavemente en el embarcadero. Vio a una garceta que navegaba por un cielo empañado de calor y mullido de nubes—. Tú estabas destinado a ser nuestro. Estabas destinado a vivir aquí. Te adaptaste al mar como si hubieras nacido en él. Cam siempre quiso ir deprisa y Phil prefería relajarse y disfrutar del paseo. Pero tú... —Se volvió de nuevo, con la mirada pensativa, y añadió—: Tú estudiaste cada centímetro del barco, cada ola, cada curva de los ríos. Practicabas los nudos durante horas y horas y nadie tenía que insistir para que fregaras la cubierta.

—Siempre me resultó fácil, desde el principio. Tú querías que hiciera una carrera.

—Eso era por mí. —Ray sacudió la cabeza—. Por mí, Ethan. Los padres no dejan de ser humanos, después de todo, y pasé por un periodo en el que creí que a mis hijos tenía que gustarles el estudio tanto como a mí. Pero tú hiciste lo que era apropiado para ti. Hiciste que me sintiera orgulloso de ti. Te lo tendría que haber dicho más a menudo.

—Siempre supe que lo estabas.

—Pero las palabras cuentan. ¿Quién habría de saberlo mejor que un hombre que se ha pasado la vida tratando de enseñar a los jóvenes a amarlas? —Suspiró y dijo—: Las palabras cuentan, Ethan, y sé que algunas de ellas te cuestan. Pero quiero que no te olvides de esto. Grace y tú tenéis muchas cosas que deciros el uno al otro.

—No quiero hacerle daño.

—Se lo harás —dijo Ray con suavidad— por tratar de no hacérselo. Ojalá pudieras verte como yo te veo. Como te ve ella. —Volvió a mover la cabeza y añadió—: Bueno, el destino se toma su tiempo. Piensa en el chico, Ethan, piensa en Seth, y en qué partes de ti ves en él.

—Su madre… —comenzó Ethan.

—Por ahora piensa en el chico —replicó simplemente Ray, que luego desapareció.

16

No había ni un atisbo de lluvia en la brisa estival. El sol era de un azul asombroso y cálido, un cuenco intacto que contenía una vaga neblina y frágiles nubes. Un pájaro solitario cantaba enloquecido, como si estuviera obsesionado por terminar el canto antes de que concluyera el largo día.

Grace se sentía tan nerviosa como una colegiala en el baile de graduación. Esa idea la hizo reír. Ninguna adolescente había soñado con nervios como ésos.

Jugueteó con el pelo, deseando tener largos rizos brillantes como los de Anna, exóticos, como de gitana. Pero no los tenía, se recordó con firmeza. Y nunca los tendría. Al menos, su pelo corto y sencillo resaltaba los bellos pendientes largos de oro que Julie le había prestado.

La muchacha se había mostrado muy dulce e ilusionada con lo que llamaba «la gran cita». Se había lanzado enseguida a charlar sobre qué llevar y con qué llevarlo, y naturalmente había decretado que el contenido del armario de Grace era un desastre total.

Por supuesto, dejarse arrastrar por ella al centro comercial había sido una idea totalmente ridícula. Aunque no es que Julie hubiera tenido que tirar muy fuerte, admitió Grace. Hacía tanto tiempo que no iba de compras simplemente por el placer de comprar... Durante las dos horas que pasaron entrando y saliendo de las tiendas se había sentido joven y libre de preocupaciones, como si no hubiera nada más importante que dar con el vestido perfecto.

Con todo, no tendría que haberse comprado uno nuevo, aunque lo hubiera conseguido rebajado. Pero no consiguió convencerse de no hacerlo. Sólo ese pequeño capricho, sólo ese pequeño lujo. Deseaba intensamente algo nuevo y original para esa noche tan especial.

Le encantó uno negro, sofisticado y sexy, con tirantes finos y falda ajustada. O el rojo, muy sensual y con un escote muy atrevido. Pero no le sentaban bien, como sabía de antemano.

No le sorprendió que uno muy sencillo, de lino azul pálido, tuviera descuento. En la percha parecía muy simple, nada especial. Pero Julie había insistido, y ella tenía buen ojo para esas cosas.

Tenía razón, por supuesto, pensó ahora. Era sencillo, casi virginal, con el corpiño sin adornos y el corte gracioso. Pero una vez puesto, le quedaba muy bonito por el contraste de color con la piel, y la falda que flotaba en torno a sus piernas.

Se pasó un dedo por el escote cuadrado, vagamente asombrada de que el sujetador que Julie la había obligado a comprar realmente consiguiera proporcionarle un pequeño canalillo. De veras era un milagro, pensó con una risita.

Concentrándose, se inclinó para acercarse al espejo. Había hecho todo lo que su amiga le había dicho con el maquillaje prestado. Y sus ojos parecían más grandes y más profundos. Había hecho todo lo posible para ocultar las señales de cansancio y le pareció que lo había conseguido. Podía no haber dormido apenas la noche antes, pero no se sentía cansada en absoluto.

Se sentía llena de energía.

Alzó la mano y jugueteó con las muestras de perfume que le habían dado en la tienda de cosméticos. Entonces se acordó de que Anna le había dicho que se pusiera su propio perfume la primera vez para Ethan. Que eso le transmitiría un mensaje.

Eligiendo su fragancia habitual, cerró los ojos y se puso un poquito. Con los ojos cerrados, se imaginó que los labios de él la rozaban aquí, la rozaban allá, se detenían y saboreaban ahí donde el pulso hacía que la fragancia palpitara de vida.

Aún soñando, tomó un bolsito de noche color marfil, otro préstamo, y revisó el contenido. No llevaba un bolso tan pequeño desde hacía..., bueno, desde antes de que naciera Aubrey, pensó. Le resultaba tan extraño mirar en su interior y no ver ninguna de las cosas de madre que solía llevar... «Hoy sólo cosas de mujer», pensó. La pequeña polvera que se había permitido comprar, una barra de labios que raramente se acordaba de usar, las llaves de casa, unos cuantos billetes enrollados, y un pañuelo que no estaba sucio y desgastado de limpiar churretes infantiles.

Sólo mirarlo la hizo sentirse femenina, como deslizar los pies en las sandalias de tacón poco práctico. Iba a pasarlo mal para pagar la factura de la tarjeta cuando llegara. Se volvió frente al espejo y vio cómo la falda reproducía el giro.

Cuando oyó que la camioneta de Ethan se detenía fuera, atravesó el cuarto apresuradamente. Se obligó a detenerse. No, no iba a salir corriendo hacia la puerta como un cachorrito ansioso. Se iba a quedar allí esperando a que él llamara a la puerta. Así le daría a su corazón la oportunidad de latir con normalidad de nuevo.

Cuando él llamó, todavía le retumbaba en los oídos. Pero salió del dormitorio, le sonrió a través de la mosquitera y se acercó a la puerta.

Ethan recordaba verla acercarse a la puerta así la noche en que hicieron el amor por primera vez. Le había parecido tan bella, y tan solitaria, a la luz de las velas que parpadeaban a su alrededor…

Pero hoy parecía…, no creía tener palabras para expresarlo. Todo en ella resplandecía, la piel, el pelo, los ojos. Le hizo sentirse extraño, humilde, reverente. Deseaba besarla para asegurarse de que era real, y al mismo tiempo le daba miedo tocarla.

Retrocedió cuando ella abrió la mosquitera, después le tomó una mano con cuidado.

—Pareces distinta.

No, no era poesía. Y le hizo sonreír.

—Eso quería. —Cerró la puerta a sus espaldas y dejó que la guiara hasta la camioneta.

En ese momento, él deseó haber pedido prestado el Corvette.

—La camioneta no pega con ese vestido —comentó mientras se metían en el vehículo.

—A mí sí me pega. —Se recogió la falda para asegurarse de que no se enganchaba con la puerta—. Tal vez te parezca distinta, Ethan, pero sigo siendo la misma.

Se acomodó en el asiento y se dispuso a disfrutar la noche más bella de su vida.

El sol seguía alto y brillante cuando llegaron a Princess Anne. El restaurante que Ethan había elegido se encontraba en uno de los viejos edificios rehabilitados de altos techos y ventanales elevados y estrechos. Había mesas envueltas en lino blanco con velas aún sin encender, y camareros con chaqueta y pajarita negra. Las conversaciones de otros comensales estaban apagadas, como en una iglesia. Grace oía el golpeteo de sus tacones en el pulido suelo mientras se dirigían a su mesa.

Quería recordar cada detalle. La mesita escondida junto a la ventana, el cuadro de la bahía que colgaba en la pared, detrás de Ethan. El brillo cómplice en los ojos del camarero que les entregó la carta y les preguntó si deseaban tomar un cóctel.

Pero, sobre todo, deseaba recordar a Ethan. La serena sonrisa en sus ojos cuando la miró desde su lado de la mesa, la forma en que sus dedos no dejaban de acariciarle la mano sobre el blanco mantel de lino.

—¿Te apetece un poco de vino? —le preguntó. Vino, velas, flores.

—Sí, me encantaría.

Él abrió la carta de vinos y la estudió pensativamente. Sabía que ella prefería el blanco, y uno o dos le resultaban conocidos. Phillip mantenía siempre un par de botellas en el frigo. Aunque sabe Dios por qué un hombre razonable pagaría de forma regular tanto dinero por algo de beber.

Agradecido porque los vinos estaban numerados y no tendría que intentar pronunciar nada en francés, le comunicó al camarero su preferencia, contento al ver que su elección era recibida con aprobación.

—¿Tienes hambre?

—Un poco. —Grace se preguntó si podría tragar una sola miga, por la alegría que le rebosaba en la garganta—. Es tan agradable estar así aquí, contigo.

—Tendría que haberte llevado a cenar antes.

—Esto es perfecto. No ha habido mucho tiempo para este tipo de cosas.

—Siempre podemos buscarlo. —Y no estaba tan mal llevar corbata, comer en un sitio rodeado de otra gente. No cuando podía contemplarla al otro lado de la mesa—. Pareces descansada, Grace.

—¿Descansada? —La risa se le escapó como un burbujeo, haciendo que él sonriera confundido. Entonces sus dedos apretaron cariñosamente los de él—. Ay, Ethan, te adoro.

El sol fue hundiéndose poco a poco y las velas fueron encendidas mientras Ethan y Grace bebían su vino y disfrutaban de una comida perfectamente preparada y servida con estilo. Él le contó lo bien que iba el trabajo en el astillero y el nuevo contrato que había conseguido Phillip.

—Eso es maravilloso. Es increíble que empezarais el negocio en primavera.

—Yo llevaba mucho tiempo pensándolo —le dijo él—. Ya tenía muchos de los detalles resueltos mentalmente.

Así es como él lo haría, cómo no, pensó ella. Pensar las cosas muy a fondo era algo innato en él.

—A pesar de todo, estáis consiguiendo que salga adelante, que de veras funcione. Muchas veces he pensado en darme una vuelta por allí.

—¿Y por qué no lo has hecho?

—Antes… Si te veía demasiado a menudo o en muchos sitios diferentes, me preocupaba. —Le encantaba poder decírselo y observar cómo le cambiaban los ojos al escucharla—. Estaba segura de que notarías lo que sentía por ti, cuánto deseaba tocarte y que me tocaras.

La sangre canturreaba en las puntas de los dedos de Ethan mientras rozaban los de Grace. Y sus ojos cambiaron, como ella quería, haciéndose más profundos al mirarla intensamente.

—Casi había conseguido convencerme de no implicarme contigo —dijo él con cuidado.

—Me alegro de que no lo consiguieras.

—Yo también. —Acercó los dedos de ella hacia sí y los tocó con los labios—. A lo mejor vienes al astillero un día de éstos, y yo te echaré un vistazo… y ya veré.

Ella ladeó la cabeza.

—Tal vez lo haga.

—Podrías acercarte una tarde de calor y —dijo mientras su pulgar le recorría perezosamente los nudillos— traer pollo frito.

La risa de Grace fue rápida y fácil.

—Tendría que haberme dado cuenta de que eso era lo que realmente te atraía de mí.

—Sí, eso ha inclinado la balanza. Un rostro bonito, ojos de diosa del mar, largas piernas, una risa cálida, todo eso no le dice mucho a un hombre. Pero le añades una buena ración de pollo frito al estilo sureño, y entonces hablamos.

Agradablemente halagada, Grace movió la cabeza.

—Y aquí estaba yo pensando que no había forma de sacar poesía de ti.

La mirada de él le recorrió el rostro y por primera vez en su vida deseó poseer talento para componer versos.

—¿Quieres poesía, Grace?

—Te quiero a ti, Ethan. Te quiero como eres. —Con un largo suspiro de felicidad, echó una mirada al restaurante—. Y si le añades una velada como ésta de vez en cuando… —Volvió la mirada hacia él y sonrió— entonces hablamos.

—Pues parece que tenemos un trato, ya que a mí me gusta salir contigo así. Me gusta estar en cualquier parte contigo.

Ella entrelazó sus dedos con los de él.

—Hace mucho tiempo. Me parece que hace mucho tiempo, yo solía soñar con el amor. Con cómo esperaba que fuera. Esto es mejor, Ethan. La realidad ha resultado ser mejor que los sueños.

—Quiero que seas feliz.

—Si fuera más feliz, tendría que ser dos personas para contener toda la felicidad. —Sus ojos brillaron de risa mientras se inclinaba hacia él—. Y entonces tendrías que pensar qué hacer con dos Grace.

—Sólo necesito una. ¿Te apetece dar un paseo?

El corazón se le despeñó. ¿Sería ahora?

—Sí, creo que un paseo sería perfecto.

El sol casi se había puesto cuando comenzaron a pasear por las bonitas calles, creando sombras bellas y profundas. La luna empezaba a alzarse en un cielo aún deslumbrado de cálidos colores. No estaba llena, notó Grace, pero no importaba. Su corazón sí lo estaba.

Cuando él la volvió para tomarla en sus brazos justo en el borde del charco de luz de una farola, ella se derritió en un beso largo y lento.

Distinta, pensó Ethan mientras se permitía profundizar el beso. Le parecía más suave, más cálida, cediendo a él, aunque notaba los débiles temblores que la recorrían.

—Te amo, Grace —dijo para consolarla y consolarse a sí mismo.

A ella el corazón se le subió a la garganta, haciendo que le temblara la voz. Por encima, las estrellas, brillantes puntos de luz blanca, se abrían a la vida parpadeando.

—Te amo, Ethan. —Ella cerró los ojos y contuvo el aliento esperando las palabras.

—Más vale que regresemos.

Grace abrió los ojos con un parpadeo.

—Ah, sí. —Dejó escapar el aliento y añadió—: Sí, tienes razón.

¡Qué tonta!, pensó, mientras caminaban de regreso a la camioneta. Un hombre tan cauto y meticuloso como Ethan no le propondría matrimonio en una esquina de Princess Anne. Esperaría hasta que regresaran a casa, hasta que Julie se hubiera ido y le hubieran echado un vistazo a Aubrey.

Esperaría hasta que estuvieran a solas, sin gente alrededor, en un entorno familiar. Claro, eso era. Así que le lanzó una sonrisa luminosa mientras él arrancaba el vehículo.

—Ha sido una cena maravillosa, Ethan.

Había luz de luna, como ella había imaginado. Se colaba oblicuamente por la ventana y se deslizaba suavemente sobre Aubrey, que dormía en su cuna. Su niña soñaba sueños felices, pensó. Y cuánto más felices serían todos por la mañana, cuando hubieran dado el paso siguiente para convertirse en una familia.

Aubrey ya le amaba, pensó Grace mientras acariciaba el pelo de su hija. Poco tiempo antes, ella había decidido criarla sola, y asegurarse de que con eso bastaba. Ahora todo estaba cambiando. Ethan sería un padre para su hija, un padre que la amaría y velaría por ella.

Algún día acostarían juntos a Aubrey. Algún día verían dormir a otro niño en una cuna. Con

Ethan podría compartir el gozo de un momento sencillo como ése, un momento sereno en la oscuridad bañada por la luz de la luna en el que miras a tu hijo, que duerme a salvo.

Él tenía tanto que darles, pensó ella. Y ella tenía tanto que darle a él...

Un hombre como Ethan sentiría ese primer aleteo de vida en el corazón cuando ella lo sintiera en el útero. Podrían compartir eso, y una vida de momentos sencillos.

Grace salió silenciosamente al cuarto de estar y vio que Ethan miraba por la puerta. Por un momento, le invadió el pánico. ¿Se iba ya? No podía irse. No ahora. No antes de...

—¿Te apetece un café? —Lo dijo rápidamente, su voz se elevó sin que pudiera controlarla.

—No, gracias. —Él se volvió—. ¿Aubrey duerme?

—Sí, está bien.

—Se parece tanto a ti...

—¿Tú crees?

—En particular cuando sonríe.

Él vio cómo los ojos de ella se posaban en los suyos, brillantes a la suave luz de la lámpara. Por un momento, le pareció que nada había sucedido antes, que nada sucedería después. Podrían estar los tres así, juntos en tranquilas noches como ésa, en la pequeña casa de muñecas. Podría ser su futuro. Anhelaba creer que podría ser su vida.

—Me gustaría quedarme. Deseo estar contigo esta noche, si tú quieres.

—Sí, claro que quiero. —Ella creyó comprender. Él necesitaba mostrarle su amor primero. Más que gustosamente, le tendió una mano—. Vamos a la cama, Ethan.

Él se tomó el cuidado de ser tierno, de acariciarla suavemente hasta que llegó a la cumbre. Una vez allí, la mantuvo, la mantuvo hasta que el cuerpo de Grace se arqueó, como un tembloroso puente de sensaciones, para hacerla flotar y suspirar. Ethan vio cómo la luz de la luna bañaba la piel de ella, siguió sus sombras cambiantes con las yemas de los dedos, con los labios. Le dio placer.

El amor la rodeaba. La cobijaba. La acunaba con un ritmo tan tierno como un mar en calma. Deslizándose por él, se lo ofreció de vuelta a él, como un reflejo resplandeciente.

La ternura de él la hizo llorar. Ya sabía que sus necesidades podían ser abruptas, temerarias, agudas. Y eso la excitaba. Sin embargo, esa parte de él, ese lado compasivo, sensible y generoso, le llegaba al centro del corazón. Cayó mucho más profundamente en el ancho pozo del amor.

Cuando él se deslizó dentro de ella, cuando se unieron, la boca de él se posó sobre la de ella para atrapar cada suspiro. Ella resbaló hacia arriba, tembló en esa cumbre cubierta de seda, manteniéndose hasta que él tembló con ella y pudieron atraparse el uno al otro en el lento descenso.

Después, él la desplazó para que ella se acurrucara en la curva de su brazo. Y la acarició. Los ojos de ella se empañaron. Ahora, pensó mientras se dejaba arrastrar. Él se lo iba a pedir ahora, cuando ambos relucían todavía.

Esperando, se quedó dormida.

Él tenía diez años, y la última paliza que ella le había dado le había dejado la espalda hecha un laberinto de moratones y dolor. Ella nunca le golpeaba en la cara. Se había dado cuenta rápidamente de que a la mayoría de los clientes no les gustaba ver ojos morados y labios ensangrentados en la mercancía.

En general, dejó de usar los puños. Le pareció más efectivo un cepillo de pelo. Le gustaban los que eran circulares y finos, con cerdas duras. La primera vez que lo usó, el dolor y la conmoción fueron tan intensos que le devolvió el golpe y fue ella la que terminó con un labio ensangrentado. Entonces ella recurrió a los puños, hasta que él encontró refugio en la inconsciencia.

No podía con ella, y lo sabía. Era una mujer grande, y fuerte además. Cuando estaba borracha, era aún más fuerte y más implacable. No servía suplicarle, no servía llorar, así que él dejó de hacerlo. Y las palizas no eran tan malas como lo otro. Nada lo era.

Ella había sacado veinte dólares por él la primera vez que lo vendió. Lo sabía porque se lo había dicho, y había prometido darle dos dólares si no armaba un lío. Él no sabía de qué estaba hablando. No en ese momento. No lo supo, no hasta que le dejó en el dormitorio oscuro con el hombre.

Incluso entonces no lo sabía, no lo comprendía. Cuando esas manos grandes y húmedas le tocaron, el miedo fue tan cegadoramente brillante, la vergüenza tan negra, el terror tan atronador, tan atronador como sus gritos.

Gritó hasta que no quedó nada que se arrastrara por su garganta más que un gemido gutural. Ni siquiera el dolor de ser violado consiguió hacer que emitiera otro sonido.

Ella llegó a darle los dos dólares. Él los quemó; allí, en el lavabo sucio del sórdido cuarto de baño que apestaba a su propio vómito, miró cómo el dinero se curvaba hasta ennegrecerse. Su odio por ella era igual de negro.

Se prometió a sí mismo, contemplando sus ojos huecos en el sucio espejo, que si ella volvía a prostituirle, la mataría.

—¡Ethan!

Con el corazón atropellándose en su garganta, Grace se puso de rodillas de un salto para sacudirle los hombros. La piel bajo sus dedos se hallaba fría como el hielo. El cuerpo de él estaba rígido como una piedra, pero temblaba. La hizo pensar atropelladamente en terremotos y volcanes. Había una violencia hirviente bajo una dura capa de roca.

La habían despertado los sonidos que él emitía. La habían hecho soñar con un animal preso en una trampa.

Él abrió los ojos bruscamente. Ella sólo veía su destello en la penumbra, pero parecían salvajes y ciegos. Por un momento, a ella le dio miedo que la violencia hirviente que percibía se abriera paso y la golpeara.

—Estabas soñando. —Lo dijo con firmeza, segura de que eso era lo que hacía falta para que Ethan regresara a esos ojos que la miraban fijamente—. No pasa nada. No ha sido más que una pesadilla.

Él oía su propia y áspera respiración. Había sido más que una pesadilla, lo sabía. Había sido otro de esos vívidos regresos al pasado que hacía años que no sufría, esos que le dejaban cubierto de un sudor frío. Pero el resultado era el mismo. La náusea atenazó su estómago enfermo, la cabeza martilleaba y en ella nadaba el eco lastimoso del grito de un niño. Sufrió un violento estremecimiento bajo las tiernas manos que le sujetaban por los hombros.

—Ya estoy bien.

Pero su voz sonaba ronca, y ella sabía que mentía.

—Te traeré un poco de agua.

—No, estoy bien. —Ni siquiera el agua le caería bien al sobresaltado estómago—. Vuelve a dormirte.

—Ethan, estás temblando.

Él detendría el temblor. Podía pararlo. Sólo le llevaría un poco de tiempo y de concentración. Vio que Grace tenía los ojos muy abiertos, y bastante asustados. Se puso furioso por haber llevado el recuerdo de aquel horror al lecho de ella.

Dios bendito, ¿cómo se había permitido pensar, ni por un instante, que había algo distinto para él? ¿Para los dos?

Se obligó a sonreír.

—Me he asustado, eso es todo. Siento haberte despertado.

Más tranquila, porque vio que una sombra del hombre al que amaba regresaba a sus ojos, Grace le acarició el pelo.

—Debe de haber sido horroroso. Nos ha asustado a los dos.

—Pues sí. Ya no me acuerdo. —Otra mentira, pensó él, con un odioso abatimiento—. Venga, túmbate. Ya estoy bien.

Ella se acurrucó junto a él, esperando consolarle, y le puso una mano sobre el corazón. Seguía nervioso.

—Cierra los ojos —susurró como lo habría hecho con Aubrey—. Cierra los ojos y descansa. Abrázate a mí, Ethan. Sueña conmigo.

Rezando para encontrar la paz, él hizo ambas cosas.

Cuando Grace se despertó y vio que él se había ido, trató de convencerse de que el peso de su desilusión era desproporcionado. Ethan no había querido molestarla tan pronto, por eso no se había despedido.

Ahora que el sol estaba alto, él ya se encontraría en el mar.

Se levantó, se puso una bata y fue a preparar café, lista para disfrutar de los escasos minutos a solas antes de que se levantara su hija.

Entonces suspiró y salió a su pequeño porche trasero. Sabía que su desilusión no se debía a haber descubierto al despertar que él ya se había ido. Estaba segura, tan segura de que él le iba a pedir que se casara con él… Ahí estaban todas las señales, el escenario preparado, el momento perfecto. Pero las palabras no habían sido pronunciadas.

A ella no le había faltado más que escribir el guión, pensó haciendo una mueca, pero Ethan no se había atenido a él. Se suponía que esa mañana iba a comenzar la siguiente etapa de sus vidas. Se había imaginado corriendo a la casa de Julie para compartir la alegría, llamando a Anna y parloteando, pidiendo consejos sobre bodas.

O contándoselo a su madre.

O explicándoselo todo a Aubrey.

Pero ahora era una mañana como cualquier otra.

Tras una noche hermosísima, se regañó a sí misma. Una noche preciosa. No tenía por qué quejarse. Irritada consigo misma, volvió adentro para servirse la primera taza de café recién hecho.

Luego se echó a reír. Pero ¿qué había creído? Era con Ethan Quinn con quien estaba tratando. ¿No era ése el hombre que había esperado, según él mismo admitía, casi una década para besarla? A la velocidad con que se tomaba las cosas, podía pasar otra antes de que mencionara el tema del matrimonio.

La única razón por la cual habían avanzado desde ese primer beso a donde se hallaban ahora era porque ella…, bueno, ella se había ofrecido a él, admitió. Lisa y llanamente. Y no habría tenido el valor de hacerlo si Anna no le hubiera dado un empujón.

Flores, pensó, volviéndose de modo que podía verlas mientras sonreía, hermosas y radiantes en la encimera de la cocina. Una cena a la luz de las velas, paseos a la luz de la luna y hacer el amor larga y tiernamente. Sí, la estaba cortejando, y seguiría haciéndolo hasta que se volviera loca esperando a que él diera el siguiente paso.

Pero así era Ethan, admitió, y ésa era una de las cosas que le encantaban de él.

Tomó un sorbo de café, se mordió el labio. ¿Por qué tenía que ser él quien diera el paso? ¿Por qué no podía ser ella quien hiciera avanzar el asunto? Julie le había dicho que a los hombres les gustaba que las mujeres tomaran la iniciativa. ¿Y no le había gustado a Ethan que ella hubiera reunido el valor suficiente para pedirle que le hiciera el amor?

Ella podía cortejarle a su vez, ¿no? Y ella podía hacer que avanzara más rápidamente. Dios sabía que ella era una experta en cumplir horarios.

Sólo requería la valentía de pedírselo. Expulsó aire. Tendría que reunir ese valor, y bucearía en su interior hasta encontrarlo.

Las temperaturas se elevaron y la humedad se espesó en un cenagal pegajoso que Cam llamaba, no muy risueñamente, «pestedad». Trabajaba bajo cubierta, rematando el camarote hasta que el calor le hizo subir, buscando desesperadamente algo de beber y un poco de brisa.

Aunque no solía quejarse por las condiciones de trabajo, Ethan, como su hermano, se hallaba desnudo hasta la cintura. Le corría el sudor mientras barnizaba pacientemente.

—Eso va a tardar una semana en secarse con este maldito bochorno.

—Una buena tormenta despejaría el ambiente, por lo menos en parte.

—Entonces ojalá haya una. —Cam agarró la jarra y bebió con avidez directamente de ella.

—Este tiempo tan pesado pone nerviosas a algunas personas.

—Yo no estoy nervioso, lo que tengo es calor. ¿Dónde está el chaval?

—Le he mandado por hielo.

—Buena idea. Podría darme un baño en hielo. Ahí abajo no hay ni pizca de aire.

Ethan asintió. Barnizar era una tarea bastante desagradable con ese tiempo, pero trabajar abajo, en el pequeño camarote, adonde no llegaban los grandes ventiladores, debía de parecerse a trabajar en el infierno.

—¿Quieres que cambiemos un rato?

—Yo puedo hacer mi puñetero trabajo.

Ethan se limitó a encoger un hombro sudoroso.

—Como tú digas.

Cam apretó los dientes y luego siseó.

—Vale, estoy nervioso. El calor me está friendo el cerebro y no hago más que darle vueltas a la cabeza pensando si esa gata callejera habrá recibido ya la carta de Anna.

—Ya debería haberla recibido. Salió el martes, en cuanto Correos abrió después del puente. Y hoy es viernes.

—Ya sé qué día es, Ethan. —Asqueado, Cam se limpió el sudor de la cara y miró a su hermano con el ceño fruncido—. ¿Tú no estás ni siquiera un poco preocupado?

—Que me preocupe no va a cambiar nada. Ella hará lo que quiera. —Su mirada se centró en la de su hermano, y era tan dura como un puño apretado—. Y entonces nos ocuparemos del tema.

Cam paseó por la cubierta, captó una brizna de aire de los ventiladores y se dio la vuelta.

—Nunca he podido comprender cómo puedes mantener la calma cuando las cosas se van a la mierda.

—Práctica —murmuró Ethan mientras continuaba barnizando.

Cam relajó sus doloridos hombros y se golpeó el muslo con los dedos. Tenía que pensar en otra cosa o se volvería loco.

—¿Y qué tal fue la gran cita la otra noche?

—Bastante bien.

—Joder, Ethan, ¿tengo que sacar un gancho?

Una sonrisa se movió por el rostro de Ethan.

—La cena fue agradable. Tomamos ese Pouilly Fuisse que le gusta tanto a Phil. Sabe bastante rico, pero no sé a qué viene tanto aspaviento.

—¿Y qué, echaste un polvo?

Ethan le dirigió otra mirada, captó la amplia sonrisa de su hermano y decidió tomarse la pregunta como había sido formulada.

—Sí, ¿y tú?

Divertido, ya que no más fresco, Cam echó la cabeza hacia atrás y rompió a reír a carcajadas.

—Joder, Grace es lo mejor que te ha pasado nunca. No me refiero sólo al sexo, aunque eso debe de ser parte de lo que te tiene tan animado últimamente. Esa mujer te va como anillo al dedo.

Ethan se detuvo y se rascó el abdomen, donde goteaba el sudor produciéndole picores.

—¿Por qué?

—Porque es estable como una roca y bella como una flor, y tiene la paciencia del santo Job y el suficiente sentido del humor para despertar el tuyo. Supongo que, no tardando mucho, habrá que acicalar el patio para otra boda.

Los dedos de Ethan apretaron más la brocha.

—No me voy a casar con ella, Cam.

Fue el tono, en el que había serena desesperación, tanto como la afirmación lo que hizo que Cam entornara los ojos.

—A lo mejor no te comprendo —dijo lentamente—, pero suponía que, tal como van las cosas, ibas en serio con ella.

—Mis intenciones son serias respecto a Grace. Respecto a un montón de cosas. —Volvió a mojar la brocha y se quedó mirando cómo goteaba el prístino barniz dorado—. El matrimonio no es algo que esté buscando.

Normalmente, Cam habría dejado pasar un tema similar. Habría pasado del asunto con un encogimiento de hombros. «Cosa tuya, hermano.» Pero conocía a Ethan demasiado bien, le quería desde hacía demasiado tiempo como para alejarse del dolor. Se agachó junto al galón, de forma que sus rostros se hallaran más cerca.

—Yo tampoco lo andaba buscando —murmuró—. Me acojonaba. Pero cuando llega a tu vida la mujer, «la mujer», da más miedo dejarla marchar.

—Sé lo que me hago.

La mirada de «No me voy a bajar del burro» no arredró a Cam.

—Tú siempre crees saberlo. Espero que esta vez lleves razón. Y espero muy de veras que esto no sea algún rollo que se remonte a aquel chaval de ojos de fantasma que papá y mamá trajeron un día a casa. El que solía despertarse gritando por la noche.

—Ahí no te metas, Cam.

—Ni tú tampoco. Mamá y papá nos educaron de otra forma.

—No tiene nada que ver con ellos.

—Todo tiene que ver con ellos. Escucha —se interrumpió con un suave taco al ver entrar a Seth.

—Eh, esta mierda ya se está derritiendo —anunció el chico.

Cam se puso de pie y miró a Seth con el ceño fruncido, más por costumbre que por enfado.

—¿No te he dicho que busques una palabra que no sea mierda?

—Tú la dices —apuntó Seth, moviendo la bolsa de hielo.

—Eso no importa.

Sabiendo cómo funcionaban las cosas, Seth puso el hielo en la nevera.

—¿Por qué?

—Porque Anna me va a despellejar si no dejas de usarla. Y si ella me despelleja a mí, yo te despellejo a ti.

—¡Qué miedo me das!

—¡Más te valdría tener miedo!

Siguieron riñendo y Ethan continuó barnizando. Desconectó de la charla y, concentrándose en el trabajo que tenía entre manos, encerró su infelicidad bajo llave.

17

Iba a ser perfecto. Era lo apropiado, tan claramente que Grace se preguntó cómo no se le había
ocurrido antes. Un paseo en barco a la hora del crepúsculo por un mar en calma, cuando el cielo se
vuelve rosa y oro por el oeste, era un telón de fondo
a la medida de ambos. La bahía constituía una parte
de sus vidas, lo que ofrecía y lo que arrebataba.

Sabía que era más que un lugar donde Ethan
trabajaba. Era un lugar que él amaba.

Había sido fácil organizarlo. Lo único que tuvo que hacer fue pedirlo. Ethan pareció sorprendido, luego sonrió.

—Me había olvidado de que te encanta navegar —comentó.

Grace se sintió conmovida cuando él simplemente esperaba que Aubrey les acompañara. Habría otras ocasiones, pensó. Una vida llena de ellas,
para los tres. Pero esa noche de cálida brisa sería
sólo para ellos dos.

La risa seguía bullendo en ella mientras imaginaba su reacción al pedirle que se casaran. Podía ver

con total claridad cómo él se detendría y se quedaría mirándola con esos maravillosos ojos azules llenos de sorpresa. Ella sonreiría y le tendería la mano mientras se deslizaban sobre el agua en penumbra gracias al suave viento. Y le diría todo lo que había en su corazón.

«¡Te amo tanto, Ethan! Siempre te he amado y siempre te amaré. ¿Quieres casarte conmigo? Quiero que seamos una familia. Quiero vivir mi vida contigo. Quiero darte hijos. Quiero hacerte feliz. ¿No hemos esperado ya bastante?»

Entonces, lo sabía, sería el momento en que él comenzaría a sonreír. Esa bella sonrisa lenta que avanzaba grado a grado por los planos y sombras de su rostro hasta alcanzar los ojos. Él probablemente comentaría que también tenía la intención de pedírselo. Que estaba en ello.

Ambos reirían y se abrazarían mientras el sol se volvía rojo más allá de la orilla. Y su vida en común comenzaría de verdad.

—¿Hacia dónde navegas, Grace?

Ella parpadeó y vio que él le sonreía desde el timón.

—Estaba soñando despierta —contestó, riéndose de sí misma—. El crepúsculo es el mejor momento para soñar despierto. Hay tanta paz… —Se incorporó y se acurrucó bajo el brazo de él—. Me alegra mucho que hayas podido sacar unas horas para que pudiéramos hacer esto.

—Dentro de un mes habremos completado los remates del barco —dijo Ethan ocultando el rostro en el cabello de ella—. Dos semanas antes de lo previsto.

—Habéis trabajado muy duro.

—Valdrá la pena. El dueño ha venido hoy.

—¿Ah, sí? —Eso también formaba parte de ello, pensó ella. La charla relajada sobre sus actividades cotidianas—. ¿Qué ha dicho?

—No ha parado de hablar ni un momento, así que es difícil saber qué ha dicho. Ha soltado el último «esto y lo otro» que ha leído en sus revistas de vela. Ha hecho tantas preguntas que la cabeza me daba vueltas .

—Pero ¿le ha gustado?

—Yo supongo que estaba muy contento, porque en toda la tarde no ha dejado de sonreír como un niño el día de Reyes. Cuando se ha ido, Cam quería apostar a que va a encallar el barco en cuanto lo saque a la bahía.

—¿Has aceptado la apuesta?

—¿Qué dices? No. Lo más probable es que lo haga. Pero no has navegado de veras por la bahía hasta que te quedas varado.

Ethan no lo haría, pensó ella, observando sus manos grandes y competentes sobre el timón. Él navegaba limpiamente.

—Recuerdo cuando tú y tu familia estabais construyendo el balandro. —Grace pasó los dedos por el timón y continuó—: La primera vez que salisteis a navegar en él, yo estaba echando una mano en el puerto. El profesor Quinn estaba al timón y tú te ocupabas de los cabos. Me saludaste con la mano. —Riéndose, ladeó la cabeza para mirarle—. Me encantó que notaras mi presencia.

—Siempre notaba tu presencia.

Ella se alzó para besarle en la barbilla.

—Pero procurabas que yo no notara que tú la notabas. —Impulsivamente, le dio un mordisquito travieso en la mandíbula—. Hasta hace poco.

—Supongo que he perdido esa habilidad. —Volvió la cabeza hasta que su boca encontró la de Grace—. Hace poco.

—Me alegro. —Con una suave risa, posó la cabeza en el hombro de él—. Porque me gusta notar que tú notas mi presencia.

No se encontraban solos en la bahía, pero él se mantenía apartado de las raudas motoras que salían a navegar en la noche estival. Una bandada de gaviotas descendía y se arremolinaba frenéticamente en torno a la popa de un esquife desde el que una niña lanzaba pan. Su risa, alta y brillante, se mezclaba con los chillidos avariciosos de las aves.

Se alzó la brisa, llenando las velas y arrastrando consigo el calor húmedo del día. Las escasas nubes que flotaban por el oeste adoptaban un tono rosado por los bordes.

Era casi el momento.

Qué raro, pensó, no se sentía nerviosa en absoluto. Un poco mareada, tal vez, porque notaba la cabeza muy ligera, el corazón muy libre. La esperanza, antaño enterrada, era de un dorado reluciente una vez liberada.

Se preguntó si él se adentraría en uno de los estrechos canales donde la sombra se hacía más espesa y el agua tomaba el color del tabaco. Él dejaría atrás las boyas que se mecían en el mar hasta llegar a un lugar tranquilo en el que ni las gaviotas les hicieran compañía.

Ethan se sentía tan contento con Grace a su lado que dejó que el viento eligiera el rumbo. Debería ajustar el aparejo, pensó. Si no lo hacía enseguida, las velas se arrizarían. Pero no quería apartarse de ella, todavía no.

Olía a su jabón de limón, y sentía la suavidad de su pelo junto a su mejilla. Así podría ser su vida en común, pensó Ethan. Momentos serenos, paseos en barco por la noche. Mantenerse juntos. Construir grandes sueños a base de otros más pequeños.

—Se lo está pasando de maravilla —susurró Grace.

—¿Mmm?

—Esa niña que da de comer a las gaviotas. —Hizo un gesto en dirección al esquife, sonriendo mientras se imaginaba a Aubrey, dentro de algunos años, riéndose y llamando a las gaviotas desde la popa del barco de Ethan—. Ah, mira, ahí llega su hermano pequeño reclamando su parte. —Se rió, seducida por los niños—. Qué imagen más bonita, los dos juntos —murmuró, observando cómo ambos lanzaban el pan hacia arriba para que lo atraparan los picos ávidos de las aves—. Se hacen compañía el uno al otro. Un hijo único puede sentirse muy solo.

Ethan cerró los ojos cuando su propio sueño se hizo añicos. Ella querría más hijos. Se los merecía. La vida no eran sólo bellos paseos por la bahía.

—Tengo que orientar las velas —le dijo—. ¿Quieres tomar el timón?

—Ya lo hago yo. —Le sonrió mientras pasaba bajo sus brazos para moverse a babor—. No se me ha olvidado cómo manejar los cabos, capitán.

No, pensó él, no se le había olvidado. Era una buena marinera, se sentía tan a gusto en cubierta como en su propia cocina. Tiró de la jarcia con la misma soltura con que atendía a un montón de clientes en el bar.

—No hay muchas cosas que no sepas hacer, Grace.

—¿Cómo? —Alzó la cabeza y luego rió—. No es difícil saber cómo usar el viento cuando has crecido con él.

—A ti se te da bien de forma natural —la corrigió él—. Y eres una madre maravillosa, y una cocinera excelente. Y sabes cómo hacer que la gente se sienta a gusto.

El pulso de ella pasó de tranquilo a frenético. ¿Se lo pediría ahora, después de todo, antes de que ella tuviera la oportunidad de pedírselo a él?

—Ésas son cosas con las que disfruto —comentó observando cómo él la observaba—. Construir un hogar aquí, en St. Chris, me llena. Tú haces lo mismo, Ethan, porque te llena.

—Yo necesito este lugar —dijo él suavemente—. Es lo que me ha salvado —añadió, pero se había vuelto y ella no lo oyó.

Grace esperó otro instante, deseando que él hablara, que se lo dijera, que se lo pidiera. Luego movió la cabeza y cruzó de nuevo la cubierta.

El sol se hundía, acercándose cada vez más a ese largo beso nocturno de la orilla. El agua estaba en calma. Las pequeñas olas bailaban junto al casco. Las velas estaban llenas y blancas.

«Es el momento», pensó con un salto del corazón.

—¡Te amo tanto, Ethan!

Él alzó un brazo para atraerla junto a sí.

—Yo también te amo, Grace.

—Siempre te he amado. Siempre te amaré.

Él bajó la mirada hasta ella y ella vio la emoción que embargaba sus ojos, haciendo que el azul se volviera más profundo. Grace alzó una mano hasta la mejilla de él y la mantuvo allí mientras contenía el aliento.

—¿Quieres casarte conmigo? —Vio la sorpresa, como esperaba, pero no notó que su cuerpo se volviera rígido mientras continuaba apresuradamente—. Quiero que seamos una familia. Quiero vivir mi vida contigo. Quiero darte hijos. Quiero hacerte feliz. ¿No hemos esperado ya bastante?

Y entonces ella aguardó, pero no vio que la lenta sonrisa de Ethan se extendiera por su rostro hasta los ojos. Él se limitó a mirarla con lo que a ella le pareció que podía ser horror.

Huesudas alas de pánico aletearon en su estómago.

—Sé que quizá tú tuvieras planeado hacer esto de forma distinta, Ethan, y que te ha sorprendido que te lo haya pedido yo. Pero quiero que estemos juntos, juntos de verdad. —¿Por qué no decía algo?, gritó la mente de ella. Lo que fuera. ¿Por qué se limitaba a mirarla como si le hubiese abofeteado?—. No hace falta que me cortejes. —Su voz se quebró e hizo una pausa para recobrarse—. No es que no me gusten las flores y las cenas a la luz de las velas, pero lo que de verdad necesito es que tú estés ahí. Quiero ser tu esposa.

Temeroso de hacerse añicos si seguía viendo un momento más esos ojos heridos y confusos, él apartó la mirada. Sus manos, con los nudillos blancos, seguían en el timón.

—Tenemos que cambiar de rumbo.

—¿Cómo? —Ella se volvió bruscamente, vio la expresión dura en el rostro de él y el músculo que se movía en su mandíbula. Su corazón seguía palpitando, pero ya no de ilusión. Ahora palpitaba de temor—. ¿No tienes nada más que decirme? ¿Sólo que tenemos que cambiar de rumbo?

—No, tengo cosas que decirte, Grace. —La voz sonaba tan controlada como su corazón latía salvajemente—. Tenemos que cambiar de rumbo y volver para que pueda decírtelas.

Ella quería gritarle que las dijera en ese mismo momento. Pero asintió.

—Muy bien, Ethan. Volvamos.

El sol se había puesto cuando atracaron. Los grillos y los aguzanieves llevaban a cabo su concierto nocturno, llenando el aire con una música estridente, demasiado aguda. Por encima, unas cuantas estrellas parpadeaban a través de la neblina y relucía una luna gibosa.

Había refrescado rápidamente, pero ella sabía que no era ésa la razón por la que sentía frío, mucho frío.

Ethan amarró los cabos él mismo, en silencio, al igual que había conducido el velero hasta casa en silencio. Regresó a la embarcación y se sentó frente a ella. La luna estaba aún baja, apenas por encima de las copas de los árboles, pero las primeras estrellas proporcionaban luz suficiente para que Grace pudiera ver su rostro.

No había alegría en él.

—No puedo casarme contigo, Grace. —Pronunció las palabras con cuidado, sabiendo que le iban a causar dolor—. Lo siento. No puedo darte lo que deseas.

Grace apretó las manos con fuerza. No sabía si apretar los puños para dar golpes o dejar que colgaran flojas y temblorosas como las de una vieja.

—¿Entonces me mentiste cuando dijiste que me amabas?

Quizá sería más clemente decirle que así era, pensó, pero luego movió la cabeza. No, sólo sería una cobardía. Ella se merecía la verdad. Toda la verdad.

—No te mentí. Te amo de verdad.

Había distintos grados de amor. Ella no se engañaba creyendo lo contrario.

—Pero no de la forma que tendrías que amar a la mujer con la que te fueras a casar.

—No podría amar a nadie más de lo que te amo a ti. Pero yo…

Ella alzó una mano. Se le acababa de ocurrir algo. Si ésa era la razón para rechazarla, no creía que pudiera perdonarle nunca.

—¿Es por Aubrey? ¿Es porque he tenido una hija con otro hombre?

Él se movía con rapidez tan raramente que a ella le sorprendió que le agarrara la mano y se la apretara con tanta fuerza que los huesos entrechocaron.

—Yo la quiero, Grace. Me sentiría orgulloso de que pensara en mí como su padre. Eso tienes que saberlo.

—Yo no tengo que saber nada. Me dices que me amas a mí y que quieres a mi hija, pero no nos aceptas. Ethan, me estás haciendo daño.

—Perdóname, perdóname. —Le soltó la mano como si le quemara la palma—. Sé que te estoy haciendo daño. Sabía que esto iba a suceder. No tenía que haber dejado que las cosas llegaran tan lejos.

—Pero lo has hecho —replicó ella serenamente—. Tú tenías que saber lo que yo sentía y que esperaba que tú sintieras lo mismo.

—Sí, lo sabía. Tendría que haber sido sincero contigo, no tengo excusa. —«Excepto que te necesitaba. Te necesitaba, Grace»—. El matrimonio no entra en mis planes.

—Venga ya, no me tomes por tonta, Ethan. —Dejó escapar un suspiro, demasiado herida para sentirse enfadada—. La gente como nosotros no tiene relaciones, no mantenemos aventuras amorosas. Nosotros nos casamos y fundamos familias. Somos gente sencilla y sin complicaciones, y, por mucha gracia que les pueda hacer a algunas personas, así es como somos.

Ethan se miró las manos. Ella tenía razón, claro. O la habría tenido. Pero ella no sabía que él no era una persona sencilla y sin complicaciones.

—No es por ti, Grace.

—¿Ah, no? —El dolor y la humillación se confundieron en su interior. Se imaginó que Jack Casey podría haber dicho lo mismo si se hubiera tomado el tiempo para decir algo antes de abandonarla—. Si no es por mí, ¿entonces por quién es? Aquí no hay nadie más.

—Es por mí. No puedo fundar una familia por mi origen.

—¿Cómo que tu origen? Tu origen es la parte sur de la orilla oriental de St. Christopher. Tú procedes de Raymond y Stella Quinn.

—No. —Alzó la mirada—. Yo procedo de los malolientes bajos fondos de Washington y Baltimore, y de demasiados otros sitios para llevar la cuenta. Yo procedo de una puta que se vendía a sí misma, y a mí, por una botella o una dosis. Tú no sabes de dónde vengo. Ni lo que he sido.

—Sé que procedes de un lugar horrible, Ethan. —Ahora habló con ternura, con la intención de aliviar el brutal dolor de los ojos de él—. Sé que tu madre, tu madre biológica, era una prostituta.

—Era una furcia —la corrigió Ethan—. Prostituta es una palabra demasiado limpia.

—Vale. —Con cautela, porque veía más que dolor, ella asintió lentamente. Había también una furia igual de violenta—. Antes de venir aquí soportaste lo que ningún niño tendría que tener que soportar en la vida. Pero eso fue antes de que los Quinn te ofrecieran esperanza, amor y un hogar. Y te hiciste suyo. Te convertiste en Ethan Quinn.

—Eso no cambia la sangre.

—No comprendo lo que quieres decir.

—Claro, joder, ¿cómo vas a entenderlo? —Se lo soltó como un proyectil, caliente y peligrosamente afilado. ¿Cómo podía saberlo ella?, pensó furioso. Ella había crecido sabiendo quiénes eran sus padres, y los padres de sus padres, sin tener que cuestionarse nunca la herencia que le habían transmitido, el legado que había recibido de ellos.

Pero lo sabría; antes de que él terminara de hablar, sabría lo que él quería decir. Y con eso terminaría todo.

—Ella era una mujer grande. En las manos salgo a ella…, en los pies y en la longitud de mis brazos. —Se miró esos brazos, esos puños que se habían apretado sin que se diera cuenta—. No sé de dónde he sacado el resto porque no creo que ella supiera tampoco quién era mi padre. Tan sólo un cliente con el que tuvo mala suerte. No se libró de mí porque ya había tenido tres abortos y le daba miedo arriesgarse otra vez. Eso es lo que me dijo.

—Eso es una crueldad.

—¡Por Dios santo! —Incapaz de permanecer sentado por más tiempo, se incorporó y saltó al muelle para caminar por él.

Grace le siguió más despacio. Se dio cuenta de que él tenía razón en una cosa. Ella no conocía a ese hombre que se movía con pasos rápidos y espasmódicos, con los puños apretados como si fuera capaz de usarlos violentamente contra cualquier cosa que se cruzara en su camino.

Así que se mantuvo apartada.

—Era un monstruo. Un puto monstruo. Me pegaba hasta dejarme sin sentido, tanto cuando creía tener una razón como cuando simplemente le daba por ahí.

—¡Dios mío, Ethan! —Incapaz de hacer otra cosa, ella se acercó a él.

—¡No me toques! —No estaba seguro de lo que podía hacer si le ponía las manos encima en ese preciso momento. Y eso le aterrorizaba—. ¡No me toques! —repitió.

Ella dejó que las manos vacías cayeran a los lados y trató de contener las lágrimas que deseaban derramarse.

—Una vez tuvo que llevarme al hospital —continuó—. Supongo que le daba miedo que me muriera. Fue entonces cuando nos trasladamos de Washington a Baltimore. El médico hizo muchas preguntas sobre cómo podía haberme caído por las escaleras y acabar con conmoción cerebral y un par de costillas rotas. Yo solía darle vueltas a por qué no me abandonaba. Pero entonces consiguió ayuda familiar por mí y además así tenía alguien a quien poder pegar. Creo que con esas razones bastaban. Hasta que cumplí ocho años. —Dejó de moverse y se quedó quieto, mirándola. Había en su interior tanta rabia que casi podía sentir cómo le abrasaban los poros; su amargo ascenso le picaba en la garganta—. Entonces fue cuando se le ocurrió que más valía que me ganara la vida. Llevaba en el negocio el tiempo suficiente para saber dónde encontrar hombres a los que no les gustaban las mujeres. Hombres que pagaban por acostarse con niños.

Ella no podía hablar, ni siquiera cuando se llevó una mano al cuello como para empujar las palabras, cualquier palabra, hacia fuera. Sólo pudo quedarse donde estaba, con el rostro demudado a la luz de la luna creciente y los ojos muy abiertos y llenos de horror.

—La primera vez, luchas. Luchas como si tu vida dependiera de ello, y una parte de ti no cree que vaya a suceder de verdad. No puede suceder. Da igual que sepas lo que es el sexo porque llevas toda tu vida en su feo borde. No sabes lo que es eso, no puedes creer que sea posible. Hasta que sucede. Hasta que no puedes impedir que suceda.

—¡Ay, Ethan! ¡Ay, Dios mío, Dios mío! —Ella comenzó a llorar por él, por el niño, por un mundo donde existían tales horrores.

—Sacó veinte dólares, me dio dos. Y me convirtió en un puto.

—¡No! —negó Grace, sollozando impotente—. ¡No!

—Yo quemé el dinero, pero eso no sirvió de nada. Me dio un par de semanas, y luego me vendió de nuevo. La segunda vez también luchas. Más duro que la primera, porque ahora sabes, ahora crees. Y sigues luchando, una y otra vez, siempre la misma pesadilla hasta que acabas dándote por vencido. Coges el dinero y lo escondes porque un día tendrás suficiente. Entonces la matarás y te irás. Dios sabe que deseas matarla más incluso de lo que deseas marcharte.

Ella cerró los ojos.

—¿Lo hiciste?

Él distinguió la aspereza del tono de voz y lo tomó por asco y no por la intensa rabia que era. La rabia por él, junto a la violenta esperanza de que lo hubiera hecho. Ojalá lo hubiera hecho.

—No. Pasa el tiempo y se convierte en tu vida. Eso es todo. Ni más ni menos. Es tu vida y te limitas a vivirla.

Él apartó la mirada para dirigirla a la casa, donde brillaban luces en las ventanas. La música, Cam a la guitarra, llegaba arrastrada por la brisa, una bella melodía.

—Viví esa vida hasta que tuve doce años y uno de los hombres a los que me había vendido se volvió loco. Me golpeó con bastante fuerza, pero eso no era nada fuera de lo normal. El tipo debía de ir de subidón y luego se fue por ella. Destrozaron el sitio, hicieron tanto ruido que un par de vecinos, que normalmente no se metían en nada, se mosquearon hasta el punto de llamar a la puerta. Él tenía la manos en torno al cuello de ella —recordó Ethan—. Y yo estaba tirado en el suelo, mirándoles, viendo cómo los ojos de ella se abrían más y más. Y pensaba: «Ojalá la mate. Ojalá la mate en mi lugar». Ella agarró un cuchillo y se lo clavó al tipo. Se lo clavó por la espalda justo en el momento en que los vecinos echaban la puerta abajo. La gente gritaba y gritaba. Ella le quitó la cartera al cabrón aquel mientras se desangraba en el suelo. Y se fue corriendo. Ni siquiera se volvió a mirarme.

—Se encogió de hombros y se volvió—. Alguien llamó a la policía y me llevaron al hospital. No sé muy bien cómo fue, pero ahí es donde terminé.

Médicos, policías y los servicios sociales —dijo suavemente— me preguntaban cosas, tomando nota de las respuestas. Supongo que fueron tras ella, pero nunca la encontraron.

Cayó en el silencio, por lo que sólo se escuchaba el ruido del agua en la orilla, los sonidos de los insectos, las notas de la guitarra. Pero ella no dijo nada, consciente de que él no había terminado. Todavía no.

—Stella Quinn se encontraba en Baltimore en un congreso médico y estaba visitando a los pacientes como doctora invitada. Se detuvo junto a mi cama. Supongo que miró mi historial, no recuerdo. Sólo recuerdo que estaba allí, que apoyó las manos en la barra de la cama y me miró. Sus ojos eran amables, no suaves pero sí amables. Me habló. No presté atención a lo que dijo, sólo al tono de su voz. Volvió muchas veces. En ocasiones, Ray iba con ella. Un día me dijo que si quería, podía irme a casa con ellos.

Se quedó en silencio una vez más, como si hubiera llegado al final. Pero Grace sólo podía pensar que el momento en que los Quinn le ofrecieron un hogar había sido el principio.

—Ethan, se me rompe el corazón al escucharte. Ahora sé que por mucho que yo quisiera y admirara a tus padres todos estos años, no era suficiente. Ellos te salvaron.

—Sí, me salvaron —asintió—. Y desde que tomé la decisión de vivir, he hecho todo lo que he podido para ser alguien que honrara ese acto y a ellos.

—Tú eres el hombre más honrado que conozco, y siempre lo has sido. —Se acercó a él, le envolvió en sus brazos y apretó fuerte a pesar de que los brazos de él no correspondieron al gesto—. Déjame ayudarte —susurró—. Déjame estar contigo, Ethan. —Alzó el rostro y apretó sus labios contra los de él—. Déjame amarte.

Él se estremeció, se rompió. Los brazos se alzaron en torno a ella con fiereza. Su boca aceptó el consuelo que ella ofrecía. Se meció con ella, en su abrazo, en la salvación que le brindaba un mar embravecido.

—No puedo hacer esto, Grace. No es bueno para ti.

—Tú eres bueno para mí. —Ella se aferró a él cuando él la habría apartado—. Nada de lo que me has contado cambia lo que siento. Nada podría cambiarlo. Sólo hace que te ame más.

—Escúchame. —Las manos de él no temblaban, y la agarraron firmemente para apartarla—. No puedo darte lo que necesitas, lo que deseas, lo que mereces. Matrimonio, hijos, familia.

—Yo no…

—No me digas que no necesitas esas cosas. Yo sé que sí.

Ella tomó aire y lo fue soltando poco a poco.

—Las necesito contigo. Necesito una vida contigo.

—Yo no puedo casarme contigo. No puedo darte hijos. Me he jurado no arriesgarme a transmitirle a un hijo lo que quiera que haya de ella en mí.

—No hay nada de ella en ti.

—Sí, lo hay. —Sus dedos apretaron más por un momento—. Tú lo viste aquel día, en el bosque, cuando te tomé contra un árbol como un animal. Tú lo viste cuando te grité por trabajar en un bar. Y yo lo he visto demasiado a menudo cuando alguien me saca de mis casillas. Que lo mantenga bajo control no quiere decir que no esté ahí. No puedo intercambiar votos de matrimonio contigo o concebir un hijo contigo. Te amo demasiado para dejarte creer que eso puede suceder alguna vez.

—Ella te ha dejado cicatrices no sólo físicas —murmuró Grace—. En realidad, fue tu espíritu lo que más dañó. Y yo puedo ayudarte a que sanes por completo.

Él la sacudió levemente, con ternura.

—No me estás escuchando. No estás oyendo lo que te estoy diciendo. Si no puedes aceptar cómo tienen que ser las cosas entre nosotros, lo comprenderé. Nunca te culparé por alejarte y buscar lo que deseas con otra persona. Lo mejor para ti es que yo te deje ir. Y es lo que estoy haciendo.

—¿Que me dejes ir?

—Quiero que te vayas a casa. —La soltó y se echó hacia atrás. Sintió como si hubiera entrado en un enorme y oscuro vacío—. Cuando lo pienses a fondo, verás las cosas a mi manera. Entonces podrás decidir si deberíamos seguir viéndonos como hasta ahora o si prefieres que te deje en paz.

—Yo deseo…

—No —la interrumpió—. Ahora tú no sabes lo que deseas. Necesitas tiempo, y yo también.

Prefiero que te vayas. No te quiero aquí en este momento, Grace.

Ella se llevó una mano a la sien.

—¿Que no me quieres aquí?

—Ahora no. —Él tensó la mandíbula cuando vio el dolor que inundaba los ojos de ella. Era por su propio bien—. Vete a casa y déjame solo un rato.

Ella dio un paso atrás y luego otro. Después se volvió y corrió. Rodeó la casa para no entrar en ella. No podía soportar que nadie la viera con lágrimas en las mejillas y ese horrible dolor que le desgarraba el corazón. Sólo podía pensar que él no iba a vivir con ella. Ethan no permitiría que Grace fuera lo que él necesitaba.

—¡Eh, Grace! ¡Grace! —Seth dejó de buscar las luciérnagas que relucían y brillaban en la oscuridad y corrió tras ella—. He cogido más o menos un millón de estos bichos. —Alzó un tarro para mostrárselo.

Entonces vio las lágrimas, las oyó en la respiración entrecortada de ella cuando trataba de abrir la puerta del coche.

—¿Qué pasa? ¿Por qué lloras? ¿Estás herida?

Ella soltó aire con un sollozo y se llevó la mano al corazón. «Ay, sí, sí, estoy herida», pensó, pero en lugar de eso respondió:

—No pasa nada. Tengo que irme a casa. No puedo…, no puedo quedarme.

Abrió rápidamente la puerta del coche y se metió dentro.

Los ojos de Seth pasaron de confusos a furiosos mientras la veía alejarse. Ardiendo de rabia, rodeó corriendo la casa tras dejar el tarro reluciente en la esquina del porche. Vio la sombra en el muelle y se acercó con los puños cerrados, listos para la batalla.

—¡Cabrón, hijoputa! —Esperó hasta que Ethan se volvió y entonces le hundió un puño en el estómago con toda su fuerza—. La has hecho llorar.

—Ya lo sé. —El reciente dolor físico le sacudió por entero y se unió al resto—. No es asunto tuyo, Seth. Entra en casa.

—¡Maldito seas! Le has hecho daño. Venga, hazme daño a mí. No te resultará tan fácil. —Mostrando los dientes, Seth le golpeó otra vez, y otra más, hasta que Ethan le agarró por el cuello de la camisa y la parte trasera del pantalón y lo sostuvo colgando sobre el mar, en el extremo del embarcadero.

—Cálmate, ¿me oyes?, o te tiro al agua. —Le dio una sacudida fuerte, para amenazarle, pero sin verdaderas intenciones—. ¿Te crees que yo quería hacerle daño? ¿Crees que me ha resultado agradable hacerlo?

—Entonces, ¿por qué lo has hecho? —gritó Seth, debatiéndose como un pez atrapado en el anzuelo.

—No me ha quedado otra opción. —Sintiéndose de pronto horriblemente cansado, Ethan puso al chico de pie en el muelle—. Déjame solo —murmuró, y se sentó en el borde. Dándose por vencido, puso la cabeza entre las manos y se apretó los ojos con los dedos—. Simplemente déjame solo.

Seth movió los pies. No era sólo Grace quien sufría. Realmente no había comprendido que un hombre adulto podía sufrir también, no de esa forma. Pero Ethan sufría. Indeciso, Seth dio un paso adelante. Se metió las manos en los bolsillos y luego las sacó. Movió los pies. Suspiró. Luego se sentó.

—Las mujeres —empezó a decir con una voz ecuánime y meditada— hacen que un hombre desee pegarse un tiro en la cabeza y acabar con todo.

Era algo que había oído que Phillip le decía a Cam y le pareció que podía ser apropiado. Se sintió recompensado cuando Ethan dejó escapar una breve risa, aunque no fuera de alegría.

—Sí, supongo que sí. —Ethan le pasó un brazo por el hombro y lo atrajo a su lado. Y recibió cierto consuelo.

18

Anna sopesó sus prioridades… y se tomó el día libre. No estaba segura de la hora a la que llegaría Grace para ocuparse de la casa y no podía arriesgarse a no coincidir con ella.

Le importaba un comino lo que dijera Ethan, o lo que no dijera. Se hallaban ante una crisis.

Si ella creyera que sólo habían tenido una pelea o un malentendido, le habría hecho gracia o se habría mostrado compasiva, lo que fuera más apropiado. Pero no era un malentendido lo que había llenado los ojos de Ethan de desolación. Ah, sabía ocultarlo, pensó Anna mientras arrancaba lenta e implacablemente las malas hierbas que amenazaban las begonias del patio delantero. Y él ocultaba muy bien sus sentimientos más íntimos. Pero ella era una experta cuando se trataba de filtrar las cosas hasta llegar a las emociones.

Peor para él si le había tocado una asistente social como cuñada.

Anna se había trabajado un poco a Seth. No le cabía ninguna duda de que el muchacho sabía algo.

Pero se había topado con una inquebrantable lealtad masculina. Lo único que sacó de él fue el típico encogimiento de hombros de los Quinn y la cremallera echada en la boca.

Habría podido engatusarle para sacárselo. Pero no se había sentido capaz de hacer nada que afectara a ese maravilloso vínculo. Seth podía guardarse su lealtad hacia Ethan.

Ella se trabajaría a Grace.

Estaba segura de que hacía días que no se veían. Le resultaba lastimosamente sencillo estar al tanto de lo que hacía Ethan. Salía a mariscar todas las mañanas y por las tardes iba al astillero. Casi no cenaba y luego se retiraba a su cuarto, donde, en varias ocasiones, ella había visto luz bajo la puerta hasta altas horas de la noche.

Ethan sufría, pensó sacudiendo la cabeza impacientemente. Y si no pasaba el tiempo sufriendo, se lo pasaba buscando pelea.

Durante el fin de semana, Anna había impedido que los tres hermanos llegaran a las manos cuando entró en el astillero y se los encontró con los puños en alto mientras Seth miraba con ávido interés.

No descubrió la causa, pues se topó con el mismo muro de unidad masculina. Lo único que recibió por su preocupación fueron encogimientos de hombros y gruñidos.

Bueno, pues eso se iba a acabar, decidió, y atacó otra mala hierba con entusiasmo. Las mujeres sabían cómo compartir y comentar los problemas. Y aunque tuviera que darle a Grace Monroe en la cabeza con la pala de jardín, ésta iba a compartir y comentar, vamos que sí.

Le agradó oír el sonido del coche de Grace, que estaba aparcando. Se echó hacia atrás el sombrero, se incorporó y le ofreció una sonrisa de bienvenida.

—Hola.

—Hola, Anna. Pensaba que estarías trabajando.

—Me he tomado el día libre por mi salud mental. —«Ah, sí, congoja aquí también», pensó. Y no tan bien escondida como la de Ethan—. Hoy no has traído a Aubrey.

—No. Hoy la quería mi madre. —Grace pasó una mano por el asa del gran bolso que llevaba colgado de un hombro—. Bueno, más vale que empiece y te deje con la jardinería.

—Estaba buscando una excusa para tomarme un descanso. ¿Por qué no nos sentamos un minuto en el porche?

—La verdad es que tendría que poner la primera carga en la lavadora.

—Grace. —Anna le puso una mano suavemente en el brazo—. Siéntate. Háblame. Yo te cuento entre mis amigas. Espero que tú me cuentes entre las tuyas.

—¡Cómo no! —La voz de Grace flaqueó. Tuvo que tomar aire tres veces para serenarse—. ¡Cómo no, Anna!

—Entonces sentémonos. Cuéntame qué ha sucedido para haceros a ti y a Ethan tan desgraciados.

—No sé si puedo. —Pero se sentía cansada, cansada hasta la médula, así que se sentó en los peldaños—. Supongo que lo he estropeado todo.

—¿Cómo?

Había llorado hasta quedarse seca, pensó Grace. No es que le hubiera servido. Tal vez la ayudaría comentar las cosas con otra mujer, una con la que comenzaba a tener confianza.

—Me permití asumir ciertas cosas —comenzó—. Me permití hacer planes. Ethan me trajo flores —dijo haciendo un pequeño gesto de impotencia con las manos.

—¿Que te llevó flores? —Los ojos de Anna se entornaron un poco. Conque conejos, y una mierda, pensó, pero tomó nota para un futuro castigo.

—Y me llevó a cenar. Velas y vino. Pensé que me iba a pedir que me casara con él. Ethan hace las cosas paso a paso, y pensé que estaba preparando el terreno para una propuesta de matrimonio.

—Por supuesto. Estáis enamorados. Él adora a Aubrey y ella le quiere muchísimo. Ambos sois personas que construís hogares. ¿Por qué no habrías de pensarlo?

Grace se quedó mirándola un momento, y después dejó escapar un largo suspiro.

—No te imaginas lo que significa para mí oírte decir eso. Me sentí tan tonta…

—Bueno, ya vale. No eres tonta. Yo no lo soy y a mí también se me ocurrió.

—Pues ambas nos equivocamos. No me lo pidió. Pero me hizo el amor esa noche con tal ternura, Anna… Nunca creí que alguien pudiera sentir tanto por mí. Y luego tuvo una pesadilla.

—Una pesadilla.

—Sí. —Y ahora lo comprendía—. Fue mala, muy mala, pero él fingió que no. Me dijo que no me preocupara y le quitó importancia. Así que ya no pensé más en ello. Entonces... —Reflexivamente, se frotó un moratón que se había hecho en el muslo al tropezar con una mesa en el bar—. Al día siguiente decidí que, si me sentaba a esperar que Ethan me propusiera matrimonio, el día de mi boda tendría el pelo canoso. No es que Ethan se mueva rápido en la vida, precisamente.

—No, en absoluto. Hace las cosas cuando él cree que debe hacerlas, y las hace bien. Pero no le vendría mal un empujoncito de vez en cuando.

—¿Verdad que sí? —No pudo contener una cálida y melancólica sonrisa—. A veces se piensa las cosas hasta el aburrimiento. Y yo creí que ésta iba a ser una de esas veces, por lo que decidí pedírselo yo.

—¿Que le pediste a Ethan que se casara contigo? —Anna se rió echándose hacia atrás en los peldaños—. ¡Bien hecho, Grace!

—Lo tenía todo pensado. Todo lo que iba a decir y cómo decirlo. Pensé... en el mar, donde se encuentra más a gusto, así que le pedí que me llevara a pasear en barco al atardecer. Fue maravilloso, el sol se estaba poniendo y las velas brillaban desplegadas. Entonces se lo pedí.

Anna deslizó una mano en una de las de Grace.

—Deduzco que te rechazó. Pero...

—Fue más que eso. Si hubieras visto su rostro... Se volvió muy frío. Me dijo que me daría una explicación al volver a tierra. Y lo hizo. No me parece bien contártelo, Anna, porque son asuntos suyos. Pero me dijo que no puede casarse conmigo, que no se va a casar conmigo ni con nadie. Jamás.

Anna no dijo nada durante un momento. Ella tenía asignado el caso de Seth, lo que significaba que había tenido acceso completo a los expedientes de los tres hombres que figuraban como sus tutores. Conocía su pasado casi tan bien como ellos mismos.

—¿Es por lo que le sucedió cuando era pequeño?

Los ojos de Grace parpadearon, luego se quedó mirando al frente.

—¿Te lo ha contado?

—No, pero lo sé, casi todo. Es parte de mi trabajo.

—¿Sabes… lo que su madre, esa mujer, le hizo, y dejó que otras personas le hicieran? No era más que un niño.

—Sé que le obligó a mantener relaciones con clientes durante varios años hasta que le abandonó. Todavía hay copias de los informes médicos en su expediente. Sé que fue violado y que le habían dado una paliza cuando Stella Quinn lo encontró en el hospital. Y sé lo que ese tipo de trauma, ese abuso continuado, puede producir. Ethan podría haberse convertido en un abusador. Es un ciclo tristemente común.

—Pero no lo hizo.

—No, se convirtió en un hombre pensativo y considerado, con un control a toda prueba. Las cicatrices siguen ahí, bajo el control. Es posible que la relación contigo haya hecho que algunas de ellas se aproximen más a la superficie.

—No permite que le ayude, Anna. Se le ha metido en la cabeza que no puede arriesgarse a tener hijos porque lleva la sangre de su madre. Mala sangre que pasaría a sus descendientes. No quiere casarse porque, para él, el matrimonio implica una familia.

—Se equivoca, y su propio espejo es el mejor ejemplo de hasta qué punto. Él no sólo lleva la sangre de ella, sino que pasó los primeros doce años de su vida, los más impresionables, con ella, en un ambiente que podría pervertir cualquier mente infantil. En lugar de eso, él es Ethan Quinn. ¿Por qué deberían sus hijos, hijos que procederían de vosotros dos, ser menos de lo que él es?

—Ojalá se me hubiera ocurrido decirle eso —murmuró Grace—. Me indignó tanto, me sentí tan triste y tan alterada... —Cerró los ojos—. Pero creo que no habría cambiado nada aunque lo hubiera dicho. No estaba dispuesto a escucharme. A mí no —dijo lentamente—. Él no cree que yo sea lo suficientemente fuerte para vivir con lo que él ha tenido que vivir.

—Se equivoca.

—Sí, se equivoca. Pero está decidido. Ya no me quiere. Me dice que la elección es mía, pero le conozco. Si le digo que acepto y seguimos como hasta ahora, le consumirá por dentro hasta hacer que se aleje.

—¿Puedes aceptarlo tú?

—Me lo he preguntado, llevo días dándole vueltas. Le amo tanto que hasta deseo quizá conformarme con eso, al menos por algún tiempo. Pero eso me consumiría a mí también. —Negó con la cabeza—. No, no puedo aceptarlo. No puedo aceptar sólo una parte de él. Y no le voy a pedir a Aubrey que acepte nada, excepto un padre.

—Muy bien. Y ahora, ¿qué vas a hacer al respecto?

—No sé si hay algo que yo pueda hacer. No cuando los dos necesitamos cosas distintas.

Anna resopló.

—Grace, tú eres la única que puede decidir. Pero déjame decirte que Cam y yo no llegamos al altar flotando sobre alas de gasa. Los dos queríamos cosas distintas, o eso pensábamos. Y para averiguar lo que queríamos juntos, nos hicimos daño, nos tocamos las narices de lo lindo el uno al otro y lidiamos con ello.

—A Ethan resulta difícil tocarle las narices.

—Pero no imposible.

—No, imposible no, pero… No ha sido sincero conmigo, Anna. Por encima de todo, eso es lo que no puedo olvidar. Me ha dejado tejer mis sueños, sabiendo todo el tiempo que iba a cortar los hilos y dejarme caer. Él lo lamenta, lo sé, pero igualmente…

—Estás enfadada.

—Sí, supongo que sí. Ya ha habido otro hombre que me ha hecho lo mismo: mi padre —añadió con frialdad—. Yo quería ser bailarina, y él sabía que yo había depositado mis esperanzas en ese sueño. No puedo decir que me animara nunca, pero me permitió seguir deseando y asistiendo a clases. Y cuando necesitaba que tomara partido y me ayudara a intentar alcanzar ese sueño, cortó los hilos. Le he perdonado, o lo he intentado, pero las cosas nunca han vuelto a ser lo que eran. Después, me quedé embarazada y me casé con Jack. Supongo que se podría decir que eso le cortó los hilos a él y no me ha perdonado nunca.

—¿Has intentado aclarar las cosas con él?

—No, no lo he hecho. Él también me ofreció la posibilidad de optar, como Ethan. O, al menos, lo que ellos consideran una posibilidad de optar. Haz las cosas a su manera. O lo aceptas o pasas sin ellos. Pues paso sin él.

—Eso lo entiendo. Pero aunque eso pueda proteger tu orgullo, ¿qué le hace a tu corazón?

—Cuando la gente te rompe el corazón, lo único que te queda es el orgullo.

Y el orgullo, pensó Anna, sin corazón puede volverse frío y amargo.

—Deja que hable con Ethan.

—Hablaré yo en cuanto decida lo que tengo que decirle. —Soltó aire y añadió—: Me siento mejor. Decir esas cosas en voz alta me ha sentado bien. Y no había nadie más a quien pudiera contárselas.

—Me importáis los dos.

—Lo sé. Todo va a ir bien. —Le dio a Anna un pequeño apretón en la mano y luego se puso de pie—. Ya no me siento tan llorosa. Odio sentirme así. Ahora voy a librarme de esa rabia que no sabía que sentía. —Consiguió sonreír y continuó—: Cuando termine, te va a quedar la casa como los chorros del oro. Cuando me siento furiosa, limpio como una maníaca.

«No te libres de toda la rabia —pensó Anna mientras Grace entraba en la casa—. Guárdate una parte para el idiota de Ethan.»

A Grace le llevó dos horas y media frotar, aclarar, limpiar el polvo y pulir los cuartos del primer piso. Lo pasó mal en el dormitorio de Ethan, donde su esencia, el olor a mar, permanecía en el ambiente, y donde se hallaban esparcidas las pequeñas piezas de su vida cotidiana.

Pero lo superó, tirando de ese mismo núcleo de acero que le había permitido superar un divorcio y una dolorosa desavenencia familiar. Trabajar le vino bien, como siempre. El trabajo físico sano y enérgico la mantenía ocupada de manos y mente. La vida continuaba. Lo sabía por experiencia. Todo consistía en tomarse los días de uno en uno.

Ella tenía a su hija. Y tenía su orgullo. Y aún le quedaban sus sueños, aunque había llegado al punto de considerarlos más como planes.

Podía vivir sin Ethan. No de un modo tan pleno, quizá, ni tan feliz, seguro. Pero podía vivir, ser útil y encontrar satisfacción en el camino que se había forjado para sí y para su hija.

Se acabaron las lágrimas y la autocompasión.

Se puso a limpiar la planta baja con el mismo celo implacable. Abrillantó los muebles hasta que relucieron. Frotó las ventanas hasta dejarlas impolutas. Colgó la colada, barrió los porches y le plantó batalla a la suciedad como si fuera un enemigo que amenazara con apoderarse de la tierra.

Cuando llegó a la cocina, le dolía la espalda, pero era un dolor leve y gratificante. Su piel lucía una fina capa de sudor, tenía las manos arrugadas del agua de fregar y se sentía tan realizada como el presidente de una gran empresa tras una importante jugada financiera.

Miró el reloj, calculó el tiempo. Quería terminar y marcharse antes de que Ethan regresara de trabajar. A pesar del efecto purgante del trabajo, seguía hirviendo en su corazón una ardiente brasa de enfado. Se conocía a sí misma lo bastante bien como para ser consciente de que sólo se requería un pequeño soplo para que se elevara en altas llamas.

Si se peleaba con él, si le decía tan sólo una mínima parte de las cosas que se le habían pasado por la cabeza en los últimos días, nunca podrían volver a estar en buenos términos, y mucho menos conservar su amistad.

No obligaría a los Quinn a tomar partido. Y tampoco quería arriesgarse a poner en peligro su preciada y valiosa relación con Seth sólo porque dos adultos no podían controlar su genio.

—Y tampoco voy a perder mi trabajo por esto —murmuró mientras limpiaba las encimeras—. Sólo porque él no es capaz de ver lo que está despreciando.

Soltó aire con un siseo y se pasó los dedos por el pelo, que estaba mojado en las sienes por el calor y el esfuerzo. Luego se calmó dándoles a los quemadores de la vieja cocina una buena frotada.

Cuando sonó el teléfono, lo cogió sin pensar.

—¿Diga?

—¿Anna Quinn?

Grace miró por la ventana y vio a Anna, que pasaba el tiempo alegremente en el jardín trasero.

—No, voy a…

—Tengo algo que decirte, hijaputa.

Grace se detuvo a dos pasos de la puerta.

—¿Cómo?

—Soy Gloria DeLauter. ¿Quién coño te crees que eres? ¿Cómo te atreves a amenazarme?

—Yo no…

—Yo tengo derechos, ¿me oyes? Tengo mis putos derechos. El viejo hizo un trato conmigo y si tú y tu bastardo de marido y sus bastardos hermanos no lo mantenéis, os arrepentiréis.

La voz no era sólo dura y áspera, pensó Grace. Era una voz de maníaca, las palabras salían tan deprisa que se atropellaban unas a otras. Ésa era la madre de Seth, pensó mientras le sonaban en el oído más comentarios desagradables. Ésa era la mujer que le había hecho daño, la que le había asustado. La que había recibido dinero por él.

La que le había vendido.

Grace no se daba cuenta de que estaba retorciendo el cable del teléfono en la mano, que lo tenía enrollado tan apretado que le mordía la carne. Luchando por calmarse, inspiró profundamente.

—Señorita DeLauter, está cometiendo un error.

—Tú eres la que ha cometido un error, joder,

al mandarme esa puta carta en lugar del dinero que me debéis. Me debéis ese puto dinero. ¿Te crees que me voy a asustar porque seas una gilipollas de asistente social? Me importa una mierda, como si fueras la puta reina de la puta Inglaterra. El viejo está muerto, y si quieres que las cosas sigan como están, tendrás que tratar conmigo. ¿Te crees que puedes mantenerme a raya con unas palabras escritas en una hoja de papel? Tú no me vas a detener si yo decido volver y llevarme al chico.

—Se equivoca —Grace se oyó a sí misma diciendo eso, pero la voz sonaba lejana, y reverberaba en su cabeza.

—Él es carne de mi carne y tengo derecho a llevarme lo que me pertenece.

—Inténtelo. —La rabia la atravesó como una tempestad—. No le volverá a poner las manos encima nunca más.

—Yo puedo hacer lo que me dé la gana con lo que es mío.

—Él no es suyo. Usted lo vendió. Ahora es nuestro, y usted no volverá a acercarse a él.

—El chico hará lo que yo le diga. Sabe que, si no, me las pagará.

—Como se le ocurra acercarse a él, la destrozaré con mis propias manos. Nada de lo que le ha hecho, por muy monstruoso que sea, se acerca a lo que le voy a hacer yo a usted. Cuando termine, apenas quedará lo suficiente para recogerla y meterla en un calabozo. Ahí es donde acabará por abuso infantil, negligencia, asalto, prostitución y lo que llamen a una madre que vende a su propio hijo con fines sexuales.

—Pero ¿qué mentiras ha ido contando ese crío? Yo nunca le he puesto la mano encima.

—¡Cállese! ¡Cállese de una vez, joder! —Grace se había perdido, había mezclado a la madre de Seth y a la de Ethan en una sola persona. Un solo monstruo—. Sé lo que le hizo, y, en mi opinión, no hay una jaula lo suficientemente oscura en la que encerrarla. Pero encontraré una y la meteré yo misma en ella si vuelve a acercarse a él.

—Yo sólo quiero dinero. —Ahora se percibía cierta vacilación en la voz, a la vez taimada y un poco asustada—. Sólo un poco de dinero para salir del paso. Vosotros tenéis mucho.

—Para usted no tengo nada más que desprecio. Manténgase alejada de aquí, y manténgase alejada de ese niño, o me las pagará.

—Piénsalo bien. Piénsatelo muy bien. —Se oyó un sonido amortiguado, luego el choque del hielo contra un vaso—. Tú no eres mejor que yo. No me das miedo.

—Más vale que lo tenga. Tendría que estar aterrorizada.

—Yo…, yo no he terminado con este asunto. ¡Para nada!

El ruido que se produjo al colgar se oyó muy fuerte.

—Quizá no —comentó Grace con voz suave y peligrosa—. Pero yo tampoco.

—Gloria DeLauter —murmuró Anna. Se hallaba justo al otro lado de la puerta, donde llevaba dos minutos.

—No creo que esa mujer sea humana. Si hubiera estado aquí, en esta habitación, le habría echado las manos al cuello y la habría ahogado tranquilamente. —Comenzó a temblar, pues la rabia bullía en su interior—. Habría podido matarla, o al menos lo habría intentado.

—Ya sé lo que se siente. Resulta duro pensar que alguien como ella es una persona y no un objeto. —Anna abrió la puerta de un empujón, sin dejar de mirar a su amiga. Nunca hubiera esperado ver esa rabia candente en una mujer tan apacible—. Lo veo muy a menudo en mi trabajo, pero nunca me acostumbro.

—Era tan espantosa... —Grace se estremeció—. Creía que yo era tú cuando he cogido el teléfono. Al principio he intentado decírselo, pero no ha querido escucharme. No hacía más que gritar, amenazar y soltar tacos. No podía dejar que se fuera de rositas. No he podido soportarlo. Lo siento.

—No importa. Por lo que he podido oír de la conversación, yo diría que lo has llevado muy bien. ¿Quieres sentarte?

—No, no puedo. No puedo sentarme. —Cerró los ojos, pero continuaba viendo una cegadora niebla roja—. Anna, ha dicho que va a volver para llevarse a Seth a menos que le deis dinero.

—Eso no va a suceder. —Anna fue a la nevera y sacó una botella de vino—. Te voy a servir una copa. Te la vas a beber, despacio, mientras busco un cuaderno. Luego quiero que me cuentes lo que ha dicho de la forma más precisa posible. ¿Puedes hacerlo?

—Sí, me acuerdo bien.

—Estupendo. —Anna miró el reloj—. Habrá que documentarlo todo. Si vuelve, tenemos que estar preparados.

—Anna —Grace bajó la mirada a la copa de vino que le había servido—, Seth no debe sufrir más. No debe tener miedo nunca más.

—Lo sé. Y nos vamos a asegurar de que no lo tenga. Ahora vuelvo.

Anna le hizo repasar la conversación telefónica dos veces. Mientras la revisaban por segunda vez, Grace se sintió incapaz de seguir sentada. Se puso de pie, dejando la copa a medias, y cogió una escoba.

—Su forma de decir las cosas era tan infame como lo que decía —le comentó a Anna mientras se ponía a barrer—. Ella debe de haber usado ese mismo tono con Seth. No sé cómo puede haber gente que le hable así a un niño. —Luego sacudió la cabeza—. Pero para ella él no es un niño. Para ella él es una cosa.

—Si fueras llamada a testificar, ¿podrías declarar bajo juramento que ella exigió dinero?

—Varias veces —asintió Grace—. ¿Llegará a eso, Anna? ¿Tendréis que hacer pasar a Seth por un proceso legal?

—No lo sé. Si las cosas van en esa dirección, podríamos añadir extorsión a la lista de cargos que tú le has soltado. Debes de haberla asustado —añadió con una pequeña sonrisa de satisfacción—. A mí me habrías asustado.

—Las cosas me salen sin pensar cuando algo me saca de quicio.

—Te comprendo. A mí hay muchas cosas que me gustaría decirle, pero en mi posición, no puedo. O no debería —añadió con un largo suspiro—. Voy a pasar esto al ordenador para el expediente de Seth y luego supongo que tendré que escribirle otra carta a esa mujer.

—¿Por qué? —Los dedos de Grace apretaron más fuerte el palo de la escoba—. ¿Por qué tienes que tener más contacto con ella?

—Cam y sus hermanos tienen que saber, Grace. Necesitan saber exactamente qué eran Gloria DeLauter y Seth para Ray.

—La gente se equivoca en lo que anda comentando. —Los ojos de Grace centellearon mientras sacaba una gamuza del armario de las escobas. No se le acababa de pasar la furia que le hervía por dentro—. El profesor Quinn no habría engañado a su esposa. La adoraba.

—Ellos necesitan conocer todos los hechos, y Seth también.

—Yo te voy a dar un hecho. El profesor Quinn era un hombre de buen gusto. Nunca habría mirado dos veces a una mujer como Gloria DeLauter, a menos que fuera con compasión o con asco.

—Cam dice lo mismo. Pero otra cosa que anda diciendo la gente es que cuando miran a Seth ven los ojos de Ray Quinn.

—Bueno, seguro que hay otra forma de explicarlo. —Los ojos de Grace ardían mientras guardaba la escoba y el trapo con brusquedad y sacaba un cubo y una fregona.

—Tal vez. Pero quizá tengamos que enfrentarnos al hecho de que los Quinn pudieron pasar por una mala racha en su matrimonio, como sucede a menudo. Quizá haya que asumirlo. Las aventuras extramaritales son inquietantemente normales.

—Me importan un pimiento esas estadísticas que se oyen en la televisión o se leen en revistas sobre el hecho de que tres de cada cinco hombres, o lo que sea, engañan a sus mujeres. —Grace vertió detergente en el cubo, lo puso en el fregadero y abrió el grifo del agua a tope—. Los Quinn se amaban y se gustaban como personas. Se admiraban. No podías estar con ellos sin notarlo. Los hijos sólo sirvieron para unirlos más. Cuando los veías a los cinco juntos, veías una familia. Al igual que vosotros cinco formáis una familia.

Conmovida, Anna sonrió.

—Bueno, estamos en ello.

—Es que vosotros no lleváis tantos años como los Quinn. —Grace sacó el cubo del fregadero—. Ellos formaban una unidad.

Las unidades, pensó Anna, a menudo se rompen.

—Si hubiera sucedido algo entre Ray y Gloria, ¿le habría perdonado Stella?

Grace metió la fregona en el cubo y le lanzó a Anna una mirada decidida, fría.

—¿Perdonarías tú a Cam?

—No lo sé —respondió Anna tras pensarlo un poco—. Me resultaría muy duro porque primero le mataría. Pero podría, mucho después, llevar flores a su tumba.

—Exactamente. —Satisfecha, Grace asintió—. Ese tipo de traición no resulta fácil de digerir. De lo que se deduce que si entre los Quinn hubiera existido ese tipo de tensión, sus hijos lo habrían notado. Los niños no son tontos, por mucho que los adultos lo crean.

—No, no lo son —murmuró Anna—. Sea cual sea la verdad, tienen que saberla. Voy a pasar las notas —dijo mientras se ponía de pie—. ¿Les echarás un vistazo para ver si hay algo que quieres añadir o cambiar antes de ponerlas en el expediente?

—Claro. Todavía me queda tender la ropa y luego voy a…

Los oyeron al mismo tiempo, los desatados ladridos de felicidad de los perros. La reacción de Grace fue de pura angustia. Había perdido la noción del tiempo y Ethan había llegado a casa.

Guiándose por el instinto, Anna metió el cuaderno en un cajón de la cocina.

—Quiero comentarle a Cam lo que ha pasado antes de que le contemos a Seth lo de la llamada.

—Sí, eso es lo mejor. Yo…

—Puedes salir por la puerta de atrás, Grace —dijo Anna suavemente—. Nadie puede culparte por no desear otro sobresalto emocional hoy.

—Tengo ropa que tender.

—Ya has hecho más que suficiente por esta tarde.

Grace irguió los hombros.

—Yo, lo que empiezo, lo termino. —Se metió en el cuarto de lavar y la tapa de la lavadora resonó cuando ella la lanzó hacia arriba—. Que es más de lo que se puede decir de otras personas.

Anna alzó una ceja. A Ethan le esperaba una sorpresa. ¿Y no era una suerte que ella estuviera allí para verlo?

19

Cuando vio el coche de ella ante la casa, Ethan tuvo que obligarse a no entrar corriendo sólo para verla. Apenas una mirada, sólo una. Podía consagrarla entera a la memoria con una mirada.

No sabía que se pudiera echar de menos a una mujer, echar de menos cualquier cosa, como él echaba de menos a Grace.

Así, pensó, de ese modo que le dejaba vacío, dolorido e inquieto cada minuto de cada día hasta llegar a la desesperación por llenar ese espacio. Hasta yacer en vela por la noche oyendo al aire respirar.

Hasta pensar que se estaba volviendo loco.

El control que había mantenido firmemente durante tantos años en lo que a ella se refería parecía ahora continuamente inestable. En los muros de ese control se habían abierto brechas que los habían hecho desplomarse a sus pies, de modo que podría jurar que se estaba ahogando con el polvo del derrumbamiento.

Suponía que cuando un hombre aflojaba ese control, resultaba difícil reconstruirlo.

Pero él le había ofrecido la posibilidad de elegir, se recordó. Puesto que ella no se le había acercado en varios días, se temía que ya sabía por qué había optado.

No podía culparla por ello.

Ella conocería a otra persona, a alguien con quien pudiera construir una vida en común. Esa idea le ardía en las entrañas mientras se entretenía junto a la camioneta, pero se negó a dejarla pasar. Ella se merecía conseguir lo que deseaba de la vida: casarse, tener hijos y una casa bonita. Un padre para Aubrey, alguien que supiera apreciarlas a ambas como las joyas que eran.

Otro hombre.

Otro hombre le pasaría los brazos por la cintura, acariciándole los labios con los suyos. Oiría cómo se le aceleraba la respiración, la sentiría desmadejarse en sus brazos.

Algún cabrón sin rostro que no le llegaría ni a la suela del zapato se volvería hacia ella por la noche y se hundiría en su interior. Y sonreiría cada mañana porque sabía que podría volver a hacerlo.

Joder, pensó, esa idea le estaba volviendo loco.

Tonto chocó contra sus piernas, con una gastada pelota de tenis sujeta en la boca, mientras movía la cola de forma persuasiva. Con un gesto habitual, Ethan le quitó la pelota y la lanzó. El perro corrió tras ella, aullando de rabia cuando *Simon* salió como una flecha por la izquierda y se metió por medio.

Ethan se limitó a suspirar cuando *Simon* se acercó, se sentó y esperó a que continuara el juego.

Era una excusa tan buena como cualquier otra para seguir fuera, decidió. Jugaría un rato con los perros, iría a enredar en el barco, se mantendría apartado de Grace. Si ella hubiera querido verle, le habría buscado.

Los perros le fueron llevando por el patio lateral y, compadeciéndose de *Tonto*, más lento y menos hábil, Ethan buscó un palo para lanzarlo junto con la pelota. Le mejoró el humor un poco el verlos chocar uno contra otro, luchar, atrapar la pelota o el palo y devolvérselos.

Se podía confiar en un perro, pensó, lanzando la pelota más alto y más lejos y viendo cómo *Simon* corría tras ella dando saltos. Nunca pedían más de lo que uno podía darles.

No vio a Grace hasta que rodeó la casa. Entonces se detuvo.

No, una mirada, un rápido vistazo no era suficiente. Nunca sería suficiente.

La sábana húmeda que ella alzó hasta el tendedero ondeó con la brisa mientras le ponía las pinzas. El sol le daba en el pelo. Mientras él la observaba, ella se inclinó hasta la cesta, sacó una funda de almohada, la estiró rápidamente y la tendió junto a la sábana.

El amor le inundó, le anegó y le dejó débil y necesitado. Los pequeños detalles le martilleaban. La curva de su mejilla vista de lado. ¿No había notado nunca lo elegante que era de perfil? La delicada forma en que le caía el pelo hasta la base del cuello. ¿Se lo estaba dejando largo? Y cómo el remate de los pantalones cortos le realzaba el muslo. Sus muslos eran tan suaves, tan largos…

Tonto le dio con la cabeza en la pierna haciéndole regresar.

Nervioso de repente, se limpió las manos en los pantalones de faena y movió los pies. Quizá fuera mejor, decidió, ir hasta la parte delantera, entrar en casa y subir. Dio el primer paso y luego se detuvo cuando ella se volvió. Grace le lanzó una larga mirada, una mirada que él no pudo descifrar, y después se inclinó para coger otra funda.

—Hola, Ethan.

—Grace. —Se metió las manos en los bolsillos. No sucedía a menudo que la voz de ella adoptara un tono tan frío.

—Es una tontería que rodees la casa sólo para evitarme.

—Yo iba… a mirar una cosa en el barco.

—Muy bien. Puedes hacerlo después de escuchar lo que tengo que decirte.

—No estaba seguro de que quisieras hablar conmigo. —Se le acercó cautelosamente. El tono de su voz anulaba el sofocante calor del día.

—Intenté hablar contigo la otra noche, pero tú no tenías ganas de escuchar. —Volvió a echar mano a la cesta, en apariencia impasible, a pesar de que estaba tendiendo la ropa interior de él—. Luego necesitaba un poco de tiempo a solas para ordenar las cosas en mi cabeza.

—¿Y ya lo has hecho?

—Pues creo que sí. Primero, tengo que decirte que lo que me contaste sobre lo que sufriste antes de venir aquí me indignó y me dolió y que no siento más que compasión por aquel niño, y rabia por

411

lo que le sucedió. —Le miró mientras ponía otra pinza—. Ya sé que no quieres oír esto. Tú no quieres pensar que yo albergo sentimientos sobre eso, que me ha afectado.

—No —respondió él serenamente—. No. No quería que eso te tocase.

—Porque soy muy frágil. Porque soy de naturaleza delicada.

Él frunció las cejas.

—En parte. Y…

—Así que te guardaste esa desagradable semillita para ti solo —continuó ella mientras tendía la ropa con toda tranquilidad—. A pesar de que no hay nada en mi vida o sobre ella que tú no sepas. En tu opinión, así es como debería ser, que yo sea un libro abierto y tú uno cerrado.

—No, no fue así. Exactamente.

—¿Entonces cómo fue exactamente? —preguntó Grace, pero él pensó que no era una pregunta, y sabiamente se abstuvo de contestar—. Lo he estado pensando, Ethan. Le he estado dando vueltas a unas cuantas cosas. ¿Por qué no volvemos atrás un poco, en primer lugar? A ti te gusta hacer las cosas paso a paso, de forma clara y lógica. Y puesto que te gusta hacer las cosas a tu manera, trataremos de ser claros y lógicos. —Los perros, oliendo problemas, se alejaron hacia el mar. A Ethan le dieron envidia—. Tú me dijiste que me amas desde hace años. ¡Años! —repitió con una furia tan repentina que él casi retrocedió tropezando—. Pero no hiciste nada al respecto. Ni una vez, ni una sola vez te acercaste a mí y me preguntaste si quería pasar algo de tiempo contigo. Una sola palabra tuya, una sola mirada tuya me habría emocionado. Pero no. ¡Ah, no! No Ethan Quinn, no con ese carácter melancólico y ese control increíble. Simplemente mantuviste la distancia y dejaste que siguiera suspirando por ti.

—Yo no sabía que sentías algo por mí.

—Entonces es que estás ciego, además de ser estúpido —estalló ella.

Él juntó las cejas.

—¿Cómo que estúpido?

—Eso es lo que he dicho. —Contemplar el ultraje en el rostro de él fue como un bálsamo para su golpeado ego—. Yo no habría mirado a Jack Casey dos veces si tú me hubieras dado alguna esperanza. Pero yo necesitaba a alguien que me quisiera, y estaba claro como el agua que no ibas a ser tú.

—Oye, espera un momento. No me puedes echar la culpa a mí por casarte con Jack.

—No, la culpa fue mía. Yo asumo la responsabilidad y no lamento haberlo hecho porque de ahí salió Aubrey. Pero te culpo a ti, Ethan. —Y esos ojos con pecas doradas ardieron acusadores—. Te culpo por ser demasiado cabezón para tomar lo que querías. Y no has cambiado lo más mínimo.

—Tú eras demasiado joven…

Ella usó ambas manos, y toda la fuerza de su genio, para propinarle un empujón.

—Anda, cállate. Tú ya has dicho lo que tenías que decir. Ahora me toca a mí.

En la cocina, los ojos de Seth se encendieron. Corrió hacia la puerta, pero Anna, que estaba esforzándose todo lo que podía por oír la conversación, lo detuvo en seco.

—No, no vayas.

—Pero él le ha gritado.

—Ella también grita.

—Se está peleando con ella. Voy a impedírselo.

Anna ladeó la cabeza.

—¿A ti te parece que ella necesita ayuda?

Con la boca rígida, Seth miró intensamente por la ventana. Al ver a Grace darle un empujón a Ethan hasta hacerle retroceder un paso, se lo pensó mejor.

—Supongo que no.

—Grace puede arreglárselas. —Divertida, le dio una palmadita en la cabeza—. Oye, ¿cómo es que tú no sales en mi defensa cuando Cam y yo discutimos?

—Porque él te tiene miedo.

Anna fingió considerar seriamente la idea, que le hacía mucha gracia.

—¿Ah, sí, de veras?

—Bueno, sólo un poco —contestó Seth con una sonrisa—. Él nunca sabe por dónde vas a salir. Y además, a vosotros dos es que os gusta pelear.

—Oye, tú eres un criajo bastante observador, ¿no?

Él se encogió de hombros, ya risueño.

—Yo veo lo que veo.

—Y sabes lo que sabes. —Riéndose, se acercó más a la ventana con él, con la esperanza de ver mejor.

—Demos un paso más, Ethan. —Grace apartó la cesta vacía dándole un golpe con el pie—. Avancemos algunos años. ¿Crees que puedes mantener el ritmo?

Él respiró hondo porque no quería volver a gritarle.

—Grace, me estás mosqueando.

—Estupendo. Ésa es mi intención, y odio fracasar en lo que me propongo.

Él no estaba seguro de qué emoción se imponía a cuál, si la irritación o la perplejidad.

—Pero ¿qué te pasa?

—Pues no lo sé, Ethan. Veamos. Tal vez sea el hecho de que tú me consideres una mujer sin cerebro, una incapaz. Sí, ¿sabes?… —Le hundió el dedo índice en el pecho como un taladro en la madera—. Sí, apuesto a que eso es lo que me pasa.

—Yo no creo que tú no tengas cerebro.

—Ah, entonces sólo me consideras incapaz. —Apenas él abrió la boca, ella ya estaba encima—. ¿Te crees que una mujer incapaz puede hacer lo que yo he hecho en los últimos años? Tú me consideras, ¿qué es lo que me dijiste una vez?, delicada, como la porcelana buena de tu madre. ¡Pues yo no estoy hecha de porcelana! —explotó—. Estoy hecha de auténtica cerámica de gres, bien sólida, del tipo que si se te cae, rebota en el suelo sin romperse. Para romper un buen gres, tienes que esforzarte, Ethan, y yo aún no me he roto. —Volvió a golpearle el pecho con el dedo, perversamente complacida cuando sus ojos le lanzaron un destello de advertencia—. No fui tan incapaz cuando te metí en mi cama, ¿no? Que es donde yo quería que estuvieses, por cierto.

—Tú no me metiste en ningún sitio.

—¿Cómo que no? Y si no lo ves, es que no tienes cerebro. Te pesqué como a un puñetero pescado de roca.

Le dio gusto, ah, le dio muchísimo gusto ver la rabia y la frustración pelear en el rostro de él.

—Si crees que una afirmación semejante resulta halagadora para ti o para mí…

—No estoy tratando de halagarte. Te lo estoy diciendo sin tapujos: yo te deseaba y fui por ti. Si te hubiera dejado a ti las cosas, nos habríamos pellizcado el trasero en el asilo.

—Por Dios, Grace.

—Cállate ya. —No había forma de detenerse en ese momento, fueran cuales fueran las consecuencias, no con ese mar embravecido que le estallaba en la cabeza—. Sólo piénsalo, Ethan Quinn. Dale a esa idea unas cuantas vueltas, como sueles hacer, y no te atrevas a llamarme frágil nunca jamás.

Él asintió lentamente.

—En este momento no es la palabra que se me viene a la mente, desde luego.

—Muy bien. No te he necesitado ni a ti ni a nadie para ayudarme a construir una vida decente para mi hija. He recurrido a mis músculos y he recurrido a las tripas para hacer lo que había que hacer, así que no me vengas con que estoy hecha de porcelana.

—No hubieras tenido que hacerlo todo sola si no fueras tan orgullosa y te reconciliaras con tu padre.

La verdad de esa frase la frenó un momento, pero apretó los puños y se lanzó hacia delante.

—Estamos hablando de ti y de mí. Tú dices que me amas, Ethan, pero no me comprendes ni por lo más remoto.

—Con eso estoy empezando a estar de acuerdo —refunfuñó él.

—Tienes en la cabeza no sé qué egocéntrica idea masculina de que necesito que me cuiden, que me protejan y me mimen, cuando en realidad lo que necesito es que me necesiten, me respeten y me amen. Y eso lo sabrías si prestaras atención. Hazte esta pregunta, Ethan: ¿quién sedujo a quién? ¿Quién dijo «Te amo» primero? ¿Quién propuso matrimonio? ¿Eres tan miope como para no darte cuenta de que contigo yo he sido quien ha tenido que dar siempre el primer paso?

—Haces que parezca un burro detrás de una zanahoria, Grace. Eso no me gusta.

—Tú vas exactamente adonde quieres ir, Ethan, pero lo haces tan despacio que resulta irritante. Eso es algo que amo de ti, lo admiro y ahora lo comprendo mejor. Pasaste un periodo horrible de tu vida en el que no poseías ningún tipo de control y ahora te cuidas de no perderlo nunca. Pero del control a la testarudez sólo hay un paso, y tú lo has dado.

—Yo no soy testarudo. Lo que digo es razonable.

—¿Razonable? ¿A ti te parece razonable que dos personas se amen y no construyan una vida sobre ese amor? ¿Te parece razonable pasarte la vida pagando por lo que otra persona te hizo cuando eras demasiado pequeño para defenderte? ¿Te parece razonable decir que no puedes casarte conmigo y que no lo harás porque estás... mancillado y porque te hiciste a ti mismo la ridícula promesa de que nunca tendrías una familia propia?

Sonaba raro cuando ella lo expresaba de esa forma. Sonaba... ridículo.

—Así son las cosas.

—Porque tú lo digas.

—Ya te dije cómo son las cosas, Grace. Yo te ofrecí la posibilidad de elegir.

A ella le dolía la mandíbula de mantenerla rígida.

—A la gente le gusta decir que te ha ofrecido la posibilidad de elegir, cuando lo que quiere decir en realidad es «Haz las cosas a mi manera». Tu manera no me gusta, Ethan. Tu manera sólo tiene en cuenta lo que sucedió y no considera lo que sucede, o lo que podría suceder. ¿Crees que no sé lo que tú esperabas? Adoptabas tu postura y la dulce y delicada Grace se amoldaría.

—Yo no esperaba que tú te amoldaras.

—Pues si no, que me arrastrara herida y me consumiera por ti el resto de mi vida. Pero no vas a conseguir ninguna de las dos. Esta vez yo soy la que te va a ofrecer a ti, Ethan, la posibilidad de elegir. Aclárate, vete y piensa las cosas durante el próximo o los dos siguientes lustros y luego me cuentas a qué conclusiones has llegado. Porque mi postura es ésta: matrimonio o nada. Lo tienes claro si crees que me voy a pasar la vida llorando por ti. Yo puedo vivir sin ti. —Echó la cabeza hacia atrás y añadió—: Veremos si tú eres hombre suficiente para vivir sin mí.

Se giró sobre los talones y se alejó. Le dejó echando humo.

—Vete arriba —le ordenó Anna a Seth con un siseo—. Ethan va a entrar. Ahora me toca a mí.

—¿Tú también le vas a gritar?

—Tal vez.

—Yo quiero verlo.

—Esta vez, no. —Prácticamente le echó a empujones de la habitación—. Vete arriba. Lo digo en serio.

—¡Jo! —Subió las escaleras, esperó un momento y luego regresó silencioso por el rellano.

Anna estaba sirviéndose una hogareña taza de café cuando Ethan entró dando un portazo. Una parte de ella deseaba acercarse y abrazarle compasivamente, pues parecía triste y confuso. Pero, tal como ella lo veía, había ocasiones en las que era mejor dar de patadas a un buen hombre cuando se hallaba en el suelo.

—¿Quieres una?

Ethan le echó una mirada y siguió caminando.

—No, gracias.

—Espera. —Ella sonrió con dulzura cuando él se detuvo, cuando casi vio las olas nerviosas de impaciencia que le rodeaban—. Tengo que hablarte un momento.

—Ya he tenido bastante charla por hoy.

—No importa. —Intencionadamente, apartó una silla de la mesa—. Tú siéntate y yo hablaré.

Las mujeres, decidió Ethan mientras se dejaba caer en la silla, eran la cruz de su existencia.

—En ese caso, me tomaré un café.

—Vale. —Le sirvió una taza y le puso una cuchara para que pudiera echarse sus habituales toneladas de azúcar. Ella se sentó, juntó las manos limpiamente y siguió sonriendo—. ¡Estúpido gilipollas!

—Pero ¡bueno, joder! —Se frotó el rostro con las manos y luego las dejó donde estaban—. Otra no.

—Para empezar, te lo voy a poner fácil. Te voy a hacer preguntas y tú las respondes. ¿Estás enamorado de Grace?

—Sí, pero…

—Sin matizaciones —le interrumpió—. La respuesta es sí. ¿Grace está enamorada de ti?

—Ahora mismo es difícil saberlo. —Deslizó la mano para frotarse el punto del pecho en el que ella casi le había abierto un agujero.

—La respuesta es sí —dijo Anna con frialdad—. ¿Los dos estáis solteros y sin otros compromisos?

Él se sentía a punto de ceder a un ataque de mal humor y lo odiaba.

—Sí, ¿y qué?

—Sólo estamos poniendo los cimientos, recabando datos. Grace tiene una hija, ¿correcto?

—Sabes de sobra…

—Correcto. —Anna alzó su taza y bebió un poco de café—. ¿Albergas sentimientos afectuosos por Aubrey?

—Por supuesto que sí. La quiero. ¿Quién no la querría?

—¿Y ella alberga sentimientos afectuosos por ti?

—Claro. ¿Qué...?

—Maravilloso. Hemos aclarado las emociones de las partes implicadas. Ahora pasemos a la estabilidad. Tú tienes una profesión y un nuevo negocio. Pareces un hombre diestro, dispuesto a trabajar y capaz de ganarse bien la vida. ¿Has contraído deudas importantes que crees que te vaya a resultar difícil pagar?

—Pero ¡por Dios bendito!

—No quería ofenderte —dijo risueña—. Sólo estoy tratando de abordar este asunto como asumo que lo harías tú, con calma y paciencia, dando un aburrido paso tras otro.

Él la miró con los ojos entornados.

—Me parece a mí que últimamente a la gente le plantea grandes problemas mi forma de hacer las cosas.

—A mí me encanta tu forma de hacer las cosas. —Extendió un brazo sobre la mesa y apretó la tensa mano de Ethan cariñosamente—. Te quiero mucho, Ethan. Para mí es maravilloso tener un hermano mayor en este periodo de mi vida.

Él se removió en su silla. Se sentía conmovido por la clara sinceridad de los ojos de Anna, pero le daba que sólo le estaba ablandando para luego asarlo en el horno.

—No sé lo que está pasando aquí.

—Creo que acabarás por comprenderlo. Bueno, digamos que posees una situación financiera sólida. Como ya sabemos, Grace es bien capaz de ganarse la vida. Tú posees tu propia casa, y un tercio de ésta. La vivienda claramente no constituye un problema. Así que, sigamos: ¿crees en la institución del matrimonio?

Él podía identificar una pregunta con trampa en cuanto la oía.

—Funciona para algunas personas. Para otras, no.

—No, no, no, que si crees en la institución como tal. ¿Sí o no?

—Sí, pero…

—Entonces, ¿por qué demonios no estás de rodillas con un anillo en tu torpe mano rogándole a la mujer a la que amas que le conceda otra oportunidad a tu enorme cabezota?

—Oye, yo tengo mucha paciencia —dijo Ethan lentamente—, pero ya me estoy cansando de los insultos.

—Ni se te ocurra levantarte de esa silla —le advirtió ella cuando él hizo ademán de apartarla de la mesa— o te juro que te doy de tortas. Dios sabe que ganas no me faltan.

—Otra epidemia. —Cedió porque le parecía más sencillo acabar con el asunto de una vez—. Venga, adelante, di lo que tengas que decir.

—A ti te parece que no comprendo. Te parece que no puedo identificarme con lo que te está reconcomiendo por dentro. Pero te equivocas. Yo fui violada cuando tenía diez años.

La impresión le sobresaltó el corazón y el dolor le encogió el alma.

—¡Dios mío, Anna! Dios mío, lo siento. No lo sabía.

—Ahora ya lo sabes. ¿Me cambia eso, Ethan? ¿No soy la misma persona que era hace treinta segundos? —Volvió a buscar su mano, la sostuvo esa vez—. Yo sé lo que es sentirse impotente y aterrorizada y desear la muerte. Y sé lo que es hacer algo con tu vida a pesar de eso. Y sé lo que es que ese horror permanezca en ti para siempre. No importa cuánto hayas aprendido, no importa que lo hayas asumido y que sepas que no fue culpa tuya en absoluto.

—No es lo mismo.

—Nunca es lo mismo, siempre cambia de una persona a otra. Pero tú y yo tenemos otra cosa en común. Yo tampoco supe quién era mi padre: ¿era un hombre bueno o era un hombre malo? ¿Era alto o bajo? ¿Amaba a mi madre o simplemente la usó? Y no sé qué rasgos suyos sobreviven en mí.

—Pero tú conociste a tu madre.

—Sí, y era una persona maravillosa. Una persona bella. Y la tuya no. La tuya te pegaba, física y emocionalmente. Te convirtió en una víctima. ¿Por qué le permites que siga haciendo de ti una víctima? ¿Por qué dejas que siga ganando ella?

—Ahora se trata de mí, Anna. Tiene que haber algo muy retorcido, algo perverso en el interior de una persona para salir como ella. Y de ahí es de donde yo procedo.

—¿Los pecados de los padres, Ethan?

—No estoy hablando de sus pecados, estoy hablando de la herencia. Puedes transmitir a tu descendencia el color de los ojos, tu complexión. Un corazón débil, alcoholismo, longevidad. Esas cosas son de familia.

—Parece que lo has pensado mucho.

—Sí, lo he hecho. Tenía que tomar una decisión y la he tomado.

—Por eso has decidido que no puedes casarte o tener hijos.

—No sería justo.

—Bueno, en ese caso, más vale que hables pronto con Seth.

—¿Seth?

—Alguien tendrá que decirle que nunca podrá tener una esposa o hijos. Más vale que lo sepa pronto para que trate de protegerse antes de implicarse emocionalmente con una mujer.

Durante algunos segundos, él se quedó mirándola con la boca abierta.

—¿De qué diablos estás hablando?

—De la herencia. No podemos saber a ciencia cierta qué rasgos negativos le puede haber transmitido Gloria DeLauter. Dios sabe que ella tiene algo retorcido en su interior, como tú dices. Es una puta, una borracha, según todos los informes una yonqui.

—Al chico no le pasa nada.

—¿Y eso en qué cambia las cosas? —Devolvió la airada mirada de Ethan con una inocente—. No debería permitírsele que se arriesgue.

—No puedes mezclarle en esto de esa forma.

—No sé por qué no. Tanto él como tú procedéis de entornos similares. De hecho, hay muchos casos que pasan por los servicios sociales que entrarían en categorías parecidas. Me pregunto si habría que aprobar una ley para impedir que quienes han sufrido abusos se casen y tengan hijos. Imagínate los riesgos que se evitarían.

—¿Por qué no los castráis, sin más? —replicó con violencia.

—Ésa es una sugerencia interesante. —Se inclinó hacia delante—. Puesto que estás tan decidido a no trasmitir ningún gen malsano, Ethan, ¿no has pensado en hacerte una vasectomía?

Él se encogió de una forma instintiva y tan puramente masculina que ella se rió.

—Ya está bien, Anna.

—¿Eso es lo que le recomendarías a Seth?

—He dicho que ya está bien.

—Está más que bien —coincidió ella—. Pero respóndeme a una última pregunta. ¿Tú crees que a ese chico brillante y atormentado debería negársele la posibilidad de una vida adulta plena y normal sólo porque tuvo la pésima suerte de ser concebido por una mujer sin corazón, quizá incluso malvada?

—No. —Él soltó el aire con un estremecimiento—. No, no es eso lo que creo.

—¿Esta vez no pones peros? ¿No hay matizaciones? Entonces te diré que, en mi opinión de profesional, no podría estar más de acuerdo contigo. Él se merece todo lo que pueda conseguir, todo lo que pueda realizar, y todo lo que podamos proporcionarle para demostrarle que es una persona por derecho propio y no el fruto dañado de una mujer infame. Como tú, Ethan, tú no eres más que un hombre por derecho propio. Un poco estúpido, tal vez —dijo ella con una sonrisa mientras se ponía de pie—, pero también admirable, honrado y maravillosamente bondadoso.

Se acercó a él y le pasó la mano por los hombros. Cuando él suspiró y volvió el rostro para apretarlo contra el estómago de ella, a Anna se le llenaron los ojos de lágrimas.

—No sé qué hacer.

—Sí, sí lo sabes —susurró—. Siendo como eres, tendrás que darle vueltas durante un tiempo. Pero hazte un favor esta vez, date prisa.

—Creo que voy a bajar al astillero a trabajar hasta que se me aclaren las ideas.

Como ella de pronto se sintió maternal, se inclinó y le dio un beso en la cabeza.

—¿Quieres que te prepare algo de comida para que te la lleves?

—No. —Antes de levantarse, la abrazó. Cuando vio que ella tenía los ojos húmedos, le dio una palmadita en el hombro—. No llores. Si Cam se entera de que te he hecho llorar, me cortará la cabeza.

—No voy a llorar.

—Bueno, vale. —Dio algunos pasos, luego se detuvo y se volvió brevemente para observarla allí, en la cocina, con los ojos húmedos y el cabello enredado por haber estado al aire—. Anna, mi madre, mi madre de verdad —añadió, porque Stella Quinn era para él todo lo que era de verdad—, te habría adorado.

Ay, Dios, pensó Anna mientras él se alejaba, al final iba a ponerse a llorar.

Ethan no se detuvo, en particular cuando oyó que Anna se sorbía la nariz. Necesitaba estar solo, dejar la mente en blanco y que luego los pensamientos volvieran a agruparse.

—¡Eh!

Con la mano en la puerta, miró hacia atrás y vio a Seth en las escaleras, adonde el chico se había ido corriendo como un conejo astuto segundos antes de que Ethan saliera de la cocina.

—¿Eh, qué?

Seth bajó despacio. Lo había oído todo, cada palabra. Incluso cuando el estómago empezó a hundírsele, se quedó y siguió escuchando. Ahora, mientras observaba a Ethan, solemnemente, creyó comprender. Y se sintió a salvo.

—¿Adónde vas?

—Vuelvo al astillero. Hay algunas cosas que quiero terminar. —Ethan dejó que la puerta se cerrara de nuevo. Había algo en los ojos del chico, pensó—. ¿Estás bien?

—Sí. ¿Puedo salir contigo mañana en el barco?

—Si quieres…

—Si voy contigo, terminaremos antes y podremos trabajar en el astillero con Cam. Y cuando venga Phil el fin de semana, trabajaremos los cuatro juntos.

—Así va la cosa —comentó Ethan, confuso.

—Sí. Así es como va. —Todos ellos, pensó Seth con un arrebato de pura alegría, juntos—. Es duro el trabajo porque hace un calor de pelotas.

Ethan reprimió una risita.

—Cuidado con ese lenguaje. Anna está en la cocina.

Seth se encogió de hombros, pero dirigió una mirada cauta a sus espaldas.

—Anna es guay.

—Sí. —La sonrisa de Ethan se hizo más amplia—. Es guay. Si vas a venir conmigo mañana, no te quedes media noche dibujando o dejándote los ojos delante de la tele.

—Vale, vale. —Seth esperó hasta que Ethan salió y luego agarró el bolso situado junto a la silla—. ¡Eh!

—Bueno, chaval, ¿vas a dejar que salga de aquí antes de mañana?

—A Grace se le ha olvidado el bolso. —Seth se lo puso a Ethan en la mano mientras mantenía la mirada inocente e inexpresiva—. Supongo que estaba distraída al marcharse.

—Me imagino. —Con las cejas fruncidas, Ethan se quedó mirando el bolso. Vaya, pesaba por los menos cinco kilos, si no más, pensó.

—Deberías llevárselo a su casa. Las mujeres se vuelven locas si pierden el bolso. Hasta luego.

Entró corriendo en la casa, subió las escaleras a toda prisa y siguió hasta la primera ventana. Desde allí contempló a Ethan, que se rascaba la cabeza, se ponía el bolso bajo el brazo como un balón de fútbol y se dirigía lentamente a la camioneta.

Sí que eran extraños sus hermanos, pensó. Entonces sonrió. Sus hermanos. Con un grito de alegría, bajó las escaleras corriendo y se dirigió a la cocina a darle la tabarra a Anna para que le dejara comer algo.

20

Grace quería serenarse y que se le pasara el mal humor antes de llegar a casa de sus padres para recoger a Aubrey. Cuando sus emociones se hallaban tan revueltas, no había forma de ocultárselo a nadie, mucho menos a una madre o a una niña muy intuitiva.

Lo último que deseaba era que le hicieran preguntas. Lo último de lo que se sentía capaz era de dar explicaciones.

Había dicho lo que había que decir y había hecho lo que había que hacer. Y se negaba a arrepentirse de ello. Si eso significaba perder una larga amistad, una que ella siempre había atesorado, no tenía remedio. De algún modo, Ethan y ella conseguirían ser lo suficientemente adultos para comportarse con educación en público y no arrastrar a nadie más a sus batallas.

La verdad es que no iba a ser una situación fácil ni alegre, pero podía funcionar. El mismo arreglo llevaba funcionando tres años con su padre, ¿no?

Dio vueltas con el coche durante veinte minutos hasta que sus dedos dejaron de aferrarse al volante con ferocidad y hasta que el reflejo de su rostro en el retrovisor ya no era capaz de asustar a los niños y a los cachorros.

Se aseguró a sí misma que se hallaba totalmente serena. Tan serena que pensó en llevar a Aubrey a McDonald´s para concederle un capricho. Y la próxima vez que tuviera la tarde libre, la iba a llevar a Oxford para el Carnaval de los Bomberos. Desde luego no se iba a quedar metida en casa abatida.

No cerró el coche de un portazo, lo que le pareció una señal excelente de su plácido humor, ni subió los escalones de la ordenada casa colonial de sus padres con brusquedad. Hasta se detuvo un momento a admirar la petunias color malva que colgaban de una maceta junto al ventanal.

Fue simplemente la mala suerte y el mal momento lo que hicieron que desplazara la mirada más allá de las flores y viera a su padre a través del cristal de la ventana, sentado en un sillón reclinable como un rey en su trono.

Le salió el genio como un géiser y entró por la puerta como un canto agudo lanzado por un certero tirachinas.

—Tengo unas cuantas cosas que decirte. —Dejó que la puerta se cerrara de un portazo y caminó hasta donde Pete descansaba los pies—. Unas cuantas cosas que me he estado reservando.

Él la miró sin comprender durante los cinco segundos que tardó en componer el rostro.

—Si quieres hablar conmigo, hazlo en un tono de voz civilizado.

—Se acabó el ser civilizada. Estoy hasta aquí de comportarme de forma civilizada —dijo haciendo un rápido movimiento cortante con la mano.

—¡Grace! ¡Grace! —Con las mejillas arreboladas y los ojos muy abiertos, Carol llegó de la cocina con Aubrey en la cadera—. ¿Qué te pasa? Vas a hacer llorar a la niña.

—Llévate a Aubrey a la cocina, mamá. Oír a su madre alzar la voz no la va a traumatizar para toda la vida. —Como para demostrar que la discusión era inevitable, Aubrey echó atrás la cabeza y rompió a llorar. Grace se tragó las ganas de cogerla y salir corriendo de la casa y comérsela a besos hasta que dejara de llorar. En lugar de eso, se mantuvo firme—. Aubrey, deja de llorar. No estoy enfadada contigo. Vete a la cocina con la abuelita y tómate un poco de zumo.

—¡Zumo! —sollozó Aubrey, gritando a pleno pulmón, luchando por liberarse de Carol y tendiendo los brazos a Grace mientras las lágrimas le corrían por las mejillas.

—Carol, llévate a la niña a la cocina y cálmala —dijo Pete resistiendo las mismas ganas que Grace y haciéndole un gesto impaciente a su esposa con la mano.

—La niña no ha llorado en todo el día —murmuró Carol dirigiéndole a su hija una mirada acusadora.

—Bueno, pues ahora está llorando —replicó ella, añadiendo una capa de culpabilidad a la frustración, mientras los sollozos de Aubrey llegaban como un eco desde la cocina—. Y se olvidará cinco minutos después. Ésa es la maravilla de tener dos años. Cuando uno se hace mayor, las lágrimas no se olvidan tan fácilmente. Y tú me has hecho llorar bastante.

—No se puede ejercer de padre sin hacer llorar a los hijos.

—Pero algunas personas pueden ejercer la paternidad sin siquiera conocer al hijo o la hija que han criado. Tú no me has mirado nunca viendo lo que yo era.

Pete deseó hallarse de pie. Deseó llevar zapatos en los pies. Un hombre está en clara desventaja arrellanado en un sillón sin su dichoso calzado.

—No sé de qué estás hablando.

—O tal vez sí me viste, quizá me equivoco en eso. Miraste, viste y lo dejaste de lado porque no encajaba con lo que tú deseabas. Tú lo sabías —continuó en una voz baja que, sin embargo, rezumaba de cólera—. Tú sabías que yo deseaba ser bailarina. Tú sabías que soñaba con ello, y me dejaste seguir soñando. Ah, no te importaba que fuera a clases de baile. Quizá de vez en cuando gruñías un poco por el precio, pero seguías pagándolas.

—Y no creas que fueron baratas si cuentas todos aquellos años.

—¿Para qué, papá?

Él parpadeó. Nadie le había llamado papá desde hacía casi tres años y sintió un pellizco en el corazón.

—Porque tú estabas empeñada en asistir.

—¿Y para qué, si nunca ibas a creer en mí, si nunca me ibas a apoyar y a permitirme dar el siguiente paso?

—Esto es lo de siempre, Grace. Tú eras demasiado joven para ir a Nueva York y no era más que una tontería.

—Era joven, pero no demasiado. Y si era una tontería, era la mía. Nunca sabré si era lo suficientemente buena. Nunca sabré si hubiera podido hacer realidad aquel sueño, porque cuando te pedí que me ayudaras a alcanzarlo, me dijiste que ya no tenía edad para tonterías. Ya no tenía edad para tonterías —repitió—, pero era demasiado joven para que confiaras en mí.

—Yo confiaba en ti. —Movió el sillón hacia arriba bruscamente—. Y mira lo que sucedió.

—Sí, mira lo que sucedió. Me embaracé. ¿No es así como lo expresaste en aquel momento? Como si fuera algo que hubiera hecho completamente sola con el único fin de irritarte.

—Jack Casey no valía para nada. Lo supe la primera vez que le puse los ojos encima.

—Eso dijiste, y lo seguiste diciendo una y otra vez hasta que acabó adoptando el brillo del fruto prohibido y no pude resistirme a probarlo.

Ahora los ojos de Pete echaban chispas, y él se puso de pie.

—¿Me estás echando la culpa por meterte en problemas?

—No, de haber alguna, la culpa es mía. Y no voy a dar excusas. Pero te diré algo. Jack no era ni la mitad de malo de como lo presentabas tú.

—Pero te dejó en la estacada, ¿no?

—Y tú también, papá.

La mano de él se disparó hacia arriba, conmocionando a ambos. No llegó a tocarla y tembló mientras descendía. Nunca había hecho más que darle un azote en el trasero cuando era una niña, e incluso eso le había dolido a él más que a ella.

—Si me hubieras pegado —dijo, tratando de mantener la voz baja y calmada—, habría sido el primer sentimiento auténtico que me has manifestado desde que acudí a mamá y a ti para deciros que estaba embarazada. Yo sabía que te ibas a enfadar, que te iba a doler y que te ibas a sentir decepcionado. Tenía mucho miedo. Pero, por malo que pensara que iba a ser, fue mucho peor. Porque no me apoyaste. La segunda vez, papá, y ésta era la más importante de todas, y no estuviste ahí para mí.

—Una hija viene y le dice a su padre que está embarazada, que ha ido y ha estado con un hombre con el que él le dijo que no fuera, y le lleva tiempo aceptarlo.

—Tú te avergonzaste de mí, y te irritaba pensar lo que dirían los vecinos. Y, en vez de mirarme y ver el miedo que sentía, lo único que viste fue que había cometido un error con el que tú ibas a tener que vivir. —Se dio la vuelta hasta estar segura, completamente segura, de que no iba a haber lágrimas—. Aubrey no es un error. Es un regalo.

—No podría quererla más de lo que la quiero —dijo él.

—Y a mí menos —repuso Grace.

—Eso no es verdad. —Comenzó a asustarse y a sentirse fatal—. Eso no es verdad en absoluto.

—Tú te apartaste cuando me casé con Jack. Te alejaste de mí.

—Tú también te apartaste.

—Tal vez. —Se volvió de nuevo—. Una vez traté de conseguirlo sin ti, ahorrando dinero para ir a Nueva York, pero no pude. Luego quise hacer que mi matrimonio funcionara sin ayuda. Pero tampoco eso pude conseguirlo. Lo único que me quedó fue el bebé que crecía dentro de mí, y no estaba dispuesta a fallar también en eso. Tú ni siquiera viniste al hospital cuando la tuve.

—Sí que fui. —A tientas, cogió una revista de la mesa y la enrolló hasta hacer un tubo—. Fui y la vi a través del cristal. Era igual que tú. Piernas largas, largos dedos y nada más que una pelusilla amarilla en la cabeza. También llegué hasta tu habitación. Tú estabas dormida. No entré, no sabía qué decirte. —Desenrolló la revista, frunció el ceño a la modelo de rostro saludable de la portada y luego la dejó caer en la mesa—. Supongo que me volví a poner furioso. Habías tenido una niña y no tenías marido, y yo no sabía qué hacer al respecto. Ya sabes que tengo ideas muy firmes sobre ese tipo de cosas. Es duro transigir.

—Tampoco hacía falta que transigieras demasiado.

—Yo no hacía más que esperar que me dieras una oportunidad de hacerlo. Cuando ese cerdo te abandonó, pensé que comprenderías que necesitabas ayuda y volverías a casa.

—Para que tú pudieras decirme cuánta razón tenías en todo.

Algo que podía ser arrepentimiento aleteó en sus ojos.

—Supongo que merezco que digas eso. Supongo que eso es lo que habría hecho. —Se volvió a sentar—. Pero es que yo llevaba razón…

Ella soltó una risita.

—Es curioso cómo los hombres a los que quiero llevan siempre tanta razón en lo que a mí concierne. ¿Yo soy lo que llamarías una mujer delicada, papá?

Por primera vez en un tiempo demasiado largo para recordar, ella vio que los ojos de su padre reían.

—La verdad, hija, yo creo que eres tan delicada como un poste de acero.

—Algo es algo, menos mal.

—Siempre deseé que fueras un poco más flexible. En lugar de venir una vez, tan sólo una, a pedir ayuda, te pasas la vida limpiando casas y trabajando en un bar hasta las tantas.

—No empieces tú también —murmuró ella, y se acercó a la ventana.

—La mitad de las veces que te veo en el puerto tienes ojeras. Claro que, por lo que anda parloteando tu madre, todo eso va a cambiar dentro de poco.

Ella le miró por encima del hombro.

—¿Qué va a cambiar?

—Ethan Quinn no es hombre que vaya a dejar que su mujer se desgaste trabajando en dos empleos. Ese es el tipo de hombre que tendrías que haber buscado desde el principio. Un hombre honrado, un hombre de fiar.

Ella se rió de nuevo y se pasó una mano por el pelo.

—Mamá se equivoca. No me voy a casar con Ethan.

Pete hizo ademán de hablar de nuevo y luego cerró la boca. Era lo suficientemente listo para aprender de sus errores. Si la había empujado hacia un hombre por sacar a relucir sus fallos, igual podía apartarla de otro por reseñar sus virtudes.

—Bueno, ya conoces a tu madre. —Ahí dejó el tema. Tratando de ordenar las palabras en su mente, Pete tiró de las rodilleras de sus pantalones caqui—. Me daba miedo que te fueras a Nueva York —soltó, y luego se movió cuando ella se dio la vuelta para mirarle fijamente—. Me daba miedo que no volvieras. También me daba miedo que sufrieras allí. Gracie, sólo tenías dieciocho años y eras muy inocente… Yo sabía que se te daba bien la danza. Todo el mundo lo decía y a mí siempre me gustó cómo bailabas. Pensaba que si te ibas allí y no te abría la cabeza algún atracador, comprenderías que te querías quedar. Y sabía que no podías hacerlo a menos que yo te diera el dinero para empezar, así que no lo hice. Pensé que o bien dejarías de desearlo con tanta intensidad o que tardarías un año o dos en ahorrar lo necesario. —Cuando ella no dijo nada, él suspiró y se echó hacia atrás—. Un hombre trabaja duramente toda su vida para construir algo, y mientras lo hace piensa que algún día le dejará el negocio a su hijo.

Mi padre me pasó el negocio a mí y yo siempre creí que algún día se lo pasaría a mi hijo. Luego tuve una hija, pero daba igual. Nunca quise cambiar eso. Pero tú nunca quisiste lo que yo planeaba darte. Trabajar sí que trabajabas. Eras muy buena trabajadora, pero cualquiera podía ver que sólo estabas haciendo un trabajo. Que no iba a ser tu vida. Tu vida no.

—No sabía que lo vieras de ese modo.

—No importa cómo lo viera. El negocio no era para ti, sencillamente. Comencé a pensar que algún día te casarías y que quizá tu esposo quisiera meterse en el negocio. De esa forma, aún te lo podía dejar a ti y a tus hijos.

—Entonces me casé con Jack y tú tampoco conseguiste tu sueño.

Posó las manos en las rodillas, alzó los dedos y luego los dejó caer.

—Tal vez Aubrey se interese por él. Yo no tengo intención de retirarme pronto.

—Quizá.

—Es una niña muy buena —comentó, todavía mirándose las manos—. Y es feliz. Tú…, tú eres una buena madre, Grace. Lo estás haciendo mejor de lo que cabría esperar, dadas las circunstancias. Has construido una vida buena para vosotras dos, y lo has hecho tú sola.

El corazón de Grace tembló dolorido.

—Gracias. Muchas gracias por decirme eso.

—Eh…, a tu madre le gustaría que te quedaras a cenar. —Finalmente alzó la vista y los ojos que se encontraron con los suyos no eran fríos, no eran distantes. En ellos había una súplica y una disculpa—. A mí también me gustaría.

—Y a mí también. —Después ella se acercó a él, se sentó en su regazo y enterró el rostro en su hombro—. Ay, papá, te he echado de menos.

—Yo también te he echado de menos, Gracie. —Pete comenzó a mecerse y a llorar—. Yo también te he echado de menos.

Ethan se sentó en el peldaño superior del porche delantero de Grace y colocó el bolso junto a él. Tenía que admitir que varias veces se había sentido tentado de abrirlo y fisgar dentro para ver qué cosas tan pesadas y tan imprescindibles llevaba una mujer a todas partes.

Pero hasta entonces había conseguido resistirse.

En ese momento se preguntaba dónde estaría ella. Había pasado por su casa en coche hacía casi dos horas antes de irse al astillero. Como el coche de Grace no estaba aparcado, no se detuvo. Lo más probable era que la puerta de la casa estuviera abierta, por lo que habría podido dejar el bolso en la sala. Pero eso no habría servido de nada.

No había hecho más que pensar mientras trabajaba. Parte de esa actividad giraba en torno a cuánto tardaría Grace en pasar de la cólera furiosa a un enfado leve.

Creía que podía enfrentarse a un enfado leve.

Decidió que tal vez fuera mejor que ella no se hallara en casa. Eso les daba a los dos más tiempo para calmarse.

—¿Ya te has aclarado?

Ethan suspiró. Había olido a su padre antes de oírle, antes de verle sentado cómodamente en los peldaños, con las piernas cruzadas por los tobillos. Fueron los cacahuetes salados de la bolsita que Ray tenía en su regazo. Siempre le habían gustado los cacahuetes salados.

—No del todo. Por más vueltas que le doy, no consigo aclararme.

—A veces tienes que dejarte llevar por las tripas, no por la cabeza. Tú tienes buenos instintos, Ethan.

—Dejarme llevar por el instinto es lo que me ha metido en esto. Si no la hubiera tocado nunca…

—Si no la hubieras tocado nunca, te habrías negado a ti y a ella algo que mucha gente busca durante toda su vida sin encontrarlo jamás. —Ray revolvió en la bolsita y sacó un puñado de cacahuetes—. ¿Por qué lamentar algo tan preciado y tan poco común?

—Le he hecho daño. Sabía que iba a suceder.

—Ahí es donde te equivocaste. No en aceptar el amor cuando te fue ofrecido, sino en no confiar en él a largo plazo. Me decepcionas, Ethan.

Era una bofetada. Del tipo que ambos sabían que iba a doler más. Como le dolió, Ethan se quedó mirando las sedientas florecillas que languidecían junto a los peldaños.

—He tratado de hacer lo que creía correcto.

—¿Para quién? ¿Para una mujer que deseaba compartir tu vida, dondequiera que eso os hubiera conducido? ¿Para los hijos que pudierais haber tenido? Entras en un terreno peligroso cuando tratas de adivinar las intenciones de Dios.

Molesto, Ethan miró de soslayo a su padre con los ojos entornados.

—¿Existe?

—¿Existe qué?

—¿Existe Dios? Digo yo que tú tendrías que saberlo, puesto que llevas unos cuantos meses muerto.

Ray echó la cabeza hacia atrás y dejó escapar su maravillosa risa.

—Ethan, siempre he disfrutado de tu ingenio, y ojalá pudiéramos comentar juntos los misterios del universo, pero el tiempo pasa. —Mordisqueando los cacahuetes, observó el rostro de su hijo, y, al hacerlo, su sonrisa traviesa se suavizó y se tornó más cálida—. Verte crecer y hacerte hombre ha sido uno de los mayores placeres de mi vida. Posees un corazón tan grande como tu bahía. Espero que confíes en él. Quiero que seas feliz. Se avecinan problemas para todos vosotros.

—¿Seth?

—Va a necesitar a su familia. A toda su familia —añadió Ray en un susurro; luego movió la cabeza—. Hay demasiada aflicción en el breve tiempo que vivimos, Ethan, como para rechazar la felicidad. Acuérdate de apreciar las alegrías. —Entonces apareció una chispa en sus ojos y añadió—: Prepárate, hijo. El tiempo de pensar se te ha acabado.

Ethan oyó el coche de Grace y volvió los ojos hacia la calle. Supo sin mirar que su padre ya no se hallaba junto a él.

Cuando Grace vio a Ethan sentado en los escalones de su porche delantero, deseó posar la cabeza en el volante. No estaba segura de poder soportar otra pasada por el molinillo de las emociones.

En vez de eso, salió del coche y dio la vuelta para desatar la silla de la dormida Aubrey. Con la cabecita de su hija en su hombro, se dirigió a la casa y observó cómo Ethan estiraba sus largas piernas y se ponía de pie.

—No me apetece otro asalto contigo, Ethan.

—Te he traído el bolso. Te lo has dejado en casa.

Sorprendida, frunció el ceño cuando él se lo tendió. Eso sólo demostraba lo confusa que se hallaba su mente; ni siquiera se había dado cuenta de que no lo llevaba.

—Gracias.

—Tengo que hablar contigo, Grace.

—Lo siento. Debo acostar a Aubrey.

—Esperaré.

—Ya te he dicho que no tengo ganas de hablar más contigo.

—Y yo te he dicho que tengo que hablar contigo. Esperaré.

—Pues entonces puedes esperar hasta que a mí me dé la gana —replicó, y se metió en la casa.

A Ethan le dio la sensación de que ella no había alcanzado el nivel de enfado leve, pero volvió a sentarse y esperó.

Grace se tomó su tiempo desvistiendo a Aubrey hasta dejarla con las braguitas y el pañal. La

442

cubrió con una leve sábana y ordenó el cuarto. Fue a la cocina y se sirvió un vaso de agua de limón que no quería, pero se bebió hasta la última gota.

Lo veía a través de la puerta, sentado en los peldaños. Por un momento, pensó en llegar hasta la puerta, cerrarla y echar el cerrojo para dejar clara su postura. Pero se dio cuenta de que no estaba tan furiosa como para hacer algo tan mezquino.

Abrió la puerta y la volvió a cerrar sin ruido.

—¿Ya está acostada?

—Sí, ha sido un día muy largo para ella. Para mí también. Espero que esto no vaya a durar mucho.

—Supongo que no tiene por qué. Lo que quiero decirte es que siento haberte hecho daño, siento haberte hecho desgraciada. —Como ella no bajó a sentarse con él, Ethan se puso de pie y se volvió hacia ella—. Lo he hecho mal y no he sido sincero contigo. Tendría que haberlo sido.

—No dudo de que lo sientes, Ethan. —Llegó hasta la barandilla y se inclinó hacia fuera, mirando su pequeño jardín—. No sé si podemos seguir siendo amigos como lo éramos antes. Sé que es duro llevarse mal con alguien que te importa. Hoy me he reconciliado con mi padre.

—¿Ah, sí? —Él dio un paso adelante, luego se detuvo porque ella se había apartado. Sólo un poco, lo justo para decirle que ya no tenía derecho a tocarla—. Me alegro.

—Supongo que te lo debo a ti. Si no hubiera estado tan furiosa contigo, no me habría permitido estar furiosa con él y soltárselo todo. Te lo agradezco, y gracias también por tus disculpas. Ahora estoy muy cansada, así que…

—Hoy me has dicho muchas cosas. —No se iba a librar de él hasta que hubiera terminado.

—Sí, así es. —Ella se movió de nuevo y le miró directamente a los ojos.

—En parte tenías razón, pero no en todo. No hacer nada con lo que yo sentía por ti antes… es como tenía que ser.

—Porque tú lo dices.

—Porque no tendrías más de catorce años cuando empecé a amarte, a desearte. Yo tenía casi ocho años más. Yo era ya un hombre, pero tú seguías siendo una niña. No habría sido bueno que yo te tocara entonces. Quizá esperé demasiado. —Se detuvo y agitó la cabeza—. Sí, esperé demasiado. Pero había tenido tiempo de pensarlo y me había prometido que no te implicaría en mis problemas. Tú eras la única a la que quería tanto como para que me importara. En parte, lo hice por mí, porque sabía que si en algún momento te tenía, no iba a ser capaz de dejarte marchar.

—Y ya habías decidido hacer eso.

—Había decidido que iba a vivir mi vida solo. Lo llevaba bastante bien hasta hace poco.

—Tú lo ves como un noble sacrificio. Yo creo que es ignorancia. —Ella alzó las manos sabiendo que se estaba calentando de nuevo—. Más vale que lo dejemos ahí.

—Tú sabes perfectamente que si nos casáramos, querrías tener más hijos.

—Claro que sí. Y aunque nunca estaré de acuerdo con tu razonamiento para no engendrarlos juntos, hay otras formas de crear una familia. Tú deberías saberlo, mejor que mucha otra gente. Podríamos haber adoptado.

Él se quedó mirándola.

—Tú..., yo creí que desearías quedarte embarazada.

—Pues claro. Lo desearía porque atesoraría un hijo tuyo que creciera en mi interior y por saber que estarías ahí con nosotros. Pero eso no significa que no pudiera encontrar otro camino. ¿Qué pasaría si yo no pudiera tener hijos, Ethan? ¿Qué pasaría si estuviéramos enamorados, planeáramos casarnos y nos enteráramos de que yo no podía tener hijos? ¿Dejarías de amarme por ello? ¿Me dirías que no podías casarte conmigo?

—No, claro que no. Eso no es...

—Eso no es amor —concluyó ella—. Pero no es una cuestión de poder o no poder. Es una cuestión de no querer. Y yo podría haber tratado de comprender tus sentimientos si no me los hubieras ocultado. Si no me hubieras rechazado, cuando todo lo que yo deseaba era ayudarte. Tampoco es que esté dispuesta a hacer concesiones en cualquier aspecto. No estoy dispuesta a estar con un hombre que no respeta mis sentimientos y que no comparte sus problemas conmigo. No estoy dispuesta a estar con un hombre que no me ama lo suficiente para quedarse junto a mí, para hacerme la promesa de envejecer juntos y convertirse en el padre de mi hija. Y no estoy dispuesta a pasar mi vida manteniendo una aventura contigo y luego tener que explicarle a mi hija por qué no me amaste y me respetaste lo suficiente para casarte conmigo.

Ella se dirigió a la puerta.

—No, Grace. —Él cerró los ojos, conteniendo el pánico—. Por favor, no te alejes de mí.

—No soy yo quien se aleja. ¿No lo ves, Ethan? Tú has sido el que se ha alejado en todo momento.

—Y he terminado justo donde empecé. Mirándote. Necesitándote. Ya no puedo no hacerlo. Me había hecho tantas promesas sobre ti, y no hago más que romperlas. Le he permitido a ella que le pusiera las manos encima a esto también —dijo lentamente—. He permitido que ella también dejara su marca en lo que tenemos. Quiero borrar esa marca si me das la oportunidad. —Alzó los hombros—. He estado pensando.

Ella casi sonrió.

—Vaya, eso sí es una novedad.

—¿Quieres saber lo que estoy pensando ahora mismo? —Dejándose guiar por el instinto, escuchando a su corazón, subió los escalones—. Lo que estoy pensando es que siempre has sido tú, Grace, y sólo tú. Siempre vas a ser tú, y sólo tú. No puedo evitar el deseo de cuidar de ti. Pero eso no significa que seas débil. Es sólo que me eres muy preciada.

—Ethan. —La iba a hacer ceder, lo sabía—. Por favor, no.

—Y estoy pensando que no voy a ser capaz de darte la oportunidad de vivir sin mí, después de todo.

Él le tomó las manos, y las sostuvo aunque ella trató de liberarse. Y, con los ojos en los de ella, la hizo descender los peldaños para atrapar los últimos rayos dorados del sol poniente.

—Nunca te decepcionaré —le dijo—. Nunca dejaré de necesitarte a mi lado. Me haces feliz, Grace. No lo he apreciado lo suficiente, pero lo haré de ahora en adelante. Te amo. —Cuando ella tembló, él le rozó la frente con los labios—. Se está poniendo el sol. Tú dijiste que éste era el mejor momento para soñar despierto. Tal vez sea el mejor momento para elegir el sueño al que quieres aferrarte. Yo quiero aferrarme a éste. Necesito que me mires —le dijo suavemente al tiempo que le alzaba el rostro hacia el suyo—. ¿Quieres casarte conmigo, Grace?

La alegría y la esperanza florecieron en su interior.

—Ethan…

—No me contestes aún. —Pero ya había visto la respuesta, y lleno de gratitud, se llevó las manos de ella a los labios—. ¿Me entregarás a Aubrey, dejarás que le dé mi nombre? ¿Me permitirás que sea su padre?

Los ojos de Grace comenzaron a llenarse de lágrimas. Trató de contenerlas. Quería verle claramente mientras él se hallaba frente a ella, mirándola tan seriamente, ambos iluminados por la última luz del día.

—Ya sabes que…

—Aún no —susurró, y esta vez le rozó los labios con los suyos—. Queda otra cosa. ¿Tendrás hijos conmigo, Grace? —Él vio que las lágrimas que ella había luchado por retener se derramaban finalmente y se preguntó cómo había podido pensar siquiera en negarle a ella y a sí mismo ese gozo, ese derecho, esa promesa—. Construye una vida conmigo, una vida que brote del amor, una vida que yo pueda ver crecer dentro de ti. Sólo un idiota pensaría que lo que surja de nosotros no va a ser hermoso.

Ella le tomó el rostro entre las manos y grabó esa imagen en su corazón.

—Antes de responderte, tengo que saber que eso es lo que tú deseas, no sólo para mí sino para ti mismo.

—Quiero una familia. Quiero construir lo que mis padres construyeron, y necesito hacerlo contigo.

Los labios de ella se curvaron lentamente.

—Voy a casarme contigo, Ethan. Voy a entregarte a mi hija. Voy a engendrar hijos contigo. Y nos cuidaremos el uno al otro.

Él la atrajo hacia sí, sólo para abrazarla, mientras el sol desaparecía y la luz se atenuaba hasta hacerse de noche. Sus corazones latían aceleradamente. Se oyó un único suspiro de ella segundos antes de que el chotacabras se pusiera a cantar en el ciruelo de al lado.

—Me daba miedo que no pudieras perdonarme.

—A mí también.

—Luego pensé: «Bah, Grace me ama demasiado. Puedo conseguirlo». —Se le escapó la risa mientras enterraba su rostro en el cuello de ella—. Tú no eres la única que puede atrapar a alguien como un puñetero pescado de roca.

—Pues has tardado bastante en picar el anzuelo.

—Si te tomas tu tiempo para hacer las cosas, consigues lo mejor al final del día. —Enterró el rostro en el cabello de ella, deseando su perfume y su textura—. Ahora tengo lo mejor. Buena, auténtica cerámica de gres.

Riéndose, ella se echó hacia atrás para mirarle a los ojos.

—Eres un hombre listo, Ethan.

—Hace unas horas has dicho que era estúpido.

—Lo eras. —Le dio un sonoro beso en la mejilla—. Ahora eres listo.

—Te he echado de menos, Grace.

Ella cerró los ojos y los apretó fuerte, pensando que era un día para el perdón, para la esperanza, para nuevos comienzos.

—Yo también, Ethan. —Suspiró y después olisqueó el aire confundida—. Huele a cacahuetes —comentó mientras se arrimaba más a él—. ¡Qué curioso! Juraría que huele a cacahuetes.

—Te lo explicaré. —Le alzó la cabeza para darle otro suave beso—. Dentro de un ratito.

Pase a la siguiente página para leer un avance de

UN PUERTO DE ABRIGO

La tercera novela de la nueva serie
de Nora Roberts

Uno

Phillip se aflojó el nudo de la corbata de Fendi. El viaje de Baltimore a la costa este de Maryland era bastante largo y lo había tenido en cuenta al programar el CD. Empezó con algo suave de Tom Petty y los Heartbreakers.

El tráfico de ese jueves por la tarde era tan malo como habían dicho las predicciones y todavía era peor por la llovizna y los mirones que no podían evitar echar una ojeada, entre fascinada y asombrada, a un accidente de coches en la circunvalación de Baltimore.

Cuando enfiló la entrada de la autopista 50, ni las canciones más clásicas de los Rolling Stones podían levantarle el ánimo.

Se había llevado trabajo y durante el fin de semana tendría que buscar un hueco para los neumáticos Myrestone. Querían un planteamiento nuevo de la campaña publicitaria. Los neumáticos felices hacen felices a los conductores, pensó Phillip mientras tamborileaba con los dedos al ritmo de la guitarra desgarrada de Keith Richards.

Eso era una majadería, se dijo. Nadie era feliz cuando conducía en hora punta; llevara los neumáticos que llevara.

Sin embargo, se le había ocurrido algo para que los conductores que llevaran neumáticos Myrestone creyeran que eran felices y sexys, además de ir seguros. Era su trabajo y le gustaba.

Le gustaba tanto que hacía malabarismos con cuatro cuentas importantes, supervisaba otras seis más pequeñas y parecía que nunca soltaba una gota de sudor por los elegantes pasillos de Innovations, la próspera empresa de publicidad para la que trabajaba. La empresa que exigía que sus ejecutivos fueran creativos, entusiastas y, además, tuvieran estilo.

No le pagaban para que sudara.

Estaba solo, pero eso era otro asunto.

Sabía que llevaba meses trabajando como un verdadero mulo. Gracias a un revés del destino, había pasado de vivir para Phillip Quinn a preguntarse qué había sido de su vida urbana y feliz en la que cada día ascendía más en la escala social.

Su padre había muerto hacía seis meses y su vida había dado un vuelco; la vida que Ray y Stella Quinn habían enderezado hacía diecisiete años cuando entraron en aquella sórdida habitación del hospital y le ofrecieron una oportunidad y una alternativa. Aceptó la oportunidad porque fue suficientemente listo como para saber que no tenía otra alternativa.

Volver a las calles ya no era tan atractivo después de que le hubieran agujereado el pecho. Ya ni

454

se planteaba la posibilidad de volver a vivir con su madre, aunque ella hubiera cambiado de opinión y le hubiera dejado entrar en su destartalado apartamento. Los servicios sociales miraban con lupa su situación y sabía que se lo tragarían en cuanto pusiera un pie en la calle.

No estaba dispuesto a volver con los servicios sociales, ni con su madre, ni a la alcantarilla. Lo había decidido. Notaba que lo único que necesitaba era un poco de tiempo para trazar un plan.

En aquel momento, el tiempo pasaba entre los efluvios de unas drogas deliciosas, fármacos lo llamaban otros, que no había tenido que comprar ni robar, pero no se imaginó que sus pequeñas ventajas durarían para siempre.

El Demerol le recorría todo el organismo, miró con sus ojos astutos a los Quinn y los clasificó como una pareja extravagante de benefactores. Para él era perfecto. Querían ser unos samaritanos y ofrecerle un sitio donde quedarse hasta que estuviera al cien por cien; todos contentos.

Le dijeron que tenían una casa en la costa este, lo cual, para un chico de barrio, era el otro extremo del mundo. Sin embargo, pensó que cambiar de aires no le haría ningún daño. Tenían dos hijos aproximadamente de su edad. Phillip decidió que no tendría que preocuparse por dos niñatos criados por unos buenazos.

Le dijeron que tenían sus normas y que la educación era prioritaria. El colegio tampoco le preocupaba. No se lo pensó mucho.

—Nada de drogas.

Stella lo dijo con un tono gélido que hizo que Phillip cambiara su opinión sobre ella.

—No, señora —replicó él con su expresión más angelical.

Sabía que si quería meterse algo, encontraría la forma aunque fuera en un coñazo de pueblo de la bahía.

Stella se inclinó sobre la cama con unos ojos penetrantes y una sonrisa casi imperceptible.

—Tienes una cara que parece sacada de un cuadro renacentista, pero no por eso eres menos ladrón, holgazán y mentiroso. Te ayudaremos si quieres que te ayudemos, pero no nos trates como si fuéramos imbéciles.

Ray soltó una carcajada estruendosa y estrechó entre sus brazos los hombros de Stella y de Phillip. Phillip recordó que entonces se había dicho que verlos darse de cabezazos durante una temporada iba a ser un placer único en el mundo.

Volvieron varias veces durante las dos semanas siguientes. Phillip habló con ellos y con la asistenta social, que había sido más fácil de persuadir que los Quinn.

Al final se lo llevaron a casa, a la preciosa casa a orillas del mar. Conoció a sus hijos, Cameron y Ethan, y analizó la situación. Cuando se enteró de que los habían recogido como a él, se convenció de que estaban como cabras.

Pensó que aprovecharía el tiempo. Para ser una doctora y un catedrático de universidad, no habían acumulado demasiadas cosas que merecieran la pena robarse, pero se fijó bien en todo lo que había.

En vez de robarles, se enamoró de ellos. Adoptó su apellido y pasó los diez años siguientes en la casa a orillas del mar.

Stella murió y con ella se fue parte de su vida. Se había convertido en la madre que nunca había creído que existiera. Firme, fuerte, cariñosa y penetrante. La lloró y fue la primera pérdida verdadera de su vida. Enterró parte de su dolor en el trabajo. Pasó por la universidad y se puso como meta el éxito y un lustre de sofisticación, además de un puesto de principiante en Innovations.

No pensaba quedarse abajo durante mucho tiempo.

Entrar en Innovations, en Baltimore, era un pequeño triunfo personal. Volvía a la ciudad de sus desdichas, pero volvía como un hombre refinado. Nadie que lo viera con su traje hecho a medida podría adivinar que había sido un ladrón de poca monta, un traficante de drogas ocasional y un prostituto circunstancial.

Todo lo que había conseguido durante los últimos diecisiete años partía del momento en que Ray y Stella Quinn entraron en su habitación del hospital.

Un día, Ray murió y lo dejó sumido en unas sombras que no se habían disipado. El hombre al que había querido como solamente un hijo puede querer a su padre se había matado al estrellarse con su coche contra un poste de teléfono, a plena luz del día y a toda velocidad.

Otra habitación de hospital. Esa vez era el poderoso Quinn quien estaba destrozado en la cama y rodeado de aparatos zumbantes. Phillip y sus hermanos habían prometido ocuparse del último de los descarriados de Ray Quinn. Sin embargo, ese niño guardaba secretos y miraba con los ojos de Ray.

En el paseo marítimo y en los barrios del pueblecito de St. Christopher, en la costa este de Maryland, se insinuaba el adulterio, el suicidio y el escándalo. Durante los seis meses que pasaron desde que empezaron las habladurías, Phillip tuvo la sensación de que él y sus hermanos no se habían acercado a la verdad. ¿Quién era Seth DeLauter y qué había significado para Raymond Quinn?

¿Era otro descarriado? ¿Era otro chico que se hundía en un mar de violencia y abandono y que necesitaba una tabla de salvación? ¿Sería más? ¿Sería un Quinn por sangre y por casualidad?

Lo único que Phillip sabía con seguridad era que Seth, de diez años, era tan hermano suyo como Ethan y Cameron. A todos ellos los habían librado de una pesadilla y les habían dado la oportunidad de cambiar sus vidas.

En el caso de Seth, Ray y Stella no estaban para ofrecerle esa alternativa.

Una parte de Phillip, una parte que había crecido dentro de un ladrón joven e imprudente, no aceptaba ni siquiera la posibilidad de que Seth fuera hijo de Ray, un hijo fruto del adulterio y abandonado en la deshonra. Habría sido una traición para todo lo que le habían enseñado los Quinn, para todo el ejemplo que le habían dado con sus vidas.

Se detestó por planteárselo, por ser consciente de que de vez en cuando observaba a Seth con ojos fríos y analíticos y se preguntaba si aquel niño habría sido el motivo de la muerte de Ray Quinn.

Cuando esa idea se adueñaba de su cabeza, Phillip dirigía la atención hacia Gloria DeLauter. La madre de Seth fue la mujer que acusó al catedrático Raymond Quinn de abuso sexual. Dijo que había ocurrido unos años antes, cuando ella era una estudiante en la universidad. Sin embargo, no había constancia de que ella hubiera ido a esa universidad.

Era la misma mujer que había vendido su hijo a Ray como si fuera un trozo de carne. La misma mujer, Phillip lo sabía con certeza, que Ray había visitado en Baltimore antes de matarse.

Se había escabullido. Las mujeres como Gloria eran demasiado hábiles como para conseguir que algo les salpicara. Unas semanas antes, le había mandado una carta con un chantaje nada sutil: si quería conservar el niño, ella necesitaba más. Phillip apretó la mandíbula al acordarse de la cara de espanto que puso Seth cuando se enteró.

Se dijo que esa mujer no tocaría a Seth. Iba a comprobar que los hermanos Quinn eran más duros de pelar que un anciano bondadoso.

No sólo los hermanos Quinn, pensó mientras tomaba la carretera comarcal que le llevaría a casa. Pensó en la familia mientras conducía deprisa por la carretera flanqueada de campos de soja, de guisantes y de un maíz más alto que una persona. Cam y Ethan estaban casados y Seth podía contar con dos mujeres que no se arrugaban fácilmente.

Casados. Phillip sacudió la cabeza divertido con la idea. ¿Quién iba a haberlo dicho? Cam se había casado con la seductora asistenta social y Ethan con Grace, la de los ojos dulces, convirtiéndose instantáneamente en el padre de la angelical Aubrey.

Bueno… mejor para ellos. Tenía que reconocer que Anna Spinelli y Grace Monroe eran la horma de los zapatos de sus hermanos. Serían un apoyo muy firme cuando se celebrara la audiencia para la custodia definitiva de Seth. Y el matrimonio les sentaba de maravilla, aunque a él, la palabra le daba escalofríos.

Phillip prefería la vida de soltero con todas sus ventajas. Aunque durante los últimos meses no había tenido mucho tiempo para disfrutar de esas ventajas. Pasaba los fines de semana en St. Chris supervisando los deberes de Seth, haciendo el casco de un barco para la incipiente empresa Barcos Quinn, repasando las cuentas y cargando material, todo lo cual se había convertido en responsabilidad suya sin saber por qué y le cortaba las alas.

Había prometido a su padre, en el lecho de muerte, que se ocuparía de Seth y había pactado con sus hermanos mudarse a la costa para compartir la custodia y las responsabilidades. Para Phillip, el pacto significaba dividir su tiempo entre Baltimore y St. Chris y sus energías entre conservar su profesión y sus ingresos, y atender a un hermano nuevo y a veces problemático y un negocio que acababan de poner en marcha.

Era un verdadero riesgo. Se imaginaba que educar a un niño de diez años suponía dolores de cabeza y meteduras de pata, en el mejor de los casos. Seth DeLauter, que se había criado con una prostituta a tiempo parcial, una drogadicta a jornada completa y una extorsionista aficionada, no había vivido en las condiciones ideales.

Sacar adelante una empresa de construcción de barcos suponía toda una serie de detalles engorrosos y de trabajo agotador. Aun así, funcionaba, y si descontaba la ridícula exigencia de tiempo y energía, funcionaba bastante bien.

Hacía poco tiempo, los fines de semana los pasaba cenando en sitios de moda o yendo al teatro con una serie de mujeres atractivas e interesantes y, si se entendían, desayunando el domingo en la cama.

Phillip se había prometido que volvería a hacerlo. Cuando todo estuviera encauzado, volvería a esa vida. Sin embargo, como decía su padre, durante los próximos minutos…

Giró para entrar en el camino. Había dejado de llover y la hierba y las hojas tenían un brillo especial. La luz del crepúsculo empezaba a teñirlo todo. La luz del salón prometía un recibimiento cálido y sereno. Las flores de verano que había cuidado Anna languidecían y entre las sombras relucían los brotes de principios de otoño. Oía los ladridos del cachorrillo, aunque a los nueve meses, *Tonto* había crecido tanto que ya no se le podía llamar cachorrillo.

Se acordó de que esa noche le tocaba cocinar a Anna. Afortunadamente. Eso significaba que los Quinn cenarían de verdad. Se desentumeció los hombros, pensó en que se serviría una copa de vino y vio que *Tonto* salía por una esquina de la casa detrás de una pelota de tenis.

El perro, al ver que Phillip se bajaba del coche, dejó lo que estaba haciendo e intentó pararse, pero se resbaló y organizó un alboroto de ladridos como si estuviera aterrado.

—Idiota —dijo Phillip con una sonrisa mientras sacaba el maletín del jeep.

Al oír la voz, los ladridos pasaron a ser de alegría incontenible. *Tonto* se acercó con una mirada de felicidad y con las patas mojadas y llenas de barro.

—¡No saltes! —le gritó Phillip con el maletín como escudo—. Lo digo en serio. ¡Siéntate!

Tonto vaciló, pero apoyó los cuartos traseros en el suelo y levantó una pata. Tenía la lengua fuera y los ojos resplandecientes.

—Buen perro.

Phillip le estrechó la repugnante pata y le rascó las sedosas orejas.

—Hola.

Seth apareció en el jardín. Tenía los vaqueros sucios de jugar con el perro y la gorra de béisbol torcida dejaba ver su pelo rubio y lacio. Phillip se dio cuenta de que sonreía con más facilidad que unos meses antes, pero le faltaba un diente.

—Hola —Phillip le dio un golpecito en la visera de la gorra—. ¿Has perdido algo?

—Mmm...

Phillip se señaló los dientes blancos y perfectos.

—Ah, sí.

Seth sonrió, se encogió de hombros, un gesto típico de los Quinn, y pasó la lengua por el hueco del diente. Tenía la cara más llena que hacía seis meses y sus ojos eran menos cautelosos.

—Estaba flojo. Hace un par de días tuve que darle un tirón. Sangró como un cabrón.

Phillip no se molestó en reprenderle por su lenguaje. Había decidido que no se ocuparía de ciertas cosas.

—¿Y te ha traído algo el ratoncito Pérez?

—Sé realista.

—Eh, si no le has sacado un pavo a Cam, no eres hermano mío.

—He sacado un par de pavos. Uno a Cam y otro a Ethan.

Phillip le pasó un brazo por los hombros y fueron hacia la casa entre risas.

—Pues a mí no vas a sacarme nada. ¿Qué tal te ha ido la primera semana de colegio?

—Aburrida.

Seth se dijo para sus adentros que no lo había sido, que había sido apasionante. Anna lo había llevado a comprar lápices, cuadernos y bolígrafos. Rechazó la tartera de *Expediente X* que ella quería comprarle. Sólo los empollones llevaban tarteras, pero burlarse de la tartera había sido una chulada.

Llevaba ropa a la última y unas zapatillas gastadas. Además, lo mejor de todo era que, por primera vez en su vida, estaba en el mismo sitio, el mismo colegio y con la misma gente de la que se había despedido en junio.

—¿Los deberes? —le preguntó Phillip mientras arqueaba las cejas y abría la puerta.

Seth puso los ojos en blanco.